U0104232

文學研究叢書‧華文文學叢刊

當代西藏漢語文學精選
1983-2013

鍾怡雯、陳大為　主編

神授的詩篇

——近三十年來的西藏漢語文學（1983-2013）

1

在很多書籍裡被譽為雪域佛國的西藏，坐落在看似與世隔絕的雪原之上，其實它並不如想像中的封閉，仔細研讀其文化之構成，會有很多令人意外的發現。西藏正好位於中、印之間，長久以來深受婆羅門教吠陀經典與史詩文化、佛教金剛乘思想，和薩滿教巫術信仰的影響，此外，它對中原道教及漢族傳統文化也有一定程度的吸收。以原始苯教為基石的本土人文環境，在中、印兩大文化系統的匯流之下，逐漸融鑄成令人眩目神迷的西藏傳統文化，為西藏古典／傳統文學供給大量的素材、主題、能量和神精依據，也為後來的當代西藏漢語寫作儲備了極為可觀的「文化鈾礦」。

西藏傳統文學是一個完完全全由藏族作家的藏語寫作構成的文學板塊，儘管漢藏語系同源，但兩者在後來的發展途徑相去太遠，已成陌路，若無翻譯，漢藏文學無法交流。漢語寫作在西藏地區的萌芽很晚，距今不過六十餘年，可分為前後兩個時期。

一九五一年五月廿三日，中共與西藏簽定〈中央人民政府和西藏地方政府關於和平解放西藏辦法的協議〉；九月九日，解放軍二野十八軍的先遣部隊正式進駐拉薩；翌年二月十日，西藏軍區在拉薩正式成立。這一連串的行動，不但構成政治和軍事上的實質統治意義，也掀開了西藏傳統社會邁入「漢化」的序幕。隨著十八軍的駐藏，大批軍旅作家和援藏的大學生寫手，懷抱著解放西藏舊社會的熱情、建設

荒鄉僻壤的理想，從中國共產黨和中原漢人的視野，歌頌了「祖國的新西藏」的誕生，開啟了第一期的西藏漢語寫作。

率先浮現在第一期西藏漢語寫作地平線的是詩歌，從高平（1932-）的〈打通雀兒山〉（1952）、〈阿媽，你不要遠送〉（1953）和長詩〈大雪紛飛〉（1957）、楊星火（1925-2000）的〈山崗上的字跡〉（1954）和〈會說話的營房〉（1955），到汪承棟（1930-）的〈拉薩河的性格〉（1962）和〈三聽卓瑪歌〉（1963），都是解放初期較具代表性的詩作。這一代年輕軍旅詩人所建構的西藏圖象，有一個簡單的寫作模式，他們總是用單向的熱情去描繪陌生的異域，將視覺風景一一轉化為詩中意象，夾帶在高分貝的呼喚中，嘗試去勾勒無比雄偉的雪域地景，和駐藏的心境。除此之外，當然少不了歌頌解放西藏的崇高意義，還有各種工程建設的成果。可惜這些年輕的異鄉人，畢竟缺少了真正的土地情感和宗教信仰，無法了解傳統西藏極其豐富的文化內涵，透過大量頌詞和意象鋪陳出來的文本西藏，始終是虛幻的，流於字面，不見血肉。不過，這股建設西藏的熱情和政治氛圍，深刻的感染了具有崇高地位的藏族詩人擦珠・阿旺洛桑活佛（1880-1957），他先後發表了〈歌頌各族人民領袖毛主席〉（1955）、〈歡迎汽車之歌〉（1955）、〈慶祝西藏自治區籌備委員會成立〉（1956）等詩作，另一名解放軍詩人饒階巴桑（1935-）也忍不住寫下〈步步向太陽〉（1960）的頌歌，西藏文化原有的珍貴素材，被這股過熱的漢語頌歌寫作浪潮所淹沒。

十七年和文革時期的西藏漢語詩壇，不論漢藏詩人皆全面投入頌歌與戰歌的寫作行列，再加上跟中原地區幾乎同步發展的民歌寫作，這期間的西藏漢語詩歌創作實在乏善可陳。好不容易才熬到改革開放的新時期，閻振中（1944-）和洋滔（1947-）等人在一九八三年的《西藏文藝》提出「雪野詩」，洋滔說是為了「向傳統現實

主義和五六十年代盛行的歌頌型文學提出挑戰」（《西部時報》2013.07.19），在朦朧詩對抗官方詩界的詩歌改革大勢中，雪野詩順勢而為，終結了歷時三十年的「解放西藏的頌歌」。

其他文類在這三十年間的創作情況，比容易流於口號的詩歌來得理想一些，雖然歌頌建設和解放西藏的大方向相似，但年輕散文和小說作家對社會現況提出較多的批判，特別是農奴問題，在散文、小說、報導文學裡都有較具體的描寫，為第一期西藏漢語寫作累積了一些成果。整體而言，各文類的創作皆可統攝在「解放西藏的頌歌」之下。

2

從西藏漢語寫作的第一期「解放西藏的頌歌」，跨入一九八〇年代的第二期「藏文化的詮釋」，雪野詩算是相當顯眼的參考座標，可惜它的創作質量不夠強大，對整個西藏漢語文學在形象與本質上的改造十分有限，真正產生革命性影響的是《西藏文學》（漢文版）和它策劃刊出的「西藏新小說」。《西藏文學》（漢文版）的前身是《西藏文藝》，在一九七七年創刊，迅速成為西藏漢語寫作的中心。一九七九年刊載了扎西達娃（1959-）的小說〈沉默〉，一九八二年刊載另一篇〈白楊林，花環，夢〉，並引起廣泛的討論；一九八三年開闢「雪野詩專欄」，連續刊載了二十四首雪野詩和多篇評論文章；一九八四年改名為《西藏文學》，轉型成純文學刊物（同時創立了藏文版），並且由雙月刊改為月刊，八月刊出馬原（1953-）的名篇〈拉薩河女神〉；一九八五年一月刊出扎西達娃後來獲得「1985-86全國優秀短篇小說獎」的名篇〈西藏，繫在皮繩扣上的魂〉，同年六月盛大推出由扎西達娃〈西藏，隱秘歲月〉、金志國〈水綠色衣袖〉、色波〈幻鳴〉、劉偉〈沒有油彩的畫布〉、李啟達〈巴伐的傳說〉等五篇小說組成的「魔幻小說特輯」，宣告「西藏新小說」的誕生。這一

期刊了一篇短文〈換個角度看看　換個寫法試試——本期魔幻現實主義小說編後〉，它是這麼說的：「西藏因其神奇、神秘而令人神往。高原上陽光強烈，大氣透明度好。似是一覽無餘，然而你若想窺見深層的東西卻難。藏族人坦率淳樸，一經交往你便會發現他們與漢族人的心理素質，思維方式都不盡相同，更不待說風情習俗等等了。寫西藏的文學作品，如何能表達其形態神韻呢？生活在西藏的藏漢青年作家們苦惱了若干年，摸索了若干年，終於有人從拉丁美洲的『爆炸文學』——魔幻現實主義中悟出了一點點什麼。繼我刊去年九月號色波的〈竹笛、啜泣和夢〉及今年一月號扎西達娃的〈西藏，繫在皮繩扣上的魂〉之後，本期又發表了扎西達娃等五位青年作者的魔幻現實主義作品五篇。所謂『魔幻』看起來光怪陸離不可思議，實則非幻非魔合情合理。凡來西藏的外鄉人，只要他還敏銳，不免時常感受到那種莫可名狀的神秘感、新鮮感、怪異感，濃烈的宗教神話氛圍中，彷彿連自己也神乎其神了。不是故弄玄虛，不是對拉美亦步亦趨。魔幻只是西藏的魔幻。」（《西藏文學》1986年第6期，頁28）從這裡可以看到西藏作家的自信，他們不但悟出了魔幻寫實主義跟西藏文化地理之間，有一種先天的契合性，也發現了進一步演化或涵化之道。

　　《西藏文學》從一九七七創刊到一九八五年推出魔幻小說特輯，花了八年，終於成功打造出西藏文學——不只是西藏漢語文學——的新形象，徹底改造了頌歌時期的文學地貌，並取得全國性的能見度。這是一場有意識的先鋒寫作，扎西達娃等年輕作家甩掉僵化的政治意識型態，借用拉美魔幻寫實技巧，重新探勘、形塑古老的文化傳統，在現代性衝擊等重要議題上，比所有的前驅走得更深更遠。如果沒有產生這種富有魔幻特質的西藏新小說，「藏文化的詮釋」難以達成。

　　在討論魔幻寫實之前，先談馬原。馬原在〈拉薩河女神〉（1984）借用西藏素材進行了高難度的先鋒小說實驗，接著又發表〈岡底斯的

誘惑〉（1985）進一步鞏固了所謂的「敘事圈套」，最後在〈虛構〉（1986）裡直接剖開了自身小說的實驗性本質。西藏的文化想像孕育了馬原的小說創作，但馬原小說並沒有真正抵達西藏文化的核心，西藏比較像是他用來寫小說的道具，任何人都無法從中了解什麼是藏文化。這個大任不得不交由扎西達娃來完成。本名張念生的藏族作家扎西達瓦，在四川藏區巴塘出生，在母親的家鄉重慶渡過了童年時光，八歲重返藏文化的懷抱，後來易「瓦」為「娃」，以「扎西達娃」之名開始其漢語寫作。漢藏文化的視野融合，讓扎西達娃比純粹漢人或藏人對西藏問題的思考，更為開闊，而且到位。姑且不談技巧上的創新，〈西藏，繫在皮繩扣上的魂〉所動用的藏文化鈾礦是前所未見的，在扎西達娃探討現代科技文明對西藏傳統文化信仰與社會結構的衝擊時，活佛轉世和香巴拉傳說所產生的那股渾然天成的魔幻感，讓這一則末日寓言變得深沉，震撼力十足。被頌歌時期埋葬三十年的文化鈾礦，終於得到淋漓盡致的能量釋放。這一點是馬原的西藏主題小說所不及之處。

　　在〈西藏，繫在皮繩扣上的魂〉、〈西藏，隱秘歲月〉等一系列以藏文化與現實社會問題為核心的小說，可讀出扎西達娃對拉美魔幻的磨合痕跡。一九八〇年代初，拉美魔幻進入中國文壇，在漢人作家筆下發出銳不可當的光芒，莫言借此創造出真幻莫辨的高密東北鄉；在西藏，拉美魔幻找到最適合落地生根的神秘土壤。從文化地理學的角度來看，宗教色彩超級濃厚的西藏雪原，似乎比拉美雨林更富有神秘感和魔幻感，儼然就是魔幻寫實主義的最後歸宿。當初印度金剛乘佛教傳入西藏，消化了苯教的巫術信仰，將其神靈收編為金剛護法，同時吸收了婆羅門教吠陀思想和中原道教的九宮八卦，以此建構了本土化的藏傳佛教（又稱密宗或金剛乘）。「藏傳」佛教，象徵了印度佛法在藏地的「文化涵化」，最終發展成色彩強烈的佛教宗派。藏傳

佛教對傳統西藏社會的支配是全方位，從日常生活、節慶習俗、生命思考，到宇宙觀，都深受其影響（但苯教不滅，目前在整個藏區尚保存著三百多座保有宗教活動的苯教寺廟）。

加西亞・馬奎斯的《百年孤寂》，像一支鑰匙，開啟了自解放以來封印了三十年的藏文化鈾礦，扎西達娃等人發現自身所處的藏文化圈，根本就是魔幻寫實主義的先天寶藏，以藏傳佛教為主（兼融苯教）的藏民日常生活與思考方式，跟外來的拉美魔幻一拍即合，拉美魔幻裡那些不可思議的人事物，竟然是那麼尋常的發生在身邊，不必刻意為之，俯拾皆是。以西藏生死觀而言，中陰、業力、轉世、天葬等觀念，遠比拉美魔幻小說所營造的鬼魂觀和圓型時間觀來得深厚、迷人，還可以在佛教經典中取得系統化的理論依據。西藏的迷信，有博大精深的佛學理論在撐腰，詮釋空間因而相對寬廣。拉美魔幻傳入西藏之後，在扎西達娃等藏族作家手裡，如魚得水，源源不絕的從宗教文化寶藏中取得寫作的素材和能量，發展出一套以「藏傳」佛教信仰體系為底蘊，結合拉美魔幻寫實主義手法的藏文化主題寫作，將藏族文化精神與日常言行事物，在小說文本中渾然天成的呈現出來，卻在穿透域外讀者的陌異眼神時，折射出原始的神秘感和迷信色彩。這種以藏文化為體，以拉美魔幻為用的小說創作，可名之為「藏傳魔幻寫實主義小說」。

「藏傳」一詞，取自藏傳佛教，一來強調它體質裡所飽含的藏傳佛教（兼容苯教）的文化元素，二來突顯它作為一個傳統（或傳承譜系）的存在，其實涵蓋了拉美魔幻在文化傳播上的三大環節：「傳入藏區」、「就地藏化」、「藏內傳承」。若光有傳播而沒有傳承，便不成傳統，這一脈相承的傳統，已成為西藏漢語小說非常重要的成就。扎西達娃的〈西藏，繫在皮繩扣上的魂〉雖然不是最早面世的西藏主題魔幻寫實小說，但它絕對稱得上藏傳魔幻的開山之作，向海內外的讀者展示了獨一無二的西藏圖象。

3

在這個譜系傳承中，緊接在扎西達娃、色波等人之後登場的，是藏回混血的阿來（1959-）、藏族的次仁羅布（1965-），和漢族的柴春芽（1975-）等人，血緣與文化上的多元組合，讓藏傳魔幻有非常開闊的發展潛能。魔幻寫實並非阿來唯一的血緣傳承，他最初繼承的是拉美文學譜系中的另一位大師──聶魯達。聶魯達的詩集《讓那伐木者醒來吧》從一九五〇年轉譯成中文之後，十餘年間印行了八萬冊，流通範圍十分廣泛。《漫歌集》裡的民族文化史詩〈馬丘·比丘高處〉，則在一九六四年由蔡其矯譯成中文，楊煉讀到了，也學到聶魯達史詩式的雄渾語言，還有奇崛的超現實意象。楊煉無法體會的是聶魯達對民族和土地的熾烈情感，中國的山川大地對他而言，是一種純粹理性的知識或史料，很難激起什麼樣的感觸。在阿來的生命經驗裡，就有那麼一塊蘊含著大量文化鈾礦的藏地后土，他完全可以體會聶魯達對祖國土地和民族文化的頌歌，並由此意識到詩人與土地的關係，絕非過去那種流於表面的「解放西藏的頌歌」，而是更深層的挖掘，屬於一個小我跟大地的對話。聶魯達的頌體詩，有政治上的自主意識，有對國族文化的省思，還有無比開闊、雄渾的氣度。阿來濾除了聶魯達詩歌的政治意念，導向較單純的，對「藏魂」──藏文化的精魂──的召喚與回應。

「藏魂」是比較詩意的說法，學術上的用詞是「場所精神」（genus loci），原是古羅馬人的想法。諾伯舒茲（Christian Norberg-Schulz）在《場所精神──邁向建築現象學》一書中指出：自然場所的地理結構為居住者提供了保護性，有些則帶來威脅性，有時又能讓人感受到自己置身於一個界定完美的宇宙中心。希臘人在理解自然場所的自然元素時（包括地質條件、地貌外觀、生活機能），往往將之

擬人化為「神人同形」的眾神,而且任何顯著的場所特質,都成該神靈的特殊表徵(臺北:田園城市,1995,頁23-28)。若從科學的角度來看,其實是自然地理的結構性特質,對居民習性的形成起了決定性的影響,這些習性又反過來構築了新的人為場所,透過文化地景的創造,來回應所在的自然地理,由此逐漸形成場所精神。在西藏自然地理與藏民之間,同樣存在著許多被泛神論思維加以人格化的「在地神靈」,祂們等同於羅馬人的場所守護神,從其神格形象與神蹟進行反向分析,即可分析出當地的場所精神。

　　阿來對「藏魂」的召喚與回應,最出色的表現是〈群山,或者關於我自己的頌辭〉(1987)和〈三十周歲時漫遊若爾蓋大草原〉(1989)這兩首長詩,寫得大開大闔、意氣風發,而且藏味十足。藏味並非來自風景或意象的羅列(那是雪野詩的寫法),而是來自詩人對地方文化或場所精神的深刻感悟,再經由一體成型的原始藏地意象系統和文化思維的雙重運轉,所營造出來的閱讀氛圍。整首詩讀起來,可以很強烈的感受到詩人的壯遊已經融入群山和草原之中,山川不是外在的東西,既是客體又是主體,名曰頌辭,實為詩人的內在追尋;至於那片五萬三千平方公里的若爾蓋草原,對三十歲的阿來而言,漫遊即是對藏文化的發掘、回歸與洗禮,處處隱含著〈馬丘‧比丘高處〉那種浪漫主義式的情懷,那是阿來寫給自己的《漫歌集》。

　　在同期的藏族詩人當中,唯有列美平措(1961-)的〈風景〉(1988)、〈節日〉(1988)、〈哀傷的舞蹈〉(1991),以及旺秀才丹(1967-)的〈一場憂鬱的雪使大地美麗〉(1991)和〈鮮花〉(1990)等詩作,能夠表現出類似的文化視野和藏味。比起雪野詩針對自然地景和人文符號所進行的淺層視覺營造,列美平措和旺秀才丹的詩作展示了層次感豐富的藏族心靈圖象,其中包含了詩人對土地的認同、民族文化的回歸、藏傳佛法的參悟,甚至是對聖潔與純淨的形

上追尋。西藏，再也不是一個喊出來的字眼，它被質樸、粗礪的語言精密地編織在眾多細節之中，經由主客體合一的敘述，新一代藏族詩人越來越能夠掌握對藏魂的召喚和回應，甚至流露出宗教靈性較高的「朝聖之心」與「淨土思維」。其中最具代表性的是列美平措的長篇組詩〈聖地之旅〉（三十首，1990-1993），那是一個格局宏大的朝聖詩篇，他在不同的時空裡循著一條預設的虛線前進，一邊召喚出場所精神，一邊向自己提問。

　　在一九九〇年代的西藏漢語詩歌當中，長期生活在甘肅藏區的扎西才讓（1972-），以甘南為題寫了〈在甘南桑科〉（1993）、〈黑夜掠過甘南〉（1994）、〈甘南詩抄〉（1995）等一系列抒情性濃厚的田園組詩，建立了具有地誌書寫成份的甘南印象。進入新世紀之後，他從早期高蹈的甘南傳統文化抒情，轉入微觀的現代甘南市井特寫，〈騰志街〉（2012）和〈飯館裡〉（2012）是詩人在現代城鎮裡生活的剪影，也是抒情詩人深入現代敘事時的蛻變。同樣來自甘南的嘎代才讓（1981-）也寫了多首甘南的詩，之後他努力「回到自己的西藏」，尋找自己在現代理性思維與宗教神性文化之間的定位點，陸續發表了〈去年冬天在拉卜楞寺〉（2002）、〈佛陀的眼淚〉（2009）、〈七月的幻術〉（2010）等一系列或以佛寺為據點，或以佛法為題的探索詩作，他在詩歌的精神世界裡，逐步踏上朝聖之路。在此同時，女詩人西娃（1972-）嘗試了另一種非常叛逆、犀利的前衛情詩寫作，她的〈外公〉（2002）將輪迴與倫常元素置入愛慾糾葛之中，〈或許，情詩〉（2010）則讓佛法和諸佛菩薩踏入五濁惡世，在與諸佛對話的過程中，重新審視自己的情感世界。新世紀以降的西藏漢語詩歌，就這麼朝著藏傳佛教的核心走去，比任何時期都來得真誠，來得專注。

詩歌不必講求魔幻，詩裡的宗教性會自然產生玄幻的意象、冥想的氛圍，時而開闊，時而寧靜。從阿來的壯遊看到詩人對藏文化的回歸，那是相對純粹的藏族意識和土地認同之覺醒；列美平措等人展示了另一條屬於藏傳佛教的朝聖之路，淨土寫作遂成為第二期西藏漢語詩歌圖象的核心架構。

4

完成若爾蓋壯遊之後，詩人阿來隨即轉向阿壩地方文化的挖掘。

他出生和成長的四川阿壩，是苯教的信仰區域，有別於以拉薩為中心的藏傳佛教區域，他認為文學「不是闡釋一種文化，而是幫助建設和豐富一種文化」（《看見》，長沙：湖南文藝，2011，頁177），藏區的傳統民間文學、阿壩的苯教文化，遂成為阿來小說的重要元素。此外，聶魯達的血緣不斷提醒他：魔幻寫實不是他唯一的選擇。在西藏漢語小說中迅速取得統治性地位的藏傳魔幻，在阿來的評估裡，恐怕會產生單一化的寫作危機，所以他有意識的調降了小說裡的魔幻成色，讓它表現得再自然一些，不管是在長篇小說《塵埃落定》（1998）裡寫到喇嘛持咒治病或巫師驅喚冰雹，或者在短篇小說〈魚〉（2000）裡頭寫到魚前仆後繼上鉤後的叫喊，都把它們當作現實生活中的尋常事件或文化禁忌之隱喻來處理。西藏本來就如此，看似魔幻的事物，只是陌生的現實，讀者只需進一步了解藏人的傳統文化習俗，自然就會明白〈癩子，或天神的法則〉（2007）的迷信想法，就會了解銀匠、農奴，活佛、土司在舊時代的角色意義。阿來在小說裡召喚出苯教的場所精神，交由神秘巫術和土司制度聯手統治這個現實的世界，魔幻仍舊無法割捨，那是藏文化的先天體質。

調降成色的藏傳魔幻，亦非阿來之首創，扎西達娃在〈自由人契米〉（1985），亦嘗試用輕描淡寫的筆調，來刻劃藏人的生活態度和

思維邏輯，那些不可理喻的言行，正是民族性的表現。這條路再走下去，就通往「日常西藏」的寫作。扎西達娃在一九八五年同時發表了高成色和低成色的兩種魔幻寫實小說，對後來者有很大的啟發。

次仁羅布的〈放生羊〉（2009）走的正是「日常西藏」的寫作路徑，他很寫實的刻劃了放生羊其背後的佛教業力觀（絕非基督教救贖觀），刻劃了主角的虔誠、羊的靈性，以及企圖為亡故的情人消除惡業好讓她早日投胎的善念，透過無距離感的散文敘事語調，細膩的體現了藏傳佛教對生死和業力的思考，這在西藏是常見的善行。簡單寫來，卻撼動人心。兩年後發表的〈神授〉（2011）寫的是《格薩爾》史詩的神秘傳承，不管怎麼處理，「神授」的過程都會覆上一層神秘色彩。在楊恩洪〈超越時空的藝術傳承〉的田野考察中，《格薩爾》常有「夢授」的例子，大多數年輕藝人都說是童年做夢醒來之後，開口就會說唱《格薩爾》，其中達哇扎巴的夢授過程記述得最完整（《文藝評論》2008年第6期，頁9-10）。次仁羅布用「神授」一詞，描繪了傳統藏族社會普遍接受的神授事實，即使寫得老老實實，其魔幻色彩自動產生。日常西藏，隱藏著魔幻。

藏傳魔幻到柴春芽手裡，卻變得更加魔幻。出生在甘肅的柴春芽是漢人，兩位藏族作家朋友開啟了他跟藏文化的接觸，後來他到四川藏區義務執教，開始深入了解西藏。他在《西藏紅羊皮書》裡說：「一種原始樸素的有神論信仰和善惡報應的觀念其實早就在我的血液裡扎下了根」，最後他「把藏傳佛教的思想確立為自己的世界觀」（臺北：聯合文學，2009，頁320-321），他在小說裡運用的佛法思想，比極大部分前輩都來得深奧，當然，他也認定西藏的魔幻即是真實。在這個理念下，成色越高的魔幻寫實技巧，越能詮釋他預期中的西藏文化。於是他創造了一個貫穿全部長、短篇小說的人物祖母阿依瑪，往她身上注入藏傳佛教的奧義，和馬奎斯式的高純度魔幻精神，

在〈阿依瑪的種子〉（2009）化為密宗的心識種子，在〈一隻玻璃瓶裡的小母牛〉（2009）輪迴轉世，同時她也見證了〈神奴〉（2009）裡原始苯教的降神術。柴春芽的短篇小說集《西藏紅羊皮書》和長篇政治寓言小說《祖母阿依瑪第七伏藏書》（2010），可說是藏傳魔幻最炫目的傳承。

江洋才讓（1970-）也是藏傳魔幻譜系中的一員，〈金剛杵〉（2005）、〈風過壚村〉（2006）、〈閃電雕像〉（2009）等一系列短篇小說都帶有不同程度的魔幻成份。〈閃電雕像〉裡的牛皮樺樹被閃電燒成一尊燃燈古佛，消息伴隨著七匹野狼的深長嗥叫，三天便傳遍了草原。〈風過壚村〉則表現出詩人的本色，飽含詩意的敘事語言，優美地驅動了這一則虛中帶實的故事，調和出軟硬適中的魔幻成色。

在強大的藏傳魔幻寫實傳統之外，有沒有優秀的小說家呢？班丹（1961-）正是一個非常出色的「非魔幻」說故事者，他的小說總是在探討傳統藏人的文化性格，〈星辰不知為誰殞滅〉（2007）以都市攝影家和詩人之死，逼使故事裡的藏人重新思考自己對民族性和藏文化的麻痺；〈刀〉（2010）則以一把有來歷的藏刀，啟動了藏人對刀器的執念，以及被執念牽引而來的重重殺機。那不是什麼微言大意的故事，但人物思維與言行，充滿平實、耐嚼的藏味。班丹的小說隸屬於另一支非魔幻的日常敘事，央珍（1963-）和梅卓（1966-）都是這一長串名單中的重要代表。

毫無疑問，「藏傳魔幻」是構成當代西藏圖象最重要的一個傳統，其光芒難免會遮蔽了其他小說類型或流派的創作成果，唯一能夠跟它分庭抗禮的是詩歌的「淨土寫作」。「朝聖之心」與「淨土思維」在眾多詩人的耕耘下累積了豐富的成果，但詩歌畢竟是較冷門的文類，非專精於此的讀者，難以發現這條道路的存在。倒是散文對

「藏文化－民族風土」的書寫，已經成為圖書市場裡的主流西藏讀物，比小說還要主流。

5

　　當代西藏漢語散文裡的民族風土誌書寫，界於旅遊散文和文化散文之間，有時又帶上幾分文史導覽的實用功能，自然成為大眾閱讀視野的首選讀物，特別是準備到西藏自助旅行的遊客。赤烈曲扎（1939-）在《西藏風土誌》（1982）算是前驅之作，他在書中羅列了大量西藏宗教、歷史知識、各地區的習俗與傳說，可作為域外讀者最理想的文史導覽。進藏十八年的馬麗華（1953-），將個人在藏地的遊歷經驗寫成三個超級長篇的文化散文〈藏北遊歷〉、〈西行阿里〉和〈靈魂像風〉，結集成《走過西藏》（1994）一書，曾在海內外風靡一時。從《西藏風土誌》到《走過西藏》，意味著帶有遊記與文史導覽性質的「藏文化－民俗風土」主題散文，開始瓜分藏傳魔幻寫實小說對藏文化的詮釋權。同時，它逐步轉型成較嚴謹的文化散文，也凝聚出一群對藏文化的神秘性有高度憧憬的理想讀者。

　　在這股「走過／走進西藏」的浪潮裡，塔熱・次仁玉珍（1943-2000）是非常特殊的例子。在藏北工作的三十餘年間，她踏遍四十二萬平方公里的土地，完成許多民俗文化的調查研究，創辦並主編《西藏民俗》雜誌，是著名的藏文化研究專家。一九九一和九二年，她兩度率領探險隊前往藏北那曲地區，考察素有「死神領地」之稱的無人地帶，在面積十萬平方公里的荒原裡出生入死，寫下驚險的故事，後來結集成《我和羌塘草原》（1995）和《藏北民間故事》（1993）等書。她那篇〈矮門之謎〉（1994）記述了藏地屍變的原因和事件，以及為了防止殭屍入侵的矮門設計，絕對是最獨特的一篇文化散文。此外，塔熱・次仁玉珍也寫下〈藏族婦女與美容〉（1995）這種以日常

生活為題的文化散文。奇正兩路，雙軌並進。格央（1972-）即是重要繼承人，她在《西藏民俗》先後發表了〈女降神者〉（2002）和〈我在老家察雅過新年〉（2003），前者是從親眼目睹的事件，來講述降神者（藏語為「拉培聶」）的奇異民俗現象，還談到哲蚌寺的神諭師和地位崇高降神女巫，這種寫法兼具文化散文和民俗文獻的價值；後者鉅細靡遺的描繪了藏曆新年的精神內容，在整整一個月的年節活動裡，她找回現代藏人已經疏遠的族群生活。

當文化散文捨棄了民俗風土，輪廓亦隨之改變。少壯派軍旅作家凌仕江（1970-）和曾經從軍十六年的嘎瑪丹增（1960-），分別以〈天葬師〉（2013）和〈桑耶寺的聲音〉（2013），演練了文化性與語言詩性的融合。天葬是一般閒雜人等無法窺得真面目的神秘葬儀，凌仕江以莊嚴、蕭穆的語調，宏觀地陳述了天葬的構成之後，折返現實，特寫一場畢生難忘的天葬，及其背後的一些禁忌和技藝，至於那個被天葬師肢解的，是他認識的僧人。嘎瑪丹增從非佛教徒的角度來寫桑耶寺，先找出它在整個西藏佛教史上的崇高定位和文化積累，再轉入微觀的敘事，以詩化的語言，捕捉千年古寺的建築細節、僧人舉止、宗教氛圍的感染力。這兩篇出自軍旅作家的文化散文，一奇一正，皆能切入藏傳佛教的內壁。

除了文化散文的路數，個人獨特的生命記憶也是西藏漢語散文另一個常見的主題。王宗仁（1939-）的〈一把藏刀〉（2006）、丹增（1947-）的〈童年的夢〉（2008）、次仁羅布（1981-）的〈綠度母〉（2011），都是令人印象深刻的佳作。表面上十分尋常的事件，平凡的人物，卻在藏文化情境裡獲得意想不到的發展。王宗仁是一九五〇年代進藏的前輩軍旅作家，丹增也是見證過西藏解放初期的文壇前輩，他們擁有數十年的藏地體驗，經過歲月的沉澱之後，再回頭，去挖掘珍貴的記憶片段。一把購自八廓街的藏刀，揭開了王宗仁既心

痛又心痠的舊事；丹增童年的一面鏡和和手電筒，竟成為現代性衝擊的縮影。至於次仁羅布，則在散文中轉譯了一則令人感傷的故事。從這些篇章，得以窺伺藏人的心思和想法。

當散文作家帶著預期中的理想讀者，從壯闊的藏地風光、神秘的民俗風土、藏傳的佛教文化、半世紀前的記憶，一步步走進當前的西藏現實社會，就會看到魔鬼。不是魔幻寫實，而是貨真價實的，現代文明的魔鬼。白瑪娜珍（1967-）的散文除了備受評論家肯定的藝術美感，還有一顆悲憫之心，關照著藏人在現代社會裡的生存困境。〈村莊裡的魔鬼〉（2007）和〈沒有歌聲的勞作〉（2007）徹底粉碎了神秘與神聖，拉薩不再是什麼淨土，她在城北娘熱鄉看到現代都市文明及其資本家的入侵，對傳統藏人的生計帶來沉重的傷害。現代化是無法回頭的路，傳統西藏社會勢必遭受巨大的衝擊，教育體制亦難倖免，白瑪娜珍在〈西藏的孩子〉（2011）裡記述了自己兒子的受教過程，有磨擦，有堅持，也有親子之間的感人互動。它儼然成為現代西藏孩童教育的一個樣本，逼使教育體制的問題在溫馨的親子敘事中赤裸現形。

如何為藏人和藏文化找到一條出路，是所有當代藏人的共同問題。扎西達娃在〈聆聽西藏〉（1991）寫到康巴人的民族性：「我的祖先是西藏東部人，被人稱為康巴人，他們驃悍好鬥，憎愛分明，只有幽默，沒有含蓄，天性喜愛流浪，是西藏的『吉卜賽人』。直到今天，在西藏各地還能看見他們流浪的身影，我覺得他們是最自由也是最痛苦的一群人；也許由於千百年沿襲下來的集體無意識，使得他們在流浪的路上永遠不停地尋找什麼，卻永遠也找不到。他們在路上發生的故事令我著迷，令我震撼，令我迷惘」（鍾怡雯、陳大為編《當代西藏漢語文學精選1983-2013》，臺北：萬卷樓，2014，頁120-121）。如今二十三年過去，康巴人（應該可以涵蓋所有西藏人）對

生命的領悟，原有的那種超越物質文明的精神自由，是否還存在？他們會不會陷入白瑪娜珍所描述的困境當中，連最起碼的歌聲都放棄？西藏漢語寫作，就在這形而上的冥想和形而下的審視之間，持續拓展它的版圖。

6

以一九八三年雪野詩為起點的第二期「藏文化的詮釋」，是西藏漢語寫作從邊疆走向中國文壇中心的重要階段，眾多名家共同建構了一個宛如壇城般，精緻絢麗，歷久而不衰的西藏圖象。源源不絕的藏文化鈾礦，支援著各種形式的文學創作，各路人馬在此各取所需。

阿來在《大地的階梯》的後記，嘗試去界定眼前這個西藏，他說：「在中國有著兩個概念的西藏。一個是居住在西藏的人們的西藏，平實，強大，同樣充滿著人間悲歡的西藏。那是一個不得不接受現實，每天睜開眼睛，打開房門，就在那裡的西藏。另一個是遠離西藏的人們的西藏，神秘，遙遠，比純淨的雪山本身更加具有形而上的特徵，當然還有浪漫，一個在中國人嘴中歧義最多的字眼」（北京：人民文學，2001，頁272）。

對西藏的理解，「日常」與「神秘」正是一體之兩面。日常未必是尋常，有可能是對神秘事物的麻痺，或視若無睹；神秘所產生的魔幻，也許是對陌生事物的過度詮釋，或相由心生。藏傳魔幻，日常西藏，都是西藏漢語寫作的魅力所在，都是神授的詩篇。

2014-04-29，中壢

目次

散文卷

小說卷

詩歌卷

阿來

作者簡介

　　阿來，藏族，一九五九年出生於四川省阿壩藏區瑪爾康縣，畢業於瑪律康師範學院。一九八二年開始詩歌創作，一九八○年代中後期轉向小說創作。主要作品有詩集《梭磨河》、詩文集《阿來文集詩文卷》，長篇地理散文《大地的階梯》，散文集《就這樣日益在豐盈》、《草木的理想國：成都物候記》，短篇小說集《舊年的血跡》、《月光下的銀匠》、《格拉長大》，長篇小說《塵埃落定》、《空山》（六卷）、《格薩爾王》、《瞻對：終於融化的鐵疙瘩——一個兩百年的康巴傳奇》。詩歌作品曾入選《藏族當代詩人詩選》、《瑪尼石藏地文叢·前定的念珠》等西藏漢語詩選。

三十周歲時漫遊若爾蓋大草原（組詩）

大地

河流：南岸與北岸
群峰：東邊與西邊
兀鷹與天鵝的翅膀之間
野牛成群疾馳，塵土蔽天
群峰的大地，草原的大地
粗野而凌厲地鋪展，飛旋

彷彿落日的披風
彷彿一枚巨大寶石的深淵
濺起的波浪是水晶的光焰
青稞與燕麥的綠色光焰

聽哪，礦脈在地下走動
看哪，瀑布越來越寬

我靜止而又飽滿
被墨曲與嘎曲
兩條分屬白天與黑夜的河流
不斷注入，像一個處子
滿懷鑽石般的星光

淚眼般的星光
我的雙腳沾滿露水
我的情思去到了天上，在

若爾蓋草原，所有鮮花未有名字之前

那時

那時，我們
尚未擁有松巴人母親的語錄

博巴們嘴唇是泥
舌頭是水
牙齒是石頭
我們口中尚未誕生蓮花之鬢

雨水

雨水丁冬
敲打酣睡未醒生物的眼瞼

雷霆擊中前行緩慢的腳踵
陽光如箭，擊中正午的湧泉

天鵝：潔白，優雅，顯現於心湖
彩虹如夢如幻
部落的歷史，家族的歷史
像叢叢鮮花不斷飄香
不斷迷失於不斷縱深的季節
野草成熟的籽實像黃金點點

雨水丁冬
遠方的海洋，馬背一樣鼓蕩
越來越深，愈益幽藍
珊瑚樹生長，海螺聲宏遠嘹亮

三十周歲的時候

三十周歲的時候
春天和夏天
我總是聽到一個聲音
隱約而又堅定
引我前行……

……天哪！我正
穿越著的土地是多麼廣闊
那些稀疏的村落寧靜而遙遠
穿越許多種人，許多種天氣

僧人們紫紅的袈裟在身後
旗幟般劈啪作響，迎風飄揚
我匍匐在地，仔細傾聽
卻只聽見沃土的氣味四處流蕩
我走上岡，又走下山岡

三十周歲的時候
春天到夏天
主宰歌詠與幸福的神靈啊！
我的雙腿結實有力
我的身體逐漸強壯

知道那聲音仍然在前方召喚

思念

孤寂的正午
看見一柱旋風和雲與花香跳舞
思念，烈日一樣刺中雙眼和心房
我的情侶！
你是那匹鬃毛美麗的紅色牡馬
我的情侶！
你是湖水中央那團雲朵的蔭涼

我的情侶！
你是動盪不停的風
如此遠離而又接近
草原與我心房的中央

故土

泥土，流水
誕生於歲月腹部的希望之光
石頭，通向星空的大地的梯級

就是這樣
跋涉於奇異花木的故土
醇厚牛奶與麥酒的故土
純淨白雪與寶石的故土
舌頭上失落言辭
眼睛誕生敬畏，誕生沉默

草原啊，我看見
沐浴晨光的駿馬
翠綠草叢中沉思默想的綿羊
長髮上懸垂珠飾與露水的姑娘
眾多的禽鳥在沙洲之上
一齊遊弋於白雲的故鄉

天下眾水的故鄉

礦脈

你聽！是什麼
啟諭一樣在頭頂
獵獵有聲，凌虛飛翔？

我們的族譜寬大
血緣駁雜，混合著煙塵
胸腔中充滿未曾入眠的空氣
腦袋中充滿聲音的幻影
毛髮風一樣生長
手腳礦脈一樣生長

鈾的礦脈，危險，明亮
在降扎，迭部
被小心而孤僻地採集
在臘摩。鐵的礦脈氧化
山崖彷彿烈日灼傷的臉龐

更多的時候，礦脈是鹽
在岩石中堅硬
在水中柔軟

是歡樂者的光芒，憂傷者的夢幻

現在，詩人帝王一般
巫師一般穿過草原
草原，雷霆開放中央
陽光的流蘇飄拂
頭戴太陽的紫金冠
風是眾多的嬪妃，有
流水的腰肢，小丘的胸脯

紡織

女人，你的羊羔吃草
你的帳房寬敞

你在陽光下紡織
你的木梭一次次回復往返
你說：許多寬廣的地方難以逾越
而木梭，光滑，明亮
穿過牛毛的經線，織成氈毹
穿過羊毛的緯線，織成衣衫

你的手臂閃爍黃金的光芒
夢想的光芒

歌謠以及傳說的光芒
流水的光芒

天啊

天啊，我能向誰描述
雙腳以及內心的行程

我看見
羽毛華美的野雉啄食花蕊
一隻孤憤的狼突入群羊
女神名字的山峰峭拔
雨雲的根子，飛鷹的搖籃

另一處，另一天
另一種時空
流水美麗而溫柔
節奏舒緩，韻腳明亮
溫泉裡硫磺味來到路上
裸浴的女人們，壯碩，豐滿
瀑布般的長髮遮掩美麗幽谷
處女們乳房，細小，堅實
啊，我們生命之外與生命之內的
女人

詩歌之前與之後的女人
我的母親，我的情人
我的姐妹們

我向你們傾訴我所有的行程
雙腳，以及內心

我是

我是一個從平凡感知奇異的旅者
三十周歲的時候
我的腳力漸漸強健

許多下午
我到達一個村莊又一個村莊
水泉邊的石頭滋潤又清涼
母親們從麥地歸來
父親們從牛欄歸來
在留宿我的家庭閒話收成，飲酒
用櫻桃木杯，用銀杯
而這家祖父的位子空著
就是這樣，在月光的夜晚
我們緬懷先人
先人們靈魂下界卻滴酒不沾

窗外月白風清，流水喧鬧
胸中充滿平靜的溫暖

然後

然後，雨水降落下來了
在思想的裡邊和外邊
使湖泊和河流豐滿
若爾蓋大草原
你的芬芳在雨水中四處流溢
每一個熟悉的地方重新充滿誘惑
更不要說那些陌生的地方
都在等候
等候賜予我豐美的精神糧食
令人對各自的使命充滿預感

天啊，淚水落下來
我哭泣，絕不因為痛苦
而是因為猶如經歷新生
因為如此菲薄而寬廣的幸福

雨水，雨水落下來了

頌辭

心回到堅實的土地
眼睛從流水上升起
寬廣盛大的夏季啊
所有生命蓬勃而狂放
太陽叩擊湖泊的水晶門
赤腳的笛聲在星光下行走
無依無憑，朵朵百合懸浮
是飛翔於水中天空的魚群的夢幻
而我們站在時間的岸上
皮膚粗糙，黝黑，明亮
東南風不斷吹送
使我們的歌聲，我們的夢想
馬隊裡五彩的旌旗高高飛揚

若爾蓋草原哪，你由
墨曲與嘎曲，白天與黑夜所環繞
搖曳的鮮花聽命於快樂的鳴禽
奔馳的馬群聽命於風
午寐的羊群聽命於安詳的雲團
人們勞作，夢想
畜群飲水，吃草

若爾蓋草原

歌聲的溪流在你的土地
牛奶的溪流在你的天堂

（1989）

列美平措

作者簡介

　　列美平措，藏族，一九六一年出生於四川省甘孜藏族自治州康定縣。一九八二年畢業於西南民族學院語文系漢語言文學專業。歷任《貢嘎山》雜誌社編輯、主編、副編審，四川省甘孜州作協副主席，一九九九年加入中國作家協會。著有詩集《心靈的憂鬱》、《孤獨的旅程》、《列美平措詩歌選》。作品曾獲第二屆四川文學獎，第一、二屆四川少數民族文學獎，第五屆全國少數民族優秀文學創作駿馬獎，二〇一〇年被評為全國十大民族詩人。

風景

有一幅風景潛藏記憶
在你最初涉足它的時候
你只是匆匆行走的路人
隨意丟棄身邊迷人的景致
如今旅途已經很累
做一個詩人更加疲憊

所幸你終於還能想起
儘管它從來不屬於你
你的頭腦卻千百次
被它悄悄地占領
它像遍長草原的巴地草根
牢固生長於你的夢境
並用它那讓人迷醉的姿態
淡化了所有不協調的色彩
在永恆藍天下如浮雕般靜止
靜止於溪水邊的帳篷
靜止於草丘上的牛羊
靜止於山岡飄揚的經幡
靜止於牧人表情的肅穆
靜止於心靈與自然之間
無須借助辭書冗長的注釋

幾百個年輪的更替也沒有改變

有一幅風景潛藏記憶
在你最初看見它的時候
你常常獨自於心中思索
你不知這是心靈的財富
還是堆積於身體的災難
但有一點，你已經知道
它將充當你生命最後的布景

（1988-05）

節 日

想以童話或傳說的方式
向你述說我在高原秋天的經歷
想通過我的一點感覺或思索
使你的想像延伸出歡樂的寓意
我卻被牛皮鼓和蟒號引誘
在一出曠日久長的戲劇中
穿行了整整七個白天和黑夜
罩一張牛頭面具
邁著犛牛一樣堅實的腳步
貧瘠迫使身體貪婪吞食
一切青嫩和枯黃的草葉
不停地咀嚼並反芻
把一個個人物的故事
和一頁頁事件的化石
消化成一首深沉的旋律
鑼鼓猛然敲擊起激烈的節奏
我忠誠的觀眾全部湧上舞臺
長矛刀戈揮舞一場混戰
堅固盔甲上的累累傷痕
流淌出遙遠歲月的可怕悲劇
我獨自徘徊於戰場的邊緣
等待戰利品或悲哀音訊的馱運
自然也不是所有的時候

豐茂草原和富饒田野都成戰場
我穿行於播種和收穫的季節
穿行海浪一樣熱愛歌唱的生命
我體驗了所有時代的輝煌史詩
以及生活在雪域人們的
所有撼天動地的情感

假如你的思維隨我的步履行進
你就會感受我半人半牛的經歷
在第七個黎明告別草原的時候
草地的沙漠和禾草開始枯萎
我感到雙腿承受太重的淚水
我勸慰我的心靈必須抑制喘息
就在太陽漸漸沉淪雪線的時刻
我聞到拜扎草[1]生長的清新氣息
蟒號與鑼鼓把我推出戲劇的舞台
我呼出長長的一腔嘆息之後
把沉重的馱子連同面具一起
卸在一摞等待已久的稿箋紙上
然後像一頭被牧人驅柵欄的
放生老牛一樣伏臥板結的草灘
獨自一人享受靜謐孤寂的黃昏

（1988-05）

---

[1] 拜扎草：雪線之上貼地生長的草

哀傷的舞蹈

扎聶琴低沉迴旋於山谷
沉悶來自羊皮鼓的節奏
跳舞的人們踏著喪歌
彷彿街在厚厚的雪地
老人的歌喉象徵了過去
那個時代
與他們一樣活得有味的人
已經不多了　像山寨下
那條乾涸的河　積水流盡
可有誰還能夠想起
河水洶湧的時候　那些石頭
那些被水流捲走的石頭的命運
所有的記憶將隨他們而去
我們能夠理解　雖然我們
知道沒有靈魂的存在
但我們常常不敢相信自己的感覺

黎明　鼓聲將會激越一次
讓我們告別死者的苦難
讓我們彙聚生者的希望
意味著一個生命的終結
還是一個時代　我們不知道

肯定有新的生命的誕生

舞者抬起悲傷的頭

凝視東方泛白的山崗

迷惘不僅在黃昏

我們總是容易忽視

初生的太陽放射光芒的時刻

（1991-02）

聖地之旅（第七首）

黃昏的腮幫貼在山脊

峰頂的容顏掩藏於濃霧

一切置身如夢幻

風從草尖滑過

沒有驚醒酣睡的兔子

帳篷搭在靠水避風的山凹

犛牛安詳的神態像那些老人

飽經風霜之後靜靜享受生命

無拘束的獒犬東躥西跳

女人的喝斥有如斥責自己的女兒

自從來到這片草灘

我像偃臥於綠茵花叢的旱獺

對於心之外過去的世紀

絲毫不關注它的重要

那曾憂鬱的眼神

在遠方起伏的群山凝視以後

心緒也漸漸跟隨線條平息下來

山的肅穆總令我想起父親

而這幾戶居住草灘的人家

更多地讓我想起童年的小城

那座今天已從地圖上劃掉的縣城

蒼翠的山谷幾幢樸實的平房

天總是蔚藍或有幾片雲朵

奶茶從敞開的門裡溢出芬芳

母親喚歸的聲音繚繞耳際

再回童年或小城只是夢想

我時常將回憶停留在童年

心也就逐漸寧靜而平和

隨著生命一天天地衰老

對寧靜的渴望就會越來越強烈

（1991）

聖地之旅（第二十六首）

在高原的道路長久穿梭後

最初上路時的新鮮和喜悅

在心中漸漸趨於平靜

瀰漫於高原的神秘旋律

充盈在所有旅人的心靈

我在金沙江邊的桃林中熟睡

心卻攀緣在雅礱江沿岸的峭壁

每一個早晨

我在霧一樣靜靜的愛撫下

甦醒告別昨夜來到的地方

這些生存千年

終於成為豐茂牧場的地方

這座山谷有許多光彩照人的寺廟

各種教派在這裡和睦相處

那些旅遊者的相機定格了

他們將一切都封閉在相冊中

成為可以向他人炫耀的畫面

而我不能凝望自己的星辰

那輪每天準時出現的太陽

是我和你共同擁有的嗎

哪裡是我的歸宿哪裡是我的聖地

無數努力設想的美好境地

始終不能在我的心中顯現出來
抵達的目的終不是我旅途的終極
留下的只是久久不散的惆悵
這樣的周而復始渴望仍是虛幻的
在任何一處久住之後
總嚮往更加遙遠的地方
人在路上總想渴求奇遇和輝煌
無法安定的不是我的雙腳
而是那顆難以寧靜的心
無論我旅行到哪裡記憶都是痛苦的
石頭掉進湖中擴展的漣漪
讓逝去的一切填充我們的腦子
它們像植根於大地的那些樹木
在風吹動下時時敲擊著我的心靈
我的旅程終究是孤獨得像宗教
漫長而不可抵達的終點
聖地永遠在想像中擦身而過
如今我只想讓那些
樹木石頭河流和山川
匯入我那虛幻許久的靈魂之中

（1993）

旺秀才丹

作者簡介

　　旺秀才丹，藏族，一九六七年出生於甘肅省天祝藏族自治縣。一九八五年開始詩歌寫作，一九九〇年畢業於華東師範大學中文系。同年，被選拔參加上海市作家協會第三屆青年作家（詩人）創作班，一九九四年在中國社會科學院研究生院文學系作家班進修並結業。二〇〇三年出版個人詩集《夢幻之旅》，並獲甘肅省人民政府敦煌文藝一等獎，詩作入選《當代先鋒詩三十年1979-2009：譜系與典藏》；與才旺瑙乳合編《藏族當代詩人詩選（漢文卷）》，該書是藏族史上第一本收錄最全的藏族詩人用漢語創作的詩歌選集，出版後即獲得甘肅省首屆「五個一工程」優秀圖書獎。現為西北民族大學學報編輯部哲社版編審，甘肅省藏人文化發展促進會會長，二〇〇四年創辦《藏人文化網》，兼任CEO。如今藏人文化網已成為最重要的涉藏中文網路平臺，長期策劃各類大型文藝文化活動，並舉辦慈善活動，形成品牌的同時傳達著一種堅實、厚重的藏人精神。

鮮花

1

雙手合十，我輕輕打開詩集
白玉的汁液淌過花莖
飽含在那未放的蕾裡
我看見，鏡子孤獨地照耀，它
想說什麼，要說什麼

詩壇的頂端，大師口吐鮮花
我明白，這無疑是一面旗幟
獵獵的聲響，割斷語言
後來者有的跪拜，向失敗
或者更大的勝利

最後的幸福，在
疼痛的兩肋下開放
在甜蜜的柵欄內起舞
忘記土壤，植物依然在生長
枝條幽幽地浮在水面

2

我理解死亡，如同理解

大師額頭的白光
千年的愛情只在深處疼痛
疼痛，鮮花的故鄉
火一樣舐向我的臉

舐向我的眼睛
我的眼睛火一樣年輕而充滿誘惑
它不停地唱，遍地風流
萬紫千紅，我的眼睛攪動死水
它背叛了靈魂和肉體
歌聲在山坡上蕩漾
那雲雀像她自己一樣飛過
那白雲像白雲一樣飄蕩
這牧場裡誰是唯一的主人
誰是我的客人，請告訴我

3

這臨終的勁歌唱到了雪
它融化，滴落
慢慢地，慢慢地穿鑿著石頭
淘洗黃金，使瑕疵從白玉中流走
這歌聲彷彿漸急的鼓聲

它磨礪著銹蝕的刀鋒
讓鐵具有戰鬥力，醒來

等待血，等待著至親的兄弟
斜坡上，草被吃光又長出
這刀，在最鋒利處感到孤獨
我雙手合十，向鮮花祝福
向鄰居的紅瑪瑙祝福
徹夜的長眠使黎明更像黎明
誰能剝奪思想者的額頭
誰能使黃金君臨一切?

4

大師們站起身，穿過種子的進化
穿過雪和鹽的草場
抱著疼痛受拜，他們的左手是一棵樹
右手憂傷地插入頭髮
那亂草搭起的巢穴

居住未能使鮮花夭折
反而使春天像梯子一樣漫過山頂
看啊鮮花，看啊鮮花
你在什麼時候停止
你在什麼地方停止

花苞豐富的愛情，當天空盛開祥雲
它層出不窮
它倒映在河水靜靜的綠裡

魚兒們發現，當玉老時
珠子就黃了

5

我生活在幻想的愛情裡
雪停時，我將白雲、羊和女人趕上草坡
讓她們鮮花一樣生長
我看著那最嫩的，伺候得最細心
我用語言使她幸福

這時我備感幸福
脫掉大師的外衣，丟掉帶刺的鞭子
只有鮮花懂得愛情
那些詩集，她使我在每一片光芒裡
始終離不開自由

她帶著青草轉移牧場
南山到北山，上游到下游
各人對幸福的理解並不同
但是你，為何總是在磨那閃光的鑽石
那到底為什麼

6

夜深了，鄰居在床榻上睡去

他的疼痛鏡子般照向我的臉
和我歌唱的眼睛
我也醉了，醉得使疼痛感到疼痛
使雪瘋狂地飄落

鐵重新回到了誕生的地方
刀鋒在孤獨中遲鈍
它砍向鮮花
彷彿冰澆熟的果實
使枝頭充滿了眼淚

世界使我懂得了死亡
又讓我活著
我的左手像一株樹，右手插入頭髮
我和所有的大師一起站在壇上
接受後來者對我疼痛的膜拜

7

我夢見，我揮舞雙臂分水前行
在尋找玉

早上醒來，我看到玉
她就在我的身邊

（1990-11）

一場憂鬱的雪使大地美麗

1

這樣的一陣風，隨後就是雪
她的降臨分外嚴謹而緩慢
仿若淨水包裹珍珠
那憂鬱的針線無微不至

2

這樣的一場雪，她的孕育比降臨
更純粹，更肆無忌憚
那些碎石子，金魚和艾草
她們彼此學習和忍耐
高高地飛翔，照亮了建築
照亮了大地無限的杯子
盲者對於這潔淨和冰冷
她們天生的聰明一覽無餘

3

我們該選擇哪一個
在簡單和遙遠之間，心靈
在波濤間閃爍，金槍魚越過高尚

和美麗的羽翼，歌唱珊瑚和藻類
歌唱那無名而熱切的愛
她吸吮古老的根鬚
暢飲新鮮的汁液
「同時張開心靈
用自身去斟滿她」

4

這是一次尖銳的較量
刀子和心靈，水和火鬥爭
那「唯一勇敢死去
但從沒醒悟的事物」
她的墳塋間開滿玫瑰
這種帶刺的美麗
無疑「瓦解了倖存者的餘生」

5

讓醇酒注入夜幕
釀造和品嚐，二者同樣富於誘惑
從一滴水到另一滴水
姑娘們經歷了選擇和考驗
她們貯藏的糧食
是黑夜的珍珠，端坐大地中央
粒粒光芒在雪地裡閃爍

6

逆流而上，或者順水而下
鰱魚、青魚和鱒魚，她們彼此追逐
輕靈的尾部驕傲地擺動
像風中威武的旗幟
她們口中含著雪，身上藏著鹽
白石頭中間，到處布置著她們的
廣場，子房和宮殿
鮮花和嬰兒，同時在石頭邊生長
鮮花在水面上張開裙幅
嬰兒在水中孕育了利刺

7

看白石頭，風中的顯族
他高高在上，寂然而立
他使大雪的白在自身
面前失去意義，而只保留了光芒
這是一塊隆起的石中之王
他極力向天空升長
雪停之時，他向天空
如強弩之末，又進了一步
這咳血的病痛，種下了耀眼的寶石
太陽一出來，光芒照四方

8

這是一場雪中之雪，在距離大雪
最遠的地方，正下著最大的雪
啞者貫通穹空的沉默裡
盡現最美麗的火焰
走過數個世紀的大地
這滿滿的杯子，盛著的盡是空
「那斟酒的手臂和瓶子
正因為不存在
才最乾淨」，有力，源遠流長

9

這裡沒有雪和天空
沒有大地和魚，白色的山崗
這盲者獨持憂鬱和美麗，駐足
在哪裡？她神秘而遙遠
富於等待，是的，等待

注：引號內詩句乃襲用《當代歐美詩選》（春風文藝出版社，1989
　　年）一書。

（1991-03）

美麗的兔角

天空不需要說她空，正如
兔角不需要說她有
這意念中的花朵
她的盛開，如同一場
事先被張揚的豔遇
在對細節的幻想和虛構中
緩緩拉開大幕

故事從當下開始
在下一刻自由地上演
如同兩架馬車，相遇在眾人的目光裡
車輪腐朽，在行進中沾滿了
糞土和花香
馬兒健碩，額頭閃爍著以往歲月的幽光
在四目相對的那一刻
圍觀者的手心攢緊了
他們從各自的角落期待下一幕
暗含著我們對平凡生活戲劇化的渴望

一場事先被張揚的豔遇
如同許多事先未被張揚的豔遇
都會有潛藏的探險和刺激

聚會中繚繞的煙霧和思緒

酒杯裡交叉的眼神和追逐

腦海裡夾帶來時的路上的一些記憶

言語裡閃爍斑駁陸離的切片

模稜兩可的機鋒，可有可無深意的潛臺詞

有時候一個火苗，或者一隻飛蟲即可改變軌跡

牽手或者告別

兩個背影都會隱沒在夜色深處

兔角，是現實中並不存在的

一朵美麗的詞語之花

她被研讀，觸摸，圍觀

她活在我們的日常生活之外

偶爾被說出

蘊含著空靈的美和真相

我想像著她

如同想像著那場無法預測的豔遇

（2013-11）

西娃

作者簡介

　　西娃，漢族，帶有藏族血統，一九七二年出生於西藏，五歲時隨父母到達李白故里，現居北京。少女時代愛上寫作與神秘文化、飄蕩、寫作，在靈性體驗方面寧願把自己當實驗物。一九九〇年代末期寫小說，先後出版長篇小說《過了天堂是上海》、《情人在前》、《北京把你弄哭了》，之後幾年消失江湖，拜上師 J 修習格魯派的教法，拜 M 學習易學。二〇〇七年重新開始詩歌寫作，曾獲《新詩典》首屆銅詩獎，著有詩歌合集《九人詩》。如今散漫的活在北京，除了賺夠飯錢，其餘時間隨心而為，不計畫方向與目標，生活與寫作皆是。

外公

1

久遠的年份裡　你妻妾成群
抽著旱菸躲在女人們的香氣和風騷裡
體驗戀情　愛情　濫情及純粹的性
沒有一個男人比你更清楚　女人
情欲把你洗涮得乾乾淨淨

死去的那一刻你兩眼澄明　無所牽掛
和無所貪住的樣子　像我心中的神
我卻在道德和倫理裡　迷惑不定

2

多年後的今天　我遠離家鄉的青裸和帳篷
孑然一身走在自己的宿命裡　你的
風流成性和外婆的陰鬱　使我
不相信男人不相信世間的愛情

外公　另一個世界裡你注視著　我的淒苦
你滿眼悲憫　於是你的靈魂
二〇〇二年的夏天　附在一個貌美的男子身上
於千年的古剎前　將我劫持

3

他讓我叫他外公　　這個稱呼
和他蒼老的眼神他高貴的騎士風範
使我相信　　他就是外公你
我叫了一聲外公　　便聞到滿嘴的親情和親近

4

他拉著我深入　　北京的大街小巷　　寺院與教堂
深夜裡　　藍天下　　風雨中　　他蒼涼而又蒼涼的
聲音　　為我和這座城市加持
他讓我安住北京　　把它當成第二故里
我在他的左手上　　觸摸親情
卻在他的右手中　　觸及到愛情

他用外公的情懷　　照顧我細微的情緒
用一個男人的雄魂　　把我變成小女人

從此　　孤魂野鬼的曠野裡　　再也找不到
我的身影

5

因為外公　　我解除了對這座城市的陌生
接納著它的風沙　　熱浪和大雪

因為這個男人　我解除了對眾男人和情愛的敵視
你們與北京的噪音及塵浪
把我洗涮得像一片寧靜

眾多的時候　我分不清
哪一部分是外公　哪一部分是這個男子
你們交織　交織成一道迷人的情緒

6

他漂亮的嘴　在第一抹晨光裡
吐出　令我驚悸的話語
「我是在代替你的外公　照顧你　愛你
這是你的需要　也是他的心意
他過去所有的風流　都是為了在今世
給你一份這樣的　而不是那樣的愛情

我逃出他的懷抱　跌進
「亂倫」的罪惡裡　這份甜言蜜語
卻把我包裹得像情愛中的醉意

7

外公　謝謝你的成全　謝謝你的美意
請你的靈魂在今天的夜裡　離開
我要把這個男子　變成我的男人

我不要叫他外公　我要叫他的名字

（2002-09）

按：近兩年，一直在一首詩的核心，主體詞語和句子上，建構立體效
應，希望通過詞語和句子的隱射，讓一首詩歌變得多維，使「詩核」
為變化體。讓不同的人在裡面找到自己相應的部分……我時時而至的
厭倦之心，終究在這組詩歌上，有意的做了些別的建構和嘗試：把我
喜歡的幾個佛典中的名號，（對我而言，個體的「人」或名號，只是
不同生命層面的展現。佛說一切法，就是針對不同境界的生命說的
法。）跟「我」的現實做了一次含混。從修慧上講，這些詩的詩境和
詩核是層層遞進的，是一組詩，也是一首詩；當然，或許可當情詩來
讀……

或許，情詩

維摩詰

我們同時陷入了五月
槐花味，菩提香，落在
一條語言的藤蔓上
我看似的輕飄和散漫，都不曾掩蓋住
初遇你時，內心掠過的顫。纏。饞……

避開窗外的暴雨和黴爛
我們的深談
環繞著本真，禪坐，內視與根性
兩股清泉，匯入深潭……
我不敢用俗眼去觀你
更不敢用俗世的心，測量你現身的真意
我像在伺候一座寺廟，呵迎一場加持
而我的腰身，搖擺不定，它滴落
閃爍的蜜語，似試探，似遺漏
又被即興的玩笑所沖淡

經久不見的沉香和沒藥味兒
暈厥著我的五月和下滑的身姿
它們來自你的面容和口吻？還是來自

我，在聲聞相之間，刻意的迷幻？

停止經年的渴望和等待

醒來，朝你傾斜一尺，又一點

而一種不明其因的業力

把我彈回原地。使渴望更為渴望，等待更為等待

就在這場相遇裡，我知道了

維摩詰：你為我，為眾生生病的原因

藥師佛

當然，這也是手額失聲的時日

藥師佛，你到來前

我從不知自己病得如此之深

我用「怪癖」，「離群索居」，「孤傲」，「犧牲品」……

這些文人慣用的詞，掩蓋著自己的病灶

你拆卸開詞語的面具，無非是，人類共有的

自我反映，自我哀憐，自我重要感，抱怨……

我們在人類共同流血的感覺中，抱成一團

多年來，或文人，或詩人的名分，與之的糾結

串聯出幻覺：自己多麼像將被人翻閱的經卷

在人類通用的病歷上，我卻拒絕簽下自己的名字

那偶爾的懺悔，救贖，赦罪。這些不了義的行為
也僅僅是帶著文化的標籤和腥味

藥師佛，謝謝你。你的宏願
你無盡的光耀，無疑是對我的愛憐，使我
覺知：我看似的活著，就形同於——又一次輕生

現在，我必須與昨日，與自己，徹底的翻臉

燃燈人

刨開閃電，煤渣和事物的假相
你逕直抵達，我的內心
事物的根部——燃燈人

我依然把自己深埋在塵土裡
渾身的根鬚，感知你的存在，卻忽略你已到來
文字波液（般若）裡，你為我授記——
「你將會……你將是……你。」

泯滅掉低低的歡悅，側過身軀
進入我日復一日的廚房，摘除，清洗
芹菜，茴香，苦菊……上的爛葉與汙跡
調饌出的佳餚，供奉在暫時無人的餐桌上……

是的，我無法追隨你而去——燃燈人

我是如此依賴自己的手指，它
保質著我的低聲線，和對你欲說欲深的愛慕——
僅你的殊勝之相和「高大」，就足以讓我
在這個塵世：徒然，卑微的勞作下去。

阿育王

在一場虛擬的黑白畫面中
與你相知。我病倒在
老電影《盡情哭泣》的插曲裡

低熱，高燒，間斷的囈語
組成我持續的黃昏和夜晚，也組成
我在玄迷的世界中，與你傾訴的可能——
阿育王，你擁有雄獅與鱷魚的骨骼和氣質
屠殺，征戰，愛恨，出離，在孔雀王朝
大建寺院，結集佛典，把子民迎向覺悟的方向
你在大染缸裡，把自己染得如此出塵

這些年，我在我居住的塵世中
於凡俗的男人們身上，尋找可能的「神性」
又在釋迦摩尼，耶穌，穆罕默德……的身上

尋找可能的人性。在我的眼裡，
具足人神合一的氣息，才夠得上……
阿育王，你符合我對男人所有的夢想

《盡情哭泣》裡，我聽到帕瓦奇公主的聲音
「你為什麼總不到來，我在四處尋找你！」
她哭倒在你懷裡，眾多高昂的女子哭倒在你懷裡
阿育王，我是不在場的那一個，我是
在插曲裡，病倒的那一個

我是病倒，又站起來的那一個

地藏王

這個夏季
我是滿的
南方的水域是滿的
你的領地是滿的

地藏王——
我對地獄很熟悉
我在我的塵世深愛過
我愛過這裡的男人和女人
愛他們的漏洞和膿瘡，失去果核的皮囊

當這種不可說的愛，把我漩入地獄裡
你看著我，看著我怎麼無望的死去
怎麼在隱忍裡，脫掉一層層人皮……

我進入《地藏經》——

這個夏季，遠離我的人群和蟬聲
地藏王，我無需回顧的愛上你
當我發現自己在日月下沒有了身影
在鏡子裡沒有了反射
在地上再也留不下自己的足跡時
我明白了你，明白了地獄全部的真意——

從不曾有個別人把地獄設置到
我，我們每個有情眾生的身體裡
而我們自己這麼做了
並把它擴張到，身體以外的領域……
你慈悲的站在每一處，迎接了
這紛紛的，群體的，無知的墮落

蓮花生

撇開所有的咒語，撇開手印
撇開我心持五年的《中陰聞教得度》
蓮花生，蓮花生，蓮花生
在這個生命的段落裡
我每天觀你的相片。默念你的名字
蓮──花──生──蓮花──生
你的蓮，不分季節的，開過來
開滿我的四肢和五臟

花叢裡，我們的每一次相觸
都碰落一地花瓣，看似隨意的漫談──
野生茶。受光處。土壤。人質與人氣……
每一件事物裡，都開著一朵蓮
每一朵蓮裡，都有世俗的深遠
它們消解著我的分別之心，蓮花生
「此時此地此景」，你，經典，喻體
這境智的冥合，對我，無疑一場全面的度脫

而當你到來。離開，亦或消失和不在
都是在用形體咒語告誡我──
你既在我的裡面
也在我的外面

阿彌陀

你說：看哪，連鳥兒都在說法

我低著頭長跑，在地表六十度以上的夏天
從媒體村到奧運公園
在一條條看似的大道上
我知道我正在面臨，歷史上超負荷的
熱浪，災難，精神的畸變
我聽到鳥兒的叫聲
但我沒聽懂它的說法
我看到了「素心蘭」
它的出現，是警醒，是為多災難的今天
提供異樣的路徑？

我的耳邊掠過風聲，掠過十字路口的歌聲
「我掙扎著，掙扎著向你靠近
而我眼前橫躺著，無盡的距離……」
阿彌陀，你是否已為我敞開，我無須過問和看見
我須得低頭無畏的長跑
跑過熟悉我的事物，跑過陌生我的人群
跑過掌紋上的交叉線，所有的標識，雜念
我驀然入定——你光焰燦燦
長跑線上，你一直與我如影隨形

阿彌陀，你手執我手，去往
熱浪，災難，精神畸變……的中心
你說：看哪，連鳥兒都在說法──
和光同塵，和光同塵

（2010-07）

扎西才讓

作者簡介

　　扎西才讓，藏族，一九七二年出生於甘肅省甘南藏族自治州，一九九四年畢業於西北師範大學中文系。一九九二年開始文學創作，在《民族文學》、《詩刊》、《詩歌報月刊》、《星星》、《詩選刊》、《中國詩歌》、《中國詩人》、《西藏文學》、《飛天》等刊物發表文學作品近五十萬字。作品曾獲「詩神杯」全國詩歌獎、第四屆甘肅省敦煌文藝獎、甘肅省少數民族文學創作獎、《西藏文學》九四年度作品獎、《飛天》十年文學獎；並入選《七〇後詩歌檔案》、《甘肅文藝五十年》、《甘肅的詩》、《中國詩歌白皮書》、《甘肅七〇後九人詩選》、《瑪尼石藏地文叢·前定的念珠》、《藏族當代詩人詩選》和多部年度詩歌精選。著有散文詩集《七扇門——扎西才讓散文詩選》、《六個人的青藏》、《甘南當代鄉土文學導讀》。中國少數民族作家學會會員，甘肅省作家協會會員，甘南州作家協會副主席。

白鬃馬穿過草地

無須描述那個午後的隱痛
無須描述歌者的經歷
白鬃馬穿過草地
恰似陽光走過草葉水走過根鬚
我在午後的天空下
看見一團白色火焰以鷹的迅疾
穿過日漸枯黃的草地

白鬃馬穿過草地
並不在乎我的驚詫
和一根馬鞭腐朽後的屍體
穿過自己的命運和蹄聲
穿過虛實之間的靈魂和肉體
我在那白色幻影之中發現
幸福和苦難，是一樣的顏色
一樣的在陽光和草地之內
存在的光芒

白鬃馬穿過草地，
如同我穿過我的往事
從此我不再渴望什麼
白鬃馬穿過草地

就像鐘聲消失在愛情之後
響亮的民歌隱約在民族的傷口裡

白鬃馬穿過草地
那一團白色的精神和靈性
使我陷入沉思
一切都已結束一切又將開始
被遺棄的智慧的碎片
將由歌者一一整理

（刊於《飛天》1992 年第 12 期）

敘述

捕捉到寧靜往昔的人
把心事放出羊圈
他比想像更多出一對沉重翅膀

夜在眼裡投下黑影
秘密浮現
被珍藏的女人跨出塵封了的門檻

一根敘述的舌頭
想緊緊抓住瞬間

我說的是暮色下的一間房子
居住在裡頭的人
已經離去

我重溫的是一場私情
曾被時間之水
慢慢稀釋

（刊於《民族文學》1995 年第 4 期）

飯館裡

從餐桌上站起來，舉起酒杯祝福別人
我的胃裡就空了，似乎祝福能把人完全掏空
我只好停住祝福，難受地捂住心口
站到沉默的大多數裡

吃飯是人生常事，每天都發生，讓食物消失
飯後，我在桌子上打盹，沉思，無所事事
那些門窗、鍋碗、瓢盆，在我的世界之外依然存在
我還不習慣它們安安靜靜的樣子

我為我的生活羞恥，拉過一把椅子，坐在院子裡
正午的陽光，黃黃地照著院牆
照著一隻老貓，慵懶，閒適，像個肥胖的女子

就這樣，許多年了，我在鄰居家的飯館裡越坐越老
親眼看到大師傅揮起炒勺
把我的少年時光和青春時光，都炒進一道道菜裡

（刊於《青年作家》2012年第9期）

騰志街

一小部分人，出現在騰志街。大部分人，躲在房子裡
磕頭，念佛，看電視。也只能是小部分人，感覺到
天上有鳥在飛，有月亮在走，有雲朵像霧中的杏花
把街道上昏睡的柏樹、冰草和藏金蓮，輕聲喚醒

夜裡非常安靜時，能聽到土地的呼吸聲
就在街道下面，排水通道裡，有著豹子的力量
也能聽到神靈在低語，天幕在下垂
山野裡低矮的灌木，悄悄地把小城重重包圍

但到了早上，世界還是原來的樣子
山不會升高一寸，水的流速也和去年一樣
街上的老人，還是像上個世紀那樣長壽

唯有一點被什麼給改變了，那個羚一樣驚豔的
我暗戀了三年的女子，再也沒有出現
彷彿這騰志街，是一座吞噬美貌女子的廟宇

（刊於《中國詩人》2012 年第 5 期）

嘎代才讓

作者簡介

　　嘎代才讓，藏族，一九八一年出生於青海，長於甘南。先後就讀於甘肅師範民族學院、魯迅文學院、北京電影學院，從事過新聞、詩歌、詩評、劇本、影評、歌詞等不同領域的寫作，被外界譽為「西藏先鋒詩歌的良知」。一九九八年起開始藏漢雙文創作，作品曾入選《新世紀詩典》、《中華詩歌精選》、《八〇後詩歌檔案》、《中國年度詩歌》、《中國詩歌精選》、《中國最佳詩歌》、《中國詩歌選》、《葵》、《中國網路詩讀本》、《二〇〇八～二〇〇九：中國詩歌雙年巡禮》、《中國當代詩歌後浪》（英語）等五十餘種文學年鑒和詩選。曾獲：全國十大少數民族詩人、「詩選刊·二〇〇五中國年度先鋒詩歌獎」、二〇〇六年度大西北優秀詩人、八〇後十家詩人、「西藏第三代詩人·二〇〇八年度詩人」、格桑花文學獎、二〇〇九年度中國十大新銳詩人、二〇一一年度中國十佳詩人、第五屆甘肅省少數民族文學一等獎，二〇〇八年底入選「年度八〇後作家排行榜」，入圍第四屆華文青年詩人獎。

去年冬天在拉卜楞寺

不經意在冬日的一場寒風中
我遇見了：一個傲慢的面孔和
一塊突然繃緊的皮膚。

在哪個遲遲醒來的早晨
下起了雪，大街上的孩子們是堅強的
用純潔的目光凝視這凌厲的季節

——去年冬天在拉卜楞寺
在那裡我可以聽見：大夏河的流水聲
小喇嘛的法號聲
甚至，落在大經堂中央的塵埃都能看見

冬天這麼長，繼續下來的是邊緣的朝聖者
他們在國道裡放慢了腳步
乘坐一輛小轎車，試圖接近寺院紅牆。

一種感傷的言辭，或者在一群人
冰冷的骨髓裡——
讓人感到驚訝的是：漸漸退去的信仰

風吹著，經幡在大山的背後開始搖晃

這時我在寺院的藏經樓裡

可以讀到紅衣僧人的古體詩，以及相關的歷史傳言

我想：這應該是土門關近內的一種精神遺址

去年冬天，我看見桑科或甘加來的牧人

沉醉在城市的混亂中

他們那粗大的手指彎曲又伸直

然後，撫摸著擺在面前的各類東西

現在：我必須避開虛浮的寒風

拒絕做一個隱滿了嫉恨的人

這個冬天，我就這樣流浪在拉卜楞寺

（2002-07）

我在甘南

彷彿還在昨天

我們同時走近一個地方，擁抱

親吻，害羞地扭過臉

那時天地很暗，太陽還沒出來

你我之間，有空氣飛揚

我說你是草原

是草原明亮的眼睛

這是我渴望馬匹的清晨

整夜我都盼望，有蹄聲響起

你總是固執己見。

這麼多年，一朵格桑燦爛於夜的時辰

就是甘南。早上六點

其實不知道是什麼時候的六點

風吹過，這地方

被一絲一絲的寒風所利用著

這種時候

我會記住草原的顏色

記住她的歌聲

記住那匹渴望已久的馬

太陽出來了，這是寂靜的甘南草原

男人在放羊，女人在河邊打水

我已沒什麼事可做了

我沉默不言

（2005-08）

七月的幻術

我很早就說了，鷹翅上的文字
早已蕩然無存。
庭院的蓮花如同天空，遲遲未能在
寂靜的領空裡喊出春天
春天如同我的愛人
泣哭的念唱之後，命運所能給我的
也就剩下一片廢墟。

也許，這是人類最後的驕傲
黎明前舉動的身子
趁星光慢慢隱退，放大步子，在山頂打坐
為了一個美麗的妓女
哽咽不語，來不及點滴的溫暖，
抱住愛人的骷髏。

我不是第一個抵達死亡的人
花朵死於愛；
人類死於感念。我不停地嘗試說話
堅持流淚，懷念，甚至眺望
遠處的光亮，痛苦地上升到天空，
用一滴雨水請求
人間的美，我試圖再次說出

馳越燈火的草原。

那一陣風吹亂的頭髮，與草尖上的
馬匹在作舞。我在早晨的
誦經聲中，辨認清楚一個面目全非的地方
符合於現在的情緒
也許，誰都不願拾起自己的骨堆
秘密地建造一座城堡

順著風的意思，
安睡在慘然的微笑中，你將會明白
這是一冊焚毀的經卷，是詩人嘎代才讓詩中的
挖潛與呈現；
詞根的哀傷，轟然坍塌的
一棵菩提樹的故鄉。

痛擊心靈的一段歷史逐漸成為
一個奇特的夢，永遠不再醒來，如同
熱戀的情人，甜蜜。

（2010）

輪迴

「佛殿裡受戒的梵音，支撐著傳唱，
免不了中途被風吹襲——」

此生，恍如一夜：赤身走來，赤身走去
丟棄了諸多血肉的理想。愛和疼痛；將短暫的一生
看作高處的倦意，
祭獻給漆黑無定的大地。如果恩怨遠去，
如果心身抵達了空無的本質
我會攫取上下浮沉的生死流轉，像一隻疲憊的禿鷲
在來世的天空中徘徊。

三世因果：世上最純潔的領域
懷揣機緣和善惡。

（2012-06）

阿布氊孜藏餐館對話
——給阿佳卓瑪、克珠

諾日朗瀑布下，並不懷疑
一條魚內心的沮喪。群山之間，我持續擔憂的是
夏日的雲朵如何逆轉而上
如何舒展它的翅膀。其實，一切可以忽略不談
萬物隨緣生長——

祈求黃昏把我載入漆黑的夜裡
用褪盡鏽跡的內心，丈量一場雨緩慢收起的燈光
「不要因疲勞過多而變成石頭」，朋友笑著說
我們愛惜自己。就在今夜
我們抱住了一道神祇的光芒，以及難以遏制的
愛和疼痛。當晚，我在酒店寫下：
「黎明與黃昏間，你倆留下了諸多生動的截記
灌溉著母語的版圖——」

九寨溝：在大自然的吹拂下
山水卸下濃妝豔抹，讓無數人在深夜致醉
並不是孤身一人犯下世俗之錯
並不是一本自己潦草的經書
被族人催問。靠近深夜的篝火，我將哭泣，

抑或微笑？翻過此夜，我卑微的思想
有著被動搖的願望——

遠道而來，我接納了美好的一天
供奉方向和空曠的淚水。

（2012-07）

散文卷

王宗仁

作者簡介

　　王宗仁，漢族，一九三九年出生於陝西省扶風縣，筆名柳山，國家一級作家，中國散文學會名譽會長。一九五五年在《陝西文藝》發表散文處女作，一九五七年自陝西扶風中學畢業後，隨即參加中國人民解放軍，在汽車團當駕駛員。自一九五八～六四年間，他開著從德國進口的載重量六噸半的大型軍車，翻越海拔五千三百公尺的唐古拉山，每年至少六、七次。如此年復一年地往返於甘肅－青海－西藏，後返於祁連山－昆侖山－唐古拉山，整整奔波了七個春秋。後來他被調到總後勤部當宣傳部新聞幹事，逐步成長為著名軍旅作家。光榮退休後，他還堅持每年自費進藏深入生活。數十年來，王宗仁翻越世界屋脊唐古喇山超過一百二十次，用自己的命與青藏高原交心，他見慣了死亡，多次親眼見到自己的戰友兄弟離他而去，於是作品中有很大部分是懷戀英雄，歌頌死亡的壯烈。著有散文集《傳說噶爾木》、《雪山無雪》、《情斷無人區》、《苦雪》、《拉薩跑娘》和《藏羚羊跪拜》，二〇一〇年以散文集《藏地兵書》獲得第五屆魯迅文學獎。長篇報告文學《歷史在北平拐彎》曾獲全國中國圖書獎、第一屆軍事文學獎；《睡獅怒醒》曾獲中國圖書獎和解放軍圖書獎。

藏羚羊的跪拜

　　這是聽來的一個西藏故事。故事發生的年代距今有好些年了，可是，我每次乘車穿過藏北無人區時總會不由自主地要想起這個故事的主人翁——那隻將母愛濃縮於深深一跪的藏羚羊。

　　那時候，槍殺、亂逮野生動物是不受法律懲罰的，就是在今天，可可西里的槍聲仍然帶來罪惡的餘音低迴在自然保護區巡視衛士們的腳步難以達到的角落，當年舉目可見的藏羚羊、野馬、野驢、雪雞、黃羊等，眼下已經鳳毛麟角了。

　　當時，經常跑藏北的人總能看見一個肩披長髮，留著濃密大鬍子，腳蹬長統藏靴的老獵人在青藏公路附近活動，那枝磨蹭得油光閃亮的杈子槍斜掛在他身上，身後的兩頭藏氂牛駄著沉甸甸的各種獵物，他無名無姓，雲遊四方，朝別藏北雪，夜宿江河源，餓時大火煮黃羊肉，渴時一碗冰雪水，獵獲的那些皮張自然會賣來一筆錢，他除了自己消費一部分外，更多地用來救濟路遇的朝聖者，那些磕長頭去拉薩朝觀的藏家人心甘情願地走一條布滿艱難和險情的漫漫長路。每次老獵人在救濟他們時總是含淚祝願：上蒼保佑，平安無事。

　　殺生和慈善在老獵人身上共存，促使他放下手中的杈子槍是在發生了這樣一件事以後——應該說那天是他很有福氣的日子，大清早，他從帳篷裡出來，伸伸懶腰，正準備要喝一銅碗酥油茶時，突然瞅見兩步之遙對面的草坡上站立著一隻肥肥壯壯的藏羚羊，他眼睛一亮，送上門來的美事！沉睡了一夜的他渾身立即湧上來一股清爽的勁頭，絲毫沒有猶豫，就轉身回到帳篷拿來了杈子槍，他舉槍瞄了起來，奇怪的是，那隻肥壯的羚羊並沒有逃走，只是用乞求的眼神望著他，然

後衝著他前行兩步，用兩條前腿撲通一聲跪了下來，與此同時只見兩行長淚從牠眼裡流了出來，老獵人的心頭一軟，扣扳機的手不由得鬆了一下，藏區流行著一句老幼皆知的俗語：「天上飛的鳥，地上跑的鼠，都是通人性的。」此時藏羚羊給他下跪自然是求他饒命了，他是個獵手，不被藏羚羊的悲憫打動是情理之中的事，他雙眼一閉，扳機在手指下一動，槍聲響起，那隻藏羚羊便栽倒在地，牠倒地後仍是跪臥的姿勢，眼裡的兩行淚跡也清晰地留著。

那天，老獵人沒有像往日那樣當即將獵獲的藏羚羊開膛、扒皮。他的眼前老是浮現著給他跪拜的那隻藏羚羊。他感到有些蹊蹺，藏羚羊為什麼要下跪？這是他幾十年狩獵生涯中唯一見到的一次，夜裡躺在地鋪上他也久久難以入眠，雙手一直顫抖著……

次日，老獵人懷著忐忑不安的心情對那隻藏羚羊開膛扒皮，他的手仍在顫抖，腹腔在刀刃上打開了，他吃驚得出了聲，手中的屠刀當一聲掉在地上……原來在藏羚羊的子宮裡，靜靜臥著一隻小藏羚羊，牠已經成形，自然是死了。這時候，老獵人才明白為什麼那隻藏羚羊的身體肥肥壯壯，也才明白牠為什麼要彎下笨重的身子向自己下跪，牠是在求獵人留下自己的孩子的一條命呀！

天下所有慈母的跪拜，包括動物在內，都是神聖的。

老獵人的開膛破腹半途而停。

當天，他沒有出獵，在山坡上挖了個坑，將那隻藏羚羊連同牠那沒有出世的孩子掩埋了。同時埋掉的還有他的杈子槍……

從此，這個老獵人在藏北草原上消失了，沒人知道他的下落。

（刊於《新民晚報》2002-09-25）

一把藏刀

　　二〇〇六年八月的這個中午，好像註定我要走入另一種生命。當我在書房「望柳莊」忙忙碌碌地觸摸媚麗的陽光時，茫茫塵世的另一端一位藏族老人的雙眼刺穿我記憶深處的疼。

　　為了找到很久以前收藏的一張青藏公路地圖，我翻箱倒櫃，把書房幾乎搗騰得底兒朝天。地圖最終也沒找著，倒是從一本厚書裡哐當一聲滑落下一把小巧的藏刀，它像一個武士從隊列裡站出，要同我交談。我有些措手不及，但很快就鎮靜下來。

　　我是收藏這把藏刀的主人，我仍然不厭其煩地把它打量，刀鞘上鑲著松耳石，象牙柄上嵌著紅瑪瑙。自然有些陳舊了，多年的塵埃使它失去體面的色澤。但是烈性的銳氣猶在，鋒利的彎月，青銅的寒風，尖刃上仍然能行走迅猛的呼嘯。

　　藏刀在時間上已經沉默四十多年了，刃面上一層薄薄的鏽跡記載著歲月的留痕。冰是火的化身，無聲是有聲的極致。我知道藏刀一直醒著。

　　看著藏刀，我很親切又很陌生。

　　日子用最粗糙的砂紙，打磨掉我眼前早就板結了霧障，強迫我想起生命中那些無法忘掉的往事。已經死去數十年的黑夜開始變亮，和窗外的陽光混在一起，拽我走進拉薩八廓街。

　　藏刀，我骨髓裡的憂傷乃至悲憤是你造成的。你的主人們生存的艱辛，還有當時有氣無力的陽光下西藏千瘡百孔的面容，也許永遠不為你所知。但是你要明白，拉薩的夜確實不平靜，有人在行竊，有人在放火。

山比情蔥蘢。

水比意活潑。

藏刀，你把我從寧靜的和平帶入戰亂的年代。當時西藏和平解放不久，還沒進行民主改革、剛剛發生了一場叛亂。正是拉薩痛哭流涕的季節。我必須讓自己的思緒慢下來，以便仔細地回憶和拾撿那些不該被遺棄的細節性東西。比如，我走過大昭寺唐柳下看到柳枝上掛著一隻燒焦了的藏靴；在布達拉宮廣場旁邊的水坑裡我看見一隻正在掙扎著奄奄一息的小羊羔；一個喇嘛在羅布林卡前和我打了個照面後，便慌慌張張地進了樹林；我來到市中心，發現路邊沒有主人的地灶被冷風吹走了最後一點熱氣……蒙難中的拉薩，今天我對這些記憶猶新！

下來，我該講到那位老阿媽了。

那天午後，如果沒有那場突如其來的降雪，我不會突發奇想地產生了去看看八廓街雪景的想法；如果沒有雪後那次輝煌的落日，把八廓街映照得淒美、蒼涼，我也早就離開那條古老的老街了。一切都在意料之外。

八廓街（那時叫八角街）是拉薩城市的標誌，是城市之中的一個鬧市，城中城。它緊緊圍繞著大昭寺，周圍那整個一片舊式的、有著濃郁藏族生活氣息的建築形成了一條環形街道。八廓街內僻巷幽幽，曲途自通，宮廈套著石屋，迴樓依傍古寺。解放前，八廓街裡既有噶廈政府、地方法庭、監獄等機構，又有商店攤販、手工作坊。這裡住著達賴世家等貴族、僧人、學者，也住著木匠、銀匠、鐵匠、畫匠、裁縫及農奴傭人等社會地位低下的市民。人們在八廓街上那些難以數計的小貨攤上、撐在街旁的各色小帳篷底下，或在一間挨一間的伸進街巷深處的幽暗的小店中，神秘地進行著各式各樣豐富多彩的交易。這裡是西藏生活的集散地，是西藏民俗鄉情的本來面貌表現得最原汁

原味的地方。即使現在到了二十一世紀，外地人走進八廓街仍然能夠比較真實地追尋到感受到幾百年前藏族人民的生活習慣和氣息。

八廓街給我留下刻骨銘心的印象，令我終生難忘的事情，是藏家人在這條街上神聖的朝觀和虔誠真心地祈求人生願望。拉薩城裡的轉經路有三條。大轉經路是圍繞拉薩全城，從沿河路向西繞到布達拉宮後面，再朝東順著建設路繞過郵電大樓，最後回到原地沿河路；第二條轉經路是繞布達拉宮一周、繞藥王山一周；小轉經路也是藏家人心中最重要的一條轉經路，那就是圍繞大昭寺一周的八廓街轉經路了。我要說的是八廓街上男男女女老老少少手搖轉經筒若浪如潮的朝觀人流。我每次來到拉薩，一個最突出的感覺便是這兒的變化太慢，彷彿正是八廓街上緩緩的、靜立不動的腳步拖住了拉薩的發展。他們不動聲色的一圈一圈地走著，這三里長的環形街何處是頭！每天傍晚，是特定的轉經時間，這時好像接到了一項無聲的命令，四方的信男信女立即湧向大昭寺的正前方，一陣輕微的有次序的騷動之後，便嚴格的以順時針方向沿著八廓街走去。必須是順時針，有些不守規矩的外地人總有逆時針走八廓街，這時藏家人用鄙夷的眼光小視他們。傍晚的八廓街上，只聽見無數的皮鞋、布鞋、氈靴在磨蹭地面的碰響聲，人群中發出的輕微的祈禱聲。鮮亮的耳環搖搖擺擺，一串串珠寶閃閃爍爍，一個個轉經筒有旋律地晃動。這活脫脫、灰濛濛的隊伍給人的印象既嚴肅又鬱悶。傍晚的八廓街把人們帶進了一個概念上美好、實際上卻是迷濛的世界裡。

我就是在這時候遇到那位藏族老阿媽的。

不緊不慢的雪花像小蝴蝶一樣滿天飛舞著，很快就給拉薩城披上了耀眼的銀裝。雪中的八廓街自然別有情趣，那些高矮不齊的房舍一積起雪就變成齊刷刷的一個模樣了。犄角旮旯也被雪填充得同樣白淨了。惟有街道上滴雪不留，搖著輕經筒走街的人們用一雙雙沉重的藏

靴踏飛了路上的雪。雪是天空凝固的淚水，它掉落下來的聲音分明帶著一種悲傷，所有人包括我們這幾個串街觀光的士兵，都在擡頭望著灰濛濛的天空，傾聽著雪的聲音。走街人嘴裡唸唸有詞的祈禱聲一聲比一聲白，蒼白。一九五九年初冬拉薩的這場雪肯定是死亡的落霞，要不八廓街為何這樣荒涼、凌亂？

我正毫無目的地在街上走著，大部分商店的門都死死地關閉了，只有少數的印度和尼泊爾商人乘機開門賺錢。其實許多人都像我一樣只是出出進進地串商攤，只看不買。我是為了觀光無心買東西。風吹著，風一直吹著，吹著隨著雪花旋轉的轉經筒。雪幫我保存了這些記憶。

老阿媽像是從天上掉下來的出現在我的視線內。她走在我前面，頂多有五米的距離。她手搖轉經筒，不知為什麼那轉經筒似乎很沉重，她搖得很吃力。老人穿一件髒兮兮的舊藏袍，袍沿拖著地，她走過的地面上蹭下了一行印痕，袍沿上凝凍著一串串雪球。在她回頭望我時，我看到她臉上布滿核桃皮似的皺紋，深藏於皺紋裡的眼神仿彿集中了世界上所有的苦難和憂傷。她衣褶裡凝滯的霜塵及藏靴上躥開的破洞，告訴人們她是從遠方來的朝覲者。是藏北那曲？還是阿里山地或更遠的亞東？不得而知。一隻藏犬很忠誠地跟隨老人身後，這時躥到一個角落抬起後腿撒一泡尿，本來潔白的雪面露出一片黑污。據說多年後，這些尿能讓主人找到返回的路，有藏犬，人就不會迷路。

初冬的風已經很涼了，老阿媽走在落雪的風裡，一顛一顫，隨時都會倒下似的。這時她抬起疲憊的頭用那雙沒有光神的眼睛看了看我，突然回轉身急步走到我面前，乞求似的攔住了去路。不容我多想也不容我說話，她就擋住了我。我不清楚她要做什麼，我不懂藏話又無法跟她交流，心中不免生出幾分驚恐。我站定，盡量讓自己受了驚的心平靜下來。老阿媽便又是說話又是用手比劃，這樣反覆幾次之

後，我終於明白她是要我買下她的藏刀。

其實我早就注意到了，老阿媽沒有搖轉經筒的左手裡攥著一束枯萎了的格桑花，花簇中間露著一把藏刀，就是我們常常看到佩戴在藏家人腰間那種小巧玲瓏的藏刀，護身和裝飾兼而有之。老人不可能是經商的買賣人，這我能從她的著裝及神態上推斷出來，那她為什麼要賣藏刀？

我不得不再次打量起站在我面前的這位藏族老人。

幾十年間，數十次的跑西藏，進拉薩，我深有體驗。只要你一踏進這塊地域，就必須丟掉腦子裡一些固有的東西，重新理解別人，重新理解環境。因為一切都是你從來沒有遇到過的新課題，需要你既要設身處地又要置身度外地去揣摩，去判斷。就說這些遠道而來的走在拉薩街上的朝觀者吧，對於他們的虔誠、他們的執著，你只有理解了才可能走近他們，否則你與他們必然會格格不入。我曾聽人講過，也做過調查，這些朝觀的牧民，不少人為了一次神聖的拉薩之行，往往要把家裡多少年積攢的東西一絲不留地賣掉，作為上路遠行的盤纏。傾家蕩產者實在不少。信仰貼身，無怨無悔。他們一步磕一個長頭地前行，不管多麼漫長的路，多麼艱難的路，都是跪拜出來的。數月甚至成年都要虔誠地匍匐在路上，吃苦、受累、遭罪，全都為了心中朝思暮想的那個明麗的聖地。有些長者熬不過旅途的艱辛，就心甘情願地長眠在朝觀的路上。眼下這位攔路的老阿媽朝觀到了拉薩，這是她夢寐以求的福分，是她的造化。她為什麼要賣掉藏刀？我不得不作這樣的推想：她已經燈乾油盡，身無分文，無法返回故鄉了。回程的路也不輕鬆，她仍然要磕頭、燒香。那些虛無，那些輪迴，那些無法悲傷的眼淚還要在風雪裡飛！

站在我面前的這位老阿媽，她是從家鄉出發來到遠方，現在又要從遠方出發，返回家鄉。不，她是走向更破敗的遠方！家還會等待她

嗎?門窗裂了,地灶滅了。她,衣衫襤褸,滿臉憂鬱,雙手哆嗦。我同情她,憐憫她。但是我不能用夜色淹沒夜色,也不能用眼淚對抗哭泣。我只能讓她感受到人間還有溫暖,哪怕是種植一粒星星的微光到她心田,對她來說那也是一次日出。這樣才能中止她悠遠的嘆息。

黃昏中的阿媽,黃昏中的憂鬱!我走上前靠近了她,低沉地說,阿媽你好嗎,你會好的,你的家鄉在哪裡。我語言生澀,而且語無倫次。阿媽並不識別我渾雜著西藏和陝西腔的口音,恐懼地後退了一步。我背過臉去,該不是拭淚吧!我沒有猶豫,不能猶豫。我掏出多於這把藏刀三倍的錢,買下了它。五十元錢,這是我三個月的津貼呀。一個士兵!

老人恭恭敬敬地接過錢,又恭恭敬敬地遞過來藏刀。使我記憶猶新的是那個細節:她特地拍了拍那束分明已經枯萎了的格桑花,與藏刀一起遞了過來。

老阿媽走了,繼續搖晃著轉經筒走進八廓街上不算很多的人流中。世界博大,她卻矮小。我望著老人的背影,搖搖晃晃地、彷彿隨時都會倒下的背影。直到那背影消失,我才把目光從遠方拔出來,落到了手中的藏刀上。我飽含莫名奇妙的深情打量起這把藏刀。

它大約半尺長,刻在刀套和刀柄上的吉祥如意圖案,在紅綠相間的寶石映襯下栩栩如生,活物一般。有一椿事令我難解,藏刀為什麼要裹在格桑花中?艷美的格桑花象徵吉祥,象徵美好,象徵和諧。我心明如鏡,和平年代用刀的時候少,用心的時候多。我喜愛藏刀是為了收藏。如果這格桑花的色彩還不夠艷,香氣還不夠濃,那就再加上我豐富的生活吧!

西藏人說,冷的時候看太陽。此時是傍晚,天下著雪。雪中拉薩的晚霞很奇妙,卻是陰冷的晚霞。本來到八廓街觀景的我已經淡去了這份閒情。一顆懷揣美好夢幻的心,被老阿媽沉重的藏靴踩埋在灰暗

的深處。還有，就在我買阿媽藏刀的時候，我們的排長李黑子一直站在稍遠處一家尼泊爾商店門前，用怪怪的眼神看著我。是監視嗎？我很是琢磨不透。我想上前和他說幾句話，他卻好像沒看見我這個人似的，頭一扭走了。不過，我沒大在意，排長是管我們的直接領導，也許在他看來像我這個老大不小的兵還花錢買藏刀玩，俗氣！沒關係，排長夜夜都和我們這些兵打通鋪挨著睡覺，熄燈後我咬著耳朵說悄悄話，會給他說清楚的。

　　我再也無心逛八廓街了。我不能忘記那位老阿媽，把自己心愛的藏刀賣給我的老阿媽。這個世界上有的人已經走了，這個世界上有的人還要留下來。老阿媽急著回家，說不定一家人正等著她呢！現在藏刀雖然拿在我手裡，但那是老阿媽的，我願意在我再次見到她時，把藏刀還給老阿媽。我滿懷信心等待著，因為我相信老人家會有好日子過，藏家人少了藏刀，好日子也會過得單調。這藏刀就算由我暫時給老阿媽保管吧！

　　有了這期望的等待，我的腳步變得輕快。

　　夕陽低低地臥在西山上，早起的月亮沖著我笑。

　　我拿著藏刀回兵站，一路上心情十分複雜，一會兒沉重，一會兒輕鬆。想到也許我還有可能再見到老阿媽時，希望的苗兒就把胸腔暖得好清爽。想到身無錢糧的老阿媽艱難的回鄉之路，心兒沉沉，腳步也沉。我不會忘記我在八廓街上看到的老阿媽那張憔悴的臉，那搖搖晃晃走不穩的背影，她猛然間給我扯出了人間的苦根。但我畢竟還做了一件善事，得到了些許的安慰。

　　我無論如何沒有想到，排長一直悄悄地跟隨在我身後。半路上他突然快走了幾步，追上我問道：

　　「你買的這把藏刀有故事，你知道嗎？」

　　「不知道。」我一邊回答一邊疑惑地望著排長，他一臉的嚴肅。

「藏刀是我從一家藏民商店買來的，後來老阿媽要去了。」他說話的口氣滿是傷感，卻很肯定。

我有點不知所措了，確切地說是緊張。會有這樣的事嗎，我買的排長的藏刀？我怔怔地望著排長。

「老阿媽朝覲來到拉薩後，糌粑吃光了，手頭又沒有一分錢。她不得不在八廓街上乞討度日。當時她乞求我送她藏刀，我沒有理由拒絕她。雖然這把藏刀是我買來的心愛之物，但是我心甘情願地用它去救人一命！」

我什麼也沒說，不知道說什麼，只覺得手中的藏刀在戳我心了！

「你留著吧！二十年三十年或者更長的時間後，你把發生在八廓街的這個故事講給後來人聽。這是貧困的西藏農奴掙扎在死亡線上的故事，也是他們擺脫苦難覺醒前的故事。那時我們都老了，也許很老了，年輕人如果不相信會有這樣的故事，我出來作證。」

我收起了這把藏刀。最傷感的故事，最深沉的觸動，最難忘的記憶。一晃就過去了四十多年。

如今，老阿媽那一代人早就走了，當年的八廓街也跟著那一代人走了。但是發生在那裡諸如老阿媽乞討藏刀又賣藏刀的故事，不會過時也不會老。只要我們的日子還往前趕，就要守住那些舊故事，守住那些曾經苦苦掙扎了一輩子的人。像莊稼守住土地，像花朵守住節氣。

黑子排長已經作古。他在生命最後時刻，我和他有過通話。他仍然惦記著那把藏刀，我說該物歸原主了。他還是那句話：你留著吧。我不能作證了，藏刀就是見證。

拉薩通火車了，今年或明年我肯定還會走一趟西藏。火車與我無關。我仍然坐汽車進藏，這樣才能一路走，一路停，一路看，一路問。不過，八廓街我是想去了。那地方會讓我勾起好些人，勾起來就傷

感，如今他們都離開這個世界，想起來，疼！我還是把那些名字都藏起來，藏在八廓街很深的深巷裡，積蓄一生的同情、感恩與無悔吧！

（刊於《中華散文》2006年第11期）

塔熱・次仁玉珍

作者簡介

　　塔熱・次仁玉珍，藏族，一九四三年出生於西藏昌都區八宿縣，筆名塔珍，二〇〇〇年過世。曾擔任過區長、區委書記、縣委副書記、地委宣傳部長、地區行署副專員等行政職務。一九五八年至一九六四年在那曲地區工作，其後三年在中央民族學院學習。一九六六至一九九二年間，歷任安多縣扎仁區長、區委書記、安多縣委副書記、雙湖辦事處黨委書記、那曲地區畜牧局局長等職。一九九三年棄政從文，任西藏文聯副主席、西藏民俗文化總會會長、《西藏民俗》雜誌主編、中國民俗總會理事。著有《藏北民間故事集》、《我和羌塘草原》。《藏北民間故事集》獲西藏自治區第二屆珠峰文學獎。

矮門之謎

過去，拉薩、日喀則、林芝等地區民房的門都很矮。即便是華麗的樓閣，其底樓的門仍較矮，比標準的門少說也矮三分之一。除非是孩子，一般人都有必須低頭彎腰才能出入。而且門口地勢內低外高向裡呈慢坡形，這樣更顯得房門矮得出奇，給人一種房與門的比例嚴重失調的感覺。

自民主改革以來，大規模拆遷，從前那種老式的矮門已所剩無幾了。但目前在拉薩八廓街仍能看到古式的矮門房屋。這對不知情的人來講，的確是一個謎，或許你會想：「這是不會設計的失誤吧？」事實並非如此。

一　矮門房物的由來

修建矮門房屋實際上是預防行屍闖入的一種手段。「行屍」是藏語「弱郎」的直譯詞。「弱郎」是指人死後再起來到處亂闖，危害活人。所謂「弱郎」既非復活也不是詐屍。藏族所言「弱郎」，就是指有些邪惡或饑寒之人死去後，其餘孽未盡，心存憾意，故異致死後起屍去完成邪惡人生的餘孽或尋求未得的食物。但必須在其軀體完好無損的狀態中才能實現。如此說來，藏區的葬俗本身給起屍提供了極好機會。

在藏區尤其在城鎮，不管什麼人死，並不馬上送往天葬台去餵鷹，而是先在其家中安放幾天請僧人誦經祈禱，超度亡靈，送往生等

一系列葬禮活動，屍體在家至少停放三至七天後才就葬。若發生起屍，一般都在這期間。

二　起屍的預兆

許多老者和天葬師都說，他們曾經見過起屍，並且見過多次。但起屍都不是突發性的，而是事先皆有預兆。那些將要起的屍，其面部膨脹，皮色呈紫黑，毛髮上豎，身上起水泡，然後緩緩睜眼坐起，接著起身舉手直直朝前跑去，所有起屍有一個共同的特點：就是不會講話，不會彎腰，也不會轉向，連眼珠子都有不會轉動，只能直盯前方，身子也直直往前跑。假如遇上活人，起屍便用僵硬的手「摸頂」，使活人立刻死亡的同時也變成起屍。這種離奇而可怖的作用只限於活人之身，對別的動物則無效。

人們常言起屍具有五種類型：第一膚起，第二肉起，這兩種類型的起屍，是由其皮或肉起的作用。第三種叫作「血起」，此類起屍由其血所為。這三種起屍較易對付。只要用刀、槍、箭等器具戳傷其皮肉，讓血液外出就能使起屍即刻倒地而不再危害人了。第四種叫作「骨起」，即導致這種起屍的主要因素在其骨中，只有擊傷其骨才能對付。第五種則叫「痣起」，就是使他變為起屍的原因在於他身上的某個痣。這是最難對付的一種起屍，尚未擊中其痣之前四處亂闖害人。所以只能誘殲而無法捉拿。

據傳：從前，西藏一個寺廟的主持死了，全寺僧眾將其遺體安放在本寺經堂裡，然後大家排坐殿內晝夜誦經祈禱，連續三天三夜不曾合眼，就在第三天晚上，那些唸得精疲力盡的僧眾忍不住個個倒地睡去，鼾聲如雷。其中一個膽小的小僧因恐怖之心驅走了睡意，目不轉睛地盯著主人的遺體。下半夜，他突然發現那僵屍竟坐起來了。小僧

嚇得忘了喊醒眾僧，拔腿衝出門外，反扣廟門只顧自己逃命去了。結果，全寺幾百僧眾一夜之間全變成了起屍。幸虧他們衝不出廟門，只是在廟內橫衝直撞，鬧得天翻地覆。

後來，一位法力無邊的隱士發現了那不可收拾的場面，他身披袈裟，手拿法器，口唸咒語，單身一人來至廟前，打開寺門跳起神舞，邊舞邊朝前緩緩而行，眾起屍也在他後面邊舞邊緊緊跟上。他們漸漸來到一條河邊，隱士將眾起屍領上木橋，然後脫下袈裟拋到河裡，於是，起屍們紛紛跟著袈裟跳入河心再也沒有起來。

無論是現實還是傳奇，這無疑給藏民族的心靈之上鑄成了一種無形的壓力。為了預防可怕的起屍衝入，根據起屍不能彎腰的特點，專門設計和修建了那種矮門的房屋，是給起屍設置的障礙物。

當然，在那些古老的年代，這種防範起屍的措施僅僅在藏南和藏東那些有房子居住的地區使用，而在藏北廣大地區，尤其居住在可可西里邊沿地帶的牧人們，則無法採用這種防範措施，牧人也常常提心吊膽地過日子。

三　起屍的故鄉

聞名於世的可可西里地區因高寒缺氧缺乏水草，居住在這一地區的牧人們，由於環境所迫，只能到處遊蕩，逐水草而居，三天兩頭搬一次家，終年處於遊牧狀態。那裡的人們生前沒有穩定的居點，死後也無固定的天葬台。同時，在這些地區無寺也無僧，更談不上搞那些繁雜的葬禮儀式，人們普遍實行野葬和棄葬。野葬就是人死後，將其遺體脫光丟在野外，死在哪方，丟在哪方。棄葬便是指人死以後，活著的家人拔帳搬走了之，將死者棄在舊址上。凡採用這種葬法一般不脫衣，他生前蓋何衣物原封不動地蓋在死者身上，看上去，象一個活

人睡覺似的。

這種遊牧部落的葬俗更容易造成起屍。雖然他們無法建造矮門來抵擋起屍，但人們也同樣在別無他法的情況下，採取一些相應的措施。比如，將屍體尤其發現有起屍徵兆的屍體丟於野外時，用一根繩索拴在天然的石樁或大石塊上，以此避免起屍跑去害人。儘管如此，也免不了常有起屍發生。也常有人遇上起屍。例一，安多縣司馬鄉文書扎多（此人過去是強盜），有一年他騎馬掛刀前往那曲西北部的那倉部落（今尼瑪縣轄）搶馬。他搶得一匹好馬後，一騎一牽急急踏上返程。連續跑了幾個晝夜後的一天傍晚，在一個空曠無人的地方下馬，用多熱（藏北牧人語，意為拴馬用的長繩）將兩匹馬同拴在一根小樁上，自己盤腿坐在樁邊生火燒茶（這是所有強盜的習慣），本想在夜幕的掩護下讓馬吃草，自己也添填一下餓扁了的肚子，不料兩匹饑腸轆轆的馬竟不吃草，只顧驚恐地朝他背後看著，鼻孔中連發吼聲。扎多不解地向後一看，離他只有幾步遠的地方，站立著一具赤身僵屍，猶如一頭欲撲的野獸盯著自己，左腿上還繫著一根毛繩，究竟拴在哪裡？壓根沒有看到，或許因當時極度緊張的緣故罷了。他一手抓起火上欲沸的茶壺，一手拔起膝下的拴馬樁翻身上馬，拼命逃走，邊跑邊不由自主地朝後看看，這一看嚇得他險些滾落馬背。在朦朧的月光下他清晰地看到起屍已經追上來了。他不顧一切地朝前跑。大約跑出五公里處，有個小山包，十來戶牧民居住山下。身為強盜的扎多自然不能讓人發現，故他繞山而上，到山頂躲藏起來，他的心還在「撲撲」亂跳。大概過了一刻鐘後，聽到山下牧村裡人喊犬吠叫聲連成一片，他心裡當然明白是起屍進村了。因此，他騎上馬背飛也似地逃回家鄉去了。那些既無住房也無矮門預防的帳篷牧村遭到起屍襲擊，結局可想而知了！

例二，安多縣色務鄉鄉長巴布去那倉部落盜馬的路上，遇到一個

被牧戶廢棄的舊址,帳內四周一米多高的擋風牆完好無損,使人一看就知道該戶剛搬不久。他想進去避風稍歇,剛邁進一步,發現土石圍子的東南角裡有件嶄新的七色花邊羊皮袍,躺在袍內的分明是個婦女。當他定睛一瞅,那女屍的頭已經抬起來了,睜著雙目在看他,不用說她是被棄葬的女起屍,幸虧及時發現才免遭橫禍。

例三,那曲來多部落(今尼瑪縣轄)裡有個叫吾爾巴的牧人,他死了以後,將其屍體送去野葬的當天午後,一隻烏鴉落下啄食,剛啄幾下,僵屍忽然起來,一手捉住烏鴉就跑,於是在部落中留下了「吾爾巴屍捉鳥」的說法。

例四,安多縣轄司瑪鄉里有個叫麥爾塔的牧主,他家的女奴住在加爾布山包下,因她貧困,連個姓名都不曾有過,人們以她住地的山名稱她為加爾布老太。

一九六七年初春的一天,加爾布老太終於結束了苦難的人生,靜靜地躺在了那頂只能容納她自己一人的破爛小帳內。儘管此地屬縣城的腹心地帶,不同邊遠地區,她可以由清脆的法鈴聲送上通往生命之宿的路,但因她單身一人,所以無法享受那種人生最後應得的待遇。安多瑪寺的一位高僧和本部天葬師——達爾洛出於憐憫前去為她誦經,並送去天葬。

他們來到她身邊,可憐的老太半個臉露在領外,緊閉雙目,半張乾裂的嘴,枯瘦的身軀占滿了帳內所有空間,無奈誦經和天葬師只好借用牧主家的一角誦經。高僧一邊念經一邊不安地讓天葬師過去看看老太遺體。當天葬師過去看時,發現老太的頭全部露在領外,第二次去看時,老太已經睜目斜坐起來了,她膚色發黑,鼻子兩側的血管膨脹成手指粗。他迅速將此情景告訴了高僧。高僧立即吹起人骨頭號做法,運用密宗法術破血,不一會,見她鼻孔中流出鮮血,接著倒下去,恢復了本來的平靜。可見她屬「血起」類。也不知何故?當他們

將老太遺體馱在馬背送去天葬台時，發現她的屍體比任何屍體都重，簡直重得使強壯的雄馬在路上臥倒了幾次。這是天葬師達爾洛親眼所見，也是他親自給我們講的。

（刊於《西藏民俗》1994年第2期）

藏族婦女與美容

　　生活在世界屋脊上的藏族婦女和天下諸族女性一樣，自從她們來到了人間，天生就有一種強烈的愛美之心。可是，高原刺骨的寒氣、瀰漫的風沙等大自然合力摧打著她們那鮮花般嬌嫩的面容，往往使她們未老先衰，春色過早地從她們的臉上大步退去。即使是這樣，她們也在這惡劣的生活環境中就地取材，製作和使用獨具特色的美容護膚品來留住她們的青春。

　　藏民族世世代代在同大自然抗爭的過程中，婦女們發明了許多適應高原氣候的護膚品。這些採用天然植物為原料熬成製作的高級美容護膚品多數呈烏色，塗於面部不僅能起禦寒防曬作用，而且還能防止面部疾病。藏族婦女無論其身分高低，也不分城鄉，不分老少，均喜歡使用本地生產的各種護膚品。

　　雪域流傳的美容護膚品有：鮮奶油、酸奶膏、草藥汁、岩鼠糞膏、鮮花汁、葡萄液、生骨髓油及紅糖、蜂蜜等十幾種。其中，普遍受女性歡迎的便是酸奶膏，藏語稱為塔古或多加。塔古是用酸奶水熬成的固體漿油狀烏膏，這種護膚膏色黑味酸，取少許放於小碗內，加幾滴水攪拌，然後均勻地塗在臉上，除眼圈和唇皮之外，滿面化妝成烏黑。並且數日不卸，時而再塗幾次，漸漸加厚，形成烏膏「面具」，看上去倒也十分神奇。

　　長期上妝不卸的婦女，偶爾一洗臉，便見又白又嫩、白裡透紅，真是俊俏非凡。酸奶膏的主要功能為防曬護膚。因此藏族婦女，尤其那些農村牧區婦女至今仍喜歡使用它。

　　草藥汁是一種叫墾查的野草熬成的護膚膏。墾查產於西藏的東、

中部地區，高約一米左右，根細葉茂，有一種濃郁的草香味。每年夏季萬物茂盛的時候，婦女們便紛紛背筐上山，採集墾查回家，剁成碎草放入鍋中熬煮，熬到綠葉變黃，水呈茶色時，撈出其渣，將湯水繼續熬成漿糊狀後，即可包裝上市。

墾查塗乾面部，不僅防曬護膚，而且對於多血引起的紅眼症患者及鼻炎、皮炎和雀斑等具有較高的療效。確係深受廣大婦女，尤其是中老年婦女歡迎的美容護膚佳品。

岩鼠糞膏是終年生活在高山岩石中的長靈鼠糞熬成的藥用美容膏。長靈鼠藏語叫雜布熱，是一種獨居生活的小動物。這種動物常年棲息於岩窩之中，尋食花草之類高山植物，將其屎集中排泄在一個固定的岩縫中，天長日久，累積成堆。此物可入藥，對人體面部的各種疾病均有較高的療效。故藏族婦女常常攀山登崖，尋找鼠糞，採來幾窩，回家即刻熬成藥膏塗面，以便防曬治病，達到較好的婦女護膚效果。也是幫助高原婦女永保青春的良藥。

上述諸多的護膚品中，婦女效果最佳，採集製作難度最大的還是高山野花汁。在海拔四千米以上的寒帶雪線下生長著一種叫蘇嘎的小灌木。春季，滿山覆蓋著小白花，香氣四溢。不過除了每日上山的牧人之外，一般人領略不到那裡的美景。

我在少女時期，真稱得上是花汁美容品的加工能手。距今三十多年前，我就在藏東的山間牧羊。鮮花盛開，香氣醉人的季節裡，我每天背著一個小沙鍋，趕著羊群上山，迎著朝霞向布穀鳥歌聲傳來的雪線走去，和羊群一起踏入鮮花的世界。每日除了放好羊群之外，首先要做的第一件事就是採集滿滿的一小鍋蘇嘎花，加上雪水，然後用三塊石頭支好小鍋，生起火來煮花。煮至花瓣發黃時撈起，再加一鍋鮮花，邊加邊煮，最後熬出既香又甜的半鍋花漿，就算大功告成。披著火紅的晚霞牧歸，將花漿作為厚禮獻給我的姐姐。於是姐姐的容貌日

見白淨可愛，看見她心中樂得流蜜時，我高興地蹦起來。

　　記得有一天，我即將熬好小半鍋花汁時，「咩咩」的羊叫聲不由使我抬頭望望羊群。只見一隻飢餓的灰狼朝羊群猛撲過來。我又喊又叫，不顧一切地跑過去。然而狼跑的速度當然比我快許多倍，我還沒跑到羊群跟前，離羊群還有百步遠時，狼搶先咬住一隻羊的脖子，可憐那隻倒霉的羊在惡狼的利牙下掙扎了幾下就躺在血泊之中了。我跑到離惡狼只有十來步了，牠見我人小可欺，從容地啃食羊肉，還不時向我齜牙咧嘴地炫耀。當時，我若繼續朝前邁步，惡狼定會連我和羊一起吃掉。無奈我只好掉轉頭，趕著羊群驚恐地跑回家，連花汁與沙鍋都沒顧上拿走。然而我家人並沒有為失去一隻羊表示不滿，而對失去的花汁深感遺憾。可見花汁這種美容品當時在人們心中的可貴。

　　前不久，我和著名的藏族女歌唱家才旦卓瑪談起西藏傳統的美容護膚品時，曾對她說：「從前西藏的美容品種類很多，塗在臉上既好看又護膚，效果真好」。

　　近年來，有些文人墨客缺乏對藏俗的真正了解，單憑直觀的印象說：藏族牧女臉上塗著「羊血」，這是不了解藏族美容護膚的笑話。藏民族向來視鮮血為不潔，若有人夢見鮮血則認為定有「血光之災」。人非傳說中的「妖」，豈能用鮮血塗面？

（刊於《西藏民俗》1995年第4期）

丹增

作者簡介

　　丹增，藏族，一九四七年出生於西藏自治區那曲地區比如縣，十三歲到內地求學，畢業於西藏民族學院、中央民族學院和復旦大學新聞系，曾供職於西藏日報社、西藏自治區文聯、西藏自治區文化局，歷任記者、記者站站長、記者部主任、副總編輯、區文聯副主席、區文化局局長。一九八三年起，歷任西藏自治區黨委常委、黨委副書記、雲南省委副書記等職；現任中國文聯副主席、中國作協副主席、全國政協委員。被聘為中國藝術研究院研究生院特聘教授、西藏民族學院特聘教授、聯合國世界文化藝術發展基金會名譽主席兼藝術顧問。報告文學〈來自世界屋脊的報告〉獲一九七九年西藏自治區優秀短篇小說獎，小說〈神的恩惠〉獲中國優秀短篇小說獎，報告文學《太平洋風濤》獲亞州華人文學獎，散文〈童年的夢〉獲十月文學獎，並入選《建國六十年優秀散文集》，〈生日與哈達〉獲二〇〇九年中國優秀散文獎；《駝峰飛虎》獲雲南省文學藝術創作獎勵基金獎。此外，也曾獲頒「二〇〇六年文化產業年度十大人物」，「二〇〇七中國創意產業傑出貢獻獎」，「二〇〇九年亞太文化產業成就展特別榮譽獎」。

童年的夢

　　我的家鄉位於西藏那曲地區的比如縣境內，永遠流不盡的怒江從我家旁邊的河谷裡靜靜地流淌了千萬年。河谷上方是一片茂密的森林，森林叢中藏式樓房錯落有致，彷彿一座與世隔絕的修行廟宇，那兒就是我兒時的家。由於我的父親是世代藝家，家境算是殷實，僅雕塑創作室就有五百多平方米。我父親是一個虔誠的佛教徒。我出生時，父親請了二十個高僧大德為我念經祈誦吉祥，一念就是三個月。且不說是否靈驗，望子成龍的心願卻是不分民族的，表達的形式也千奇百怪。喇嘛們念經要做大量的供奉，用糌粑和酥油相拌做成的「朵瑪」供奉給諸佛菩薩之前，人也可以食用，這種供果在西藏風乾物燥的環境裡可以保存很久。到我四歲多時，家裡的早茶還是我出生時做的「朵瑪」，是用酥油茶泡爛乾固的糌粑砣砣。

　　記得在那年的深秋時節，怒江開始逐漸消瘦，也碧綠亮麗起來。河谷上方的森林換上了金黃色的衣裝，像一個雍容華貴的貴婦人把華麗的衣袍順手拋在巨大的山崗上，無數紅色的野山果寂寞地點綴其間，彷彿一顆顆等待遠行人的心。人們都知道，當山上的野山果都熟透變紅時，外出的馬幫就該回來了。

　　從拉薩回來的馬幫鈴聲穿越河谷兩岸金色的森林，穿過了人們寂寞等待的心，讓長久的期盼像太陽突破雲層，把吉祥的喜訊帶給家鄉翹首盼望的人們。這些戴著皮帽、背著土槍走南闖北的好漢們出去將近半年了，他們克服了一路上人和非人的災難，讓自己的腳底趟過一座又一座雪山，馱出去家鄉的羊毛、羊絨、山貨、藥材，千里迢迢地從拉薩運回來鍍金的佛像、閃光的銀器、豔麗的綢布、日用的百貨以

及人們聞所未聞、見所未見的各式舶來品——它們是一些在藏語詞彙裡也叫不出稱謂的西洋玩意兒，派不上多少大用場，但卻是頭人、貴族們標榜時尚、追逐虛榮的某種標誌。那種感覺有些像中國改革開放之初，不諳世事的年輕人戴一副不撕掉商標的蛤蟆鏡。雖然那時西藏的大門依然向外界緊緊關閉，世界認為它被鐵幕籠罩，遙遠神秘，但那些堅忍而頑強的馬幫們，像穿越門縫的風，時不時給人們帶來家鄉以外的清新空氣。

就像一個盛大的節日拉開了序幕，家鄉的人們已經把目光拉得跟馬幫們去拉薩的道路一樣長，已經在心中積蓄了足夠多的等待和夢想。康巴漢子們刀鞘上的裝飾要閃耀如夜空中的星星，姑娘們身上的穿戴和佩飾要絢爛似凌空飛跨的彩虹，以及為神龕前的諸佛菩薩添上新的供奉，農事和日常生活所需的新奇日用品，全都寄託在馬幫們的馱架上。但是馬幫的鈴聲也給家鄉的人們帶來一陣小小的驚慌，出遠門的人回來了，家裡還沒有打掃衛生哩。

在過去西藏的貴胄人家，相當注重禮節。有客人自遠方來，主人要穿盛裝，家中上上下下都要打掃衛生，打茶備酒，烹牛宰羊。如是特別重要的客人，如活佛或官員，還要派人到路口煨桑。那時由於地僻人稀，道路險峻，人們交往多有不便。去別人家做客和家裡來了客人，都是一件大事。一般來講，重要登門拜訪者要先送去書信，既是通報，也順帶問候主人。這種書信現在已經見不著了，藏語裡叫「沙布扎」。它是一個做工考究的長方形木盒，上面有蓋，下盒底層塗上酥油，然後撒上一層木頭燃燒後的白色細灰，用竹筆在上面寫上字，向主人通報將要去貴府拜訪的事宜，然後蓋上封蓋，交與人事先送去。主人家收到「沙布扎」後，將盒底的木灰抹去，再撒上一層新灰，便又可給客人回信了。這是由於那時藏地缺少紙張而時興的一種特殊書寫工具，既保密，也莊重。現在想來，「沙布扎」是西藏往昔

生活習俗的絕佳見證，是原始書信往來的絕妙之技，今日再用也絕非落後與遜色。

馬幫雖然不是什麼重要客人，但絕對是對寂寞清淨的日常生活的一種衝擊。由於我家四周樹林茂密，視線受阻，聲音也傳得不遠，當聽到馬幫的鈴聲時，客人差不多已經快到家門口了。年輕人不需要吩咐，早就樓上樓下地忙得腳底翻飛，清掃客堂，燒水打茶，騰空馬廄，準備草料。他們都是些聰明伶俐的傢伙，知道最需要他們幹什麼。父親面含微笑，似乎全家人中就他早已知道一個謎底將要解開。家中的女孩們顯得更為激動一些，她們聚在一起，嘰嘰喳喳、面色紅潤，誰知道這次她們又能得到些什麼樣的奢侈品呢？

記得那時家裡擺著一些來自印度的糖果、拉薩的佛像、山南的毯氆、林芝的杯碗。我父親就有一架英國產的望遠鏡，像一個菸筒，外面紫色的漆已經脫落，露出銅殼的黃斑。一隊馬幫，不僅給人們帶來生活的方便和實惠，更帶來了欣喜和歡樂，甚至心靈深處的震撼。父親的那架望遠鏡曾經讓一個老喇嘛百思不得其解，他不明白在望遠鏡裡怒江對岸峭壁上的花兒為什麼會近在眼前？當時他一手舉著望遠鏡，另一隻手向開放在河谷對岸的花兒伸出手去，就像要去撫摸一下它們，以證實這些花兒是否真實存在。當他放下望遠鏡時，這個熟讀經書的高僧鄭重其事地對我父親說：「洋人這個隱藏著神通的東西沒有經過心的修持，不能給我們帶來精微、清明的正見。它不是洋人的法術，就是魔鬼迷惑我們的心的陰謀。」

那一年我大約五歲，懵懵懂懂地跟在大人後面莫名地興奮。那時我已經削髮剃度、學經誦佛，父親專門請來一個老師到家裡指導我學習經文。我的老師是一個不苟言笑的嚴厲老僧，在我童年的印象中，他可比父親令我敬畏多啦。我小時候沒有挨過父親的打，卻挨過老師不少板子。那時的我也夠頑皮的，父親在我背誦經書時，案桌上常常

要插一支藏香，規定香燃盡了才可以出去玩。可我總是在老師不留神時，悄悄用嘴去吹那支香，三下五除二地就把香吹完了。當然，我的這些小聰明總會被老師發現，挨打就是必然的了。最厲害的一次挨打是他用一串佛珠搧我的臉，搧之前還讓我把腮幫鼓起來，以讓他搧得實在。那一次牙齒和硬木佛珠夾著薄薄的臉面，竟然將我的臉皮都打穿了。

馬幫們踏著一地的陽光終於進到寬大的庭院，院壩裡霎時成為一個小小的超市，琳琅滿目的各式商品擺滿一地，人們都得到了自己的禮物，當然也包括我。父親把我拉到一邊，塞到我手上兩件東西：一面藏在盒子裡的鏡子和一個手電筒。那個盒子做工非常考究，四周鑲有黃銅，打開盒子，裡面是鏡子，盒子底層裝有城粉，是洗手洗臉時用的。也許，那就是現在的女士們用的化妝盒的前身。

父親說：「你是一名穿袈裟的小喇嘛，這個鏡子可以讓你隨時注意自己的衣著。」

那個手電筒，父親倒沒有做更多的交代，他告訴我說它叫「比西林」，也許父親把它僅看成是一個孩子的玩具吧。「比西林」不是一個藏語詞彙，是一個跟隨馬幫的腳步引進來的外來詞。在當時明媚的陽光下，「比西林」還沒有顯示出它無窮的魔力，而那個鏡子，卻一下把我帶到了一個全新的世界。

我第一次看見了自己的臉！鏡子裡那個滿臉稚氣、面色通紅的傢伙就是我嗎？我被他嚇了一大跳，差點把手中的鏡子扔了。但是又忍不住要繼續看他，這一看，足有一個小時！

我怎麼會跑到鏡子裡去了？這是我百思不得其解的問題，鏡子裡的是我兄弟，還是我陽光下的影子？我瞪大眼睛看鏡子裡的那個傢伙，他的眼睛也瞪得和我一樣大；我向他做鬼臉，他的鬼臉和我一樣壞；我笑，他笑得跟我一模一樣；我做出哭的樣子，他也彷彿和我一

樣傷心；我在鏡子面前背經文，他也跟著我一起背，連嘴都動得和我一樣。我問：「你會說話嗎？」他也問我，「你會說話嗎？」

天下竟然還有這樣的東西，以後無論我跑到哪裡，他是不是也會緊緊跟隨我？無論我幹什麼，他是不是都照得見？我心裡想的事情，他是不是也跟我想的一樣？要是我幹了什麼壞事，比如把案桌上的香幾下就吹盡了啊，將吃不完的牛肉偷偷拿去餵狗啊，在老師的背後做鬼臉啊等等這些大人不允許的事情，他會不會去告發我？

慢慢地我終於發現，鏡子裡的那個傢伙是我最最親密的人。我有多好，他就有多好，我有多壞，他也會有多壞。我做什麼，他就做什麼；我打什麼壞主意，他不會去告訴大人，因為他受我指派。我就像他的小老爺，他就是我的小僕人。

從今以後，你是我的好朋友，沒有比你更知道我的人啦。我對鏡子裡的那個傢伙說。

鏡子讓一個孩子發現了自己的好夥伴，就像發現了一個新世界。我在家裡狹窄的屋子間跑來跑去，用鏡子去照各式各樣的事物，神龕前的酥油燈，佛堂上供奉的護法神，馬廄裡的馬，院子裡忙忙碌碌的人群，鏡子裡不斷變幻出不同的景觀，像一個個神話傳說在我的手上演繹。我還發現一件更令人激動的事情，當我把鏡子面對陽光時，一束強烈的光便反射出來，我照向哪裡，那束光就打到哪裡。這時我看見父親正坐在屋簷下的椅子上，他有一臉漂亮而濃密的鬍鬚，這一直是兒時的我沒有弄明白的一個謎，為什麼我沒有而父親卻有那麼多鬍子呢？他的下巴處一定有什麼我們看不見的秘密吧？於是我將鏡子反射的光束射向父親。可是我打出的光束偏高了一點，一下射到父親的眼睛處。只聽得父親慘叫一聲：「啊呀！我的眼睛看不見啦！」

家裡的人頓時像炸了群的馬，「蒼吧」的眼睛怎麼看不見了！人們驚慌失措，大呼小叫。我知道闖了大禍，呆呆地站在一邊，我看

看鏡子裡的那個人，他也和我一樣嚇得目瞪口呆。喇嘛老師和門巴都被召來為父親治眼睛，一大群人圍著父親忙碌，母親急得眼淚都掉下來了。好在沒隔多久，父親就恢復了視力，大家一場虛驚。喇嘛老師說，剛才是鏡子把父親的魂照走了，眼睛才會看不見東西。父親說，現在還有一團光影在眼前晃動，我閉上眼睛時，它跑得很快。喇嘛老師為父親急速地唸了一段經文，然後告訴父親，不用擔心了，那是魔鬼逃跑的身影，它們已被我的經文趕走了。這位禿頂、圓胖、整天手不離佛珠、口裡不停地誦經、面部從不帶一絲笑容的老喇嘛也是我家的智多星，任何人有什麼大小難題都向他請教，他滔滔不絕地給你解釋半天。「為什麼螞蟻啃著比牠大幾倍的食物還跑得這麼快」這類的問題，他居然解釋出「螞蟻的力量比大象大。大象揹不動地球，螞蟻能揹著地球走」。對了吧，又一隻螞蟻鑽進地裡，牠又開始背起地球，對了吧，地球轉起來了，太陽向西移動了。

我的喇嘛老師顯然不會像我一樣對一面鏡子有那樣多的好奇心，也許他認為這是魔鬼的東西呢。不過，從此以後，父親向我下了道嚴格的命令：不准用鏡子去照別人的臉。

儘管我闖了一個不大不小的禍，可是我的興奮和激動還沒有完。吃完晚飯，已是夜幕降臨。從吃飯處回到我的臥室，要穿過一個大院，長長的走廊。過去我們走夜路時用油燈來照明，或者借助天上明亮的月光。那時西藏的夜晚是最深沉漫長的，我聽說只有我們比如縣的宗本家裡才有一盞煤氣燈，那已經是現代得不得了的東西了。你就想想吧，一支手電筒的光芒劃破沉寂了數千年的黑暗，是一件多麼激動人心的事情。況且，它還握在一個孩子的手裡。

那束在無垠的黑暗中閃閃滅滅、晃來晃去的光柱就像一個充滿好奇心的孩子遊蕩在夜空下的靈魂。黑暗中的事物可以被看見，無疑於一個未知的世界被開啟了一扇神秘莫測的窗戶。那個晚上我一夜沒

睡，我相信家裡的人也被我攪得難以入眠。因為我用手電筒去照那些看家護院的狗，牠們在黑夜裡也從未見識過如此明亮耀眼的光束，驚慌得大呼小叫，吠聲一片，似乎想把射來的光柱一口啃掉。其實我的驚訝也和牠們一樣——我可以在黑暗中看見我想看的任何東西！這些狗跟白天相比怎麼有些不一樣呢？牠們看上去不像家犬而像森林中的狼，面色悽惶、眼珠發綠、耳朵豎起、獠牙暴露、行動鬼祟。樹上那些露宿的野雞才更有意思，當手電光照射過去時，這些傢伙竟然一動不動，縮著脖子瑟瑟發抖，就像被一枝光的利箭射中了一樣。我手持電筒在宅院裡竄上竄下，再也不用擔心哪裡有門檻、哪裡是坑窪。以往對黑暗的恐懼已被手電筒的光芒驅趕得無影無蹤，我感覺自己就是駕馭黑暗的勇士，在過去從不敢涉足的地方如入無人之境。那從我手中飛出去的光束就像一把鋒利的寶刀，將強大而深沉的黑暗一劈兩半。黑暗中的魔鬼在哪裡？大人們說的每到夜晚就四處遊蕩的陰魂又在哪裡？我要用手中的電筒把它們都照出來，讓它們在手電光下原形畢露，哪怕為此鬧得雞犬不寧。刺激和興奮讓我闖進了家中的佛堂，我想看看平常供奉的護法神們夜晚裡都在幹些什麼，是在和魔鬼打仗呢還是和我們人一樣在睡覺。可是當我把手電光照到護法神的臉上時，我卻被嚇得一屁股坐在地上，差點用手捂住了自己的眼睛。

　　白天裡熟悉萬分的護法神怎麼會變得如此猙獰恐怖？他們在濃重的黑暗包圍下，只露出一張呲牙咧嘴的臉，用憤怒的眼睛瞪著我，大張的嘴彷彿要將我一口吞下。那種恐懼不要說一個孩子，就是一個大人，大約也會毛骨悚然。在神聖的佛堂前，在各路護法神不怒自威的震懾下，我抱著手電筒落荒而逃。

　　那是我的第一個不眠之夜。許多年後我都還記得這個激動人心的夜晚，以及心靈深處所受到的巨大震撼。那時，應該說我是一名佛教徒，因為跟著一位喇嘛老師習誦經文，儘管我對喇嘛老師所教授的

那些佛教經文一知半解，但神鬼世界的故事和傳說卻令我印象深刻。我削髮了，我披著袈裟，可我的童心純潔得像一座水晶塔，潔白、純真。因為純真，我也是無神的，我敢把供佛的神水一口喝乾，我敢把點燃的藏香穿破神鼓的面。第二天喇嘛們集中誦經時，所有的鼓一個都打不響，發出嘶啞的聲音。驚得他們又是求神、又是補鼓。一面鏡子和一支手電筒向我展示了與喇嘛經師所描述的世界全然不同的景觀，這種新奇的令人怦然心動的景觀不是讓人如夢初醒，而是彷彿置身夢幻般的世界。哪顆童心沒有夢，哪個孩子不夢遊？在枯燥乏味的經書和魔幻般的鏡子與手電筒之間，任何一個孩子都會做出符合自己天性的選擇。鏡子和手電筒，成了一顆不安分的童心通往山外世界的方向和路標。

客觀地講，西藏人並不保守，也不排外，更具備博大的包容心。這與雪域高原獨特的地理環境和宗教文化習俗有關。當一個喇嘛上師對山外世界他所不認知的新生事物心存狐疑時，他必然要用自己掌握的那一套理論試圖去詮釋。他們總是用該事物有沒有靈魂，是不是有魔鬼在作祟來做出自己的評判。後來我曾經在史料上看見，當年英國住西藏辦事處的官員查爾斯·貝爾送給一位高僧大德一台留聲機，他不明白為什麼會有歌聲從留聲機裡傳出來，圍著那架留聲機轉了幾圈後才說：「這個沒有靈魂的東西，你最好還是把它拿回去吧。」

而普通百姓卻像我一樣對新生事物充滿強烈的好奇心。記得我得到那兩樣寶貝不久，父親有一天告訴我說，山下的一個村子裡有家人在辦喪事，讓我跟隨我的喇嘛老師去幫人念經超度亡靈。這是父親在歷練我的膽識，先見死屍，後看天葬，還要陪死屍同眠。這次本來該白天去的，可是我找各種藉口拖到晚上才出門，目的只有一個：要讓人家見識見識我的手電筒，我要嘗嘗照著電筒夜行的感覺。

沒有想到的是，一個孩子的好奇心攪亂了人家的喪事。當手電筒

的光芒在喪主的火塘前劃過時，服喪的人們再不悲慟哭泣。電筒的光芒射到人身上時，竟然會有人像躲射過來的弓箭一樣，驚咋咋地四處避讓。人們從驚慌到驚訝，從驚訝到欣喜，眼淚雖然還掛在臉上，但卻滿臉莫名的興奮。死屍體靜靜地躺在那兒，身旁的酥油燈一閃一閃。這嚴肅、莊重的亡靈超度，變成嘻笑、騷動的遊戲，罪過，罪過，是我的罪過。我的得意，使我忘記了教規教法，忘記了喪事場合和在一旁的老師，儘管在一旁的老喇嘛吹鬍子、瞪眼睛，是多麼的不高興，儘管超度亡靈的經文被我念得七零八碎，不成章法。可我感覺得出那個晚上，人們對我的崇拜除了我是一個小喇嘛外，更多的是對那支手電筒的敬畏。

人們面對任何新生事物，總是從好奇心和敬畏心開始的。拒絕它其實就是在拒絕這個不斷前進的時代，拒絕自己求知的心靈。當解放軍來到西藏時，他們不僅帶來了更多的新奇東西，還帶來了農奴翻身解放、社會進步發展的全新觀念。不管向我灌輸何種信仰、文化，年少的我更嚮往一種新的生活方式，嚮往到山外的世界去開闊自己的視野。當一個和藹可親的解放軍營長問我願不願意到漢地去念書，在那裡可以學到許多新的知識時，我幾乎沒有多加考慮，甚至沒有告訴我的父母，就和一批翻身農奴子弟一起，跟隨解放軍去了漢地。後來我才知道，由於我私自離家出走，我的母親在怒江邊徘徊輾轉了三天三夜，急得險些跳了怒江。

當年走出雪域高原的那一步，雖然令我終生都感到愧對自己的父母，但是我沒有後悔，更沒有遺忘我在西藏渡過的童年歲月。二〇〇四年的夏季，我母親已經八十六歲，雙目失明多年，老弱的病體一年多臥床不起。我從昆明趕回老家，到家的那天我母親奇蹟般地從床上起來，穿上新衣，洗了臉，有人扶著去到門口等候我的到來。我在家待了五天，我們母子促膝談心，我介紹的雲南情況有好多她不明白，

但她頻頻點頭，談笑風生。我說：「當初去內地沒有告訴你，對不起呀。」她怎麼說，「當初把你給攔住了，媽今天真對不起你呀。」我離開母親，回到昆明才二十天，我母親沒有病痛，十分安詳地走了。而且，怎麼處理後事都作了詳盡的交代，她最後想的也只有這一件。我們兄妹三人，一切按母親的心願了事。她會在彼岸世界裡如願地過著夢幻般的⋯⋯

在藏地古老驛道上行走的馬幫們的身影，已經走進了歷史，那些彷彿是人間最動聽的音樂的馬幫鈴聲，也早已塵封在記憶的深海裡，但童年的那面鏡子始終令我沒齒難忘。初到漢地的那幾年，我最喜歡買的東西就是鏡子，方的圓的弧形的心型的大的小的，只要看見不同款式、形狀的鏡子，我都要買，像一個鏡子收藏家，雖然它在我的心裡已經不再神秘。上世紀六、七十年代時，社會還很單純儉樸，有朋友結婚，人家送枕頭、被面、臉盆什麼的，我則不管新人喜歡不喜歡、合適不合適，一律送鏡子，我希望他們在鏡子中看到自己結婚後的樣子。七十年代初我到上海上大學，到後第二天就興沖沖地乘公共汽車跑去看哈哈鏡。我早就從書中得知那時全中國只有曾經是十里洋場的大上海才有一種叫哈哈鏡的東西。我在哈哈鏡中看到了變形的自己，忽高忽矮，忽胖忽瘦，忽醜忽俊。我在那裡流連忘返了半天，我不知道要是我童年時就看到哈哈鏡會是什麼樣子，會受到多大的震撼；我也不知道如果我的喇嘛老師看到哈哈鏡中變形了的自己時，會不會嚇得魂飛魄散，並將之解釋為魔鬼的陰謀？那一天，我對鏡子又有了全新的認識──人在鏡中，是可以被改變的，正如人在生活中被改變一樣。

隨著年歲的增長，我開始慢慢領悟人生。古人說「以人為鏡，可以正衣冠；以史為鏡，可以知興衰。」看歷史，我們知道如何治理國家，看別人，我們知道自己如何做人。但如果我們要看自己呢，一面

心靈的鏡子就必不可少，現實的鏡子也不可或缺。如果說鏡中的花是虛擬的花，鏡中的緣分是虛幻的緣分，那麼鏡中的人，則是真實的自己。你瞪大眼睛盯住他看，慢慢地你就能看出許多奧妙來。這個人怎麼如此驕傲；或者，他怎麼這樣卑微委靡？嗨，謙遜點吧，你這自負的傢伙。嗨，振作起來啊，你這沒出息的人。當我們面對鏡子裡的自身時，其實就是在面對自己的靈魂。

當然，生活中有許多事物都可以成為我們的鏡子。從別人的剛強裡，我們看到人的勇氣；從英雄的犧牲裡，我們看到高尚的奉獻；從小人的虛偽裡，我們看到世事的複雜。而作為一個藏人，我們的民族對鏡子於人生的觀照也有很深刻的認識。一個藏傳佛教的喇嘛上師說：「死亡是一面鏡子。」因為最智慧的喇嘛上師能夠了生死如觀手掌上的紋路，他們身上所具備的佛性平常被身體所隱藏，被他們的謙遜所遮蔽，他們只有在死亡面前才會表現出非凡的佛性。當一個高僧大德面對死亡時，他所體現出來的就不是一種肉體的病痛或衰老的痛苦，而是一種莊嚴，而是一種神聖，他甚至可以在禪坐中平靜地和死神握手。因此喇嘛上師們認為：「死亡是真理呈現的時刻，是面對面正視自己的時刻。」一個走向死亡的人，心中有一面鏡子映照著他的心靈，他站在這鏡子前揮手與世界告別，與自己告別──你是保持一種無畏的勇氣呢，還是淪為膽怯的懦夫？不是別人在看著你如何面對生死，而是你自己在死亡面前如何保持一個人最後的尊嚴。這就是在死亡之鏡前的真理。

童年時代的鏡子，讓我的回憶充滿溫暖；心中有一面鏡子，讓我努力去做一個正直善良的人。儘管世界上的鏡子無以計數，儘管生活中有形的無形的鏡子隨時都在映照著我們的相貌和心靈，儘管鏡中的伊人在一天天地老去──有誰可以在鏡子裡發現自己越活越年輕的呢？但只要獨自站在鏡子面前，心不慌，不愧，不急，不躁；充實，

平靜，自信，剛毅，就應該是這個世界上最幸福的人。

（刊於《十月》2006年第3期）

扎西達娃

作者簡介

　　扎西達娃，藏族，一九五九年出生於四川省甘孜藏族自治州巴塘縣，童年時代在母親的重慶親戚家裡度過，八歲時來到西藏，隨父母在工作上的變動而生活於西藏各地。一九七四年自拉薩中學畢業後在西藏自治區藏劇團從事舞臺美術工作，一九七八年從事編劇工作，一九七九年一月在《西藏文學》上發表處女作小說，翌年發表了短篇小說〈西藏，繫在皮繩扣上的魂〉，獲得一九八五～八六年全國優秀短篇小說獎，其後又獲全國少數民族文學創作獎、莊重文文學獎、第二十屆中國電影金雞獎編劇特別獎、二〇〇二年臺灣十大優良劇本獎。著有長篇小說《騷動的香巴拉》，長篇紀實散文《古海藍經幡》，中短篇小說集《西藏，繫在皮繩扣上的魂》、《西藏，隱秘歲月》、《世紀之邀》，以及電影文學劇本等多部，作品被翻譯成英、法、德、意、日、俄、西班牙、瑞典、捷克、荷蘭等多國文字。現為中國作家協會主席團委員、中國文聯全委會委員、中國少數民族文學學會副會長、西藏自治區文學藝術界聯合會主席、西藏作家協會主席。

聆聽西藏

太陽

　　冬天的上午，西藏高原萬里無雲，蔚藍色的天空陽光熾烈。一群群的人在屋外坐著曬太陽，無論你形容他們呆若木雞也罷，昏昏沉沉也罷，憨頭憨腦也罷，他們並不理會外人的評價。重要的是，你別站在他們面前擋住了陽光。

　　沐浴在陽光下，人們的脾氣個個都很好，心平氣和地交談，閒聊，默默地朗誦著六字真言，整個上午處在一種和平寧靜的狀態中。這個時候似乎不太可能發生暴力凶殺交通事故婚變什麼的要緊事，那一切都是黃昏和深夜留下的故事。現在只是曬太陽，個個臉上都那麼的安祥、平和、閒暇和寧靜，彷彿昨夜的痛苦和罪惡變成了一縷神話，遙遠得像悠久的歷史，而面對一輪初升的太陽，整個民族在同一時刻集體進入了冥想。

　　西藏人，這個離太陽最近所以被陽光寵壞了的民族，在創造出的眾多諸神中，卻沒有創造出一個輝煌的太陽神，這使他們的後代迷惑不解。

　　坐在太陽下靜止地冥想，沒有動感，沒有故事情節，然而卻包含著靈魂巨大的力量和在冥想中達到的境界。也許他們並沒有去思索命運，但命運卻思索他們的存在。梅特林克在〈卑微者的財富〉一文中闡述了在寧靜狀態下呈現出的悲劇性遠比激情中的冒險和戲劇衝突深刻得多。然而西藏人對於悲劇的意義遠不是從日常生活而是從神秘莫測的大自然中感悟出來的。在嚴酷無情的大自然以惡魔的形式摧殘著

弱小的人類的同時，大自然寶貴的彩色投在海拔很高空氣透明的高原上又奇妙地烘托出一種美和歡樂之善；這種大自然的光明與黑暗，善與惡的強烈對比，是形成西藏佛教的重要因素之一。西藏人在冥想中聽見了宇宙的呼吸聲，他們早已接受人類並不偉大這一事實，人類的實現並不是最終目的，不過是在通往涅槃的道路上註定要成為一個不算高級的生靈。

我相信這個非人類的偉大思想是我們的祖先在曬太陽時面對神秘的宇宙聆聽到的神的啟示。

也許是神秘主義傾向作孽，曬太陽這種靜止的狀態使西藏作家對這一題材頗感興趣。青年女作家央珍和白瑪娜珍寫了〈曬太陽〉和〈陽光下的對話〉，我也曾寫過一個短篇叫〈陽光下〉（瞧瞧，連題目都那麼不約而同），但這些小說更多的都是些情趣性的東西，還沒能夠從中發掘出更深層的意義。不過這一領域顯然已被作家們注意到，相信有一天他們能真正走進去並發現一個奇妙的天地。

在路上

這是一個沒有什麼特色的題目，卻有一部以此為題目的小說成了經典名著，那是美國作家克晉亞克寫的一本六十年代嬉皮士們的故事。一切故事都在路上發生。

由於歷史的變遷，西藏人從一個在馬背上勇猛好戰的遊牧民族變成了整天坐著念經坐著幹手工活坐著冥想並且一有機會就坐下來的好靜的民族。這一動一靜的氣質在今天的西藏人身上奇妙地混合在一起。一個草原牧人經過數月艱辛跋涉來到拉薩後，卻能一連幾個星期寄宿在親戚家一動不動。我的祖先是西藏東部人，被人稱為康巴人，他們驃悍好鬥，憎愛分明，只有幽默，沒有含蓄，天性喜愛流浪，是

西藏的「吉卜賽人」。直到今天，在西藏各地還能看見他們流浪的身影，我覺得他們是最自由也是最痛苦的一群人；也許由於千百年沿襲下來的集體無意識使得他們在流浪的路上永遠不停地尋找什麼，卻永遠也找不到。他們在路上發生的故事令我著迷，令我震撼，令我迷惘。我也寫過康巴人在路上的故事，〈朝佛〉、〈去拉薩的路上〉、〈繫在皮繩扣上的魂〉等等，我還將繼續寫下去，有朝一日我會以《康巴人》這個平凡而響亮的名字來命名我的一個小說集。

在我的血液中，也流淌著這種動與靜的氣質。閒來無事，除了偶爾寫點東西，我會非常自覺非常愜意地作繭自縛把自己封閉在家中，有時一個月也不邁出大門，時間卻飛速地流逝。我習慣於深夜寫作，寫得出寫不出也要坐上一個通宵，輕鬆地迎接黎明的到來。這個臭毛病是在劇團養成的，那時從事舞臺美術工作，常常深夜在劇院裝台，熬夜便成了家常便飯，在十八歲以前就過早地修煉出來了。現在，坐在深夜的燈光下，面對萬籟俱靜的黑夜，有一種唯我獨醒的超然。長年與黑夜為伴，漸漸進入了一個鮮為人知的時空，黑夜有它獨特的聲音和氣浪，它像一具有生命的軀體在悄悄蠕動；它給我靈感和啟示，我總是能聆聽到一個神秘的聖歌在天際的一隅喃喃低語。當我進入寫作狀態時，這個聲音像魔法一般籠罩我的整個身心，使我在腦海中湧現出的刻在岩石上的咒語，在靜謐的微風中拂動的五色經幡旗，黃昏下金色的寺廟緩緩走過一隊步態莊重的絳紅色的喇嘛，一個在現代城市和古老的村莊中間迷失方位的年輕人……一切發生了怪誕的變形。什麼是真？什麼是假？時間是怎樣發生的？空間是怎樣呈現的？我進入了一個撲朔迷離的世界。

黑夜是我靈感的源泉。

有時也破門而出到外面的世界走上一遭，沒有動機沒有功利沒有目的地走向村莊，走向草原，走向戈壁，走向森林和海濱，回來後不

寫任何遊記散文。彷彿夢遊一般地回來了。一路上所見所聞，感受到的激情和想像出的情節通通拋在腦後。我相信一個人眼睛和其他器官接收到的任何信息都被儲在容量無限的大腦中了，忘記是不存在的，它無非是潛藏在記憶庫的深處，如果需要它隨時會蹦出來；如果蹦不出來就表明你其實並不真的需要它，儘管你有時自以為很需要而乾著急，但這不過暗示著這種需要並不是靈魂所真實的需要。

像深藏在地窖裡的酒一樣，將外部世界的感受儲藏在大腦中，時間一長就會發生質的變化。有時靈感賦予出的一個個栩栩如生的細節和奇妙的人物甚至不可思議的情節，我已無法辨認出究竟是出自生活的原型還是想像虛構的產物。總之，真實和幻想被混合被濃縮而變形了。

小說源於生活，但並不高於生活，它只是另一種意義上的生活。

有時，一走就走得很遠，去了德國，去了美國。在那個陌生的國度卻有一種似曾相見的熟悉，一個神秘的聲音在暗示我：我曾在這裡存在過。我沒有修習過密宗，我不知道我的靈魂是否曾經來到這個國家一遊過。走在摩天大樓林立的曼哈頓街頭，融匯進各種膚色的人流中，心中坦然，我就是紐約人中的一員。熟悉並不意味著漠然，只有在熟悉中才會發現更多的新奇，所以我忘記了旅館衛生間裡那些奇特的裝置，麥迪森廣場聳立著什麼內容的廣告牌，聯合航空公司的班機上供應什麼樣的午餐和飲料……。但我卻無法忘記林肯紀念堂的看門老人跟我閒聊起有關三、六、九這些數字的意義，芝加哥的艾維賓絲夫人戴著一只西藏的銅手鐲開著她那輛紅色的豐田汽車說起她年輕時想當一位好萊塢明星的夢想，依利諾州一個小城的麥瑞給她的兩個三、四歲的孩子和我在汽車快餐店裡每人買了一份冰激淋後大家一齊發出莫名其妙的歡樂的吼叫……，他們並不是我在美國小說中讀到的人物，也不是我有一天來到他們身邊，在我心中他們很早就存在，我

們在另外一個世界裡早就相識，這一切不過是老朋友的再次相見。所以，我沒有傷感沒有惆悵和失落，而是平靜地轉眼間又回到了西藏。有一天，我夢見了自己來到南美洲的一個印第安人小鎮，夢中提醒我這是真的，絕不是馬爾克斯魯爾佛卡彭鐵爾富恩特斯等人小說中的小鎮。我對夢說：你別多嘴，我當然知道這是真的。我至今還能看見一個棕色皮膚的老太婆坐在一棵樹下嚼著檳榔手搭涼蓬似乎在等待她的兒子，我甚至還能聞到從那幢白色房子裡散發出的令人窒息的腐爛的玫瑰花和來蘇水的氣味。

南美洲有沒有這麼一座小鎮並不重要。對我來說，重要的是我體驗到了一種完全的真實。

時間

是一個永恆的圓圈。

夏日輝煌

我發現冬天是個寫作的好季節。寒冷的天氣使人頭腦清醒、思維活躍。在過去的一年即將結束和準備迎接新的一年來臨的冬季，會使人產生許多新的想法。

冬夜裡，一陣陣狂風呼嘯而過。到半夜，又變得很謐靜。風疲倦了，人們也進入了夢鄉，我開始緬懷夏日，嚮往夏日，那是一個躁動的季節，一個輝煌的季節；在那個季節發生的故事最讓人難忘，隨著時間的流逝，這些故事漸漸凸現出來，顯示出它的意義。〈夏天酸溜溜的日子〉、〈夏天藍色的棒球帽〉、〈謎樣的黃昏〉、〈泛音〉、

〈巴桑和她的弟妹們〉……這一系列夏天的故事，都是在漫長的冬天裡寫成的。

西藏的冬天，最令人振奮的是一年一度的祈願大法會，萬人空巷，場面壯觀，瀰漫著濃烈的宗教氣氛。這個被西方人稱之為「西藏的狂歡節」的盛大節日，是為了迎接未來佛的早日降臨。根據西藏的經書記載：只有當一千零八尊佛（又稱千佛）全部降臨後，人類才能得到最後的解脫，到那時世界將是一片和平的淨土，再也不會有六道輪迴，不再有轉生無趣（畜牲道、餓鬼、地獄）之事。佛祖釋迦牟尼不過是千佛中的第四位，在他之後的五億七千萬年時，第五尊佛慈尊彌勒佛（即這個時代所呼喚的未來佛）降臨人間。那麼到第六尊、第七尊……第一千零八尊最後的名叫人類導師遍照佛（又稱燃燈佛）的全部降臨，還需要多長時間呢？這是一個無限龐大的天文數字，是一個無限漫長令人絕望的過程。然而西藏人是樂觀的，他們對人類的未來充滿了信心而從來沒有喪失信仰，滿懷虔誠地在每年的祈願大法會上一遍遍呼喚著未來佛的早日誕生。當法會結束，人們離開聖城拉薩上路返回遠遠近近的家鄉的時候，你可以聽見人們充滿自信地不斷重複這樣的口頭禪：「拉薩的祈願法會結束了，慈愛之王（未來佛）也請來了。」西藏人，這個居位在地球之巔的民族，是正在被人類神往還是正在被人類遺忘？

我的筆能夠寫出一個民族的歷程和光榮的夢想麼？

我感到迷惘。

（刊於《中華兒女（海外版）》1991年第3期）

嘎瑪丹增

作者簡介

　　嘎瑪丹增，藏族，一九六○年出生於四川省富順縣，祖籍西藏阿里地區，當過知青、工人。一九七八年入伍，在軍營十六年，從事宣傳、電視新聞記者、編導。曾進修於北京電影學院和北京廣播電視大學，電視紀錄片《千里成昆線》、《為了永遠的春天》等獲得CCTV和解放軍總政獎項。退役後從事影視製作、編導、廣告、餐飲娛樂、旅遊規劃等職業。文學作品散見於《人民文學》、《散文》、《山花》、《天涯》、《新華文摘》、《讀者》、《中國國家地理》等，諸多篇目入選「中國散文排行榜」、「名家散文排行榜」、《廿一世紀年度散文》等多種文學選本和學生讀本、聯考試卷。散文〈傑瑪央宗的眼淚〉獲「第五屆冰心散文獎」及「第三屆在場主義散文獎」、〈約見石頭〉獲「第三屆全球華文文學星雲獎」、〈貢嘎讀本〉獲「孫犁散文獎」、散文集《分開修行》獲「林語堂散文獎」。著有《越走越遠》、《在時間後面》、《分開修行》及《神在遠方喊我》，與人合著《尋美中國》系列叢書，被譽為行走文學代表作家之一。

桑耶寺的聲音

經幡，一直在追風途中，堅持用梵語敘述著西藏。

　　距離澤當鎮三十八公里的桑耶寺，在下午五點以後總是顯得有一些冷清。朝聖禮佛的人們，已經走在回家的路上。即便道路上堆滿了古老的冰雪，以及不知什麼時候跑來的沙塵暴，人們總是不辭勞苦，在桑耶寺熙來攘去。你要尋找遺跡實體或事實真相，原本就不會像在互聯網一樣，隨時可以拿取。你必須要經過艱難跋涉、付出耐心和毅力，有時，還需要為之不惜性命。世界上沒有現成的東西，唾手可得。

　　桑耶寺雖不像拉薩昭覺寺那樣熱鬧，作為藏傳佛教的精神源頭，依然是很多人嚮往的古老聖地。在人煙稀少、氣候惡劣的青藏高原，並不缺少喇嘛廟，但人們總是以到過聖地為榮。穆斯林也是這樣幹的，一生中至少需要去麥家朝聖一次，自己不能去，也要找人代表，否則，算不上安拉的僕人，也得不到最後的救贖。我們經常都可以看到，在藏區靜寂空曠的山原谷地，滿臉沙塵的朝聖者，用三步一磕的長跪方式，緩慢地移動在通往布達拉宮，或其他古老聖跡的道路上，爬冰臥雪，風雨無阻。他們對聖人聖跡的珍視，很難被我們所理解。朝聖之路往往都很漫長，在沒有公路和長途汽車的地方，人們只能依靠雙腳，前進得非常緩慢而艱難，途中來回往往需要幾個月時間，甚至一年、兩年。

　　這些朝聖者值得當然的尊敬，他們身體的每一寸肌膚都匍匐在大地之上，跪行的長途就是心靈的喜悅，堅不可摧無可動搖，最終實現朝聖的至高理想。於今，選擇傳統朝聖方式的人們已經減少，通過汽

車和飛機的朝聖者正在逐年增多。

沒有任何力量，可以阻隔朝拜聖地的精神之旅。

我們想去某個地方，嚮往了很久甚至一生，大多選擇節日和假期，不可能像朝聖者一樣放下身邊的一切。我們是那樣的喜歡已有的名利、金錢或地位，誰也不會為了虛無的精神，放棄已經到手的訂單或即將兌現的鈔票。

桑耶寺是西藏第一座佛、法、僧三寶俱全的寺廟，不僅僅作為宗教聖地存在，所有建築、塑像、雕刻、經卷、壁畫、唐卡、法器，無不指向豐富的歷史記憶和精神記憶。除了作為藏傳佛教祖寺，還是一座規模龐大的博物館。它紀念的聖人聖跡，不斷激發著人們的宗教熱情，並沒有因為時間的寒冷而降溫，反而隨著時間的推移越加神聖。古老的東西總在不斷地離開我們，喜歡在舊物中尋求安慰的人又越來越多，通過遺跡訪問我們的祖先，自然比在書籍和博物館直接，像我一樣不是朝聖者的遊人，也絡繹不絕地加入了這個隊伍。

桑耶寺很大，遠遠超出了視界，可以從名字的漢譯一目了然：「超乎想像的寺」。整個寺院的布局、建築內容和式樣，嚴格按照佛經中的「大千世界」布局，遠看近似壇城。融匯了藏、漢和印度三種建築風格的烏孜大殿，既是桑耶寺的中心主殿，也是彌足珍貴的古老文物。

站在這座有龐大體積的寺院圍牆，面對眾多的建築群體和各式各樣的白塔、經幡、經幡陣、經輪、風馬旗……就像錯綜複雜的精神意念，突然用形狀和色彩，鋪天蓋地的具現在你眼前，一下子凍僵了手腳。我和同行者，站在桑耶寺門口，不知從哪裡開始精神之旅。換句話說，我們在桑耶寺的停留，註定只是走馬觀花。

院牆大門是一座高大的牌樓，呈土黃色。這種顏色在天主教和基

督教的宗教觀念裡，通常當作一種遁世的色彩。但桑耶寺的院門不在這個範疇，它和我們在伊斯蘭教地區看到的清真寺一樣，建築色彩的陳暗和式樣的古典，都是時間和風沙在上面累積的結果，所有痕跡和裂紋，旨在證明它是這裡最古老的遺跡之一。你在上面看不到更多有關建築藝術的細節，如果把它放在我們的城市，早就被推土機推倒，或者經過了修葺和加固，使其失去了原來的靈性。這座看上去顯得陳舊古樸的門樓，穿過它的時候，有一些擔心：它會不會垮塌。

同行者匆匆進入了烏孜大殿。我一個人在寺院周邊晃盪，一群轉經的人經過我的身邊以後，我聽到的是寂靜，再也看不到其他任何人。澄淨的陽光照耀在烏孜大殿，精雕鎏金的經幢、寶輪、套獸，鱗次櫛比的佛塔、色彩古典的筒瓦房頂，紛紛掏出迷人的光芒，搖晃著我的驚奇。我只能使用現成的語詞來形容：金碧輝煌，巍峨壯觀。

我獨自站在能看清烏孜大殿全貌的地方，安享著心靈的震撼。

一陣風吹過了白楊樹，海不日神山掛滿的經幡在遠處飄動。鴿子煽動靈巧的翅膀，不斷從白塔和房頂上起飛和降落。純淨的誦經聲從出售旅遊紀念品的房子裡傳來，那是刻成光碟的錄音在代替喇嘛們說話。隨著我向前移動的腳步，蓮花生大師心咒唱誦越來越近，直至響徹在整座寺廟。

一位藏族老阿媽站在烏孜大殿南牆，正將手捧的青稞，彎身放到了一塊陳舊的石碑下，鴿群立即從房頂上飛落於地，在阿媽腳下旁若無人地覓食。

我走了過去，瞬間就站在了一千二百卅一年前。

桑耶寺烏孜大殿南牆上這塊舊石碑，刻著古老的藏文，於今沒有幾人認得，據說是三十七代藏王赤松德贊親筆題寫，記載了廢除苯教，立佛教為國教的歷史。這塊四角已經嚴重剝蝕的石碑，究竟是不是赤松德贊書寫，於我和大多數人，沒有任何意義，它的價值和真實

身分，最好留給學者們去面紅耳赤。但桑耶寺和赤松德贊的骨血蠹緣，倒是不爭的事實，不僅因為這個地方是他的出生地。他和第一代藏王聶赤贊普、第三十三代藏王松贊干布，歷史上並稱「師君三尊」（持佛法的王），他們在政治、經濟、文化、宗教等西藏文明史上取得的輝煌成就，至今讓人們記憶猶新。

宗教信仰，應該是慈悲寬容的，但我瞭解的人類歷史，血腥和殺戮，幾乎成了世界宗教史的主要內容。從古羅馬人將猶太人趕出耶路撒冷開始，讓這個古老而智慧的族群，在世界各地流浪了二千多年，漫延兩個多世紀的十字軍東征，有數百萬聖騎士的亡魂孤塋在遙遠的異國他鄉。新疆喀拉汗王朝時期，穆斯林和佛教徒的殘酷爭鬥，持續了數百年。吐蕃王朝的時間史，其實就是本土苯教徒和藏傳佛教信仰之間的爭鬥史，王族之間因為苯、佛信仰之爭，發生過多起骨肉相殘的血腥事件。

很多事實都證明，從一種信仰變成另外一種信仰的過程中，民眾好像並沒有因此進入天堂，倒是經受了無盡的苦難和傷痛。直到今天，世界上仍有不少地區籠罩在宗教爭端的陰雲下，隨時都有呼嘯的子彈打穿屏幕，讓我們舔味血腥，而嚴重缺席的信仰危機，並無終止的任何跡象。或許，很多宗教信仰被政治團體利用了，我們看到的爭鬥其實和信仰無關，只是禍藏於西裝革履的利益野心。

公元七七九年，桑耶寺在蓮花生大師的主持下正式建成。赤松德贊從拉薩布達拉宮趕來剪綵，親手將潔白的哈達戴在了蓮花生大師和寂護堪布的頸脖上，向兩位來西藏弘揚佛法的大師，表達了一個偉大君王足夠的尊敬。整個扎馬山麓上空澄明清澈、祥雲飄飛，陽光普照著茂密的森林和青碧的草場，一遍安詳和平的景象。法王站在烏孜大殿，頂禮完釋迦牟尼佛，轉身面向王公大臣，正式頒詔廢除已有九百多年國教歷史的苯教信仰，開立佛教為國教。並親自把精心挑選的七

個貴族後代，交給蓮花生和寂護大師學習佛法，成為桑耶寺第一批剃度修行的藏族僧人。來自印度的蓮花生大師，和來自尼泊爾的寂護大師，分立蕃王兩側，露出了滿意的笑容，好像在說，謝謝國王為弘揚佛法所做的一切。

這是我站在烏孜大殿內牆壁畫前，看到的一個段落，通過我的眼睛和觀想，還原了以上畫面。在一千二百卅一年前的夏天，當時在現場的人，沒有給我們留下可以還原事實的文字和圖像，所以沒有參照，也許實際情形就是我想像的樣子。這幅有「西藏繪畫史」稱譽的巨型壁畫，沿著二樓回廊內牆繪製，畫長九十二米。如果對西藏有一定的歷史、宗教常識，你可以在這幅用天然礦石粉顏料繪製的壁畫前，瞭解一些西藏發展簡史，從羅剎女與神猴結合，繁衍藏族祖先的遠古傳說開始，蓮花生大師引入佛教並創立寧瑪派（紅教），宗喀巴大師創立格魯派（黃教），一直到九世達賴喇嘛時期。這個地方有很多細節，足可以讓人安靜地流連忘返，其精神意義遠遠超越了物質存在。

桑耶寺所有聖物、聖跡、法器古物、雕塑唐卡、壁畫經書，均是神聖信仰的一部分，很多聖物、經書、畫卷都是稀世珍品。這些物件可能讓人滿頭霧水，那是因為我們對神性的物質、古老的藝術和歷史，缺乏足夠的了解和覺悟。我們走了很遠的路，來到如此古老的場所，雖不為朝聖，完全值得花更多的時間，用身體和心靈去撫摸那些古老的物質和記憶，它們雖然不會開口，但意藏的智慧和神性，只是換了一種方式在說話，你只需傾聽、辨識和感受，並從中獲得某種啟示和安慰。

古老遺跡的存在就是一種安靜，這正是我們需要的。

蓮花生大師的塑像在烏孜大殿二樓佛堂。不知道蓮花生這個名字的人可能很少。《西藏度亡經》（又譯《中陰得度》），就是蓮花生

大師在一千二百多年前伏藏的經典。我從川西平原，飛越整個青藏高原東部高山河谷，涉過雅魯藏布江，找到他在西藏的準確地址，是我行走山南最重要的旅程。

信眾、喇嘛、遊人在佛堂內供奉、禮佛或參觀，井然有序又靜默無聲，我也一樣的恭敬。蓮花生大師端坐蓮花之上，手持金剛杵，神態清淨睿智，滿身光輝。沒有任何聲音的靜寂無邊無際，只有酥油燈芯在呼吸光明。我曾經參觀過不同信仰下的教堂、寺廟、道觀和清真寺，除了不同的建築風格、塑像、道具和陳設，都有一個共同的特性，就是場。一直隱隱覺得「場」是一種神性的存在，越古老的遺跡，場的力量越強大，它的力量正是通過一些有形的物質傳遞的。這和我們回到離開了多年的故鄉一樣，近身舊物故人時，既有感官的覺察，也有心靈的溫暖或者悲傷。很多物質存在的意義，並不是我們後來強加的，原本就是土著從未移民。神靈一直就沒有離開這塊土地。神就是天就是地，就是生，就是希望，就是燭照世界和人生的火把。

我跪在蓮花生聖尊足下。這是我在西藏的第一次下跪，就像跪拜雪山草原的神靈。佛陀從來沒有明示過神明的存在，人的一生所要做的就是正知正行，出離形的假像，了悟空的真理，最終虹身圓滿。我很願意，就此長跪不起。如果身體匍匐能夠代表心靈發言，我可以從此不再開口，但我在煙火戶籍的兒子、父親和公民身分，房子的按揭和子女學費，還有一些責任和義務沒有完成。我尋找古老而神性的場，追尋聖人聖跡，用以削弱和減少我對焦慮、惶恐、貪欲、癡譫、悲傷和絕望的叫喊，讓精神不再繼續潦草。清楚地知道，我愚鈍的心性本覺和心迷萬象的體性，很難就此收聲。蓮花生大師的在場，會成為我心靈觀想的地址，可以在安靜時刻準確地回到這個地方，無求生死出離，只願心靈和平。

我崇敬有信仰的人，甚至嫉妒他們因此滿懷希望。我也許過分迷

戀體性的歡愉和痛苦，一直和油鹽醬醋糾纏不清。我曾試圖通過不斷地奔跑和穿越，在過世的時間裡尋求安慰，用一種死亡慰藉另一種死亡，結果就是最深的死亡。或許純潔的信仰，能夠引領我們打敗黑暗，照亮前行或後退的道路。不是突如其來，而是記憶的返老還鄉。

在於今的桑耶寺周邊山原谷地，藍天白雲之下，看不到牛羊成群的詩歌田園。森林和草場，不知在什麼時候已經離開那裡。人們在為數不多的耕地上種植青稞、小麥、豌豆和油菜，以農耕生計。如果僅僅為了燒香拜佛、追逐自然風光、在相冊裡增加更多彩色照片，你可以選擇去山南其他地方，犯不著千里迢迢跑到桑耶寺，雲裡霧裡地增加古蹟負擔。在青藏高原，有眾多可以驚世駭俗的自然風光、人文景觀，安靜地敞開著懷抱。

太陽開始降落。我沉溺在那些石頭、木料、雕塑和畫像裡，觸摸我能聽到的聲音和看懂的往事。一個喇嘛從轉經環廊深處出現，站在佛學院僧舍下面清掃衛生，不時停下來看我幾眼。我正在仔細觀賞大殿北牆下一座小巧的白塔。整個烏孜大殿環廊只有我們兩人。僧舍走廊上有幾盆綠色植物，是佛學院的年輕人種植的，在金色的陽光下顯得十分迷人。看不到喇嘛的表情，但他的身體語言告訴我，參觀的時間應該結束了。我沿著長長的甬道走到了烏孜大殿門廊，一個唐式掛鐘恰好懸在頭頂，當年赤松德贊的王妃鑄獻的青銅掛鐘，鐫刻著於今無人看懂的古藏文，伏藏著美好的愛情或某種神諭？我停了下來，一轉身，看見那個年輕的喇嘛蹲在地上，正伸出雙手和一隻鴿子交談。

我看到更多的翅膀在大殿上空飛翔。同行者站在廣場上，把我喚出了大殿。

桑耶寺周邊還有不少古老的倉康。在西藏最古老的三大靜修聖地中，這裡就有青樸和聶瑪隆兩個。那是僧人一生嚮往的地方，有很多喇嘛居住在山洞或石頭房子裡，用了很多時間，花費極少的糧食和酥

油茶，刻苦地尋找著宇宙真理，只跟太陽、星星和月亮耳鬢廝磨，與我們的好奇或俗世生活無關，不便前去打擾。

殿簷上的風鈴叮噹作響。遠處傳來了汽車聲音。我走進廣場，烏孜大殿在我身後，被徐徐降落的黃昏，關在了裡面。

遠處白塔陣列的圍牆下，一群信眾搖著經筒在緩慢地行走。我不知道，是不是向著家的方向。我很清楚，萬念起伏的身體正在一點點死去。我的心思，已經或多或少地留在了桑耶寺，祈願蓮花生大師能在最後時刻，把我從麻木不仁的物質聖經中喚醒。

世界很靜，靜得只剩下風，在經幡上吳儂軟語。

（2013-08）

次仁羅布

作者簡介

次仁羅布，藏族，一九六五年出生於西藏，一九八一年考入西藏大學藏文系，一九八六年大學畢業，先後在《西藏日報》和《西藏文學》編輯部等工作，一九九二年發表第一篇小說。二〇〇六年，短篇小說〈殺手〉入選《二〇〇六年中國年度短篇小說》和「中國小說排行榜」、《廿一世紀中國當代文學》（英文），並獲得西藏第五屆珠穆朗瑪文學獎；二〇〇八年，中篇小說〈界〉獲得第五屆西藏新世紀文學獎；二〇〇九年，短篇小說〈放生羊〉入選「二〇〇九年中國當代最新作品排行榜」；短篇小說〈阿米日嘎〉入選《二〇〇九年中國短篇小說集》和《二〇〇九年中國短篇小說精選》，並獲「首屆茅臺杯小說選刊年度大獎（二〇〇九）排行榜」；短篇小說〈傳說〉被譯成了蒙古語和維吾爾語、哈薩克語、藏語，同年又獲中國當代文學研究會和中國當代少數民族文學研究會頒發的創新新秀獎；二〇一〇年，〈放生羊〉獲第五屆魯迅文學獎；二〇一二年，中篇小說〈神授〉獲《民族文學》「二〇一一年度優秀小說獎」。

綠度母

　　我算是個名人，在拉薩。

　　我的很多文章，在拉薩的各報刊和雜誌上被發表，人們自然地記住了羅布這名字，認識的人都稱我為作家。從髮型到穿著打扮，我也儘量像個藝術家：長長的頭髮在腦後紮了個馬尾辮，休閒的衣服掛在身上鬆鬆垮垮，故意蓄留的濃密鬍鬚把兩腮占領，腦門上頂個邊緣很寬的禮帽。這樣一種形象，很扎別人的眼睛。

　　有天中午，我走進了「革命茶館」，茶客們的目光交會到我的身上。我不讓臉上有一絲笑容，以沉思的神態，穿越茶客們的桌凳。

　　「羅布！」我聽有人喊我。這叫聲來自茶館最裡面，聲音聽來很陌生。

　　我定下來，循著餘音找去，看見了小時候的鄰居丹增。我讓笑容綻在臉上，微啟的嘴裡露出一排白牙來。

　　「丹增啦，我們好久沒有見面了！」我感歎著屁股坐到了他對面的塑膠凳上。我取下禮帽，擱在膝蓋上。

　　「有六年多了吧？」丹增隔著桌子問。

　　「不會少於六年。」我肯定道。丹增的鬢角已是銀白，眼角細密地布滿皺紋，手腕上纏著一串檀香木念珠。檀香木的香氣陣陣飄過來，鼻孔裡飄逸清香。

　　「家裡人都好吧？」我問。我要的一瓶甜茶和藏麵被服務員給送來了。

　　「阿旺拉姆去年去世了！」丹增說。

　　「誰？」我問，目光移到丹增的臉上。

「巴桑。我妹妹呀。哦，你不知道的，我妹妹她後來出家了，法名叫阿旺拉姆。」

「你妹妹她出家了？」我張大嘴，驚訝不已。

「她出家有四年多，去年病逝了。」丹增補充完長歎一口氣。

我不敢再深問了，怕給丹增帶來更多的悲傷。我們兩人沉默的時候，旁邊茶客聊天的聲音，變得清晰活躍起來。嘈雜聲中，我的記憶卻悄無聲息地奔向三十多年前。阿旺拉姆──現在我就這樣稱呼亡者吧──她悲戚、孤獨的形象，在我腦子裡鮮活起來。那時她該有十七、八歲吧，她和她媽住進了八廓街翟林康桑四合院的那間昏暗房子裡。一頂草綠色的軍帽永遠罩在她的腦門上，個頭跟八、九歲的我們差不多。我們這些吊著鼻涕的崽子，遠遠地取笑她身上的殘疾，以此尋找快樂。看到她被激怒，我們的興致愈加高漲。她忍無可忍之時，滿臉通紅地撿起地上的石塊，向我們砸過來。我們邊跑開邊叫罵的更加起勁。阿旺拉姆落著淚，動作滑稽地轉過身去，低頭走進那間黑房子裡。我們的笑聲能把整個街巷淹沒。

那一整天，我們肯定再不會見到她了。可那時我們誰會在乎她呢！

「羅布，聽說你成了作家。」丹增打斷了我的思緒。我抬頭觸到他的目光，那眼神裡有有些哀傷。

「我在雜誌社工作，偶爾也寫一些文章。」我回答。

「你先吃麵，要不涼了。」丹增把話題扯開，一臉歉疚地說。

我沒有吃東西的欲望了，阿旺拉姆的死，讓我重回到童年的時光裡，忘卻的記憶開始蘇醒。

我們之間又是一陣沉默。桌子上撒了一灘甜茶，有幾隻蒼蠅落下又飛去，嗡嗡的聲音令人厭煩。旁邊的茶客結帳走了，新來的又把位置給補上。

「阿旺拉姆寫了篇故事，你能幫忙發表嗎？」丹增問我。

「她會寫？」我不相信地問。但馬上意識到，我表現出的這種懷疑，會讓丹增反感，趕忙補充道，「先拿來讓我看看，再給你回覆。」

丹增對這個回答不是很滿意。他一再解釋說那就是一篇故事。

下午回到家，我一直沉浸在對過去的回憶裡，曾經在翟林康桑院裡一起生活過的人們，一一從我腦海裡掠過。回憶，讓我感到甜蜜和溫馨。可是，只要憶到阿旺拉姆，內心充滿愧疚。

阿旺拉姆的家族叫覺吾倉，是個沒落貴族，六十年代末期，一家人被趕到了翟林康桑大院裡。這四合院裡，阿旺拉姆親歷了哥哥對她們的背叛，以及唯一的依靠——母親，也棄她而去的苦痛。那十多年裡，她處在孤立無援的境地中。哎，想想她的一生，真是不盡如人意。後來，我們一家人離開了八廓街，我還是聽到了關於她戀愛的消息，可惜那是個短暫的愛情。院子裡的人在她背後，無限憐憫地說，「真是個傻子！」

「也不看看自己的身體，可憐啊！」

「她的心迷失了方向。」

「……」

總之，她沒能跟那個男人結婚。

第二天，丹增把一本筆記本交給了我。等丹增一離開，我把筆記本打開了。

秋天的陽光穿透玻璃，照在筆記本上，把那些墨黑色的藏文字母照得明亮奪目。我沒法想像這些娟秀灑脫的叢瑪久（藏文行書），竟出自於一個殘疾人的手，出自於一個從未上過學的女人手中。這些漂亮的文字，牽引著我把整篇故事讀完了。

掩上筆記本時，落日的餘暉正從窗臺上退卻。

我有種衝動，要把這篇故事翻譯成漢文，讓阿旺拉姆被更多的人憶起。

故事譯文如下：

我的病已經很嚴重了，生命最多只能堅持得了幾天。構成我身體的水土風火四元素，正在體內一點點地消解、滅亡。等這些元素消耗殆盡時，我的心臟將不再跳動，思維不再運轉，我的靈魂就會輕盈地離開軀體，訣別紅塵。

覺吾倉會隨著我生命的消失，也會從這世間不留痕跡地消隱。我想把那段歷史記述下來，想讓這段家族歷史不要過早地被人遺忘。通過對往事的回憶，也讓我重溫生命行進過程中的那些個日日夜夜。

看，屋子牆上掛的綠度母唐卡，矮桌上陶瓷供燈裡金色的火焰蓬勃跳動，只要看到她們，我對死亡沒有一絲的恐懼，我已練好了面對死亡的心智。

我的目光游離開綠度母和陶瓷供燈，落到了午時的窗臺上。陽光熱辣辣地從窗子外撲進來，熾烈地滾落在屋子裡。她的雙臂抱住了我的腳指尖，溫暖開始從那裡徐徐攀升上來，熱流奔騰在體內，身子不再像先前那般地難受。

窗外傳來鳥的脆脆叫聲：鳩——嗚——，鳩——嗚——。

鳥的叫聲，讓我想起了我的爺爺。我就從爺爺開始說起。

爺爺有個很好聽的名字，人們稱他為覺吾倉‧諾布桑培（如意寶），可是好名字並不代表好運氣，爺爺做的那些事讓所有人都銘記住了他。爺爺樂於做的事就是，把原本開始走向衰落的覺吾倉，以更快的速度讓它衰敗下去而已。可是媽媽對爺爺恨到骨頭裡去了。她常說，就是這個混蛋，把我們推到了貧窮的邊緣。

我從媽媽的嘴裡得知爺爺是個賭棍，他把覺吾倉最後那點領地和莊園，在麻將桌上沒日沒夜地分解著。幾年過後，連大門後的掃帚都不再屬於我們了。

媽媽、爸爸領著丹增哥哥，在外面租了一間房，靠爸爸微薄的薪金和媽媽替別人撚羊毛、織襪子等來過活。爺爺落破到身無分文，穿戴邋遢。

據媽媽講，爺爺並不全是在賭輸，偶爾也賭贏過那麼一兩次。那時他風光得很，嗓門大大地拿著別人寫的字據，僱人去搬東西。他把別人家的東西全部搬到了覺吾倉裡，連牛圈和院子裡都塞滿了畫有山水圖案的藏櫃和裹著鹿皮毛的木箱、質地上乘的氆氌藏裝等。終歸，這樣的好手氣離他太遙遠了。

在那間光線昏暗的房子裡，媽媽抱著我瘦弱的雙肩，講述爺爺的這些故事，最後她還忘不了，對爺爺一頓詛咒。

那時，我和媽媽從原先有陽光的房子裡，被趕到一間潮濕、陰暗、低矮的兩柱（房間的大小，藏族以柱子來論）房子裡。媽媽的憂鬱只有晚上才敢表露，房子裡充斥著她的聲聲歎息。這歎息聲裡不僅有對她自己命運的喟歎，也有對我和哥哥今後命運的哀歎和擔憂。只可惜，那時我不懂得這些，我只為自己的殘疾而悲傷。

爺爺把覺吾倉前輩們省吃儉用積累的財富，像撒豌豆一樣毫無憐惜地擲扔在麻將桌上，然後支稜起耳朵，聽家產被分割時的乒乒乓乓聲音。這種聲音讓他激動無比，心都要從喉嚨裡跳出來。孰不知，這種揮霍的代價，只能由覺吾倉的後人承續下來並要還清。一旦明瞭世間的這種因果關係，那段艱難清貧的日子，正是我們還債的過程，我也就不會對多舛的命運有太多的抱怨。媽媽到死都沒有懂得這個道理，她承載過多的怨恨離開了人世。

那是個有月光的夜晚，四合院的天井旁聚集的人們散去了，月光

從窄狹的木質窗戶裡洩漏進來，房子裡變清晰了。媽媽一直坐在床沿，兩手貼在腮幫上。我知道她的心碎了，淚水在往肚子裡咽。這點我從她發白的頭髮可以看得出來，從她日漸陷落的眼眶可以看得出來。我頭枕在枕頭上，一動不動地看她的背影。後來，我對自己說，媽媽，你不該生下我來，你讓我在世間遭受人們的歧視和凌辱。那時，我害怕人們看我的眼神，害怕突然有人指出我的殘疾來。院子裡的那些小孩，他們喜歡當著眾人的面，大聲高喊我身上的殘疾。這樣一次一次被羞辱後，我不願出家門，只想待在黑暗裡，讓誰都看不到我。

有幾次，我進行過抗爭，拿石頭去砸那些小孩。我的這個舉動被鄰居次珠看到了，她怒不可遏地訓斥我，以前，你們騎在我們的頭上作威作福，現在還想打罵我們？我的怨氣被她的憤怒給裹捲走，懼怕地身子瑟瑟發抖。在次珠的陣陣羞辱聲中，我逃進昏暗的屋子裡，蹲在牆角無聲地落淚。

有月光的那夜，媽媽一直坐在床沿，直到天亮。她睡不著是因為心裡裝滿了過多的怨恨，她恨爺爺，恨爸爸，恨艱難的生存狀況。恨得多了，反而讓媽媽的內心愈加的黑暗，整晚整晚地失眠，最後導致了她經常性的頭痛病。

爸爸對於我來講只是一個概念，自小他就離開家在外工作。他的模樣到底是個什麼樣，我只能憑藉媽媽的敘述，在腦海裡虛構出一個形象來。真人的模樣已經模糊了。

由於爺爺的劣跡和覺吾倉本身的衰敗，有些權勢和地位的家族，誰都看不上我媽。眼看著她都快二十歲了，卻沒有一家來提親的，這讓爺爺很著急。他去找過幾家境況差不多的家族，但沒有一家正眼待他。等媽媽二十二歲時，家裡的最後一塊領地也易主了，門當戶對成了癡人說夢。無奈中，爺爺選擇了一個還俗的僧人，讓他成了覺吾倉

的入贅女婿。這個還俗的僧人就是我的爸爸。

媽媽生出丹增哥哥不久，爺爺的賭性大發，這次他選擇的不是牌桌，而是選擇了仕途。聽媽媽說，那天太陽很大，爺爺在房間租戶的吵嚷聲中，屁股底下墊個方卡墊，坐在二樓的回廊下，嘴裡嚼一塊奶渣，眼睛盯院子中央的天井，不停地吸鼻菸。看到這種場景，媽媽的心揪得緊。爺爺每每這樣呆著的時候，他會做出令人不可思議的事情來。

媽媽的擔心應驗了，爺爺要把賭注全部押到爸爸的身上，要讓爸爸成為地方政府的一名小官員，借此振興覺吾倉。

家庭的窘境，使爺爺無法拿出買通關節的錢，這使他胸口堵得慌。爺爺人一下蒼老了許多。據媽媽說，爺爺是個只要有了目標，就執著的不計後果的人。爺爺的雙腳踏扁了遠親近親們的莊園門檻，他卑躬地向親戚借錢。可是，爺爺每次從他們家出來時，他的耳朵裡除了裝滿教誨外，身上卻沒有增多一個子兒。一路上，爺爺唏噓感歎這世態的炎涼。

指望不上親戚，爺爺轉頭去尋找發放高利貸者。這下沒有遇到一點麻煩，他用覺吾倉莊園東西兩排的房子作抵押，借到了足夠謀到一個小職務的錢。幾經折騰，爸爸順利地當上了一名小糧官。幾年下來，爸爸的彩靴底磨爛了好幾雙，職務卻沒有一點升遷。這可能與他的木訥、不善言辭有關吧。希望的芽苗剛在爺爺的心裡破土，馬上就發現這是帶病的秧苗，不能指望爸爸在仕途上會有前程似錦。

爺爺再次坐在回廊下吸鼻菸，整整坐了一天。媽媽的心裡七上八下。黃昏翩然降臨時，爺爺把媽媽喚到了身邊，說，我給你找的男人，是個門檻上的馬糞蛋，總不見滾到殿宇裡去，或許他會滾到殿外的。說完爺爺把辮子纏繞在腦門上，手剪到背後，步伐凌亂地走過回廊，進了房間。門吱嘎一聲，擋住了媽媽的視線。她的身子打了個冷

顫。

爺爺重新坐在了麻將桌旁，手指關節輕靈地操起了可愛的象牙牌。爺爺的麻將技術不能讓人恭維，不到四天的時間，兩層正房的主人名更改成了別人。

覺吾倉成了別人的家產，爸爸媽媽帶著哥哥，尋找出租的房子。

那是個正午，出租房虛掩的門輕輕地被推開了，銅鈴便在門上叮吟噹啷地叫響。正在紡羊毛線的媽媽，一身金色陽光地抬起了頭，爸爸一臉興奮地走到她的跟前，從懷兜裡取出幾十張紙幣來。

他說，我的薪水漲了。下個月讓我到山南隆子去任職。

媽媽臉上沒有笑意，眼睛瞟了一下那些紅色的紙幣，下床到陶罐邊準備給爸爸倒茶。爸爸從背後抱住了媽媽，拽過來推到床鋪上，他的身子壓住了媽媽。那些紅色的紙幣攤撒在媽媽的身下。對於媽媽來講，此刻充滿了緊張驚險，外面的窗戶下一直有鄰居的說話聲，大把的陽光讓她睜不開眼睛，她也擔心哥哥或爺爺突然推門走進來。但，爸爸是如此的不管不顧了，決意要進入到媽媽的體內。好在很快結束了，這種匆忙的行事，卻把我留在了媽媽的體內。

十幾天之後，爸爸背著一袋糌粑和幾件換洗的衣服去了隆子。

過了兩個多月，媽媽發現我在她的身體裡一點點地成形並長大。

也許，媽媽當時真的是受驚過度了，以致生出了個殘疾的我。我的出生，把媽媽給嚇住了，她急忙寫信，托人火急火燎地交到爸爸的手裡。爸爸卻鎮定得很，他從隆子回信說，只要投胎於人，註定就能吃到一口糌粑。媽媽從字裡行間，知道了命中註定的只能欣然接受，讀完這封信，媽媽的心情好了許多。

只是，我的出生加快了爺爺的崩潰，他認為這就是因果在現實世界的真實報應。從那刻起，爺爺常常看著拉薩河對面的寶瓶山發呆，有時莫名地滴落下珠珠淚水來。爺爺一蹶不振了。在我出生三個月後

的藏曆六月初八黎明時刻，他孑然地離開家到雄斯山上去隱修。爺爺從此銷聲匿跡，家裡的人也不再打聽他的消息了。

丹增哥哥也承續了爺爺的這個品質，當他從拉薩中學畢業，看到時局的變化時，也是孑然地把媽媽和我扔下，決絕地說了聲，從此要跟這個家庭一刀兩斷。哥哥背著被子到農村去了，他要成為一名上山下鄉的知識青年。媽媽對哥哥的這種決絕除了感到傷心外，並不去責備什麼。

每當我倆喝著清茶，吃上一口糌粑時，媽媽總要說，你哥在農村很累。房子裡光線昏暗，我看不到媽媽眼裡滿含的淚水。我聽到這話，總要摸摸頭上戴的草綠色軍帽，這是哥哥給我的，只要有這頂帽子在，我就確信他不會離開我們的。

丹增哥哥上賽邢小學時，看到他背著書包去，我心裡羨慕不已。媽媽可能從我的眼神裡看到了這種嚮往，她低下身子問我，你也想去上學嗎？我拚命地搖頭。媽媽知道我害怕被別的小孩取笑，怕見到人。我的這種敏感，得到了媽媽的遷就。她把手搭在我的肩頭，安慰我說，巴桑，我來教你認字。

我在媽媽和哥哥的指導下學會了藏文，我也試著讀哥哥留下的課本。

在我十六歲時，由於之前爸爸出逃去了印度，人們才有口實，把我們趕到了翟林康桑院裡。

媽媽直到去世，心裡一直有個解不開的疙瘩，那就是她的人生軌跡，總被男人們一次次地破壞和改變，最後給她的是無盡的苦難。

媽媽難受的時候，也要罵爸爸，但她從來不詛咒爸爸。覺吾倉的莊園什麼都輸掉後，靠的就是爸爸寄來的錢，這些錢不僅給家裡增添了兩頭奶牛，還添了一些值錢的家當。

我們真的不能責怪爸爸，他的出走也是很無奈的。

當時在山南發生了叛亂，他預感到了家庭的破碎和妻離子散。爸爸不顧一切地星夜兼程，向拉薩趕趕，一心想著要與家人呆在一起。不料走到姐德秀時，被流亡的人裏挾著帶到了印度。

那裡可是一個很炎熱的地方，爸爸和很多流亡過去的藏族人，拿著鐵鍬和十字鎬、鋼纖等工具，為印度人修鐵路。爸爸在那裡只熬過了兩年，有次中暑，倒在鐵軌旁結束了這一生。

這些情況是媽媽去世十年後，我在八廓街裡擺攤時，從一個國外回來的老人口中得知的。老人本來是來找我媽媽的，後來卻講給了我。老人在給我講述這些時，晶瑩的淚水在眼眶裡蓄了一灣池。我當著他的面沒有哭也沒有悲傷。

晚上，我模糊的記憶一直想勾勒爸爸的樣子來，到後頭才發現這是徒然的。爸爸，在我的頭腦裡只是一個稱呼，他的死既不能讓我悲痛欲絕，也不能讓我從此心安理得。我只是想到，從此不能再有等待了。

聽啊，她們（尼姑）的誦經聲和神鼓、鈴杵發出的悅耳聲音。這些聲音會被山頂吹過的清涼徐風，馱載到遙遠的天際去。曾經我也是其中的一份子，我的祈禱聲，也是這樣抵達了另外一個空間。呆在這山頂修建的尼姑庵裡，能把心裡的欲望遏制住，讓心兒復歸於平靜。

媽媽四十多歲時，她的狀態令人擔憂。彎弓的背，海螺似的白髮，昭示著她的極度衰竭。每當媽媽去壓麵廠工作時，我一個人待在屋子裡，讓昏暗把我罩住。聽見人們在天井旁聊天，我把耳朵貼在門板上，偷聽他們說話；要是院子裡有小孩玩耍，我搬來凳子爬上去，從木窗裡偷窺；有時，我在懷裡抱個枕頭，不停地給它講故事，或給它蓋上被子，拍著手哄它入睡。我無處訴說內心的難受時，就趴在床上，無聲地落眼淚。

我就是不敢跨出房門一步，擔心只要把門打開，那種驚異的眼神

會落在身上，還有竊竊的議論伴隨。我的心脆弱且敏感。

即使到了十八、九歲，我還整天躲在屋子裡，我的世界就是那間昏暗的房子，那裡我才能感到安全。時間久了，我的臉色蒼白，髮質變黃。媽媽很擔心我的這種境況，她要帶我去壓麵廠，我哭喊著掙脫出來，還用傷人的言語怒斥她。

媽媽只得紅腫著雙眼離開家，讓我一個人呆在房子裡。

媽媽也努力嘗試著改變我，但都失敗了，最後，搖著腦袋，只能讓我隨性而為。

讓我難以忘記的是那個晚上。媽媽微醉著回到了家，她一進門倒在了床上。我把油燈點上，湊了過去，刺鼻的酒味撲面而來，看到媽媽的臉被淚水浸濕。一整晚她都不說話，眼睛茫然地盯著前方，趴在那裡一動不動。我很害怕，使勁搖動她，她就像一灘泥，讓我無可奈何。我的哭聲對她也沒有產生絲毫的影響。

從那晚開始，媽媽的神志恍惚了。

十多天後，她從睡眠中再沒有醒過來，很平靜地離開了。

媽媽去世後，我才知道這最後的沉重打擊來自於丹增哥哥。他從農村回來後，被分到了醫院，他把這條消息封鎖得很嚴，媽媽和我都不知道。事情是由壓麵廠的一個老太婆暴露的。她因生病到醫院去了，在那裡看到了穿白大褂的丹增哥哥。老太婆從醫院回來，就把丹增哥哥的事告訴了媽媽。興奮中的媽媽請了假，買幾斤白糖去看丹增哥哥。哥哥卻藉故避開了媽媽，這種做法讓媽媽傷心欲絕。她手裡的白糖撒了一地，留下一路的嗚咽聲回到了壓麵廠。我知道了事情經過後，對他充滿了刻骨的仇恨。那一刻，我能做的就是把頭上草綠色軍帽摘下，用腳不停地踩踏，嘴裡不住地咒罵。

當我沉緬在悲痛和仇恨中，自然想到了死，生存對我已經沒有意義了。可是，在那間昏暗的房子裡，每當手握刀子時，就是沒有勇氣

扎入體內；繩子套住了，我的脖子卻不敢伸到裡面去。幾經嘗試，最後發現我連自殺的勇氣都沒有。

鄰居們輪流來安慰我，有些還跑去居委會替我說好話。我被感動地哭了很多次。

沒有了媽媽，我也就失去了依靠。好在壓麵廠給了我一個生活的來源，我只能硬著頭皮去壓麵廠工作。

在那裡幹活，我的行動很不方便，但沒有一個人來指責我，有些還把手上的活停下來，教我怎麼做。我慢慢地適應了和這些人打交道，也喜歡聽她們聊家常。半年多的時間下來，我發現自己喜歡與人接觸了，也敢於在外面走動，我的生活正在發生變化。

發生變化總是毫無預兆的，但我確信這些都是一定的因緣，累積到需要質變的時候必然產生的結果。壓麵廠倒閉了，我在八廓街擺起了地攤。也許是我身上的殘疾，使人們對我多了些憐憫，攤上的東西賣得很好。那時，我也在想，要是媽媽在世時，我跟她出來找個活幹，她的精神壓力就不會有那麼大了。也可能，不會讓她鬱鬱不樂而死。我經常要自責，但於事無補，我也常到寺廟裡去懺悔。進行懺悔的還有丹增哥哥，我不接受他的懺悔和眼淚，用無言和怒視驅趕走了他。

丹增哥哥踉蹌地出了房門，隱滅在濃濃的黑暗中。

當時我的胸襟是何等的狹窄，我想讓哥哥一輩子受良心的譴責。但我是誰，我有這樣的權利嗎？媽媽在世時，我也不是借故身上的殘疾，讓她承受巨大的心裡壓力嘛。直到我來到遠離喧囂的尼姑庵，聆聽主持給我講解：願諸有情具足安樂及安樂園，願諸有情永離苦惱及苦惱因，願諸有情永不離開無苦之樂，願諸有情遠離愛戀親疏住平等。我心的牢獄被打開了，看到了裡面躲藏的無數個陰暗。懼怕此生被這些東西所牽制。

　　我感謝那次戀愛，如果沒有短暫的愛情，我今世還將桎梏在覺吾倉沉淪的陰影裡，除了悲歎命運，就不知道做該做什麼事了。

　　我知道，那不叫愛情，那時我已經奔向四十了。

　　他。我不知道叫什麼名字，翩然降到了我的攤位前，大大方方地坐在了旁邊的凳子上。也許他走累了，也許他在等人，也許真的見到我後停留下來的。他對我說，你是來做生意的還是來看書的？我合上書，看他時，心臟突然劇烈地跳動，臉燙得像是燒著了。我這一生第一次有了這種奇妙的感受。他從我的手裡接過書，開始小聲朗讀。

　　那天早晨太陽不大，它一會兒一會兒地躲進雲層裡。可是我的身上熱得冒汗，喉嚨乾燥發癢。他的聲音真好聽，我卻沒有記住唸的是哪一段。我一直低垂著頭，恍恍惚惚。直到他把書塞到了我的手裡，我才從迷糊中醒來，仰頭盯了他一眼。

　　你的臉真好看。他凝視著我，這樣對我說。我羞的把臉埋進了書裡。他從凳子上站起來，臨走時俯下身，在我耳畔輕聲說，我明天過來看你。

　　他不知道，我為了這句話輾轉難眠了一夜。想像著他給予我的愛情，喜悅的淚水難以抑制。一心盼著天快快亮堂起來。

　　八廓街裡人來人往，始終見不到他的影子。我的心裡越是渴望見到他，越讓我為等不到而痛苦，到後頭我都呆呆地發愣。中午時，他來了，挨著坐在了我的旁邊。見到他我就落下了淚，喜悅蕩滿心頭。我們並排坐著，誰都不說話。有時他把手伸到我賣的小飾物上，仔細地端詳。時間漫長的讓我呼吸困難，心裡真希望這一刻能夠永遠地凝固。他離開時，又對我說，等著，明天我還會來這。

　　第三天，他給我買來了很多吃的。午飯，我們各要了一份盒飯。離別時他握住了我的手，我全身戰慄，身體在融消。他走後，我全身軟綿綿的，沒有一點力氣。我不知道，他臨走時對我說沒有說接著還

要來看我。

　旁邊攤位上的人搶走了他給我買的東西，還說他愛上了我。

　從那天開始，我就一直等待他的到來。這種等待讓我身心疲憊，憔悴不堪，渴望見到的衝動日益強烈。我坐不住了，我要去尋找他。

　我每天穿行在拉薩的各個角落裡，也跑到寺廟裡去卦算，他卻像桑煙一樣從眼前消散了，給我留下了無盡的思念。

　幾個月後，我在八廓街裡再次看到了他。我卻沒有迎頭去接，而是把頭低下來，轉身離開了攤位。這回去的路竟漫長的讓我氣喘吁吁，搖搖晃晃，打開房門撲倒在床上，我的心空落落的。

　我的頭腦裡映現是：他牽著一個女人的手。

　這個畫面讓我絕望了，我起身從菜板上拿起了菜刀，毫不猶豫地在手腕上割了一刀。

　等待死亡是漫長的，眼淚打濕了我的胸襟。

　一同擺攤的人救了我的命。他們看到我沒法從感情的痛苦中解脫，帶我到各處去散心。這樣我來到這座尼姑庵。

　汽車盤繞著蜿蜒的山路而行，雲層在山腰飄浮，山頂的尼姑庵裡傳來了旋律優美的誦經聲，經幡在晨風裡哗嚓哗嚓地招展。走進尼姑庵，進入佛堂，拜見綠度母時，我就流下了淚水，想到了這裡就是我的安身之處，在這裡我才能擺脫那些塵世的苦惱。

　四年的時間過得太匆忙了，這四年裡讓我悟到了很多的理：要是沒有他，我的佛緣不會從心裡萌生；要是沒有媽媽爸爸的遭遇，我就看不到人世的苦難；要是沒有哥哥的背棄，我就理會不到人世的無常。我在臨死的時候，覺得他們都是我值得愛的人，是他們讓我的這一生變得豐富和值得回味。

　也許，今晚等我誦完綠度母經後，一覺就會睡到死神那裡去。那樣，再不能拿筆記述別的內容了。

我是平靜地走的，沒有帶走一點的怨恨、一點的傷感。

翻譯完時，外面的天已經黑透了。我點燃一根菸，抽了起來。我想到了我曾經去過的一座尼姑庵，那裡到處是亂石崗，滿山盛開著野薔薇，還有帶刺的荊棘在風中搖曳，各種顏色的蝴蝶其間自由地飄飛。

阿旺拉姆身著絳紅色的袈裟，正從野薔薇和荊棘叢中穿過來，蝴蝶圍繞著她。她的表情是如此的安詳，以致我都忘了她是個駝背。

注：綠度母：救度佛母。佛教依救度八難而立的一類本尊佛母。依身色、標幟、姿態不同，分為二十一度母。

（刊於《大家》2011年第5期）

白瑪娜珍

作者簡介

　　白瑪娜珍，藏族，一九六七年出生於拉薩，定居拉薩，畢業於北京中國解放軍藝術學院、中國新聞學院，結業於北京廣播學院、北京魯迅文學院等。現為西藏作協副主席、北京大學訪問學者、《西藏文學》特約編輯。一九八六年開始發表文學作品，曾在《民族文學》、《西藏文學》、《散文月刊》、《散文月刊》海外版、《青春》、《天涯》、《芳草》、《廈門文學》、《青海湖》、《詩選刊》等近百家報刊雜誌發表文章上百余篇，文章被《中國百年美文》、《中國西部散文》、《藏族當代詩選》、《中國當代少數民族女性詩歌》等叢書收入出版。曾獲西藏作協頒發「西藏文學十年成就獎」，散文〈請伸開手臂〉曾獲中華精短散文大賽優秀獎，長篇小說《拉薩紅塵》獲中國第二屆女性文學獎入圍獎；長篇小說《復活的度母》獲西藏第五屆珠穆朗瑪文學藝術基金獎。著有：詩集《在心靈的天際》、《金汁》；散文集《生命的顏色》、《西藏的月光》；長篇小說《拉薩紅塵》、《復活的度母》。

村莊裡的魔鬼

　　山風捲著漫天的黃沙在鄉村的土路上一會兒朝前撲，一會兒又朝後掀。我從樓上的窗子裡望著，回想著幾年前，我就是在那些山風恣意的推攮中，趕去給四村的婦女排練舞蹈的。那些風沙鑽到我的嘴裡，拍打我的臉，拉扯我的頭髮，恍若一群頑童在和我遊戲。

　　排練場在四村村委會的小院裡。據說這次排演舞蹈是為了參加拉薩的業餘調演。村長普瓊已集合了八、九位經他挑選的健碩的婦女。她們帶來了青稞酒、酥油茶和好吃的油炸食品。我們便像過「林卡」（夏季假日在樹林裡紮營玩耍）一般開心地邊玩邊開始了排練。

　　我選了一支西藏東部地區康巴「弦子舞」的曲目，請她們排成兩排，我教了幾個基本動作，她們很快就學會了，只是跳起來韻味不太對。我有些急，我穿梭在她們顯得過於熱情的舞蹈中，連聲對她們喊道：「輕柔些，扭動臀和腰，對，臀，再慢些！」村長普瓊從一旁的樹枝上折來一根柳條，跟在我後面，搞笑地挨個敲她們的屁股，一面開心地呵斥道：「聽懂老師的話了吧？把大肥屁股扭起來……」

　　現在回想起來，節奏歡快的踢踏舞應該更適合她們的天性。康巴婦女生活在蔥郁的山區，因為耕地較少，男人多外出從商，女人在家管理家務，男女分工明確，所以女人的舞蹈也格外女性化，非常柔美。農村婦女通常和男人一起勞動，性格裡也更多了熱情和歡樂。所以，要農村婦女排演康巴婦女的弦子舞，是我選錯了。其實，在村裡的打麥場上，在河畔洗衣服的晴天裡，她們自然的歌舞像生長的青稞一般招展，又像天上的雲朵一般飄逸。歌舞和農耕像她們的雙翼，豐滿的日子像醇美的優酪乳。每當我漫步在村莊，他們的婚姻和愛情又

像黃昏，家家戶戶升起來的嫋嫋炊煙，把村莊籠罩在溫暖的柔情裡。

這天，在我去接兒子旦的路上，幾位曾跟我學過跳舞的婦女在前面招手搭車。上車後，她們沒像往常一樣一路唱歌。她們坐在後排，把身子湊向前，低聲對我說：「你知道了吧？娘熱鄉政府剛組織村民開過會，要我們家家戶戶在政府資助下維修房舍，接待遊客，做生意。要把娘熱鄉建設成為西藏旅遊文化自然村。」

「是嗎?!」我從汽車鏡裡望了她倆一眼，看到她們臉色迷茫，顯得焦慮。

「也許能掙很多錢吧？」我說。

「哎，鄉領導也是這麼說的。」她們沮喪地說。一陣沉默中，我的臉有些發燙，心裡感到羞愧。如果掙錢付出的代價是告別一種自然而人性的生活方式，錢，對這個美麗的村莊而言就是魔鬼啊！

記得幾年前，鄉裡還曾組織她們學習種蔬菜，施化肥和農藥。這意味著比黃金更珍貴的土地再也不能五年一耕地休養生息，意味著世世代代養育藏族人的青稞將被外來的陌生的農作物代替……她們在惶恐中，陸續把自家的田地租賃給了漢地來的菜農。當塑膠大棚一夜間長滿了娘熱鄉的田野，村莊裡載歌載舞的農耕情景從此不見了。

城市文明，像潮水般湧來。

車窗外，二〇〇七年的早春裡，娘熱鄉昔日的山風中，飄來蔬菜大棚裡化學藥劑和建築工地的水泥、鋼鐵的氣味。鄉間的小路上，灌煤氣的甘肅口音，賣老鼠藥的河南人長長地吆呼，拖運建材的卡車的響聲和機械的挖掘、切割聲不絕於耳。在現代化的發展和建設中，恬靜的鄉村就要消失了。

我們沉默著，不能言語。我暗暗想，我可以離開，去更遠的地方尋覓寧靜的家園。但她們呢，離開古老的土地，她們何去何從？！在前面的路口，她們要下車了。她們說那裡在修一所能容納上千人的

住宅社區。很多城裡人將搬來居住。我點頭笑了：「我的一個朋友也在那裡買了房，因為她特別喜歡社區對面的那片開闊的田野。」我說完，她倆慌張地對望了一下，抱歉地對我說：「可是我們正準備在社區對面的田野裡修商品房。」順著她們所指，我看到剛泛青的麥田裡，果然堆起了很多石頭，一些村莊裡的農人，換上了布衣，改行當了建築民工。兩位農婦下車朝他們走去，去參加攪拌沙石的勞動。我愕然地望著她們的背影，才發現我的四周，不知什麼時候起，堅定而緩慢地崛起了高樓，在村莊的土地上已經投下了鬼魅般的陰影——我開著車，在摯愛的村莊裡，遙望著它四處的殘骸。只有村裡的那條河還在遠處孤單地奔湧著。此刻，那湍流聲好像我心底的哀泣，像村莊破敗的血液……

（刊於《西藏文學》2007年第6期）

沒有歌聲的勞作

　　看到娘熱鄉裡到處都在施工，我有些惴惴不安，也想湊熱鬧修點兒什麼。我就開始注意今年民工的狀況。看到前面能容納上千人的大型社區工程，仍然由漢族民工建設。但社區對面蓋商品房的基本上是藏族民工，他們修建的一排排藏式小樓全是鋼筋混凝土結構，傳統的木門，窗戶是塑鋼的，速度還飛快！

　　一天中午，我湊上去問那些民工肯不肯來我家維修。他們卻告訴我說他們是建築隊，收了一些娘熱鄉農民做臨時工。我有些吃驚，難道從前以藏族為主的建築工程隊伍就要復甦了嗎？

　　記得小時候，西藏的建築工程單位有好幾家，而且都是藏族工人。那時我住的新華社院裡也在修房子。建築工人的歌聲穿過樹林，在微風悉索的正午飄蕩著。我被他們的歌聲吸引，常常牽著我家的那條小藏獅狗來到工地，看他們不慌不忙地背石頭挖土，從容地勞作和唱歌。在勞動的間隙，他們會在突然爆發的笑聲中相互潑水、打水仗、追逐奔跑，在馬蘭草叢裡打滾摔跤。我抱著小狗，嗅著馬蘭花的芬芳，癡癡地望著他們……藏族民工們的歡笑還時常打斷內地來的記者們的工作。他們似乎沒有見過如此勞作的方式，跑出來，好奇地舉起相機捕捉著歡樂的情景。有時，建築隊裡的婦女會在中午太陽很好時，三三兩兩地在勞動的間隙來到院子中間的水井旁提水洗頭。那是一口甘涼的泉水，裡面游來的兩條大魚每年會在井下石頭的縫隙裡產下很多小魚苗。過了一段時間，小魚們不知游去了哪裡，只有兩條大魚還留在井裡，像一對輕盈的蝴蝶。來洗頭的婦女看到牠們總是禁不住愛憐地大呼小叫一陣，然後，她們脫去了上衣，露出小麥色的肌膚

和豐盈的雙乳。當她們從井裡彎腰提水，披著長髮側身梳頭時，那健碩挺拔的雙乳就在她們的胸前搖曳著跳舞……哈！內地來的記者沒人敢出來了，他們躲在暗處，只有閃光燈像他們的心跳，在窗子後面唏嚓唏嚓地響著……

那年夏天，樓房終於建成了。我來到樓前，出神地望著樓頂，那像歌謠一般起伏排列的造型。父親過來輕輕抱起我，對我笑道：「從今天起，我將和著他們的歌聲，邁著舞步進去辦公啦……」我激動地點點頭，這棟大樓建設的整個過程，簡直就是夏季裡，一場最豐盛的歌舞劇啊！

二十世紀八〇年代始，當西藏進入又一個工程建設的高潮時，以藏族為主的建築隊伍卻突然瓦解了。本地的建築單位除古建築隊外，紛紛潰散，取而代之的是龐大的掌握了現代工程技術的內地湧入的建築工程隊伍。他們嚴肅地勞動著，從不唱歌嬉戲，吃飯時間很短，勞動的間隙不坐下來喝茶飲酒，每天起早貪黑地工作到月亮出來，三個月就能完成藏族民工半年多的活路。同時，他們還全面壟斷了其他行業，比如修自行車、修汽車、理髮、縫製藏裝、雕刻藏櫃、餐飲、娛樂、蔬菜和花卉種植、採石挖礦，等等。

拉薩在他們不分晝夜的建設中，變得越來越喧鬧和「繁華」，使沉醉在童年時光中的我，感到有些無法適從。一九九九年，當我在美麗的娘熱溝拍攝一個電視短片時，我終於又看到了童年記憶中的馬蘭花，一簇簇綻開在山野；純白的羊兒在山澗跳躍著；溪水從白色的岩石上落下嘩嘩的瀑布；還有，曾出現在我夢中的古老宮殿矗立在山上，在夕陽中綻放著金色的光芒……

我激動地告訴我的女友央金，我想留住在這樣的村莊裡。

在女友的疑惑中，我很快選中了一塊有溪水流過的草灘，開始建

設我的家園。那時，我和我的尼姑女友色嘎，坐著大卡車，去往山上娘熱鄉礦業公司的採石基地購買建材。娘熱鄉山上的石頭是紅色的，裡面有奇異的圖案，我和色嘎撫摸著這些美麗的岩石，一面欣喜地聽著藏族採石工人們的歌。當時，他們該是所剩無幾的藏族採石工了，規模也很小。但除了石頭出自鄉裡的藏族石匠之手，比如水泥、鋼筋、玻璃和屋頂的防水材料等建材都必須從內地商販處購買。想來想去，內地建築隊和買賣建材的都是一路人，就包給了四川的韓老闆，只留下圍牆承包給了色嘎介紹的藏族包工頭加央。加央又四處找來了一些藏族民工，臨時組成了一個建築小班子。

兩個多月後，四川民工加班加點地迅速完成了房屋的修建。雖然用不規則的石頭修房子他們並不在行，房子的外觀也不能和藏式傳統樓舍相媲美，但世間，像我這樣任何事情都想趕時間的現代人，還能擁有其他更多嗎？這時，和四川民工同時開工的藏族工人們，竟然還沒有修完圍牆！他們幹得悠然自得，每天中午坐下來吃飯喝茶就要花去近兩個小時，勞動時，他們當然還要唱歌。那些歌聲和著潺潺溪水，時高時低，彷彿預示著我嚮往已久的那舒展的生活。

但兩個月過去了，樓房都蓋好了，這圍牆……我有些著急，加上藏族工人始終不能明確修建圍牆的價格，變來變去，中間就發生了一些不愉快的爭執。

從此，我認識到，無論他們的歌聲多麼好聽，他們的手藝多麼精細，但我是無福，也沒有時間享用了。

後來因為施工造成的破壞，院子裡急需重新鋪草甸，我不得不再次請藏族民工來幹活。

這天，太陽好極了，民工們吹著口哨，哼著歌謠開始了勞動。他們仔細地把地面每一個空隙都填滿了青草，還在每一個拐角的地方，

把草甸修砌出自然而柔和的輪廓。中午，他們坐下來喝茶、吃糌粑，一面欣賞著草地，和我商量應該如何鋪得更美。下午五點左右，他們在院子中央精心鋪成了六十平方米左右的圓形草甸，他們圍在草甸周圍彎著腰左看右看，那神情真是比我還欣喜。

「大姐，您今晚多澆水，明天草甸上的花兒准會開。您瞧，有紫色、黃色、白色，還有粉色……」一位中年男子像孩子一般趴在草甸上，一雙驚喜的眼睛一面在密密的草甸裡尋找花骨朵，一面對我說道。

雖然還剩下一些地方沒鋪完草甸，但他們看上去心情極好，似乎要慶祝或享受一下自己的勞動成果，所以，他們放下勞動工具，拿出青稞酒，在草甸上圍坐下來，開始了飲酒、摔跤和快樂的打鬥。再後來，讓我看花的那個男子乾脆在草甸上美美地睡著了……

勞動的快樂像一首史詩，使這個民族擁有高貴的精神。然而，現實卻是無情的。二○○七年，一個內地民工一天最低的工錢為一百元，一個藏族民工的日工資最高才四十元。市場經濟，也正在以它簡單粗暴和急功近利的方式，將所有的勞動門類淪喪為一種純粹的生計，我們每個人，不覺中也已變成了組成它的一部分。

在拉薩的「雪新村」、「天路」等地，每天站著很多西藏農村的強壯勞動力。他們從早到晚地翹首等候著，只為找到一份為內地民工打下手的活路。

他們從農村來，大多沒有現代建築方面的技術。即使幹得一手好木匠活，也派不上用場。因為內地的木工幾乎不再刨木頭或雕琢，他們用的都是成板和釘槍，其速度和品質的虛假度都讓藏族傳統木匠們瞠目結舌。但市場卻認可他們。所以，面對諸如此類，藏族民工的處境就好比一個人還沒來得及從夢想中醒來，就被置於了死地……

在那些漢藏混雜的工地上，我看到藏族民工通常幹的是攪拌水

泥、搬運石頭等體力活。他們似乎沒有因為掙的錢少而自卑，仍然在勞動中情不自禁地放聲唱歌。這時，在樓上糊水泥的內地工匠，一口氣不歇，一口水不喝地埋頭苦幹著，當他聽到藏族民工沒完沒了地唱歌，不覺惱火，就對著藏族臨工大聲吆喝道：「唱什麼唱？！快點兒幹活！」

這聲精闢的呵斥，像是這個時代的聲音。

意外的是，我家房子裝修那年，幾位漢地工匠沒有僱藏族小工，帶來的幫手卻是他們的藏族妻子。

三十出頭的油漆匠小李師傅是福建人。細細的腰，長長的身段，皮膚很白。他來西藏據說有六七年了。幫他打下手的是一個藏族女孩，是他的妻子。她有一個藏族人很普遍的名字：格桑。她個子挺高，有些胖和黑，年紀不過二十出頭吧。她和李師傅說話時，漢語真是很蹩腳。她的家在西藏某農村。她是在工地上打工時認識小李師傅的。格桑不愛笑，幹活時也不唱歌，只是和另外一個木匠小張師傅的妻子卓瑪在一起時，才有說有笑。

木匠小張師傅是四川人，面相很善，很秀氣。他是仁波切介紹來的。（哈，據說仁波切那四川口音的漢語，就是小張師傅在仁波切家幹木匠活時教的！）

我悄悄問小張師傅：「喂，你們怎麼都找藏族女孩結婚呀？」

小張師傅很靦腆，不肯說。李師傅在一旁笑。晚上，小張師傅的父親張老頭留住我家，其他人都回去了。我給老頭兒買了幾瓶他愛喝的啤酒。幾杯下肚，老木匠話多起來：「小張那龜兒子前頭找的也是一個藏族女娃子。那個女娃子懶得很，每天睡懶覺不起床，更不會做飯，還生病，花了我們萬把塊錢才治好。後來不出一年，活該把龜兒子給甩了，跟別人跑囉！」

我給張老頭端來一盤我炒的宮爆肉丁。老張和小張不一樣，他有

六十多歲了，一臉的鬍子拉碴，他不用釘槍I成板幹木工活，所以，我把置放瑪尼轉經筒的六角木亭的重要活路分給了他。

「好吃，你的手藝不錯嘛！」老頭醉眼蒙矓的。他幹活也很慢，但木工活的技術真好！

「你現在的兒媳婦卓瑪對你好嗎？」我給他斟上一杯酒問。

「好，好，好個屁！她什麼都不會做！」老頭的唾沫星子亂飛，差點兒噴到我臉上！

「那小張為什麼找她呢？」

「圖省錢嘛！在老家娶一門親要花萬把塊錢。」

「娶卓瑪就不要錢囉？」

「是嘛，藏族女娃子要啥子錢嘛！」老頭滿臉通紅，又喝醉了。

第二天，我找空問小李師傅：「你們在老家娶親要很多錢呀？」

小李師傅揮動他長長的胳膊一面朝牆上刷乳膠漆，一面笑道：「在老家找老婆不僅要花錢，人家還不願意來西藏！」

格桑在一旁幫李師傅刮膩子、遞工具什麼的。她羞澀地對我笑笑。

「他對你好嗎？」我用藏語和格桑聊。格桑的臉紅了。卓瑪在那頭用藏語笑道：「喂，說呀，他對你怎麼好的……」

格桑把手上的刷子扔過去，追著卓瑪要打。

「喂！喂！鬧什麼鬧，幹活！」小李師傅等著格桑遞乳膠漆，沒好氣地呵斥道。

「呸！叫什麼叫！」卓瑪叉著腰朝小李師傅罵道。

「她凶得很！」小李師傅對我笑道。

「你們倆為什麼找漢族？」我問卓瑪。

「漢人能幹，能養家餬口。」卓瑪想都不想地說道。

「不要臉！你說漢人能幹什麼？……」格桑也戲謔道。卓瑪又追

過來了，她倆又笑又打。小李師傅和小張師傅無奈地罵了幾聲，對我笑道：「這兩個人湊到一起就不好好幹活……」

其實，除了和漢族通婚外，藏族農村來的女孩和回族商販通婚的也不少。回族商販比漢族商販更能吃苦，他們常推著小貨車，頂著烈日在娘熱鄉的山路上做生意，還能很快學會藏語。娘熱鄉路口一家開日用百貨的回族兩兄弟，就分別娶了兩個農村來的藏族姐妹。姐姐已經生了，妹妹肚子也大了，姐妹倆一個抱著孩子，一個挺著大肚子照看著商店，變得和回族婦女一樣勤懇而不苟言笑。而拉薩的焊工、日用雜貨等等行業也幾乎都是回族人在做。

現在，娘熱鄉的農民們也在幾年前把大部分農田租給漢地菜農，紛紛湧入城鎮打工去了。所以，照這種趨勢，除了城市更加擁擠混亂，農村以後也不會有太多的活路等他們回來。何況漢地菜農們在土地裡施入大量農藥、化肥後，還能馬上種出芬芳的青稞嗎？

許多事情，不是渺小的我能夠明白和把握的。所以，我能做的，只是稍微改變一下家裡的面貌。

今年五一期間，我便僱來幾位藏族民工，幫我維修水渠、院牆什麼的。我之所以僱用藏族民工，是因為他們的工錢比漢族民工便宜得多，何況家裡的活兒也沒什麼技術難度。但我仍做好了耐心等候他們完工的心理準備。每天外出前，我便囑咐保姆，別忘了給他們送酥油茶，下午送青稞酒，還有，把他們唱的那些好聽的歌記下來……

然而，出乎我的意料，民工們竟在兩天內完成了我估計需要五天的活。我發給保姆的本子也空著。保姆說：「他們哪有時間唱歌！連午餐都吃得很快，也沒在勞動的間隙喝酒。」

「一首歌都沒唱？」我不相信。

保姆肯定地點點頭。我的心裡暗暗吃驚，不知該欣喜還是遺憾。但我仍不太放心：他們會不會把活幹成漢族民工通常的品質呢？

經過檢查，還好，他們利用舊磚砌起的院牆很規整，水渠的弧度也是美麗的。

家裡維修的過程，就這樣寂無聲息地結束了。後來，望著新修好的院牆和水渠，我總感到有些悵然若失。因為，除了水泥和磚，再沒有其他可以緬懷的。

而從此，在每天接送旦拉回家的來來去去的路上，從那些藏族民工正在施工的地方，我再沒有聽到過一次歌聲或者勞動中的嬉鬧聲。抬眼望去，只見藏族建築隊的民工們已顯得訓練有素，毫不懈怠地專心抹著水泥，修建著鋼筋混凝土的小樓。他們的神色雖然還不像漢族民工那麼嚴肅，但也沒有了過去的笑容。他們中的一部分看來已掌握了現代建築技術。他們的優勢還在於造價便宜，能夠充分利用舊建材，能夠修建標準的藏式民居。他們在建築市場的競爭力似乎正在復蘇……

也許，伴隨這種遙遠的期望，動聽的歌謠將永遠消失。而沒有歌聲的勞動，剩下的，只有勞動的殘酷。同樣，從勞作中分離的那些歌謠，保護下來以後，復原的只能是一種假裝的表演，而非一個民族快樂的智慧。

那麼，我們該要什麼呢？是底層人們的活路，還是他們歡樂的歌謠？而不知從何時起，這兩者竟然成了一種對立，而這，就是我們如今生活的全部真實與荒謬。

（刊於《西藏文學》2007年第6期）

西藏的孩子──愛子旦真那傑遊學小記

一

　　我的愛子旦真那傑（以下簡稱：旦）從小幾乎沒穿過衣服，光著身子長大。他和他的一群朋友，每天全裸，不是泡在溪水裡玩耍，就是兔子一樣在山上跳上跳下或者在原野裡相互追逐狂奔，一年四季小身體曬得比炭還黑，長滿了結實的小肌肉，所以七歲那年，當我把旦穿戴得整整齊齊，送到成都一所私立學校──錦官新城小學讀書，不久，老師們向我提出了一大堆驚惑的問題：旦不允許任何人摸他的頭和拍肩膀，說頭上和雙肩有供奉給神明的燈，校長愛意地摸摸也遭到了拒絕；上課時旦會離開座位走動，有時還會大聲唱歌；老師問同學們長大後的夢想，旦的回答竟是當野人，自在的野人；他不坐電梯，帶領一群同學每天從一樓到十一樓宿舍上下瘋跑……

　　其實小學一年級前，旦並非沒受過學校的束縛。他四歲時就曾跟我父母去到成都，在成都一所幼稚園讀完了中班。記得那年我去幼稚園看旦，看到變得白白胖胖的旦，規規矩矩地和小朋友坐在小板凳上，拿著一樣的不銹鋼缸子，等老師提著壺一個一個地給他們倒滿，一起喝奶，我很是開心，旦如果變成遵守秩序、聽話的小乖乖，我不知能省多少事呀！我想，我就能輕易掌控和安排他的一切，他刺蝟般的個性、怪異思想和那股子叛逆勁頭全部都給扼殺在幼兒階段最好，就可以變成機器一樣任我簡單駕馭。

　　但我高興得太早，旦一看見我，立刻扔下牛奶缸，不顧老師的阻攔撲過來。其他孩子趁機全部離開了小板凳，一哄而散。老師被跑來跑去的小頑皮們撞得前後搖晃，不管她怎樣漲紅了臉扯著嗓門大喊，沒一個小朋友願意聽話安靜地坐回原位。一時間，小小的教室裡亂作一團，有的爬到了桌子上，有的在打架，有的哇哇大哭，有的嬉鬧狂笑，我呆呆看著眼前突變的情景，感覺自己好像到了瘋人院。想到這也許都怪我突然闖入教室，忙推開已跳到我身上的旦，抱歉地和老師打招呼。

　　「你是旦的媽媽？」小巧玲瓏的女老師鼻尖冒著汗，抬起有些蒼白的臉激動地用川普話對我說，「旦可不聽話了！旦怎麼就聽不懂我的話呀！」老師的娃娃臉上滿是疑惑，「今天我教孩子們畫日出，旦偏偏要把太陽畫到山腳下，說西藏的日出就是那樣……這個孩子怪得很，中午該午休了，他偏不睡要玩耍，該起床了，他一個人偏要去睡覺……」

　　「是嗎？！」我假裝驚奇地點頭答應著。這是成都一所不錯的幼稚園，午睡的床像一個個大抽屜，有專門的遊戲室、電影房和寬闊的操場，校園裡滿是花花綠綠的秋千和滑梯。

　　老師還在著急地控訴旦的調皮搗亂，旦已經跑出教室沒影了，我想對老師解釋旦想要的是大瀑布、大山、大草原，騎烈馬……但這樣的幼稚園，世界上哪有！

　　當然，西藏有的，西藏是孩子們的樂園，旦是屬於西藏的，是西藏的孩子。

二

　　帶旦回到拉薩，我沒馬上放他回到西藏的懷抱，而是又送他去了幼稚園。沒幾天旦就翻牆逃回了家。老師找來時，小小的旦擠到她的身邊，揚起小臉抱歉地說：「老師，對不起，您的幼稚園總是上課，但我更喜歡玩耍。」

　　老師臉上立刻露出被傷害自尊的表情：「我們幼稚園是全區最優秀的，喜歡玩不喜歡學習是壞孩子。」

　　我驚愕地望著老師，不敢想一個老師竟能對一個孩子的品格這樣妄加定論。我選擇了轉學。得知西藏×幼稚園按照教委規定，藏文只教三十個字母，數學只能教從一到一百的數字，語文只教拼音，很多時間孩子們可以遊戲，便給旦轉學到了那裡。

　　新的問題又出現了。那時，旦從同齡孩子那裡學到一些新的罵人的詞彙，比如「乞丐」、「強盜」等。看到語言的魔力，他非常興奮，先用這些詞彙在家試驗保姆的反應，後來竟把試驗做到老師那裡了！

　　老師把我叫到了學校。

　　「旦平常挺乖的，但今天突然對老師說出乞丐和強盜！」老師的年齡看上去和我差不多，眉頭中間長著川字形的皺紋。

　　「對不起……」面對老師板起的面孔，我感到她似乎受了傷害，我真心向她道歉。

　　「我對他說了要開除他。」

　　我吃了一驚。

　　「當然，我只是嚇唬他，學校不可能隨便開除學生。關鍵是你們家長要配合我們教育好孩子。」

　　「是是是。」我連連點頭，感覺自己像個犯人。

放學接旦回到家，一進門，旦扔下書包撲向了園子裡的狗狗。望著和狗狗在園子裡開心奔跑，滿地打滾的旦，我暗自神傷：旦喜歡的童年生活與幼稚園給予的教育如此不同，作為母親，我該怎樣抉擇。

但生命怎麼重來？童年時光彌足珍貴，我決定冒險按照旦的意願，放棄所有幼稚園所謂的學前教育，任由旦和鄉里的孩子們每天在山野中自由成長……

三

轉眼旦長到七歲時，我又一次面臨選擇。得知成都錦官新城小學以「關注孩子的心靈，快樂教學」為理念，二〇〇一年初秋，我帶旦從拉薩趕到了成都。

學校在成都美領館附近，漂亮、整潔。生活老師更對唯一的藏族孩子旦疼愛有加。每次週末去接旦，看到旦往她懷裡鑽，叫她王媽媽，我心裡還真有點吃醋。

學校的體育課設計得也不錯。不是單一跑步、跳高等體能訓練，而是比賽足球、羽毛球、乒乓球等，體育課變成體育大賽，從中培養團隊精神，所以旦小學一年級就成了優秀的足球守門員，又選修了武術課，很是威風。

一年後，「非典」蔓延，旦的學校也提前停課了。我帶他又回到了拉薩。

拉薩的教育體制和全國一樣：學生的升學率、考試成績要和教師的職稱、獎金等掛鉤，但比起國內一些大中城市，拉薩的家長與學校共同壓迫學習的程度卻大不相同。這要歸功於祖輩的古訓：「不要執著世間萬事萬物，而要關照內心。」這種世代相傳滲入血脈的人生價值觀念，使孩子們相對漢地同齡人，受到的學習壓迫要少得多。西

藏的孩子雖不能在中國考試中出類拔萃，但他們的快樂心靈卻是獨有的。

我的旦回到拉薩讀小學，所以能擠出大把時間玩耍。常常玩得滿身塵土，褲子和鞋子也破了洞。一次，家裡來了一撥內地的朋友，給旦帶來了很多糖果和禮物，望著園子裡一大群孩子，他們問我哪個是旦。我叫了好幾聲，頑皮的旦才怯怯地從孩子堆裡站出來。他褲子爬樹時劃破了，頭髮上落滿了樹葉和草屑，臉上髒兮兮的，鞋子洞裡露出的腳趾沾滿了黑泥，客人們驚愕地看看旦，又吃驚地看我，原來，我的布鞋也有一個洞，也沒穿襪子，我在娘熱鄉家園裡，也成天隨心所欲地跟著孩子們在田野鄉間玩──客人們驚異著但似乎被感染了，舉起相機，追著孩子們卡嚓唏嚓地拍照滿園子跑，有的掉進我家溪水裡還在笑。望著轉眼成了一場童心大聯歡的家宴，我想也許這種孩子般心靈的快樂在內地社會已是一種罕見。在內地，我吃驚地看到最瘋的竟是公園裡的老人，畫上舞臺妝從早到晚又唱又跳；中年人都在埋頭拚命掙錢；孩子們起早貪黑地學習上課，都被關在教室和家裡，看不到孩子們玩耍的身影，覺得很是一種變態的現象。

所以感謝西藏，伴隨旦的童年和少年，安詳和諧的時光令我們此生難忘。

每天早晨十點左右，差不多睡到自然醒，我們慢慢起來，太陽好極了，旦的朋友旺堆，陪著旦去到倉拉老師家補習藏文。

夜裡下過雨的青稞地裡，青稞麥芒上掛滿了露珠，陽光穿過天上的雲朵，像一個個法幢落下來，在微風的輕撫中緩緩旋轉著。旦和旺堆一蹦一跳地在前面跑，不時驚飛地裡的鳥雀。

「慢點寶貝……」我有些跟不上了。

「媽媽，你回去吧，旺堆會陪著我的。」旦對我說。旺堆捲著褲腿，他比旦大三歲，比旦高半個頭。

「阿姨，您放心吧，我好好看著旦，您回去吧。」旺堆懂事地說。自從搬到娘熱鄉住，旦有了一大群旺堆這樣的農村孩子做朋友。孩子們每天等旦放學，和旦不是在山上跑就是在牆上跳或者光著屁股在河裡撲騰，從不會乖乖在地面上待著。旦和他們在一起變得又野又黑，他入考拉薩重點小學時故意不好好做題，就為跟這些小夥伴在娘熱鄉一起讀書。

倉拉是一位非常慈祥有愛心的鄉村老師。對調皮的旦，她教育有方，給旦補一會兒課，又陪他打一會兒撲克，還買了很多吃的哄旦。因為太疼愛旦，旦不怕她，補課時總急著和等在外面的旺堆去玩。一次，倉拉老師拿來棍子嚇唬旦，旦搶過棍子還掰斷了──

為讓旦集中精力補習藏文，我叫旺堆送了旦就回來。那個暑假旺堆住在我家長胖了，小肚子變得圓鼓鼓的。村裡其他孩子也天天來我家玩，開飯的時候，如果我給旦搞特殊，菜分得多些，旦就拒絕吃。我只好每天煮一大鍋菜和米飯，給每個孩子一人發一個盤子，一半盛米飯，一半盛菜。這群野孩子吃飯時可是文雅啊！一雙雙黑黑的小手捧著盤子，低頭默默吃著，不說笑，不發出咀嚼聲，把盤子裡的食物吃得乾乾淨淨，然後自覺地洗乾淨，但放下盤子，他們又恢復頑皮本性，開始嬉鬧……

旦小學二年級入讀娘熱鄉小學時，經倉拉老師用心補習，旦在兩個月的暑假期間已讀完小學一年級的藏文課，他的藏文字體非常漂亮，加上漢文在成都學過，學習成績很不錯，被選為學校的主持人。隔著不遠的院牆，每天早上十點半，我能聽到旦主持課間操的稚嫩的童聲。那時，家裡還沒找到保姆，中午放學回家，旦會帶來住在六村的一個年齡稍大的女孩，要我為她提供午餐，再讓她幫我洗碗，幹點家務。下午放學回來，旦至少能帶來十個同學，在旺堆的指揮下，孩子們幫我掃樓頂的積水，給園子裡樹苗澆水，還幫著掃地打掃衛生。

完了以後，旺堆命令孩子們站成一排，輪到我給孩子們發獎金了。記得第一次，我給孩子們一人發了一塊錢，旺堆忙跑過來在我耳邊說：「阿姨，太多了，一人發兩角就夠了。」我望著旺堆問：「那給你發多少呢？」旺堆撓著頭不好意思地笑了，傻旦跑過來說：「發一百塊，他是我最好的朋友……」

我給孩子們每人發兩角，外加糖果和舊衣服、圖畫書等，給旺堆發五角，並留他繼續住在家裡。不久，娘熱鄉的鄉親們見了我都熱情地叫我：「旦的媽媽……」沒人知道我的名字，旦卻出了名。他帶來貧困孩子要我出學雜費，有孩子生病，他命令我帶去看醫生或從家裡拿藥。每天他要很多零食帶到學校，分給同學吃。

他還喜歡帶同學住到家裡。那些孩子家裡沒條件洗澡，我安排他們住樓下，旦和我住樓上，旦認為我看不起農村孩子，一定要到樓下和他們打地鋪睡在一起。

回想那幾年真是開心，一大群孩子在家裡埋頭寫作業，旦出點子，一手握兩枝筆，一寫就是兩排生詞！晚上他們擠在一起睡好不熱鬧，我真想改行辦一個和孩子相關的學校了！

娘熱鄉小學的老師也很好。他們年輕、衣著時尚、朝氣蓬勃。特別是那些男老師，往教室中間背著手一站，孩子們就被老師的「酷」給征服了，乖乖聽課不搗亂。並且，幾次開家長會，我吃驚地聽著年輕的帥哥美女老師們面對一群農民家長，說著優雅的拉薩敬語，談到孩子們的學習成績，沒有半點埋怨家長的意思，令憨厚老實的農民家長們個個恭敬地低著頭。

三年級下學期，我因要去北京進修，把旦托給姐姐照顧，把他轉學到離姐姐家近的海淀小學讀書。

旦很幸運，班主任是一位秀麗溫柔，留著長長髮辮的數學老師。她對旦非常耐心，從不因旦上課注意力分散而責罵他和趕他出教室

等。下課後,老師留下旦,對他說:「小頑皮鬼,上課時你沒注意聽,回家一定不會做題,來,老師再給你講一遍……」一面說,一面責怪又愛憐地拍拍旦的頭,揪揪旦的耳朵,旦就害羞了,怯怯地聽老師再講。幾次後,旦愛上了數學,每天放學回家不寫完數學作業就不肯吃晚飯,說數學老師對他好,學不好數學就對不起老師。

那是旦求學路上最榮耀的一年,他的數學考試成績每次都是全班第一名,還參加拉薩城關區數學通考取得了名次。

旦在海淀小學讀到四年級下半學期時,我回到拉薩,把旦轉到了拉薩某小學,這個小學離我家近,也是拉薩重點學校。

旦插的那個班,有六十多個學生,教室擠得滿滿的,課堂上學生們交頭接耳,互扔紙條說話,亂哄哄的。

旦的學習從原來的前三名掉到了前二十三名。

一次我去他的班上送東西,當時正上英語課,一位年輕的漢族男老師看上去有些文弱,下面六十多個學生在他的課堂上起哄、吹口哨,連女生都在用文具盒敲桌子。那個男老師並不在意,他迅速在黑板上留下英語作業後,轉身離開了課堂。他的身後,孩子們一陣狂呼亂叫。

放學時,是最熱鬧的。那些男孩穿著時尚的牛仔褲,頭上繫著美國國旗圖案的頭巾或系在手腕上扮酷,騎著各色賽車,唱著笑著玩著「漂移」,從學校裡湧出來。

旦在學校裡有了十幾個朋友。旦要邀請他們來家裡玩。他對我說:「媽媽您得準備好刀叉和餐巾,我們吃飯時,我拍拍手,媽媽您和保姆就出來給我們添飲料……」

我買了十副刀叉,和保姆做了一大高壓鍋的咖喱牛肉飯,還準備了涼拌黃瓜、酸蘿蔔絲等涼菜。把餐巾布、刀叉、高腳杯和飲料擺好,兒子騎著自行車,帶著三個男孩回來了。

　　旦請他們飯前洗手，故作姿態地請他們一一入座。

　　來的三個同學長得虎頭虎腦，看到隆重的餐桌，有些拘謹起來，坐下來突然不說話了。這時，十歲的小旦拍了拍他的小手，我和保姆趕緊給孩子們端上咖喱牛肉飯。每人一盤，放在他們面前的大托盤裡。又給他們斟滿可樂。旦坐在餐桌的主座上，把餐巾布圍到脖子上，嫻熟地拿起刀叉，開始切盤子裡的第一塊牛肉。那三個孩子有些蒙了，他們不會用刀叉。我正想笑，旦朝我皺皺眉，要我走開。我和保姆躲到廚房裡偷看，看到那三個孩子很窘地吃著「西餐」，一面悄悄看煞有架勢的旦……我和保姆就在廚房裡捧腹暗笑。

　　旦幾乎把班裡一半同學都帶到家裡吃過「西餐」了。孩子們和故作姿態的旦用過餐，就迫不及待地奔到園子裡玩耍。這時旦恢復了原樣，他和同學們脫光了屁股玩水，在草地上打滾，把家裡所有「道具」拿出來裝酷拍照。

　　這幫小孩雖然頑皮快樂，老師可經常生氣。家長會差不多每週一次，我左右看時，發現來的家長大多是退了休的爺爺奶奶輩。他們坐在小課桌前，不住地點他們白了的頭，一面撥著手裡的念珠，充滿同情又有些迷茫地望著老師。

　　拉薩的家長就這樣，似乎很不負責。一次在朗瑪廳（藏族歌舞娛樂會所），我的女友喝醉了，她女兒從內地中學打來電話，我忙扶她到一旁說話，她醉醺醺地對電話那頭的女兒說：「寶貝，媽媽明天給你去煨桑祈福考個好成績哈，考不好也算了，人生不過像貓打的一個哈氣那麼短暫，你開心就好，不要去爭搶什麼哈……」說著，女友已經醉得坐到地上，掛了電話還對我嘮叨：「我女兒是去享受教育和學習的，不是去考試的！學校太不像話了……」

　　女友雖然說的是醉話，卻說出了我們家長的心聲。學習的目的不是為了吃飯或吃得更好或出人頭地，學習是崇高的精神生活，應該格

外美好，散發著芬香和快樂。但現在學習已成為達成功利的社會強制性手段。我想我絕不做這樣的同謀，絕不把我的旦變成學習的童工。所以以後，我也把保姆打扮一番，冒充旦的表姐，讓她和爺爺奶奶輩們一起去聽家長會，聽教育體制受害者老師對學生成績的控訴……

在學校除了學習課本，孩子的心智也正在全面成長，老師卻視而不見，或是因為超出現有教學內容以外的，所以就要我們家長解決。比如那天，我被叫到了學校。

原來旦寫了情書，他被女同學告發了。他指給我看那個女孩，戴著眼鏡，文文靜靜的，我覺得旦很有眼光哈。但老師拿著旦的「情書」諷刺道：「他語文水準不錯嘛！」我朝那稚嫩的文字上望了一眼，忍不住笑了。班主任老師一面數落旦，也在笑。

「他們班上的男生最近流行比賽誰膽子大，如果不敢寫情書就會被認為是膽小鬼，比如雅達、次仁等都寫給某某女生了，旦告訴我他不寫就太丟人，只好連寫了四封。」

老師笑了。我又說：「旦把我寫的小說拿到班上出租，想掙零花錢，可回家後他哭了，他質問我為什麼寫色情小說，說班裡的女生看了，這樣說他的……」老師驚愕地望著我。

「我向旦解釋如果是色情書，國家不會出版，要旦轉告那個女生必須道歉，否則我要告訴老師……」說著，我拿出那個女生的道歉信，「那個女生又胖又高，根本不像十歲，一定是吃含有激素的食物太多了……」

老師一手拿過那個女孩的道歉信，一手還拿著旦的情書，複雜的情況似乎令她有些不知所措。

但是再去學校接旦時，旦班上的同學都用異樣的眼光看我，常來家玩的那幾個同學也遠遠地躲著我，不像從前那麼親熱地問我好了。

　　旦上了車，氣憤地說：「媽媽，你出賣了很多同學，他們都給你起綽號了，不是作家是賣家！」我一面開車，一面從倒車鏡裡悄悄看兒子氣得發紅的小臉，心虛不敢吭聲。旦發誓再不告訴我班裡的秘密。

　　這年，旦畫畫獲得國家教育部頒發的中小學生二等獎，但旦並不開心，因為就要考初中了，他的朋友雅達轉學了，回了戶籍所在地那曲草原讀書，其他戶籍不在拉薩的同學也將陸續轉回去參加中考，旦和他們從此很難再見。在榮譽和友情面前，旦告訴我，友情才是他的最愛……

四

　　旦在某學校讀到六年級下學期時，我也把他轉回了娘熱鄉小學住校，住校生有晚自習，旦可以補習準備考中學。我當時算了算，加上這一次，旦已是第八次轉學了！

　　一天晚上，旦晚讀下課後，我怕他餓，就跑到學校給他送煮好的土雞蛋。推開宿舍門，孩子們已睡下了。一股腳臭味兒撲面而來，我忙打開宿舍的窗戶，孩子們哄笑起來，旦從下鋪的被窩裡爬出來，在同學面前故作霸道地對我說：「媽媽，誰讓你來的？快回去，除了星期三，不許來看我！」

　　說完，他跳過來從我手裡搶過熱雞蛋，分給了同學們。望著旦快樂憨傻的模樣，我知道這一次，他又很快和這些農村孩子成為了朋友。在孩子們的逗笑聲中，我放心地離開了學校。

　　天上繁星閃耀，窸窣的樹林像在夜的深處翻卷夢囈，走在鄉間安靜的小路上，我由衷地微笑著：二回娘熱鄉小學，旦看來很是適應。哪怕有時學校的晚餐只有土豆、牛奶，我看到旦吃得很香。每到週六和星期天，他仍愛帶同學回家裡住。汶川地震，學校動員孩子們獻愛

心，其他農村孩子捐五角或一塊錢，且要我替他捐一百元，說我的工資「太高」了……這時的且仍是個單純的孩子，這是西藏生活給他的珍貴的品質。

無論以後從事怎樣的工作謀生，我相信，這樣的心性能給他更多創造和感受幸福的能力。

而這年，通過且，我已認識很多娘熱鄉小學的小孩。他們的父母大多農忙時回家種地，平時在外打工，沒時間照顧孩子。走進且的教室，孩子們身上有股臭臭的汗味。孩子們長年穿廉價的膠鞋，宿舍裡更是腳臭沖天。且一個星期回家可以洗一次澡，其他孩子怎麼辦？

且拿起筆劃了一張圖給我：孩子們脫光了在房間裡圍成一個圓圈，每人腳下放著一個小盆子，一位男老師在指揮孩子們給自己前面的一個搓背……

我的眼睛有些濕了。孩子們家裡沒辦法洗澡，學校也沒有。

這時廣東文學院的朋友千里迢迢來到娘熱鄉，來給娘熱鄉小學的孩子們修建一所太陽能恒溫澡堂……

且上初中的日子一天天臨近了，娘熱鄉小學的澡堂也漸漸修起來了，每天，我和且都要去到學校看工程的進度，且在澡堂頂上像猴子一樣興奮地跳來跳去。回到家，他戀戀不捨地說：「我真想再在娘熱鄉小學讀書……」

「為什麼呀？」我問。

「我好想和同學們一起洗澡，他們肯定開心死了……」

我想像著那些農村小孩脫下髒髒的衣服，在屬於自己的、嶄新的澡堂裡淋浴戲水，我和且由衷地微笑著，滿心欣喜……

初一，且要離開童年的朋友們，前往內地陌生的校園，開始他人生的另一階段。這是西藏拉薩大多數家長的希望，想讓孩子離開父母

和家，在這個年齡開始學習自立。

　　但學校教育並非以培養少年自立、做人為主。讓孩子考上大學是學校的終極目的。但無論怎樣，該是旦自己去面對了。哪怕反叛教學、哪怕頂撞老師，哪怕與不同文化背景的新同學矛盾衝突──

　　忐忑中，這年暑假我給他報了三個學習班。第一是繪畫。旦只要拿起畫筆，就會安靜下來，而專注於愛好將會陶冶性情滋養精神。二是架子鼓，小學六年，學校主課基本占去了音樂和美術等「副課」，我不想旦與藝術無緣，那是打開心智的一扇門。三是截拳道。不會打架不是男子漢。我心裡這樣想。

　　旦那個暑假畫了很多畫，回到家叫來很多孩子，把家裡所有的盆子都當架子鼓敲破了；肚子上練出了六塊小肌肉，小胳膊上的肌肉更是鼓鼓的，還有結實的小胸肌；每天還要訓練我這個「肥媽媽」練俯臥撐和雙節棍。

　　當他乘上飛往內地讀書的飛機，我自認為已幫旦做好了準備。但我不是學校，不是旦的老師，旦的學途，不在我手裡。我所能做的只能是為旦，也為所有孩子祈禱，但願學校和老師在孩子們求學路上除了課本知識，更多給他們以心靈的關愛……

　　　　　　　　　　　　　　　（刊於《西藏文學》2011年第3期）

凌仕江

作者簡介

　　凌仕江，漢族，一九七〇年出生於四川省榮縣，一九九三年入伍，曾為西藏軍區創作室創作員，成都軍區戰旗歌舞團創作員，現居成都。中國作家協會會員、魯迅文學院第九屆高研班學員、巴金文學院簽約作家、《讀者》等雜誌簽約作家。作品見於《中華散文》、《散文》、《十月》、《天涯》、《花城》、《山花》、《北京文學》、《文學界》等刊，其收入《大學語文》及數十種初高中等權威選集。著有散文集《你知西藏的天有多藍》、《飄過西藏上空的雲朵》、《西藏的天堂時光》、《說好一起去西藏》、《西藏時間》、《我的作文從寫信開始》、《藏地聖境》、《駿馬西風》等十餘部，曾獲首屆中國西部散文獎、西藏自治區「五個一」工程獎、第五屆珠穆朗瑪文學藝術獎、全軍文藝優秀作品獎、全國報紙副刊散文金獎、第四屆冰心散文獎、第六屆老舍散文獎、首屆長征文藝獎等。

西藏的石頭

「一塊孤獨的石頭坐滿整個天空。」這是詩人海子自殺前,對西藏的吟詠。在此之前,我只感覺海子是個熱愛西藏的人,他心甘情願地把西藏當作自己對故鄉的傾訴。可西藏這塊精神高地並沒有聽懂他的熱情與憂傷,但作為世界最後一塊聖靈充滿的淨土,西藏的確承載了詩人們太多的想像與鄉愁。我甚至在解讀海子的詩中,認定他是一個對石頭有著濃烈興趣的人,否則他不會面對西藏滿目光怪陸離的石頭說:「在這一千年裡我只熱愛我自己。」

年輕的海子真的能夠讀透蒼老的石頭之心嗎?

在西藏,石頭的本質是孤獨;是蒼涼;是聖潔;是夜晚的冷;是正午的燙;是風過子夜的冥。

那麼多結在天空的果實:是飛鳥與魚的結晶,是佛的牙齒,是妖的眼睛;是樹生的蛋,是文成公主進藏途中飛出的淚花;是拉薩河產出的卵,是西班牙畢卡索畫筆下一張張變形的臉;是朝聖者壘在路邊的願望,是雪融化不了的靈,是高高在上的蒼鷹坐在高處等待千年萬年的魂……

海子渴望用詩歌去喚醒睡在天空裡的石頭,更多的人只能在遠方用湮滅的理想去埋葬那些石頭。因此,對於遠方的西藏,每個人都有一塊屬於自己的石頭;也可以說,每個人都有一個屬於自己的西藏。

我在西藏的時候,並沒有太在意西藏的石頭,那時我的身邊到處都是石頭。開門關門的瞬間,眼裡都躲不開石頭的探尋,我隨時有一種被石頭包圍的感覺,不是一圈,而是一重一重的石頭。它們像渾身

長滿了眼睛的佛,面色安祥地看著我。那是尼瑪的祖父?還是達娃的祖母?我在想,它們一定將我認作了佛。是的,在西藏,有許許多多的佛生長在石頭裡面,但更多時候,人在石頭眼裡,人便成了實實在在的佛。

直到走出西藏,在被車輪輾碎的日常生活中忽然感覺西天離我越來越遠了,才又猛然想起那些通靈的石頭,它們懂得欣賞離去者的表情嗎?就像此時我坐在垂直的射燈下,欣賞它們比夜色更安靜地坐在書櫥裡的表情。它們比城市裡的麻木者清醒多了,而他們和他們有時真的連石頭都不如嗎?在歸去來的公車上,他們除了得寸進尺地擁擠,有時眼睛也懶得睜開,彷若一張張與生命無關的面具。

曾經我客居的拉薩窗前有波濤陣陣的拉薩河,岸邊是褐色的山峰。當然嚴格地講拉薩河也應該是褐色的,我現在懷疑那些把拉薩河過分詩化為藍色的詩人,他們太不負責任了。詩人有時只為滿足浪漫,什麼現實科學也不顧及。我知道山頂上有些雪是可以終年不化的,雪與河流之間的距離是排山倒海的石頭。被雪水浸染的石頭,面對太陽,渾身是膽;你看見它的第一眼,它就成了你的膽。很快,你會發現你真是太大膽,居然想獨自去高原之上的雪地裡走走!

我曾光著腳丫,躺在石頭上面做夢。後來,我發現那些比石頭更多的夢,在西藏是永遠做不完的。因為它們從不畏懼黑夜的來臨,它們的熱情吞噬了來不及發育的夢的種子,滾燙的目光覆蓋了大地冰層之上的憂鬱——那是手揮烏爾朵的牧羊人眼睛裡透視出來的蒼天般的憂鬱。

下午,約三點半開始展開的時光。一個男人常常坐在辦公室,透過蜘蛛織就的一張巨大的網,在兩棵古老的梧桐與紅柳之間,看夏天的河水從遠古的寺院冰涼流過。他不抽煙,也不喝茶,只喝采自海拔五千米的神水。他手上握著一瓶小小的神水,他在想一塊石頭在黃昏

能吞沒多少雪的眼淚？一顆心能跟隨河水跑多遠？而一座山究竟又能藏匿多少塊石頭的秘密？鐵線竿上一掠而過的鳥兒暗示他：你不能知道答案，風一定可以知道答案。但風無語。在西藏，風最願意幹的事情就是把往事徹底帶走。所以鳥兒們常常站在凌亂的梧桐枝上唱：藍高原的風像一件件往事。

但風不語，水知道。當往事還在水裡躑躅，眼光與思緒便被夕光鍍金的布達拉宮凝固。

緊接著，拉開我視線的是那些石頭鋪成的天梯，它們在轉轉折折中將一座神秘的宮殿挺舉到天空中，望著這個世界偉大建築的高度極限，我努力的眼睛如何還能向上邁進一步？即使我看清了天堂為眾生敞開的比星星更密集的窗戶，然而在軍號響徹四周的營地裡，我卻第一次感受到自己肉身的沉重和腳步的無力……那時，我從未有過進入布達拉宮的歷史紀錄，但我時刻想著布達拉宮隱藏的秘史。每一次仰望，高度對於任何一座偉大的建築都可能構成魅惑，使欲望之眼不顧一切地攀升到天眼裡去。從山底一級級升上去的石梯、鋸齒狀的院牆、下寬上窄的梯形宮堡，以及宮頂那組歇山頂式的金頂，使布達拉宮擺出一個類似於飛天的姿態，令人們確信這座神乎其神的宮殿始終不停地沿著時間的縱向軌跡向宇宙挺進。

每當華燈初上，脫離人群，一個人望著霓虹流轉的樓閣，想起布達拉宮，感覺時間和空間的交織與變奏，已讓我徹底走出那一片魔幻的天空。剩下的只有石頭，高於天空的石頭，難以穿越的石頭，比城市裡房子更多的石頭，它使我相信宗教指示的方向是一切生靈的必經之途，只是我忘記了布達拉宮的重要組成部分原來全都是石頭，它們構成了馬布日紅山的標誌。生長於十萬個西藏的石頭，在陽光與風雪的雕飾下，成為宮殿不朽的注解，它們把岩石內部的力量轉化給朝聖宮殿的每一顆心靈。

　　早在西元前二世紀，雅礱王統第一代贊普聶赤贊普時期，藏人就憑借自身對世界的認知，修建了世界上第一座偉大的宮殿──雍布拉宮。在西藏的山南地區，我曾多次攀上這座聳入雲天的袖珍宮殿，它比拉薩的布達拉宮更接近於天空的距離，甚至它就是青稞與馬群仰望的天空，而在一株生長於天葬臺石頭縫隙裡的邦錦梅朵眼裡，它則是被念想或俯瞰的一座山下的村莊。每一次與這座宮殿相遇，我都看見它滿身散發出迷人的氣息與光束，我絲毫不懷疑那些白白胖胖的雲朵是從宮殿的窗戶裡跑出來的，只是一旦離開宮殿，她們的生命便有了新的分娩過程。宮殿裡的各路神仙在不同時辰將她們放飛。她們形似自然萬獸，說變就變，這樣的光景，一般出現在午後二三點。通常她們在天空裡一陣亂跑之後，天色就會重新呈現另一張面孔，不再任人看清她的表情。我喘著粗氣跑上去，一分鐘跑過了馬蹄劃過的煙塵，最終看見的只有或白或紅的石頭，它們組成了宮殿外衣的全部。這一證明與梁思成在他著名的《中國建築史》中的結論「與歐洲比較，中國缺乏石構建築的歷史」剛好相反。我不知梁先生在書寫他那部偉大的建築史時，是否考察過西藏的宮殿？莫非，那時通往西藏的路遍佈石頭？人只能像野獸一樣在天空中飛嗎？中國石構建築的技術在二千年前就已成熟。而在這一系列複雜的力學與幾何關係之上，以西藏宮殿為例，高不可攀的天堂已一天天降低它的高度。更絕妙的事情在於：腳手架搭建於布達拉宮內部，那些被布達拉宮藉以向天空攀援的無數隻手被掩蔽起來，人們看到的是布達拉宮在馬布日紅山上不斷長高，這不是詩意的曲解，它暗示了一個事實：所有的功績都屬於永恆的石頭，所有創造奇跡的手都將消失於石頭的背後。

　　我第一次進入布達拉宮是一個下午。陽光普照的下午。而且是布達拉宮對一個特殊群體的法定節日免費開放的下午。那天因為只開放

了二小時，裡面許多小殿堂不得不止步，還有許多殿堂根本就不對遊
人開放。一千間房子，我只記住了其中一間裡坐著不同朝代的佛，祂
們坐在不同的位置上，陪伴祂們的是一樣的珊瑚、一樣的瑪瑙，一樣
的綠松石，祂們在不同的人眼裡閃著不同的光。佛隔絕了外部所有的
光，沉浸在自己獨幽的天堂。之後，在拉薩城幽深的寂靜裡，我度過
了一個無眠的難熬的夜晚，因為布達拉宮裡面閃閃發光的石頭。記不
清那是我在拉薩度過的第幾個八一建軍節了。因為讀不透的布達拉，
因為數不清那些長滿了眼睛的石頭，它們看上去既有藝術的氣質，又
充滿宗教的血肉。它們從此像結石一樣駐紮在我的膽裡，它們教會我
只要進過布達拉宮的人，就應比常人多一點兒膽識，畢竟宮殿裡還藏
匿著比人膽更完好的人皮。

　　多年以後，在布達拉宮以西的遠方，我還能想起那些來來往往的
膜拜者，他們手裡數著白色的念珠，脖子上掛滿了各種色彩斑斕的石
頭，有的形狀像草莓，還有的像巧克力。那些打遠方趕來的遊人，他
們在陽光下從各個方向面對布達拉宮磕頭作揖，其實他們並沒有融入
布達拉宮，只是將自己的貪嗔癡慢疑匍匐在布達拉宮折射的影子裡，
顯然他們的表情裡還殘留著陽光洗不盡的俗世氣息。

　　在一個真正的信徒眼裡，一座宮殿意味著一個人的前程，而布達
拉宮就是世界上最高的墓碑，無論是西方還是東方，南方還是北方，
方方面面去去來來的人都在膜拜，一千三百多年前它已標明了死亡的
尊貴和生命的卑微。走出宮殿，走不出石頭的內心，很久很久，我想
我應該說出那句佛讓我不要隨便說出的話，我說布達拉宮終將有一天
會成為天堂倒塌在人間的一個碎影。

　　常有天南海北的朋友向我問起西藏。他們更多問及西藏的石頭。
彷彿那是他們掉在西藏的一塊肉，儘管他們沒有機會去西藏。莫非石

頭也可以化作人心？這樣想，就可以明白是西藏偷走了他們的心。再確定一點，是布達拉宮偷走了他們的心。因為世界有了太多的隔膜，心便渴望更多的照應，於是布達拉宮的燈火日月通明。我想把心和石頭連在一起也是容易相通的。往往身在西藏的人，對於石頭卻有得來全不費功夫之感。在我西藏的那個簡陋的家中，書桌上，門簾上，窗臺上到處掛的都是生長於西藏各地的綠松石、水晶石、九眼石等等。家住成都龍泉的女詩人姓龍。多年前，龍詩人常常寫信給我，奇怪的是她提筆開始問候的是西藏的石頭，而不是我。雖然她沒有像海子那樣在最年輕的時候遊歷西藏，但她一直惦記著西藏的石頭，惦記著我從西藏給她帶石頭回去。而且要帶那種在路上隨便拾起的古樸一點，形狀怪異一點的石頭。在她看來，那是天堂裡流浪的孩子，她很想將它們領回家餵養。可我從沒把此事當回事兒。明明記得有過此事，但卻不能將此當回事。因為西藏的石頭一旦離開靈的土壤，後果不堪設想。但這其中的緣由，我一直沒有告訴龍詩人，這只是種在我個人心裡的不能言說的秘密。那些已知和未知的答案只有水知道。

　　有一年，龍詩人早早就向遠在拉薩的我提出她生日，只願收到我從西藏帶給她一塊石頭，足矣！但直到我走出西藏，她的願望仍是泡影。我想我不能因為石頭的美麗，而讓自己內心的西藏變得矯情。這是包括龍詩人在內有所不知的隱情。關於石頭的隱情，即使在文字裡，我也很少提及。

　　後來，一次十分偶然的機緣，在南方的都市裡我一次性會晤過裝滿博物館的石頭，發現這個世界最愛石頭的人並非海子。也並非龍詩人。早在二〇〇五年七月，我被一位愛石人士迎接到了他的石頭組成的世界裡。這位愛石之人曾經開辦過工廠，盈潤頗豐，數年間卻駕車全國各地，千金散盡，廣納美石，人們多不能理解，以為這是瘋子才幹得出的事。在一座三層樓的家院裡，上上下下擺滿了石頭萬件，

有大若櫃的，有小如珠的，五光十色，千奇百怪。一邊喝茶，一邊賞石，愛石人將一本書畫集遞到我手上。我發現上面有作家賈平凹的欣然題名：觀雲奇石。序言中，有一句：今沒梁山伯，卻有觀雲莊。遺憾的是我在觀雲莊琳瑯滿目的石頭裡沒有發現一塊產生於西藏的石頭，那麼多石頭，在我眼裡即刻失去了鮮活的生命力。其實，我知道是西藏影響了我的審美與判斷。當時我的表情多少讓他有些失望吧。

其實，我算不上愛石之人。但因為我的生命裡有了西藏的血脈，在通往珠穆朗瑪的路上，我遇見過真正熱愛石頭的人，彷彿他們與石頭有著生命般的關係。

算起來大概是五年前的事了，從阿里轉道珠峰的路上。同車有幾位法國老人，白髮飄飄，和藹可親。一位六十多歲的老太太名字叫芳汀，另一位七十多歲的老先生名叫塞萊蒂‧伊恩達。每當吉普車停下來休息，我們去雪山上摘蓮花，坐下來聽風，或唱歌，他倆就頂著高原的烈日，滿山遍野地找石頭，石頭撿來後就放在他們隨身攜帶的麻袋裡，一個麻袋裝滿了，他們就踩在腳下。久而久之，那後座便儼然聳起了麻袋堆，估計不下於五、六個吧。

第二天，芳汀從珠峰腳下的藏族人家裡搬回一塊偌大的經石，起碼有五公斤重，形狀怪像犛牛的心臟，把大家嚇了一大跳。但不幸的是，同行的藏族嚮導低估了他倆對石頭的真摯與熱愛，把那塊最大的上面刻有經文的石頭，悄悄抱回到了一座瑪尼石堆積的山裡。可想而知，這對極其有個性和原則的法國人是多麼的不可接受。返程路上，塞萊蒂‧伊恩達始終不願與嚮導多說一句話，甚至拒絕給嚮導付小費。他倆的臉上一路寫滿了惆悵！

回到拉薩，塞萊蒂‧伊恩達邀我去參觀他們住在雅魯藏布大峽谷酒店的房間。那裡面從浴室到臥室，從床上、桌上到窗臺，擺放的都是各種各樣的石頭，他倆分工用牙刷把石頭上的灰燼洗塵，然後用陽

光將它們吸乾,用綢布把它們的部分身子包裹。再給它們施上各種滑油形成的養料。我看見組成千軍萬馬的石頭面前是一個木頭盒子做的佛龕,裡面插滿了各種顏色的青稞,他們說看見這些石頭,就看見了聖地西藏的靈魂。桌面上還有一本藏紙做的筆記本,上面分別記下了每一塊石頭的來歷,還有其命名。這些石頭多數是他們在路上揀回來的,他們想有一天,將這些石頭托運回法國,測試他們離西藏究竟還有多遠?芳汀忽然說起了那塊寫滿經文的大心石,她甚至在夢裡也將它捧在懷裡。臉上布滿了抒情的波紋,那不是光陰的皺紋,那是西藏路上丟不下的遺憾。我一直將芳汀說那話時的表情記在心裡。沒隔幾天,我替芳汀找來了那樣一塊模樣同等的石頭,只是它的體積比那塊石頭小一些。那是一位長髮飄飄的詩人從珠穆朗馬峰腳下花錢買回來的海螺化石,他說他買了一口袋,願意讓我從中挑選一塊。我閉上眼睛很不經意地從中摸出一塊,他望著我,說它多像億萬斯年前那顆等待的心呀。我看著石頭,沒作答!當時,我想起了馬原和馬原筆下的《岡底斯的誘惑》。

芳汀捧著那塊石頭,端詳了許久,然後望著天空,嘴邊忽然哼起法國導演拍的電影《喜馬拉雅》裡的音樂,那可是她的孩子?還是大地的嬰兒?當她轉過身,停下來,看著我的眼睛,突然蹦出一句話:這石頭原本就是一座海子,先生,你信嗎?

我心裡念念有詞,海子,海子,原來海子只不過是一塊小小的石頭。只是我在西藏一直沒有對任何人說起,芳汀聽不見,塞萊蒂‧伊恩達聽不見,西藏也不可能聽見。

離開西藏後,有一天在成都的寬窄巷子巧遇芳汀,在一家私人石頭收藏館裡,我看見她手中那塊與我親手送給塞萊蒂‧伊恩達的一模一樣的石頭時,我大聲喊出了人類迫切認知自己內心的一句話——我與西藏好像離別了億萬年。

世界你聽見了嗎？

（刊於《北京文學》2012年第8期）

天葬師

天葬師在西藏叫「多不丹」。

有人說他的外形像幽靈，而心靈像天使。除了給人以死後的安排和處理，他還要安排一項比大地更大的事情：召喚一座神山的鷹群。只要不急著下蛋的都來，多一隻，再多一隻更好，最好布滿整個天空。要知道，這是很多自認為有天大本事的人也幹不了的事情呀。但他並不是專業的馴鷹人。他與鷹之間的關係有著太多不為人知的秘密。從某種程度講，這樣的人物簡直就是神乎其神，他比一個在戰場上指揮千軍萬馬的將軍更令人敬仰。這樣的人，在一個長期從事地域文化散文寫作的人看來，閉上眼就可能通天，他一伸手就可能接通另一個世界的信息。很多時候，他要扮演成復活的度母，再變成一隻沒有性別的碩鳥，同神鷹們講很多死者的好話，講地上躺著的生命歷經了多少悲歡與險境終於走到了這個地方，請神鷹托起死者的身體，請原諒他所有的罪惡與離愁，帶他通過坦途到極樂世界。每當神鷹從天而降，他就喜上眉梢，心生蓮花。因為他又做成了一件功德無量的事情。於是，朝天撒上一把糌粑，大聲地呼喊，哦——呀，神鷹呵神鷹，今天你們胃口一定比昨天好呀！這時，他的眼睛望著天空，雙手合十，口念佛經，心裡在替死者或死者家屬以及自己的職業感謝神鷹。

我曾認識一位天葬師。

那是一九九九年七月的一個清晨。我和一位行將出家的藏族朋友索朗扎西一起去墨竹工卡止貢梯寺。索朗扎西手裡撚著麻粟色的念珠，淺藍色的襯衣紮在灰色的牛仔褲裡，看上去更像一位歌手。他告

訴我，西藏天葬始於聖者帕·當巴桑結。此人是印度降魔僧一類教徒，曾兩次來藏傳教，第二次是在西元一〇二九年。帕·當巴桑結認為人死後埋在地下腐爛生蛆很不潔淨，應葬於最潔淨的地方，才能免遭來生之災。神鷹裹腹，騰空飛去，人的靈魂也就隨之升天，可到西方極樂世界。於是，從他開始，天葬的習俗便逐步流傳下來。一路上，在索朗扎西的陪同下，我還知道西藏有一百多座天葬臺，除了止貢梯寺是由寺院指定的僧人天葬師外，其餘的均由俗人或曾經當過喇嘛的人擔任，但他們都不是寺院在冊僧人。在此之前，我對西藏的天葬了解甚少，只是在西藏博物館一份舊得掉灰的史志上讀到過在清乾隆五十八年（西元一九七三年）前後，朝廷駐藏大臣和琳等人下命令、出告示，甚至刻石碑嚴禁天葬。雖然如此，但天葬還是沿襲到了現在，自有它的神聖與輝煌吧。對於如此神聖的天葬臺，沒有一定的緣分，內地進藏朝聖的陌生人幾乎是無法身臨其境的。反之，那些以獵奇眼光在畫面中或別的場面上大談天葬的人，多數是一些沒有文化卻要找點文化作為談資的所謂攝影師。早些年，他們靠偷拍天葬為自己掙得了一點職業上的名氣，有的甚至以此提升自己在行業中的身價地位。這樣的人是很讓藏族朋友看不起的，他們與天葬毫無緣分可講，與天葬師之間更是深仇大恨。

　　此刻，天上同時掛著太陽和月亮，這是西藏天空常見的一道自然光景。索朗扎西一本正經地讓我不再說話的時候，我們已步入梯寺境地。天葬臺一片朦朧，黎明的曙光像佈景師安排的一樣，轉眼又換了一道景。兩個身穿氆氌的「多不丹」忙碌地晃動著，其中一位是索朗扎西的舅舅名叫丹增，大約五十多歲，滿臉花白的鬍子，身體碩壯，兩隻眼睛亮得像琥珀珠子。丹增望著神鷹一臉壞笑，他手上的刀被收斂了光芒的月光，暗暗地擦得雪亮。他知道那隻神鷹的名字，因為那是他給牠取的名字——格桑啦。但他還想再等一會兒，因為神鷹的數

量令他不太滿意。他囑咐格桑啦回去再通知更多的神鷹來。當山後再次飛來幾行神鷹時，他便露出雪白的牙齒和鮮紅的牙齦，長長的鬍鬚被風牽引，他不經意朝天邊掃了一眼。

忽然見索朗扎西來了，丹增師傅與另一位「多不丹」耳語幾句，幾步跑過來，將臉湊近索朗扎西，做了個鬼臉。然後皺著眉頭十分不悅地說，扎西，我說過多少遍了，在我工作的時候，請你不要擅自闖入天葬臺，你怎麼又帶上陌生的朋友來了。

索朗扎西不言，表情木訥地把臉朝向我。那意思大概是需要我把事情陳述清楚吧。怎麼給丹增師傅講好呢？索朗扎西把難題交給了我。因為所有的天葬師都不願陌生人出現在他工作的天葬臺，這很容易導致人的氣場不對，而影響神鷹吃屍的精力。我想了又想，很不流暢地說，不好意思，丹增師傅，給您添麻煩了，是我讓索朗扎西帶我來這裡的，我只想看看您如何把一個人的靈魂送上天路。

丹增師傅轉過身，身子朝下一蹲，做了一個跳遠的動作，突然怪異地笑了一聲，嘿嘿，你們不是來用彈弓打我的神鷹的人吧？說著，他轉過身，伸出長長的手臂在我的身上一陣亂拍打。我嚇得連連倒退幾步，無助的目光看著索朗扎西。沒想到，此時的索朗扎西把念珠往肩上一搭，獨自拍起了自己身上的每個部位。後來，我知道他這樣做的意思只想證明我們沒帶彈弓，更沒帶相機。在天葬臺，這兩樣致命的物件是被天葬師視為最敵人的武器，它們最容易毀掉一個天葬師的聲譽，更容易破壞一座天葬臺的氣場。

我和索朗扎西無辜地望著丹增師傅。

丹增師傅怒氣未消地說，上次索朗扎西帶來的朋友不懷好意，不遵守天葬臺的規定，居然在他實施人體解剖的時候，悄悄掏出彈弓打傷了他的神鷹，嚇得格桑啦牠們幾天都不敢到天葬臺吃屍，這是多不吉利的事呀。扎西，你要我怎麼給死者的家屬解釋呢，難道我能說

這是因為死者生前罪惡太深嗎？不，這顯然不是，因為我了解那位死者，我是看著他從一座村莊進入那座寺院的。畢竟他才二十出頭呀，那個英俊的模樣，嘖嘖嘖，可惜他還沒有開始真正的愛情生活呀，因為他才出家七天。我知道有人愛著他，但他還不知道愛他的人叫什麼名字，因為他一心選擇出家就是為了忘卻人間的愛情。這樣的結局不算圓滿，因為愛，他的靈魂必將影響他輪迴的路程。丹增師傅從格桑啦那兒聽來的消息，說拉薩城朗瑪廳裡的卓瑪一直在呼喚那位死者的名字，讓他不忍離去。人都有戀生的欲望，原本神鷹被這撕夜的呼喚聲給驚擾了，不敢上前吃他的屍體，加上彈弓對神鷹造成的驚恐，這樣的事在丹增師傅的天葬臺很少發生。那天丹增師傅閉目念了十萬卓瑪經，求得神鷹再次齊聚，他說他終於勸走了那個濃妝豔抹惹事生非渴望愛情的卓瑪，讓死者的靈魂離去。

我不解地問，丹增師傅，卓瑪不在場，您怎麼勸走她呀？

丹增師傅笑了。他的笑隱藏了天葬師太多神秘的技藝。

月光像是忽然被他巨大的笑聲和巨大的嘴巴給吞沒了。

他正轉一個圈，又反轉一個圈，這樣罵道：卓瑪卓瑪卓瑪，人家已經死了，你還懶著他不走，你真是不要臉，你莫非是嫁不出去了吧，你到底想幹什麼？你們不是一條路上的人，你走你的，他走他的，不要在一座橋上擠了，以後的事情，你不要管了，他要好好地走他的路，你還是在朗瑪廳幹你喜歡的事吧……丹增師傅罵完，那麼多神鷹已降臨另一個死者身邊。

太陽正式出場的時候，天邊傳來了嬰兒的笑聲。

丹增師傅開始進入新一輪的工作。

我和索朗扎西閃到一邊。此刻的索朗扎西微閉雙眼，將念珠數得飛快。他在替誰超度？我知道索朗扎西是幫舅舅背過屍體的人，他早已見證過死亡這回事，所以他的表情看上去總是波浪不驚的樣子，其

實他的眼神裡早已種下不可更改的史詩般的信仰。而我的毛骨悚然多少顯得有些沒有見過大世面的畏懼。我不明白人死了究竟是入土為安好，還是帕‧當巴桑結說的飛升天國被鷹帶走好？人一生一世的境界不就是求得安寧最好嗎？這樣的問題顯然不適合與索朗扎西交流，因為每一方水土自有養活它子民的信仰之源。在西藏，每一個降生的嬰兒都帶著格薩爾的血性，生生死死都離不開神話與傳說。而天葬師在格薩爾的子民中則是一種罕見的隱秘象徵，更是靈魂深奧的裝飾，是一個血腥又芬芳的意義符號。這種意義在於越來越多的人對天葬這件事的好奇卻又難知詳情答案。

那具屍體放在天葬臺中間的巨石上，周圍，野花一片。當天邊的星星已睡著時，只見丹增師傅用一根繩子把人頭繫在前方不遠處的另一塊石頭上，屍體匍匐著，然後用解剖刀在屍背上劃了個宗教意義的花紋符號。我小聲地告訴索朗扎西，這符號是我在一個藏族畫家的畫展上看見過的，但我還不明白它究竟代表啥意思！

索朗扎西看了我一眼，許久才冷冷地說，死者是個僧徒。

太陽躲進雲層的時候，丹增師傅換了一把長刀。只見他橫切一刀，又從這切口一刀直拉至右腳脛，又一刀直拉至左腳脛。不用幾分鐘就把一條條肉剝了下來，存放石槽內，用白布覆蓋著，壓上一塊石板。然後取出內臟，用卵石砸碎骨頭。這個過程，丹增師傅完成得十分順利。最後他將剩下的人頭用布包住，口念佛經，舉起人頭使勁往石上砸……神鷹拍翅歡叫。格桑啦是鷹群中年紀最大、最有話語權的一隻神鷹。牠圍著丹增師傅周圍目視了一陣，忽然躍上他的肩膀，像一個待在親切的牧師身旁急於得到恩寵的天使。牠好比舞臺上最最重要的領舞者，只有牠優雅的舉止，才能帶動其他神鷹的美妙出場。為了讓神鷹吃盡屍體，丹增師傅總是先讓牠們吃去內臟，再給骨頭，最後才揭開蓋石槽的白布給吃槽內的肉。這是一個上了年紀的天葬師才

具備的工作經驗。假若還剩些骨渣，飽肚的神鷹已不感興趣了，那就得混上糌粑，以引起鷹的胃口。如果實在引不起鷹的食欲，比如久病的人或已腐爛的屍體，鷹就很難吃完，就只好放在巨石旁邊的河岸用火燒。但這會被生者認為是不吉祥的事情，尤其是對於死者家屬，極不願發生這樣的結局。一個生命走下舞臺了，神鷹都不來迎接他，便認為這人生前有罪，而且罪太深。家屬只好再請喇嘛為死者念經超度，以求避免惡果。當然這是普通的家庭承受不起的又一筆開支。

　　……

　　那次貢梯寺之行對我的影響很大，原本我對天葬師的認識很不正確，對天葬文化更是不可理喻。其實天葬師與真正的殘忍本身無關。相對於其他喪葬形式來講，天葬主張的是生者對亡者靈魂的擔當，天葬師的天職是要徹底消除一個人一生不淨的經歷，請神鷹連他所有的罪與醜都消滅得一乾二淨。這真是一種超凡的生命哲學，它讓生命原本的尊貴得到了飛升。人生一死，在離天最近的地方，享盡繁華的盛宴，開始與結束都由詩意去化解。而亡靈的親友則更加相信生命一定有著神聖的輪迴，所有的朝聖者都是為了明天的輪迴。當雪山升起第一縷經幡時，許多人已經明白了死亡無法消除人的全部世界，讓風中的神鷹護送死者的靈魂山上，進入天空，穿越雲朵，轉入輪迴軌道，這充分表明了佛都王國生者的道義態度。他們期望當自己終有一天躺在天葬臺的時候，能得到曾經送別的親友靈魂的接應，當然這也能說明一個民族的自信與希望，親密與友愛。

　　顯然已經很有必要說出索朗扎西與我之間的相遇了。原本我們都是兩個陌生的外來客，在拉薩八廓街一個名叫瑪姬阿米的地方，我們在同一本留言簿上寫下自己對西藏大致相同的理解。索朗扎西來自青海，與拉薩城裡的藏族青年不同的是，他更具有一種學識上的優雅舉止，聽說他跟一位圓寂阿里的大師修過密宗。在阿里，他失蹤過三

年。當他接過留言薄時，看了我的留言，抬起頭久久地望著我，遲遲不敢下筆。因為他的目光有些羞澀，我們就算認識了。

先生，你是如何寫下這句話的？

我不作任何考慮的回答他。這話，我是寫給空中員警的，準確地講，是寫給西藏自然界獨一無二的偉大的鷹族。

你理解天葬？索朗扎西一邊問我，一邊構思著他要寫的句子。

噢，不理解，但我欣賞藏族人那種面對死亡的詩意與豪邁，我更相信他們所選擇的方式是對生命的加持與尊重。

索朗扎西露出對我好感的表情。他說，我佩服你寫下的句子，看上去很美。我鎮定地看著他十七歲的眉清與目秀——那絕對是一首少年與青草地共同芬芳的詩。當我為他的話震撼得還想對他說點什麼的時候，他突然換了一個人似的，站起身，把我寫的句子不顧旁人眾目隨口朗誦道：迎召而來天的神鷹，請你帶走我所有的鄉愁。願所有的生靈，沿著鷹的方向。唯有懂得死亡，才能懂得生命的真相。最後兩句是索朗扎西添加上去的。在瑪姬阿米，他怎麼能選擇如此方式的留言？上帝，我們是在共同創作一個夢嗎？真是奇妙極了。就是兩行不期而遇的句子，索朗扎西將手朝天邊一揮，他發誓要帶我去天葬臺見他舅舅。他的初衷是想讓我見識真正的天葬過程。

先生，你去了那個地方，我保證你的句子還會發生很大變化。

後來，我履行了自己的諾言。當然這只是我心中的諾言，從沒有對索朗扎西說起的諾言。我寫了厚厚幾百頁的句子，放在電腦裡，一直沒有送給索朗扎西。原本索朗扎西答應將他從小愛上藏傳佛教的經歷寫成曼妙的句子寄給我閱讀。直到我離開西藏的二〇〇九年，廿七歲的索朗扎西已進入寺院潛心修佛，當然他還接替了舅舅「多不丹」的工作。而他的舅舅則金盆洗手，當了那座寺院的主持。他信奉大乘密宗的教條，著重教導朝謹寺院的人們虔信佛法，樂善好施，說這死

後可以輪迴成佛。在一些德高望重的僧人那裡，有一種說法，實行天葬是因為大乘教密宗傳入西藏而形成。而樂於施捨，則是我所看到的藏人生活的真相，他們不僅把一生的積蓄供奉給寺院，最終還將自己身體的全部施給神鷹。

　　不久，我寫於西藏的句子又被出版成冊了，可我還是沒有勇氣寄給索朗扎西，儘管我不懷疑書中有些句子他看了會有感覺，或許他仍可能自覺與不自覺地在句子後面加入他的感應。因為，他在另一個世界裡已經走了很遠很遠。我不知他是否認同我理解的天葬師註定有多個世界？但我很想告訴他，作為一個自覺鋪排句子的人，至少他有兩個世界。一個世界是躲不開的現實生活，與他的生活完全不同，另一個世界就是務虛的句子，可以與他的職業意義基本相同，我選擇創造句子，當然求的是心靈上的感應。另一種看不見的感應，在自然生活中時有發生。

　　而就在此刻，索朗扎西和舅舅丹增樸實的微笑在我未生的句子裡，如朝霞一般仁慈！

（刊於《文學界》2013年第9期）

格央

作者簡介

　　格央，藏族，一九七二年出生於西藏昌都地區察雅縣，一九九四年畢業於南京氣象學院。一九九六～九七年在北京魯迅文學院學習。一九九四年至今在西藏自治區氣象臺工作，高級工程師，西藏自治區第十屆政協委員。一九九六年開始發表處女作《小鎮故事》，獲西藏作家協會頒發的首屆「新世紀」文學獎（漢文獎）；一九九八年獲全國少數民族文學創作研究新人獎；二〇〇三年獲第二屆「春天文學獎」入圍獎，二〇〇五年加入中國作家協會。作品入選《聆聽西藏：以小說的方式》、《瑪尼石藏地文叢・散文卷》、《瑪尼石藏地文叢・中篇小說卷》、《瑪尼石藏地文叢・短篇小說卷》。著有作品集《西藏的女兒》、《雪域的女兒》，長篇小說《拉薩故事・讓愛慢慢永恆》。

女降神者

　　在我十二、三歲的時候，有一天家裡來了一對非常陌生的男女，兩人都上了年紀，穿著也很普通，但是父母顯然很尊重他們，用一對平日裡不常見的杯子為他們倒了茶，在我當時的感覺裡，只有來了很重要的客人，父親才會拿出這兩個他收藏了很久的茶杯，可以說這兩個茶杯就是客人尊貴身分的象徵。

　　在我們家裡，小孩子是不允許在客人的身邊賭轉動的，我從小養成了規矩，在客人來的時候，總是躲到裡屋寫作業或是開很小的聲音看電視。這一次我當然也不會例外，電視看得正有興，母親走了進來，她從櫃子裡取出了一床新的毛毯和一個平日裡不太用的靠背，出去時還順手把門帶上了，她的舉動讓我非常的奇怪，該不是客人突然身體不舒服，想要躺一下吧？

　　於是，等母親出了屋以後，我偷偷地站起來，踮著腳來到門後，從縫隙往外看。不看不知道，一看我就越發想要看了。那個剛才還衣著普通的女人現在可變了樣了，她換上了一身很奇怪的衣服，頭上戴著奇怪的帽子，上面還有一些奇怪的裝飾物，衣服的顏色很艷麗，式樣更是平日裡沒有看見過的，而且她還拿出了兩件我至今叫不上名字的似乎用銅做的小東西，母親在她的吩咐下端上了一小碟青稞，這些事情做完之後，她閉上了眼睛似乎在默念著什麼。

　　我以為她這樣念經會很長的時間，正想要回去看電視，突然她站了起來，放大聲音叫著一個奇怪的名字，請求這個名字的主人降臨到自己的身上，邊請求邊變動著腳步，頗有要跳舞的意思。我們的客廳不是很大。放了家具之後就只有很小的空間了，但她顯然很好地掌握

了距離，行動可以算得上自如。

這樣的情形持續了大概七、八分鐘的樣子，她的臉開始變紅，先是淺的，後來就越來越重，像在血裡浸過一樣，兩個眼睛瞪得大大的，嘴往外咧，和剛才靦腆的她有天壤之別。這時候，旁邊的男人提醒父親現在可以問話了，於是父親把顯然早已準備好的問題很恭敬地告訴了她，女人一邊回答，一邊撒青稞，她回答問題的聲音似乎已經不是剛才祈禱的那個聲音了，就像一個男人在學女人說話一樣，聽著怪彆扭的。幾個問題之後，女人突然一下子倒在床上，頭依在早就為她準備好的靠背上，剛開始時她還喘著粗氣，後來氣息越來越輕，我在裡面就什麼也聽不到了，在我的感覺裡她是睡著了，母親為她蓋上了那條嶄新的毛毯。

接下去一切的事情都恢復正常了，父親陪那個男人聊天，母親在女人醒了之後為他們端上了飯菜，很簡單，就是傳統的土豆咖哩飯。走的時候我注意到父親用哈達包了幾十元給了那個男人。

當時我沒有敢問父母到底是怎麼一回事，我想我問了他們也不一定會告訴我，即使告訴了我，我也不一定明白。後來漸漸長大之後，我有了機會看一些宗教方面的書籍，我知道了那就是「降神」。

在藏族人的世界裡，神是無所不在，無時不在的。天、地、水三界都有神，河流、樹木、高山、泉水等等都是神可能棲身的地方，在山口、路邊、水中有看不見的精靈，甚至在家庭裡也有家神，這些神與人們日常的生活、生產、禍福有密切的關係，會給人們帶來幫助和祝福，但是如果觸怒了他們，就會有災難降臨，因此，西藏的人從出生的第一天起直到生命的結果，都要和各種各樣的神祇打交道。可以說人和神的世界是交叉在一起的。

當然人與神之間的溝通不像人與人之間的溝通那樣方便，需要有一個特殊的中間媒介，這個媒介就是降神者，在藏語裡被稱為「拉培聶」。

　　我們在西藏可以看到很多的降神者，他們中有喇嘛，也有俗人，有男性，也有女性，一般來講在平日裡他們是很普通的人，有自己賴以生存的職業，比如務農或是做木工，這樣降神者大多數都出生在降神世家裡，骨系潔淨，受過秘傳，經過了專門的訓練，過著極有節制和規律的生活。當所在地有什麼重大的事情需要做決定的時候，這些降神者就會穿上色彩絢麗的衣服，請求神靈下凡進入自己的身體，在一種類似薩滿的儀式中傳達神諭。人們相信降神者幾乎昏迷狀態中所說的話就是神的旨意，並照此旨意處理各種事情。

　　一般來講，一個普通的人被某一個神靈選中之後，他會有一些不同尋常的舉動，身體和性格會有變化，這時候他應該接受特殊的修練，以使自己普通的身軀能夠承受住神靈的附體。通常來說，一個降神者會專門附體一種特定的神，當然也有可以附體幾種神靈的降神者，而附體不同的神靈所需要進行的修煉是不相同的。

　　降神者在通過最初的修練和檢驗之後，他就開始了降神者的生涯。在降神的過程中，他們會失去知覺，進入一種中魔般的失神狀態，他們那作為人的自我已經消失了，他們的身體成了神的附著物，神靈占據了他們的全身，並通過他們的嘴巴說話，這時候他們說的任何的話都是神的旨意，不容懷疑。

　　在西藏，哲蚌寺的「乃瓊」被認為是最靈驗的神諭師，舊西藏的地方政府——嘎廈的很多重大決定，包括尋找達賴轉世靈童等問題都要向「乃瓊」降神者請教後才能裁決，可以說「乃瓊」是達賴喇嘛和舊西藏地方政府的首席降神巫師，他所降的神是威猛無比的白哈爾神王，在西藏大大小小的神巫群中居領袖地位。除「乃瓊」外，「拉莫姜雄」是舊西藏地方政府的專職護法降神巫師，擁有兩處護法神殿、三處寺院、十六個莊園和一座巨大的神宮府邸，是一個擁有兩千農奴的降神者的王國。除此之外，桑耶和噶洞也是很有威望的重要降神

者。而女性降神者中最重要的就是自稱是女神「丹瑪」的女代言人的哲蚌寺降神女巫師「丹瑪森康」。

在西藏，「丹瑪森康」降神女巫師的地位很高，擁有許多的特權。在拉薩的許多地方，比如功德林，一年四季都會留有她的寶座；達賴喇嘛的住處，只有兩個女人可以進去，一個是佛母——達賴喇嘛的母親，一個就是「丹瑪森康」女巫師；西藏的第一大寺院哲蚌寺有一個密殿，除了「丹瑪森康」女巫師外，別的女人一概不准入內；「丹瑪森康」女巫師去色拉寺的時候，必須有專門的衛隊在前面持香開路，她的座騎要繫兩個穗穗，而別的人只能繫一個；並且在重大的場合和儀式裡，「丹瑪森康」女巫師的寶座一般來講都會安排在達賴喇嘛寶座的對面，只有高度有稍微低一些。

「丹瑪森康」降神女巫師家族的祖籍在拉薩的北郊——娘熱鄉裡，距離西藏的第二大寺院色拉寺很近，她們的祖輩們世代都在那裡降神。在每年一度的降神節上，色拉寺和哲蚌寺都要來求神，哲蚌寺因為距離遠、僧侶多，所以連爐灶都要帶來，很不方便。而且兩個寺上萬名僧人聚在一起，其中有很多是氣盛好鬥的年輕人，彼此稍有不慎，就會出現大打出手的場面，處理不好更是容易出現大的麻煩，引起群鬥，更何況有些年輕的喇嘛還專門無事生非，總是巴不得發生一些意外，好讓一成不變的生活有一些新的點綴。而諸如此類事件的發生不免影響到女巫師的降神，出現很不愉快的局面。

當時「丹瑪森康」家族有兩個女兒，哲蚌寺提出來要其中的一個女兒來哲蚌寺降神，而另一個依舊留在色拉寺裡，這樣既解決了年輕喇嘛鬥毆的問題，又不影響降神活動，真是一舉兩得。舊西藏的噶廈政府同意了哲蚌寺的要求，把「丹瑪森康」家族的一個女兒安置在了甘別烏孜山下，住在甘別熱珠寺裡，由哲蚌寺供養，不久之後，哲蚌寺在寺的東邊專門修建了一座「丹瑪森康」供女巫師居住，並把她

封為哲蚌寺的保護神，給其許多特殊的照顧，還贈送了一個小莊園。後來「丹瑪森康」女巫師的影響力越來越大，她的各種供奉也越來越多，一直到一九五九年，西藏解放了，「丹瑪森康」女巫師也就結束了她降神的生涯，開始過普通農婦的生活，那一年，最後一個「丹瑪森康」女巫師才三十一歲，已經降了十年的神。

我不知道在最初成為農婦的那些日子裡，「丹瑪森康」女巫師曾經高高在上的心靈承受了多大的負擔，也無法體會那高高在上的身軀是否接受了難以接受的折磨，但是我肯定她一定有許多的震驚和恍惚，那時她還年輕的心靈有過怎樣的思索啊！

如今幾十年過去了，她已經白髮蒼蒼，兒孫滿堂，這種普通人的生活的樂趣是否讓她心滿意足？是否讓她體驗到了另一種的快樂和幸福？

「丹瑪森康」女巫師的女神丹瑪在西藏宗教界占有很重要的位置，在達賴喇嘛的夏宮——羅布林卡新宮的壁畫上就有色彩艷麗、非常生動的女神丹瑪的畫像，我曾經在經堂老喇嘛的指點下，很仔細地看過，現在寫文章的時候，她又很生動地浮現在了我的眼前，我想我會一輩子記住她難忘的形象。

在佛祖釋迦牟尼的傳說裡記載：有一次佛祖遇到了一位異教徒，對佛教充滿了抵制的情緒，佛祖想要說服他，而他則要求佛祖立刻變出一個女乞丐來，他的話音剛落，對面的山就裂開了，從裡面走出來一個女乞丐。這個女乞丐就是女神丹瑪變的，為此佛祖很感激丹瑪女神。

在西藏，我們常說「丹瑪久寧」，即「丹瑪十二」，我們認為丹瑪女神共有十二位。她們和西藏其他的護法神一樣，最初也是西藏原始宗教——苯教的神靈，八世紀的時候，蓮花生大師來到了西藏，征服了這些苯教的神靈，使他們成了佛法的保護神，他們具有很大的

神力，可以創造很多的奇蹟，但是他們這麼做並不是僅出於救度的目的，也並非是無條件的，如果他們受到某種方式的損壞或感到不悅，那麼他們惡魔般的暴躁性格就會突出地表現出來，而且在懲罰所有違犯佛法和違抗佛願的對象的時候，他們往往表現得不懂寬恕，受到他們固有暴躁性格的左右，往往對那些做惡對象進行不妥協的報復。

在我的家鄉——那個小鎮的附近，有一個不是很大的山，山上長有很多的灌木，也有不少的樹，站在鎮邊的土壩子上，就可以很清楚地看到山了。這個山有一個與眾不同的地方——山上布滿了大大小小非常規整石塊，正方形、長方形、或是菱形，就像是有人專門修理過一樣。家鄉的人說這個山是女神丹瑪的倉庫，那些規整的石塊就是她放財寶的箱子。

平日裡大家不常去那個山，偶爾也有孩子去拔些灌木拿回來當柴燒，並沒有什麼不好的事情發生。可是有一天，鎮邊村落的一個人去那個山上打了獵，他的收穫不小，拖回來了一隻大大的獐子，在村口碰到熟人還攀談了起來，他對熟人說：「今天我打的這隻獐子可不是一般的獐子，我在瞄準射擊的時候，從槍眼裡很清楚地看到牠戴著一個大大的金耳環，可是摺倒之後，跑過去一看，牠的金耳環就沒有了，你說奇不奇怪？」

「該不是你看走眼了吧？」

「我怎麼想也覺得自己確實看到了這隻獐子戴著金耳環，不過也許真的是看走了眼，誰知道呢？」

這個對話結束的幾天之後，那隻打了獐子的人就突發性地肚子疼，折騰了一天一夜，就死去了，沒有享受到獐子將給自己帶來的好處。而這段對話傳的到處都是，人們相信他殺了丹瑪女神的牲畜，觸怒了她，所以得到了這樣的報復。從那以後，我們家鄉的人再也不敢到那個山上去打獵了，那次事件的發生不論如何，最低限度地保護了

那個山上的野生動物，而且還讓一些膽小的人徹底放下了獵槍，不能不說是一件「因禍得福」的事情。

「丹瑪森康」女巫師是一個在整個西藏都很有名的女性巫師，但是更多的人接觸和了解的卻還是一些地方上的小巫師，她們通過各種方式和某一個或幾個特定的神取得聯繫，各顯神通，各盡其能，為人們提供各種幫助和指導，或傳達神諭，或治療疾病，或占卜禍福。

就在離我生活的八廓街不遠的小昭寺的附近有一個通過銅鏡來解答問題的女巫師。據說她能從銅鏡裡看到詢問者的過去、現在和未來，能預言一個人的吉凶禍福，這種占卜的方法被稱為圓光。她的這種能力是與生俱來的，但是自己或旁人意識到有這種能力卻是成人之後的事情。

那個女巫師大概四十歲的樣子，長相一般，穿著很普通，表情也不是特別的和善，說不上熱情，也不能斷定她冷漠。我去過她那裡好幾次，有時是為了自己的事，有時是陪別人，不知道其他的人是如何看她的，至少我覺得她很神奇，因為她給我的預示和忠告是很準確的。

在拉薩附近的曲水縣也有一個有名氣的女巫師，她最初降神的時候還很小，才十幾歲，現在也不過是一個還沒到三十歲的年輕的婦人，她可以降好幾種神，都是一些男性的神，所以在神附體之後，她說話的聲音就完全變了，是一個低沉宏亮的男聲，而且在降不同地方的神的時候，她講不同的方言，降家鄉神用本地方言，降坐落在藏北邊緣的念青唐古拉山神的時候用藏北方言，降山神的大臣的時候則講地道的拉薩話，而且據說她在降一種牛神的時候還要吃青草，吃的有滋有味，連表情都像一頭憨厚的牛。可是當神靈離開她的軀體之後，她又回復了自己本來的面貌和聲音，覥腆愛靜，而且也從來不會講藏北方言和標準的拉薩話，更不會把草料當食物。

我還見過一個女巫師，說起來我和她是很湊巧才遇到的。她住在拉薩附近的尼木縣裡，是一個農婦，不過在發現她有特殊的替人治病的能力之後，她就很少下地了，因為幾乎每天都有人從四面八方趕去請求她的幫助，她的家裡總是坐滿了陌生的人，人們滿懷著希望奔向她，我不知道這些希望有多少得到了實現，又有多少永遠也不能實現。

我並沒有專程到尼木縣見她。可是那時候我已經很多次地聽說過她了，而且從嚴格的意義上講，我已經得到過她的幫助。

在那段日子裡，我的父親得了很嚴重的病，不能行動，不能說話，任何的藥物都似乎沒有治療的效果，整個人只能一天到晚躺在床上。我看著他魁梧的身體變得越來越瘦，心都要碎了，在此之前，我從來沒有想到過我親愛的父親會變成這個樣子，為了讓他康復，我可以做任何的事情，可是無能為力是我和我的家人在那個階段最好最貼切的寫照。

直到現在我都不能很平靜的回憶那段日了，因為那是我和父親在一起的最後的日子，我們沒有任何語言的交流，但我可以感覺到他的不安和痛苦，從那以後，每次我去寺院，我都要向佛祖祈禱，希望那種可怕的疾病再也不要降臨到這個世界的任何一個人的身上。

正是因為父親了有病，我開始注意任何關於這方面的消息，住在樓下的老婆婆向我提起了尼木縣的女巫師，她們是同鄉，而且彼此家中的關係還很不錯。鑑於我的父親不能忍受坐車的勞累，好心的老婆婆拿了一件他曾經用過的襯衣去給女巫師看，回來的時候還帶來了女巫師給的一小把青稞和幾粒極小的糌粑團，並傳出話說暫時沒有生命的危險，不過也很難恢復健康。

大概一個月以後的一天黃昏，老婆婆來敲我們的門，說女巫師到拉薩來了，現在正在她的家裡，讓我拿一件父親現在還在用的衣服下

去一下。那幾天，我的喉嚨正受了傷，是因為騰不開手，把小電筒含在嘴巴裡，不料莫名其妙地摔了一跤，把喉嚨弄得傷口累累，不敢下嚥食物，連水也得很小心地喝，真是不想減肥也得減肥了。

我拿著衣服走進老婆婆家裡的時候，女巫師正在給這個家裡有癲癇病的兒子治病，我悄悄地立在旁邊，連氣也不敢出，只見老婆婆的兒子跪在女巫師面前，頭向前伸，露出脖子，女巫師拿著一條哈達，一頭放在自己的嘴裡，一頭按在對方的脖子上，嘴巴還一吸一吸的，一會兒她停止了吸的動作，順手拿起了早已放在旁邊的一個碟子，往裡面吐了一口東西，然後又開始吸了，再吐……如此反覆幾次，整個治病的過程也就結束了，女巫師接過老婆婆遞的水，漱了漱口，坐下來休息，老婆婆把吐了東西的碟子拿給我看，真讓我大吃一驚，因為在碟子裡與口水混在一起的是幾十隻灰色的小蟲子，大部分還沒有死，輕輕地動著，我叫不上這種小蟲的名字，也從來沒有見過。這就是老婆婆兒子的病因，因為得病的時間很長了，而且病情也很嚴重，所以需要多做幾次這樣的治療，才有可能徹底的恢復健康。我看著老婆婆充滿希望的神情，自己也不禁充滿希望起來。就在我被碟子裡的小灰蟲弄得目瞪口呆的時候，女巫師突然叫我走近她，好好看了看我，她吩咐老婆婆拿一小塊酥油來，對著酥油吹了吹，然後吐了一點唾沫，邊遞給我邊說：「把酥油含在嘴裡，慢慢地讓它化了，然後嚥下去，對你的喉嚨有好處，你們把灶弄髒了，這就是你喉嚨傷的原因，其實你家裡的『魯』是很好的，總是為這個家著想，但是你們疏忽大意，經常弄髒祂，現在祂生氣了。」這裡女巫師提到的「魯」是一種類似灶神的家神，據說非常容易被激怒，不過如果你安撫祂，祂也會變得很得善。

對女巫師的話我很吃驚，因為連老婆婆也不知道我的喉嚨傷了，而且我並沒有把自己的疼表現出來，我盡量裝得無所謂，那麼女巫師

又是怎麼得知的呢？

　　後來我把當時的情景告訴了一個兒時的朋友，他是一個接受了很高教育的知識份子，他斷定那個女巫師做了假動作，以他科學的頭腦，實在不能接受我的盲目，但是我相信自己的眼睛，我的眼睛是絕對的1.5度，更何況我的喉嚨在用過了那一小塊酥油的第一天就奇蹟般地開始好轉，到了第三天的時候就一點問題也沒有了。對於我親身的體驗，我那知識份子的朋友並不以為然，他覺得我沒有用那個酥油也會在第三天好起來，這是很自然的。我們誰也沒有說服誰。

　　寫到這裡我想起了一種和哈達治病相類似的用彩箭治病的方法，據說那是最好的治療狂犬病人的方法。這種方法最早源於西藏的原始宗教苯教，後來被一些民間的巫師普遍採用，其作法是：先由巫師拿著一個小銅鏡在患者的身上來回移動，目的是找出病灶所在的位置，找到病灶後，巫師把彩箭的箭頭觸在患者病灶部位的皮膚上，然後從箭竿的另一端吸，把吸到的膿血等物導入早已準備好的碗裡，據說如果某人被瘋狗咬過，巫師最後要吐出一小塊正如狗咬去的那麼多肉，隨著膿血的吸血，患者的病痛也治好了，在治療結束的時候，巫師要把碗裡所有的污物吞食掉，表明病症再也不會反覆。

　　在外來人的感覺裡，這種治療疾病的方法一定既原始又很不可思議，而且還有點可怕，但是在西藏的土地上這樣的治療方式是得到認可和信任的，很多的患者由此恢復。我想如果有一些接受過高等科學教育的醫學專家能夠拋開正統地位的清高，對此做一些實踐的考察，也許會得到某種有意的經驗，這對痛苦的患者和患者的家人來說真是一個福音。

　　對西藏的人來講，在有難題的時候如果能夠遇到一個自己信任的巫師是一件很讓人安慰的事情，可是對這些巫師而言，他們的身體在降神的過程中會有很大的損耗，而且所降之神的威力越大，這種損耗

就越厲害。

　　一般情況下，巫師們平日裡有很多禁忌，不能吃豬肉、大蒜、洋蔥、魚，非宰殺死亡的牛羊肉也不能吃，食物和身體要保持保持絕對的潔淨，在降神之前要誦經祈禱。如果所降的神規格很高，那麼這種禁忌就更為嚴格了，在降神之前要進行幾十天的靜修，不辭辛勞地淨心淨身，任何事情都要謹慎小心，以求在最好的狀態下清理和打開神進人體內的精神通道，這個過程是極其痛苦不堪的，對不熟練的降神者來說更是困難重重，最後還要用藏紅花聖水從頭頂澆下去，來確保絕對的乾淨，而且高規格的降神活動，還需要很多其他的喇嘛進行長時間的誦經，祈求神靈下凡，祈禱降神順利。

　　這種事先的準備和祈禱是很重要的，否則神靈就不會附體，即使附了體也不靈驗。西藏眾巫師的領袖人物——乃瓊就曾經出現過附體不連貫的事情，並為此受到了很嚴重的懲罰。第一任乃瓊是十七世紀創建乃瓊寺時任命的，由於本來該附體的白哈爾神王不附體，致使一些下等的神靈趁虛而入，導致對外洩露了極機密的消息，最後被處以極刑。還有兩任乃瓊因為坐禪不斷惡化，影響降神的連貫性，被解職。另有一任乃瓊在被舊西藏噶廈政府任命為這種最高等級受到極大敬重的巫師的時候，竟然逃之夭夭，但是他最終沒能決定自己的命運，因為威力無比的白哈爾神王仍然附體於他，他不得不接受了這個職位，一直到離開俗世之前。好在他的工作十分得出色，為此他享有盛譽。

　　在神靈附體的時候，降神者會感到經絡發脹。周身疼痛，出現窒息和抽搐，然後完全失去自己的意識，等到神靈離開了自己的身體，就昏迷過去，感到渾身癱軟，經過休息才能恢復過來，但是他們對自己剛才的降神作法根本就不會有任何的印象。並且如果降神作法的準備工作做得不好，那麼在降神之後，就很容易出現吐血或是便血的情

況，對身體極為有害。

事實上，不論降神作法的準備工作做的有多好，每一次降神都會給降神者帶來很大的心理和身體上的負擔，最容易受傷害的是心臟和關節。這種負擔所帶來的傷害是很嚴重的，常常對生命構成威脅，而正因為這種原因，很多的降神者，特別是那些高規格神靈的降神者，往往不能長壽，一般到了四、五十歲的時候就以早衰的身體離開了人世。鑒於這種情況，一些小神靈的降神者在到了一定的年紀之後，往往會終止自己的降神作法，他們很清楚自己的身體再也經不起折騰了，當然他們之所以能這麼決定的原因是因為他們不用對某種政府行為負責，不受約束，而大的降神師們是沒有這種自由的。

當然，在為數眾多的降神者中也有一些人是純粹的騙子，並沒有任何的神靈附體於他們，他們精通的只是裝模作樣，靠精湛的演技得到了一時的信任。但是這種信任是不長久的，因為僅僅外表的東西是很難有堅定的說服力的，而熟悉和熱衷於降神作法的西藏人在對此表現出的五體投地的時候也會帶上很挑剔的目光。不過，這種欺騙的行為一般來講只會發生在較低級的降神者中，因為高級別的降神者本人也要接受很嚴格的考察，以證明他確實有同級別的神靈附體，而不是在演戲，比如，在有些時候，人們會把問題寫下來，卷筒加封交給降神者，而降神者要在不打開紙卷的情況下，回答那些問題。在大庭廣眾之下進行如此的測試，不是真正的神附體，恐怕也沒有膽量去試一試！

既然神靈可以附體，那麼鬼怪也自然可以附體了。我就親眼見過這樣一個例子。

那還是在幾年以前，我和母親回家鄉探親，家鄉的小鎮上有母親很多的親戚，每天最重要的事情就是來回地串門。有一天晚上，好幾個女人聚在大姨媽家裡喝酒，酒是很純的藏白酒，放在爐上稍稍溫

熱，加上酥油、蜂蜜和雞蛋，用攪拌器一樣，就是最好的營養品和飲料了。

母親的家鄉盛產藏白酒，她們在很小的時候就喝它，久而久之自然對此有某種親近，我是一口不喝的，不過在一旁聽她們聊天就是一種很愉快的享受。和我一起享受這種快樂卻不喜歡這種酒飲料的人還有大姨那非常漂亮的女兒，也就是我的大表姐，她前一年剛嫁到昌都鎮，丈夫是一個頗為成功的商人，因此這一次她戴著昂貴的首飾出現在小鎮上的時候，可以說是風光滿面，極為引人注目，那個昔日嬌美的小姑娘現在是一個風韻飄飄的女人了。

母親她們的話題總是很多，我想在她們那已逝去的、和我們截然不同的青春歲月裡，一定有許多我們無法體會的美麗和浪漫。在她們的身上我看到了自己和大表姐以後的影子。

就在我思緒連綿的時候，我突然聽到坐在身邊的大表姐發出了很奇怪的聲音，回頭一看，只見她的目光呆滯，面色發青，雙眼外突，手和腳一陣一陣地抽搐起來，嘴巴裡哼個不停，很嚇人的一副樣子。我趕緊大叫了起來，喝酒的幾個人這才注意到了大表姐，大家圍了上來，而大表姐還是恐怖地哼出一種奇怪的聲音，即不像是生病，也不是在做夢，那麼她是怎麼了？我可從來沒有聽過她有什麼奇怪的病。

還是上了年紀的大姨媽見過世面，她是最鎮靜的一個人了，進了裡屋，出來時拿了一節細細的繩子，抓過大表姐的一隻手（我記不得是左手還是右手了），把小指和無名指緊緊地綁在了一起，綁完之後，她開始用力地打大表姐，拳頭重重地落在大表姐的身上，一邊打一邊還問：「你倒底是誰？快說出來。」

大姨媽的做法把我弄糊塗了，她不會緊張地連自己的女兒也認不出來吧！可是看她鎮靜的樣子，又怎麼會不知道自己狠勁打的人是大表姐呢？我突然覺得自己在看一齣很可笑的鬧劇。

那一頭大姨媽還在狠勁地打著大表姐，她下手很重，覺然沒有心疼的樣子，而她口裡的問話卻是越來越奇怪了：「你到底是誰？你從哪裡來，你快說出來。」

大表姐剛從昌都鎮回來探親，這是眾所周知的事情，大姨媽作為母親怎麼會突然之間把什麼都忘了呢？該不會兩個人一起犯了一種很可怕的病了吧？

正想到這裡，更奇怪的事發生了，呆滯的大表姐突然說了話：「我是某某人，你們不要再打我了。」

「不打你可以，但是你得保證以後再也不來了。」大姨媽說。

「我保證再也不來了，真的不來了。」大表姐做了這樣奇怪的回答。

「我們不相信你，空口無憑，你必須用一個人做擔保。」

大表姐想了一會兒，然後說「我用我的兒子做擔保。」

「不行，我們要你用另外一個人做擔保。」大姨媽不依不饒。

大表姐又沉默了一會兒，才說：「我以我的丈夫做擔保」。

「我們同意你用丈夫做擔保，下次不許你再來了。」大姨媽說著解開了綁著大表姐手指的細繩。隨著細繩的解開，大表姐長長地呼出一口氣來，癱在了床上，她的呼吸變得勻稱，氣息正常了，這一次她似乎是真正睡著了。

事情過後，我被告之這就是鬼附體，綁住指頭就是為了防止鬼跑走，使勁地打則是為了教訓鬼，這時候感到疼的並不是大表姐，而是不安分的鬼，至於一定要留一個人做擔保是為了不再讓鬼騷擾，而不要兒子做擔保，卻要丈夫，是因為那個某某人在平日裡是一個把丈夫看得比兒子更重要的女人。

那個大表姐所說的某某人其實就住在大姨媽家的附近，是一個比大表姐要大三、四歲的女人，她的家族裡有好幾對女性的雙胞胎，骨

系不淨，據說也曾經附體過別人的身上，就在她附體到大表姐身上的那天的中午，兩人曾經在街上碰到過，她還給了大表姐一塊風乾肉，而肉類是最容易帶來鬼怪的。

發生了那件事的第二天的中午，我就在路上遇見了那個某某人，她很自然地和我打招呼，還讓我吃她包裡的乾桃，我趕緊謝絕了她，盡量快地和她說了再見。不論如何，我可不想為幾個乾桃冒被毒打一頓的危險，當然據說當時疼痛的並不是被附體的人，而是那個惹事生非的鬼，但是畢竟那些討厭的印跡會留在自己的身上，而且說不定到第二天還有餘痛，那個痛該不會還疼在鬼的身上吧。

（刊於《西藏民俗》2002年第4期）

我在老家察雅過新年

　　我的老家在昌都的察雅。小時候，因為父母工作的關係，我一直和外公外婆住在一起，那時候新年對我的最大的意義就是穿上新衣服，吃許多平日裡不常見的好東西，然後就是有足夠多的時間和小夥伴們在一起。

　　後來，漸漸長大，到了上學的年齡，為了接受盡可能好的教育，在拉薩工作的父母把我接走了。從那以後，我只回老家過了幾次新年，儘管為數不多，但還是讓我感受到了與拉薩不同的節日風俗和氛圍。

　　在整個西藏，藏曆新年——「洛薩」是最為隆重的節日了，它是根據藏曆計算出來的，由於其曆算的特殊性，一般來講，和陽曆差別較大，倒是有些時候和陰曆不謀而合，藏曆年和春節恰巧同一天，節日的氣氛也就更加熱鬧了。

　　實際上，在離「洛薩」還有一個月的時候，家鄉的小鎮就已經很有節日氛圍了，人們相互交談的主題幾乎都和新年有關，而那些去昌都的人們總是帶來大批的年貨，女孩子們的話題主要要是新衣服，個別的還會把小夥伴帶回家，悄悄打開衣櫃，炫耀一番。

　　儘管如此，真正過藏曆新年還要從藏曆的十二月廿九日說起。那一天，所有人家的燈光在半夜剛過就會亮起來，除了幼小的孩子和年邁的老人之外，所有的人都起來了，在母親的指揮下，進行一年一次的大掃除。有些人家還會利用這次機會，充分發揮想像力，把家裡的家具換一個位置，使家在新年有新的面貌。大掃除要在天亮之前結束，並且還一定要把垃圾倒出去。這次倒垃圾可跟往常不一樣，要專

門留出一些，分成九小堆，倒在十字或丁字路口，表示把舊的一年中所有的鬼和不吉利的事情驅走，以便用最好的狀態迎接即將到來的新年。就在這一天，家中所有的人，不分男女，都要進行徹底的洗浴，最起碼洗頭是必不可少的。而且這一天，家家戶戶吃的晚飯都是相同的——「古突」。

三十日這天，家裡最忙的要數女主人了，這天整整一天她都得呆在廚房裡，在灶檯上做各種食物，其中最重要的有兩種，一種是牛羊的頭，一種是麥粥，當然還要做麵食，煮人參果，熬酥油白酒……。這樣的勞動一直要持續到除夕的深夜。這時候，除了放在火上煮之外，其他的工作幾乎都做完了，於是全家人聚在廚房裡，一邊烤著火，一邊聊天。在這樣的時候，大人們多多少少要喝些酒，不是在拉薩常見的青稞酒，而是非常地道的藏白酒，（我們家鄉的藏白酒在整個康區都非常有名，而家鄉的人喝酒的熱情在康區也是非常出名的。）這樣的灶台聚會一般來講會持續到新年的早晨，大人們通宵未眠。孩子們在家長的命令下倒是會睡上幾個鐘頭，但也總是天沒亮就起來，因為，大人總是告訴孩子們，新年的一大早，閻王爺要派小鬼到各處視察，蒙頭大睡的人會被認為是屍體，登記到小鬼的名冊裡，這樣來年，他不僅運氣不好，還會可能被招進可怕的地獄。

初一，天還沒亮的時候，家中的母親或是姐姐就要到鎮邊的泉水池背水。雖然，現在幾乎家家戶戶都有了自來水，但是新年的第一天大家還是要到很遠的鎮邊去背水，因為天還沒亮，便總是三、五做伴一起去，一路上大家有說有笑，嗓子好的姑娘還要大聲地唱著歌。在這一天，西藏偉大的女護法神班丹拉姆會扮成一個背水的姑娘，混在眾多的姑娘中間，唱一首新歌，旁邊的姑娘很快就能學會，一首新歌就這樣流行開了。而這樣的新歌不論其內容是什麼，都不會受到限制，畢竟這首歌是明察秋毫的女護法神唱的。

　　這天去背水的姑娘們還要在一個大水瓢裡裝上去過皮的、雪白的麥粥，包上一些糖果和點心，放在水池的邊上，恭敬保佑風調雨順的水神。而一般來講，真正享用這些美食的卻總是那些漂亮而歡快的小鳥。

　　新年的第一天和第二天，除了去鎮中心的護法神殿供燈祈禱之外，大家一般來講不會外出串門，除非是很親的親戚，比如：娘家或是兄弟姐妹的家。這一天，孩子們也不准亂跑，總是規規矩矩地呆在家裡頭。在食物上，忌諱包子和餃子。

　　真正快樂熱鬧的新年是從初三開始的，從這一天起，大家開始相互串門拜年，孩子們就像自由飛翔的小鳥，在任何一個熱鬧好玩的地方出現，而且還能拿到數量很可觀的壓歲錢。在初三這天中午。全村的人們要聚在護法神殿前的大空地上舉行很隆重的「換經幡」儀式。這天吃過午飯，全村的人都拿著自己早就準備好的、縫著經幡的小樹苗，來到舉辦集體活動的大空地上，把舊的取下來，再把新的包在一起，很牢固地插在經幡塔上，插過之後，全村的人圍著塔轉一圈，焚桑祈禱，祝願新的一年裡全村家家戶戶平安順利，整個村子吉祥如意，並且祈求護法神一如既往地保佑和幫助大家，原諒舊的一年中大家所犯的錯誤。

　　我覺得這樣的儀式讓全村的人有「共命運」的感覺，大家相互幫助，互相告誡，一個溫暖的大家庭就這樣自然而然地產生了，民風自然純樸，安居樂業便是很自然的事情。儀式之後，大家就在原地跳起歡快的「鍋莊」，小伙子們和姑娘盡情地展示自己優美的舞姿，老人們一邊欣賞，一邊喝酒，一邊說起自己英俊風流的當年，說到興處，也會上台瀟灑一番。

　　初四，親朋好友之間的相互宴請開始了，雖然客人不少，但是主人並不是非常的麻煩和辛苦。食物的種類不是很繁多，主要有煮好的牛羊肉、用肉和血塊混合灌製的牛腸、奶渣和糌粑製成的「瑪塞」；

主食一般是牛肉包子或土豆咖哩飯。主人家不用事先準備好主人食，而是在客人到了之後，所有年輕的女人一起上陣，人多力量大，飯很快就會做好。大多數時候，大家聚在一起不打麻將，也不玩牌，而是聊天和對歌，男女分成兩派，氣氛非常火爆，到了黃昏，跳「鍋莊」幾乎是必不可少的節目。喝的自然是很地道的藏白酒，老人和酒量小的人喝的是酥油白酒，一邊在火上加熱，一邊喝，適當地放一些雞蛋和紅糖，非常地補身體；酒量好的人喜歡喝純白酒，什麼也不加，非常夠味。

這樣的聚會孩子一般是不參加的，他們有自己的活動，幾乎和大人一樣，每個孩子都有自己平日裡玩得好的伙伴，他們也會在每個人家輪流聚會，這時候，家中的長輩會為他們準備好一切，提供各種服務。儘管如此，孩子們還是要到一些家境好的人家去，在他們的院門大唱恭維的歌，索要食物、柴禾和零食。我小的時候，有很多次這樣的經歷，我們從來沒有被拒絕過，而且得到的東西很豐盛，有乾肉、包子、各種桃乾、各種點心……那種滿載而歸的感覺非常美妙，而受到我們恭維的人家也非常高興，因為新年裡任何的祝願都是很吉祥的。

除了親朋好友的聚會之外，全鎮還要舉行幾次很盛大的「鍋莊」舞會，人們穿著節日的盛裝，聚在一起，在篝火的映照下盡情飛舞。在我們的小鎮上有一個居民自己組成的類似「居委會」的組織，每年大家輪流義務為鎮上服務，誰家有婚慶喪事，「居委會」總是無償提供各種幫助，並且負責組織和安排義務勞動的人員。同樣，「鍋莊」舞會也有「居委會」負責，用鎮上公共的資金來籌辦活動，在舞會最熱鬧的時候，會有人從樓上的窗戶裡撒各種食品，有核桃、蘋果、糖果……甚至還有整塊的羊腿，得到食品的人也會得到更多美好的祝福。

整個新年陸陸續續要過一個月，這樣的過年現在在真正的城市

裡，已經很少見到了，人們總是非常的忙碌，社會的競爭使每個人都
像上了弦一樣。可是在我家鄉的小鎮上，人們的想法還沒有這麼複
雜，他們過著簡單的生活，不是特別富裕，但是很開心，非常地滿足
現狀。每次我從城裡回去，總是有真正回歸自然的感覺，也時常被那
些純樸的人們和想法感動。希望有一天，我還能夠回去過年，也希望
那些簡樸的人們過得平安。

（刊於《西藏民俗》2003年第1期）

小說卷

扎西達娃

作者簡介

　　扎西達娃，藏族，一九五九年出生於四川省甘孜藏族自治州巴塘縣，從小在重慶長大，八歲時回到拉薩讀書，一九七四年中學畢業後在西藏自治區藏劇團從事舞臺美術工作，一九七八年從事編劇工作，一九七九年一月在《西藏文學》上發表處女作小說。一九八四年加入中國作家協會，翌年發表了短篇小說〈西藏，繫在皮繩扣上的魂〉，獲得一九八五～八六年全國優秀短篇小說獎，更開創了歷久不衰的西藏魔幻寫實小說傳統。其後，又獲得第二、三、四屆全國少數民族文學創作獎、莊重文文學獎，電影劇本《益西卓瑪》獲第二十屆中國電影金雞獎編劇特別獎，《崗底斯》獲二〇〇二年臺灣十大優良劇本獎。著有長篇小說《騷動的香巴拉》，長篇紀實散文《古海藍經幡》，中短篇小說集《西藏，繫在皮繩扣上的魂》、《西藏，隱秘歲月》、《世紀之邀》，以及電影文學劇本等多部，作品被翻譯成英、法、德、意、日、俄、西班牙、瑞典、捷克、荷蘭等多國文字。現為中國作家協會主席團委員、中國文聯全委會委員、中國少數民族文學學會副會長、西藏自治區文學藝術界聯合會主席、西藏作家協會主席。

西藏，繫在皮繩扣上的魂

　　現在很少能聽見那首唱得很遲鈍、淳樸的秘魯民歌〈山鷹〉。我在自己的錄音帶裡保存了下來。每次播放出來，我眼前便看見高原的山谷。亂石縫裡竄出的羊群。山腳下被分割成小塊的田地。稀疏的莊稼。溪水邊的水磨房。石頭砌成的低矮的農舍。負重的山民。繫在牛頸上的銅鈴。寂寞的小旋風。耀眼的陽光。

　　這些景致並非在秘魯安第斯山脈下的中部高原，而是在西藏南部的帕布乃岡山區。我記不清是夢中見過還是親身去過。記不清了。我去過的地方太多。

　　直到後來某一天我真正來到帕布乃岡山區，才知道存留在我記憶中的帕布乃岡只是一幅康斯太勃筆下十九世紀優美的田園風景畫。

　　雖然還是寧靜的山區，但這裡的人們正悄悄享受著現代化的生活。這裡有座小型民航站，每星期有五班直昇飛機定期開往城裡。附近有一座太陽能發電站。在哲魯村口自動加油站旁的一家小餐廳裡，與我同桌的是一位喋喋不休的大鬍子，他是城裡一家名氣很大的「喜瑪拉雅運輸公司」的董事長，在全西藏第一個擁有德國進口的大型集裝箱車隊。我去訪問當地一家地毯廠時，裡面的設計人員正使用電腦程式設計圖案。地面衛星接收站播放著五個頻道，每天向觀眾提供三十八小時的電視節目。不管現代的物質文明怎樣迫使人們從傳統的觀念意識中解放出來，帕布乃岡山區的人們，自身總還殘留著某種古老的表達方式：獲得農業博士學位的村長與我交談時，嘴裡不時抽著冷氣，用舌頭彈出「羅羅」的謙卑的聲。人們有事相求時，照樣豎起拇指搖晃著，一連吐出七八個「咕嘰咕嘰」的哀求。一些老人們對待遠

方的城裡人，仍舊脫下帽子捧在懷中站到一旁表示真誠的敬意。雖然多年前國家早已統一了計量法，這裡的人們表示長度時還是伸直一條胳膊，另一隻手掌橫砍在胳膊的手腕、小臂、肘部直到肩膀上。

桑傑達普活佛快要死了，他是扎妥寺的第二十三位轉世活佛。高齡九十八歲。在他之後，將不再會有轉世繼位。我想為此寫篇專題報導。我和他以前有過交道。全世界最深奧和玄秘之一的西藏喇嘛教（包括各教派）在沒有了轉世繼位制度從而不再有大大小小的宗教領袖以後，也許便走向了它的末日。形式在一定程度上也支配著意識，我說。扎妥‧桑傑達普活佛搖搖頭，表示否認我的觀點。他的瞳孔正慢慢擴散。

「香巴拉，」他蠕動嘴唇，「戰爭已經開始。」

根據古老的經書記載，北方有個「人間淨土」的理想國——香巴拉。據說天上瑜伽密教起源於此，第一個國王索查德那普在這裡受過釋迦的教誨，後來宏傳密教《時輪金剛法》。

上面記載說，在某一天，香巴拉這個雪山環抱的國家將要發生一場大戰。「你率領十二天師，在天兵神將中，你永不回頭，騎馬馳騁。你把長矛擲向哈魯太蒙的前胸，擲向那反對香巴拉的群魔之首，魔鬼也隨之全部除淨。」這是《香巴拉誓言》中對最後一位國王神武輪王讚美的描寫。扎妥‧桑傑達普有一次跟我說起過這場戰爭。他說經過數百年的惡戰，妖魔被消滅後，甘丹寺裡的宗喀巴墓會自動打開，再次傳布釋迦的教義，將進行一千年。隨後，就發生風災、火災，最後洪水淹沒整個世界。在世界末日到達時，總會有一些倖存的人被神祇救出天宮。於是當世界再次形成時，宗教又隨之興起。扎妥‧桑傑達普躺在床上，他進入幻覺狀態，跟眼前看不見的什麼人在說話：「當你翻過喀隆雪山，站在蓮花生大師的掌紋中間，不要追求，不要尋找。在祈禱中領悟，在領悟中獲得幻象。在縱橫交錯的掌

紋裡，只有一條是通往人間淨土的生存之路。」

我恍惚看見蓮花生離開人世時，天上飛來了一輛戰車，他在兩位仙女的陪伴下登上戰車，向遙遠的南方凌空駛去。

「兩個康巴地區的年輕人，他們去找通往香巴拉的路了。」活佛說。

我疲憊地看著他。

「你要說的是——在一九八四年，這裡來了兩個康巴人，一男一女？」我問。

他點點頭。

「男的在這裡受了傷？」我又問。

「你也知道這件事。」活佛說。

扎妥‧桑傑達普活佛閉上眼，斷斷續續回憶起當年那兩個年輕人來到帕布乃岡山區的事，他講起那兩個人告訴他一路上的經歷。我聽出扎妥活佛是在背誦我虛構的一篇小說。這篇小說我給誰都沒有看過，寫完鎖進了箱裡。他幾乎是在逐字逐句地背誦，地點是一路上直到帕布乃岡一個叫甲的村莊。

時間是一九八四年。人物一男一女。這篇小說沒給別人看的原因就是到最後我也不知道主人公要去什麼地方。經活佛點明，我現在才清楚。唯一不同的一點是結尾時主人公是坐在酒店裡有一位老人指路。我沒寫老人指的是什麼路，當時連我自己也不知道。而扎妥活佛說是在他的房子裡給那兩人指的路，但這裡還有一個巧合，即老人與活佛都談起過關於蓮花生的掌紋。

最後，其他人進屋來圍在活佛身邊，活佛眼睛半睜，漸漸進入了失去知覺和思想的狀態。

有人開始準備後事了。扎妥活佛將被火葬，我知道有人想拾到活佛的舍利作為永久的收藏和紀念。

　　與扎妥‧桑傑達普訣別後，在回家的路上，我邊走邊考慮著有關文學創作的動機問題……回到家，我打開貼有「可愛的棄兒」題詞的箱子蓋。裡面整齊地排列著上百隻牛皮紙袋，我所有不被發表或我不願發表的作品都存在這兒。我取出一個編碼是840720的紙袋，裡面是一個短篇小說，記錄著兩個康巴人來到帕布乃崗的經過，還沒有題目。下面是這篇小說的原文：

　　瓊趕著她的二十幾隻羊下山的時候，站在半山腰。她看見山腳底下那一條寬闊蜿蜒、礫石纍纍的枯乾的河床有個螞蟻般的小黑點在緩緩移動。她辨認出那是一個男人，正朝她家的方向走來。瓊揮揮羊鞭，匆匆把羊往山下趕。她粗略算了算，那人得走到天黑時才能到這兒。周圍荒野只有這隆起的小山崗上有幾間鵝卵石壘起的矮房，房後是羊圈，一共兩戶人家：瓊和她的爸爸，還有一個五十多歲的啞女人。爸爸是個說《格薩爾》的藝人，常常被幾十裡遠的外村人請去說唱，有時還被請到更遠的鎮裡。短則幾天，長則數月。來人騎馬，還牽匹空馬來到小山崗，把身背長柄六弦琴的爸爸請上馬。隨後馬蹄伴著銅鈴聲有節奏地久久敲響著荒野裡的寂靜。她站在崗上，一手撫摩坐立在她裙邊的大黑狗，一直望到兩匹馬拐過前面的山彎。

　　瓊從小就在馬蹄和銅鈴單調的節奏聲中長大，每當放羊坐在石頭上，在孤獨中冥思時，聲音就變成一支從遙遠的山谷中飄過的無字的歌，歌中蘊含著荒野中不息的生命和寂寞中透出的一絲蒼涼的渴望。

　　啞女人整天織氆氌，每天早晨站在小山崗上，向空中撒出一把豌豆糌粑，呼喊著觀音菩薩。然後手搖一柄浸滿油污的經輪筒，朝東方喃喃祈禱。偶爾在半夜時分，爸爸爬起身去女人房裡，天濛濛亮時頭頂蒙著長長的袍子又鑽進自己的羊皮墊裡。早晨瓊起來擠完奶打好茶，喝糌粑糊。然後背上裝了一天口糧的小羊皮口袋，背一只小黑

鍋，去房後拉開羊圈柵欄，軟鞭一揮，趕著羊群上山。生活就是這樣。

瓊把食物和熱茶準備好，趴在毯子上等待來客。室外的狗叫了，她衝出門，月亮剛剛升起。她拉住狗鍊，不見四周有人，一會兒，從她前面的坡下冒出個腦袋。

「來吧，不要緊，我抓住狗的。」瓊說。

來人是一位頂天立地的漢子。

「辛苦，大哥。」瓊說。她把漢子領進了房裡，他禮帽下的額邊垂著一絡鮮紅的絲穗。

「爸爸不在家，去說《格薩爾》了。」

隔壁傳來啞女人織氆氌時木棰砸下的梆梆聲。這位疲憊的漢子吃過飯道完謝後便倒在瓊的爸爸床上睡了。

瓊在門外站了一會兒，天空繁星點點、周圍沉寂得沒有一點大自然的聲音，眼前空曠的峽谷地帶在月光下泛著青白色。大黑狗被鐵鍊拴著在原地轉圈，瓊過去蹲下身摟著牠的脖子。想起自己在這寂寞簡樸的小山崗上度過的童年和少年時代，想起每次來接爸爸上馬的都是些沉悶不語的人，想到屋裡那位從遠方來明天又要去遠方的酣睡的旅人。她哭了，跪在地上捧著臉，默默祈求爸爸的寬恕，然後將眼淚在黑狗的皮毛上蹭擦乾，起身回屋。黑暗中，她像發瘧疾似地渾身打顫，一聲不響地鑽進了漢子的羊毛毯裡。

當東方的啟明星剛剛升起，在搖曳的酥油燈下，瓊把自己的薄毯裹成一個卷，在一只布袋裡塞了些牛肉乾、揉糌粑的皮口袋、粗鹽和一塊酥油，又背上天天放羊時在山上熬茶用的小黑鍋，一個姑娘該帶的都在她背上了。她最後巡視一眼昏暗的小屋。

「好了。」她說。

漢子吸完最後一撮鼻菸，拍拍巴掌上的菸末，起身。摸她頭頂。

摟住她肩膀，兩人低頭鑽出小屋，向黑魆魆的西方走去。瓊全身負重，身上的東西一路上叮噹作響。她根本不想去打聽漢子會把她帶向何處，她只知道她永遠要離開這片毫無生氣的土地了。漢子手中只提著一串檀香木佛珠，他昂首闊步，似乎對前方漫漫的旅途充滿了信心。

「你腰上掛條皮繩幹什麼？像隻沒人牽的小狗。」塔貝問。

「用它來計算天數，你沒見上面打了五個結嗎！」瓊告訴他，「我離開家有五天了。」

「五天算什麼，我生來沒有家。」

她跟著塔貝徒步行走，一路上，有時在村莊的麥場上過夜，有時住羊圈裡，有時臥在寺廟廢墟的牆角下，有時住山洞，運氣好時，能在農人外屋借宿，或是在牧人的帳篷裡。

每進一個寺廟，他倆便逐一在每個菩薩像的座台前伸出額頭觸碰幾下，膜拜頂禮。在寺廟外，道路旁，江河邊，山口上，只要看見瑪尼堆，都少不了拾幾塊小白石放在上面。一路上還有些磕等身長頭的佛教徒，他們一步一磕，繫著厚帆布圍裙，胸部和膝部磨穿了，又補了幾層厚補釘。他們臉上突出的地方全是灰，額頭上磕了一個雞蛋大的肉瘤，血和土粘在一起。手掌上打鐵皮的木板護套在他們身體俯臥的兩邊地上印出兩道深深的擦痕。塔貝和瓊沒有磕長頭，他倆是走路，於是超過了他們。

西藏高原群山綿延，重重疊疊，一路上人煙稀少。走上幾天看不到一個人影，更沒有村莊。山谷裡颳來呼呼的涼風。

對著藍色的天空仰望片刻，就會感到身體在飄忽上升，要離開腳下的大地。烈日烤炙，大地灼燙。在白晝下沉睡的高原山脈，永恆與無極般寧靜。塔貝的身體矯健靈活，上山時腳尖踩著一塊塊滑動的石頭步步上躥，他逕直攀上一塊圓石，回頭看見瓊被甩下好長一截，

便坐下來等她。他們在趕路時總是默默無言，瓊有時在難以忍受的沉默中突然爆發出她的歌聲，像山谷裡的一隻母獸在仰天吼叫。塔貝並不轉過頭看她一眼，只顧行路。瓊過一會不唱了，周圍又是死一般沉寂。瓊低頭跟在他身後，只有坐下來小憩時才說說話。

「不流血了吧？」

「它現在一點也不疼。」

「我看看。」

「你去給我捉幾隻蜘蛛來，我捏碎了塗在上面就會好得快。」

「這兒沒有蜘蛛。」

「去找找，石頭縫裡，你扒開石塊會有的。」

瓊在四周扒開一塊塊半掩在土中的石塊，認真地尋找蜘蛛。一會兒她就捉了五、六隻，握在掌中，走過來扳開塔貝的手掌放在上面。他一隻隻捏碎後塗在小腿的傷口上。

「那條狗好凶，我跑跑跑跑，背上的鍋老碰我的後腦勺，碰得我眼睛都花了。」

「當初我該拔出刀宰了牠。」

「那女人給我們這個。」她模仿著做了個最污辱人的下流動作，「真嚇人。」

塔貝又抓起一把土撒在傷口上，讓太陽曬著。

「她錢放在哪兒的？」

「在酒店的屋櫃子裡，有這麼厚一疊。」他亮亮巴掌，「我只拿了十幾張。」

「你用它想買什麼呢？」

「我要買什麼？前面山下有個次古寺，我給菩薩送去。我還要留一點。」

「好的。你現在好點了嗎？不疼了吧？」

「不疼了。我說,我口乾得要冒煙。」

「你沒見我把鍋已經架上了嗎?我就去撿點乾刺枝。」

塔貝懶洋洋躺在石頭上,將寬禮帽拉在眼睛上擋住陽光,嘴裡嚼著乾草,瓊趴在三顆白石壘成的灶前,臉貼著地,鼓起腮幫吹火熬茶。火苗「嗡」地燃燒起來。她跳起身,揉揉被煙燻得灼辣的眼,拉下前額的頭髮看看,已經被火舌燎焦了。

遠處高山頂上有兩個黑影,大約是牧羊人,一高一矮,像是盤踞在山頂岩石上的黑鷹。

他們一動也不動。

她也看見了他們,揮起右手在空中劃圈向他們招呼,上面的人晃動起來,也劃起圈向她致意。距離太遠,扯破嗓子喊互相也聽不見。

「我還以為這裡只有我們兩個人。」瓊對塔貝說。

「我在等你的茶。」他閉上眼。

瓊忽然想起了什麼,她從懷裡掏出一本書,很得意地向塔貝展示自己的獵物,那是昨晚上在村裡投宿時從一個往她耳裡灌滿了甜言蜜語、行為並不太規矩的小伙子屁股兜裡偷來的。塔貝接過一看,他不認識這種文字和一些機械圖,封面印的是一幅拖拉機。「這玩意兒沒一點用處。」他扔給瓊。

瓊很沮喪,下一次燒茶時她一頁頁撕下來用作引火的燃料了。

走到黃昏,站在山彎遠遠看見前面的一個被綠樹懷抱的村莊時,瓊的精神重新振奮起來,又唱起歌了,她掄起拄棍在地邊的馬蘭草堆裡亂舞,又端起棍子小心翼翼地戳戳塔貝的胳肢窩和腰下想逗他發癢。塔貝不耐煩地抓住棍梢往外一甩,拽得她趔趄幾下跌倒在地。

進了村,塔貝自己一個人去喝酒或者幹別的什麼去了。他倆約好在村裡小學校邊一幢剛剛蓋好還沒有安裝門窗的空房子裡住宿。村裡的廣場晚上演電影,有人在木竿上掛銀幕。瓊在一片林子裡拾柴火時

被一群小孩圍住，孩子們趴在牆頭朝她扔石頭。有一顆打在她肩上，她沒有回頭，直到一個戴黃帽子的年輕人把孩子們轟走。

「他們扔了八顆石頭，有一顆打中你了。」黃帽子笑瞇瞇地說，他把手中握著的一只電子電腦攤在瓊眼前，顯示幕顯出一個阿拉伯數字「8」，「你從哪兒來？」

瓊看著他。

「你記不記得你走了多少天？」

「我不記得。」瓊撩起皮繩說，「我數數看。你幫我數數。」

「這一個結算一天嗎？」他跪在她跟前。「有意思……九十二天。」

「真的！」

「你沒數過嗎？」

瓊搖搖頭。

「九十二天，一天按二十公里計算。」他戳戳電腦上的數位鍵碼，「一千八百四十公里。」

瓊沒有數字概念。

「我是這兒的會計。」小伙子說，「我遇到什麼問題，都用它來幫我解答。」

「這是什麼？」瓊問。

「是電子計算機，好玩極了。它知道你今年多大。」他按出一個數字給瓊看。

「多大？」

「十九歲。」

「我今年十九歲嗎？」

「那你說。」

「我不知道。」

「我們藏族以前從不計算自己的年齡。但它卻知道。看，上面寫的是十九吧。」

「不像。」

「是嗎？我看看。哦，剛開始看有些不習慣，它的數字有點怪。」

「它能知道我名字嗎？」

「當然。」

「叫什麼？」

他一連按出八位數，把顯示幕顯得滿滿的。

「怎麼樣？它知道吧。」

「叫什麼？」

「你連自己的名字還看不出來？笨蛋。」

「怎麼看？」

「你這樣看，」他豎著給她看。

「這是叫瓊嗎？」

「當然叫瓊，洽霞布久曲呵瓊。」

「嘿！」她興奮地叫道。

「嘿什麼，人家外國人早用了。我在想一個問題，以前我們沒日沒夜地幹活，用經濟學的解釋是輸出的勞動力應該和創造的價值成正比。」他信口開河起來，把工分值、勞動值以及商品值和年月日加減乘除亂說一通。又顯出數字，「你看看，計算出來倒成了負數。結果到年終我們還要吃返銷糧，向國家伸手要糧。這是違反經濟規律的……你瞪我幹什麼？想吃掉我？」

「如果你沒晚飯吃，就在這兒吃好了，我拾了柴就燒菜。」

「他媽的，你是從中世紀走來的嗎？或者你是……是叫什麼外星人。」

「我從很遠的地方來，走了……」她又撩起皮繩。「剛才你數了
多少？」

「我想想，八十五天。」

「走了八十五天。不對，你剛才說九十二天，你騙我。」瓊咯咯
笑起來。

「啊嘖嘖！菩薩喲，我快醉了。」他閉眼喃喃道。

「你在這兒吃嗎？我還有點肉乾。」

「姑娘，我帶你去一個地方好吧？有快活的年輕人，有音樂、啤
酒，還有迪斯可。把你手上那些爛樹枝扔掉吧！」

塔貝從黑壓壓一片看電影的人群中擠出來。他沒被酒灌醉，倒被
那銀幕上五光十色、晃來晃去、時大時小的景物和人物弄得昏頭脹
腦、疲憊不堪，只好拖著腳步回到那幢空房裡。

小黑鍋架在石頭上，石頭是冰涼的。瓊的東西都放在角落邊。他
端起鍋喝了幾口涼水，便背靠牆壁對著天空冥思苦想。越往後走，所
投宿的村莊越來越失去了大自然夜晚的恬靜，越來越嘈雜、喧囂。機
器聲，歌聲，叫喊聲。他要走的絕不是一條通往更嘈雜和各種音響混
合聲的大都市，他要走的是……瓊撞撞跌跌回來，她靠著沒有門框的
土坯牆，隔著一段距離塔貝就聞到她身上發出的酒氣，比他噴出的酒
氣要香一些。

「真好玩，他們真快活，」瓊似哭似笑地說。「他們像神仙一樣
快活。大哥，我們後……大後天再走。」

「不行。」他從不在一個村裡住兩個晚上。

「我累了，我很疲倦。」瓊晃著沉甸甸的腦袋。

「你才不懂什麼叫累，瞧你那粗腿，比犛牛還健壯。你生來就不
懂什麼叫累。」

「不，我說的不是身體。」她戳戳自己的心窩。

「你醉了，睡覺。」他扳住她的肩頭將她按倒在滿是灰土的地上。最後替她在皮繩上繫了個結。

瓊越來越疲倦了，每次在途中小憩時，她躺下就不想繼續往前走。

「起來，別像貪睡的野狗一樣賴著。」塔貝說。

「大哥，我不想走了。」她躺在陽光下，眯起眼望著他。

「你說什麼？」

「你一人走吧，我不願再天天跟著你走啊走啊走啊走。連你都不知道該去什麼地方，所以永遠在流浪。」

「女人，你什麼都不懂。」但是他知道該往哪個方向走。

「是，我不懂。」她閉上眼，蜷縮成一團。

「滾起來，」他在瓊屁股上踹了兩腳，高高揚起巴掌，做出砍來的樣子。「要不，我揍你。」

「你是個魔鬼！」瓊哼哼唧唧爬起身。塔貝先走了，她拄著棍子跟在後面。

瓊在一個她認為適當的機會時逃跑了。他倆睡在山洞裡，半夜時她爬起身，沒忘記背上她的小黑鍋，借著星光和月光朝山下往回跑。她覺得自己像出籠的小鳥一樣自由。到第二天中午，在一邊是深谷的岩邊休息時，從對面山脊出現了一個黑點，就像那天她放羊回家時所看見的一樣。塔貝截住了她，走來。她氣得發抖，掄起小黑鍋向他頭上死命砸去，那其大無比的力量足以使一頭野公牛的腦漿飛迸出來。塔貝驚駭機智地閃過，抬手一撥，黑鍋從她手中飛脫，叮叮噹當滾下深谷裡。他倆互相看看，聽見那聲音響了好一陣。最後瓊只得嗚嗚咽咽攀下深谷，幾個時辰後才把鍋揀上來。鍋身碰滿了大大小小的凹坑。

「你賠我的鍋。」瓊說。

「我看看，」他接過來。兩人仔細檢查了一陣，「只有一條小縫，我能補好。」

塔貝走了，瓊垂頭喪氣地跟著。

「哎——」她用大得出奇的聲音唱起一首歌，把整個山谷震得嗡嗡響。

大概有那麼一天，塔貝對瓊也厭倦了，他想：只因我前世積了福德和智慧資糧，棄惡從善，才沒有投到地獄，生在邪門外道，成為餓鬼癡呆，而生於中土，善得人身。然而在走向解脫苦難終結的道路上，女人和錢財都是身外之物，是道路中的絆腳石。

不久，他倆來到名叫「甲」的村莊。這個時候，瓊的腰間那根皮繩已繫了一串密密麻麻的結。沒想到甲村的人們會敲鑼打鼓站在村口迎接他倆。民兵組成儀仗隊背著半自動步槍站在兩旁，為了保險起見，槍口都塞了紅布卷。兩頭由四個村民裝扮的犛牛在夾道中跳著舞。

村長和幾個姑娘捧著哈達和壺嘴上沾著酥油花的銀壺在最前面迎接。原來這裡一直大旱。前不久有人打了卦，今天黃昏時會有兩個從東邊來的人進村，他們將帶來一場瓊漿般吉祥的雨水，使久旱的莊稼得到好收成。他倆果然出現了，人們認為這是一個好兆頭。歡天喜地將塔貝和瓊扶上掛滿哈達的鐵牛拖拉機簇擁著進了村。男女老少都穿著新衣，家家戶戶的屋頂都

換了新的五色經幡布。有人從瓊的音容、談吐和體態上看出了她有轉世下凡的白度母的特徵，於是塔貝被撇在一邊。但是塔貝知道瓊絕不是白度母的化身。因為在瓊睡熟的時候，他發現她的睡相醜陋不堪，臉上皮肉鬆弛，半張的嘴角流出一股股口涎。

他一人悶悶不樂地去酒店喝酒，他想惹點事，最好有人討厭他，跟他過不去，他就有事幹了。打上一場，那人敢跟他拚刀子更好。

　　酒店只有一個老頭在喝酒，蒼蠅在他頭頂飛來飛去。塔貝進去後，帶著挑釁的神氣坐在他對面。一個包花頭巾的農家姑娘取一只玻璃杯放在他桌前，斟滿酒。

　　「這酒像馬尿。」他喝了一口大聲說。

　　沒有人回答。

　　「你說像不像？」他問老頭。

　　「要說馬尿，我年輕時喝過。那真正是用嘴對著公馬底下那玩意兒喝的。」

　　塔貝得意地笑起來。

　　「為了把我的牛羊從阿米麗爾大盜手中奪回來，我從格則一直追到塔克拉瑪干沙漠。」

　　「阿米麗爾是誰？」

　　「嘿，那是幾十年前從新疆那邊來的一支強盜的女首領，是哈薩克人，在阿里和藏北一帶赫赫有名。一個萬戶數不清的牛羊群在一夜之間就從草原上帶走，第二天從帳篷出來一看，白茫茫一片，留下的只有數不清的蹄印，連噶廈政府派出的藏兵也制不了她。」

　　「後來？」

　　「剛才你說馬尿。是啊，我背著叉子槍，騎馬追我的牛羊，在那大沙漠裡，就是那幾口馬尿救了我的命。」

　　「再後來？」

　　「再後來，女首領要留我，留我給她當……」

　　「丈夫？」

　　「羊倌。我是萬戶的兒子啊！她娘的長得真漂亮，她簡直是太陽，誰都不敢對直看她一眼，我逃了回來。你說說，我除了地獄和天堂，還有什麼地方沒去過？」

　　「我要去的地方你就沒去過。」塔貝說。

「你準備去哪兒？」老頭問。

「我，不知道。」塔貝第一次對前方的目標感到迷惘，他不知道該繼續朝前面什麼地方去。老頭明白他的心思。

老頭指著他身後的一座山說：「誰也沒有往那邊去過。我們甲村以前是驛站，通四面八方，可就是沒人往那邊去。一九六四年的時候，」他回憶起來，「這裡開始辦人民公社，大家都講走共產主義道路，那時沒有幾個人講得清楚共產主義是什麼，反正它是一座天堂。在哪兒，不知道。問衛藏的來人說，沒有。問阿里的來人說，沒有。康藏的人也說沒看見。那只有喀隆雪山沒人去過。村裡就有幾個人變賣了家產，背著糌粑口袋，他們說去共產主義，翻越喀隆雪山，從此沒回來。後來，村裡人沒一個再去那邊，哪怕日子過得再苦。」

塔貝用牙咬住玻璃杯口，翻起眼看他。

「但是我知道有關喀隆雪山下的一點秘密。」老頭眨眨眼。

「說吧。」

「你準備去那邊嗎？」

「也許。」

「爬到山頂，你會聽見一種奇怪的哭聲，像一個被遺棄的私生子的哭聲，不要緊，那是從一個石縫裡吹來的風聲。爬完七天，到山頂時剛好天亮，不要急著下山。太陽下，雪的反光會刺瞎你的眼，等天黑後再下山。」

「這不是秘密。」塔貝說。

「對，這不是秘密。我要說的是，下山走兩天，能看見山腳下時，那底下有數不清的深深淺淺的溝壑。它們向四面八方伸展，彎彎曲曲。你走進溝底就算是進了迷宮。對，這也不是什麼秘密，別打斷我的話，你知道山腳為什麼有比別的山腳多得多的溝壑嗎？那是蓮花生大師右手的掌紋。當年他與一個叫喜巴美如的妖魔在那裡混戰一百

零八天不分勝負，大師施出種種法力未能降伏喜巴美如。當妖魔變成一隻小小的蝨子想使對手看不見時，蓮花生舉起了神奇的右手，口中高聲唸誦著咒經，一巴掌蓋向大地，把喜巴美如鎮到了地獄中，從此在那裡留下了自己的掌紋。凡人只要走到那裡面就會迷失方向。據說在這數不清的溝壑中只有一條能走出去，剩下的全是死路。那條生路沒有任何標記。」

塔貝神情嚴肅地看著老頭。

「這是一個傳說，我也不知道走出去以後前面是個什麼世界。」老頭搖搖頭，咕嚕道。

塔貝準備去那邊了。老頭後來向他提出要求，請他將瓊留下。他家有個兒子，最近剛買了一台拖拉機。現在家家都想買拖拉機。大清早，隆隆的機器聲掩蓋了千百年雄雞的打鳴聲。道路上的馬車和毛驢被擠到了邊上。人們喝著從雪山流下的純潔透明的溪水時，也嗅到一股淡淡的柴油氣味。老頭自己經營著一座電機磨房，老伴耕種著十幾畝田地。前不久，老頭還去大城市出席了一個「治窮致富先進代表大會」，領到獎狀和獎品，報紙上也登過他的四寸大照片。他們世世代代沒像現在這麼富裕過，也世世代代沒像現在這麼忙碌過。需要一個操持家務的媳婦。說話的時候，他兒子進來了，掏出一疊花花綠綠的鈔票，想在外鄉人面前炫耀。兒子戴著電子錶，腰間掛著小巧的放聲機，頭上戴著耳機，他隨著別人聽不見的音樂節奏扭著舞步，真是把城裡公子哥兒的派頭學到家了。塔貝對此無動於衷，只是門外停著的那輛沒熄火的手扶拖拉機的突突聲牽動了一下他的心弦。他起身走向拖拉機旁，摸摸扶手。

「好的，瓊留給你了。」塔貝說。

小伙子大概剛從瓊那裡得到了一點什麼，笑眼朦朧。

「我能坐坐你這玩意兒嗎？」塔貝問。

「當然，半個小時保你會開。」小伙子上前教他操作常識，教他怎樣控制油門，教他怎樣換檔、離合器怎樣配合、怎樣起步和剎車。

塔貝慢慢開動了拖拉機，行駛在黃昏的鄉村土道上。瓊在一旁看著他。她要留下來了。

她愉快地流著眼淚。這時後面開來一輛速度很快的帶拖斗的鐵牛拖拉機，塔貝不知道怎麼辦。旁邊是條淺溝，小伙子在後面高聲喊他開進溝裡。塔貝從駕駛座跳到了路中間，手扶拖拉機自己慢慢溜進了溝裡。

他被來不及剎車的「鐵牛」後面的拖斗撞倒在地。大家全圍上前。塔貝爬起身，拍拍土。他的腰部被撞了，他說沒什麼，一點事也沒有。大家鬆了口氣。

塔貝要走了，他第一次擺弄機器就被它咬了一口。他抱住瓊，跟她行了個碰頭禮，往喀隆雪山那邊去了。到夜晚時，果然下了場雨，村裡人高高興興唱起歌。塔貝離開甲村，一人進了山。在半路上，他吐了一口血，他的內臟受了傷。

小說到此結束。

我決定回到帕布乃岡，翻過喀隆雪山，去蓮花生的掌紋地尋找我的主人公。

從甲村翻過喀隆雪山到掌紋地的路途比我預料的要遙遠得多。僱的一匹騾子在途中累倒了。牠臥在地上，口中流著白沫，用臨死前那樣一種眼光看著我。我只得卸下牠馱的包囊背在自己身上，在牠嘴邊放了幾塊捏碎的壓縮麵包。一翻過喀隆雪山，首先聽見海嘯般轟轟的巨響，山下的雪堆像雲朵般上下翻捲，腳下的雪粒像急流的河水。但是我的整個身體一點沒感到風的吹動，空氣就像無風的冬夜一樣寒冷而靜謐。我戴著防護鏡，所以用不著等到天黑才下山。整個山面是被

厚雪覆蓋的一片平滑的大斜坡，看上去沒什麼凸凹障礙，我背著囊包走「Z」形緩慢下山。沉重的囊包從背上慢慢墜到腰間，就在我收腹挺胸聳肩想把囊包提起來時，由於猛烈的失重，腳下站立不穩，一個跟頭朝前跌倒。我知道已經無法再站起來，身體正快速往下滑動，於是手腳抱成一團，接著天旋地轉向山下滾去。

萬幸的是，還沒掉進雪窩裡去。等我醒來，已躺在平整鬆軟的雪地上，我已到了山腳，從上望去，在雪坡中一道深深的條痕通到高處雪霧縹緲的空間。

在山頂時我看了一次錶，時間是九點四十六分，此刻再次看錶時，指標卻指向八點零三分。走下雪線便進入草苔地帶，再往下是草地，高寒灌木叢，小樹林，接著是一片大森林。穿出森林，樹木植物又漸漸稀少，呈現出光禿禿的荒涼的山石、空壩。整個途中，我不時地看錶，把心裡估計的時間和錶上的時間不斷加以對照，計算一番後得出了結論：翻過喀隆雪山以後，時間開始出現倒流現象，右手腕上這塊精工牌全自動太陽能電子錶從月份數位到星期日曆全向後翻，指針向逆方向運轉，速度快於平常的五倍。越往前走，映入視覺中的自然景象也越來越產生了形的異變：一株株長著卵形葉子、枝幹黃白的菩提樹，根部像生長在輸送帶上一樣整整齊齊從我眼前緩緩移過。旁邊有座古代寺廟的廢墟。在一片廣闊的大壩上走來一隻長著天梯般長腳的大象。牠使我想起了薩爾瓦多·達利的《聖安東尼的誘惑》，我小心翼翼避開這一切，加快腳步，並不回頭再望一眼。

一直走到蒸騰著熱氣的溫泉邊才歇息一會兒。我實在太累了，但不敢睡，我知道一旦合上眼皮，將永遠長眠不醒了。透過溫泉的熱氣，前面有些不知哪個時代遺棄在這裡的金馬鞍、弓箭鐵矛、盔甲、轉經筒和法號，還有破布條的黃旗，這裡很像是一個古戰場如果我不那麼累的話，我會走過去仔細看看，也許能考證出《格薩爾》史詩中

所描寫的某一戰場是在這裡。現在我只能坐在一旁遠遠地觀看。這些
金屬被溫泉長時間的高溫融化了，軟綿綿攤在那裡，失去了視覺上的
硬度感，有的已無法辨認出它本身的形狀，變成稀釋的物質四處流
溢，頗有規律地排列組合成像瑪雅文字一樣難解的符號。起先我懷疑
眼前這一切物象是由於患上了孤獨症而錯誤地感知外界客體產生形的
變異，但馬上又排斥了這個想法，因為我大腦的思維是有邏輯性的，
記憶力和分析能力都良好。太陽自始至終由東向西，宇宙不管怎樣還
是在按照自身的規律存在和運動。雖然白晝和黑夜交替出現，但由於
手錶上的指針繼續向反時針方向作快速運行，日曆和星期月份牌不斷
向後翻，這使我心理上產生一種體內生物鐘的紊亂，甚至身體出現失
重現象。

　　等我從一個黎明醒來，發現自己睡在一塊高大無比的紅色巨石下
面。我是在一個呈放射型向前延伸的數不清溝壑的彙聚點上。一定是
這又涼又潮的寒意把我凍醒了，加上從四處溝底吹來的風更冷得我牙
齒打顫。我急忙攀上眼前一面亂石突出的溝壁，探頭一看，前面是一
望無際的地平線，我已經到了掌紋地。數不清的黑溝像魔爪一樣四處
伸展，溝壑像是乾旱千百年所形成的無法彌合的龜裂地縫，有的溝深
不見底。竟然找不到一棵樹，一根草。一片蠻荒，它使我想起一部描
寫核戰爭電影的最後一個廣角鏡頭；在世界末日的焦土上，一東一西
兩個男女主人公慢慢抬起頭，費力地向對方爬去，最後這兩個世界上
唯一的倖存者終於爬到一起，擁抱。苦難的眼光。定格。他們將成為
又一對亞當和夏娃。

　　扎妥・桑傑達普的軀體早已被火葬，大概有人在燙手的灰燼中揀
到了幾塊珍寶般的舍利。我的主人公卻沒有在眼前出現。

　　「塔──貝！你──在──哪──兒？」我放開聲音喊叫，我覺
得他走不出這塊地方。

聲音傳得很遠，卻沒有一點回音。

不一會兒，我便看見了奇蹟：一兩公里外的前面出現了一個黑點。我沿著壟溝朝前飛跑，一面喊著我的主人公的名字。等我看清時，驚訝得站住了：是瓊！這是我萬萬沒預料到的。

「塔貝要死了。」她哭哭啼啼走過來說。

「他在哪兒？」

瓊把我帶到她身邊的溝底下。塔貝躺在地上，他臉色蒼白，憔悴，沉重地呼吸著。溝邊長著苔蘚的石縫裡滴著水，在地上積成個小水窪，瓊不停地用腰帶蘸一點水，滴在他半張的嘴裡。

「先知，我在等待，在領悟，神會啟示我的。」塔貝睜眼看著我說。

「他腰上的傷很嚴重，需要不停地喝水。」瓊在我耳邊低語。

「你為什麼沒留在甲村？」我問。

「我為什麼要留在甲村呢？」她反問。「我根本沒這樣想過，他從來沒答應我留在什麼地方。他把我的心摘去繫在自己腰上，離開他我準活不了。」

「不見得。」我說。

「他一直想知道那是什麼。」瓊指著我身後，我回過頭，從溝底往回望去，這是一條筆直的深溝，一直可見到頭，前面那座紅色巨石正是我昨晚過夜的地方。現在才看清，紅色的心臟上刻著一個雪白的「ཧྲཱི」。站在紅石下仰起頭是無法看見的。「ཧྲཱི」通常是喇嘛念「唵嗎呢叭咪吽」六字真言一百遍時要喊出的一個音節。它刻在紅石上，據我所知，要麼，就是此地是神靈鬼怪出沒的地方，要麼，這裡曾埋葬過一位偉人的英靈，在從江孜到帕裡的一個名叫曲米新古河邊的一塊岩石上也刻著這樣一個「ཧྲཱི」，那是為紀念一九〇四年抵抗英國人的侵略在那裡獻身的藏軍首領二代本拉丁而刻的。但這一切我覺得沒

有對塔貝再解釋的必要。

此時此刻，我才發現一個為時過晚的真理，我那些「可愛的棄兒」們原來都是被賦予了生命和意志的。我讓塔貝和瓊從編有號碼的牛皮紙袋裡走出來，顯然是犯了一個不可彌補的錯誤。為什麼我至今還沒塑造出一個「新人」的形象來？

這更是一個錯誤。對人物的塑造完成後，他們的一舉一動即成客觀事實，如果有人責問我在今天這個偉大的時代為什麼還允許他們的存在，我將作何回答呢？

懷著最後的一絲僥倖心理，我俯在塔貝耳邊，輕聲細語地用各種他似乎能理解的道理說服他，使他相信他要尋找的地方是不存在的，就像湯瑪斯‧莫爾創造的《烏托邦》，就那麼一回事。

晚上，在他生命的最後一刻要讓他放棄多少年形成的信仰是不可能了。他翻了個身，將腦袋貼在地面。

「塔貝，」我說，「你會好起來的，你等我一會兒，我的東西全放在那邊，裡面還有些急救藥……」「噓！」塔貝制止住我，耳朵貼緊冰涼潮濕的地面。「你聽！聽！」

好半天，我只聽見自己心律跳動中出現的一點微弱的雜音。

「扶我上去！我要到上面去！」塔貝坐起身，揮舞著手喊道。

我只得扶起他。瓊先爬到溝上面，我在下面托住塔貝，他身體居然很沉。我扛著他，一手小心護著他腰，另一隻手扭住鋒利突出的岩石塊，一點點把他往上托。兩隻腳踩在外凸的石塊上。攀石的那隻手被劃了一下，先是麻木，接著灼痛，熱呼呼的血流了出來，順著胳膊流到衣袖裡。瓊趴在上面，伸下兩隻手夾住了塔貝的胳肢窩。一個在上面拽，一個在下面托，費好大的勁才把他抬上溝來。太陽正要從地平線上升起，東邊輝映著一派耀眼的光芒。他貪婪地吸了一口早晨的空氣，眼睛警覺地四處搜尋，想要發現什麼。

「它說的是什麼，先知？我聽不懂，快告訴我，你一定聽懂了，求求你。」他轉過身匍匐在我腳下。

他耳朵裡接收的信號比我早幾分鐘，隨後我和瓊都聽見了一種從天上傳來的非常真實的聲音。我們注意聆聽。

「是寺廟屋頂的銅鈴聲。」瓊喊道。

「是教堂的鐘聲。」我糾正道。

「山崩了，好嚇人。」瓊說。

「不，這是氣勢龐大的鼓號樂和千萬人的合唱。」我再次糾正道。

瓊困惑地看我一眼。

「神開始說話了。」塔貝嚴肅地說。

這次我沒敢糾正。是一個男人用英語從擴音器裡傳來的聲音。我怎麼也不能告訴他，這是在美國洛杉磯舉行的第二十三屆奧林匹克運動會的開幕式，電視和廣播正通過太空向地球上的每一個角落報送著這一盛會的實況。我終於獲得了時間感。手錶上的指針和日曆全停止了，整個顯出的數字告訴我：現在是西元一千九百八十四年七月，北京時間二十九日上午七時三十分。

「這不是神的啟示，是人向世界挑戰的鐘聲、號聲，還有合唱聲，我的孩子。」我只能對他這樣講。

不知他聽見沒有，或者他什麼都明白了。他好像很冷似的蜷縮起身子，閉上眼，跟睡著了一樣。

我放下塔貝，跪在他身邊，為他整理著破爛的衣衫，將他的身體擺成一個弓形，由於我右手上的血沾在了他衣衫上，這使我感到很內疚。是我害了他，也許，這以前我曾不止一次地將我其他的主人公引向死亡的路。是該好好內省一番了。

「現在，只剩下我一個人了。」瓊可憐巴巴地說。

「你不會死。瓊，你已經經歷了苦難的歷程，我會慢慢地把你塑造成一個新人的。」我仰面望著她說，我從她純真的神情中看見了她的希望。

她腰間的皮繩在我鼻子前晃蕩。我抓住皮繩，想知道她離家的日子，便順著頂端第一個結認真地往下數：「五……八……二十五……五十七……九十六……」數到最後一個結是一百零八個，正好與塔貝手腕上念珠的顆數相吻合。

這時候，太陽以它氣度雍容的儀態冉冉升起，把天空和大地輝映得黃金一般燦爛。

我代替了塔貝，瓊跟在我後面，我們一起往回走。時間又從頭算起。

（刊於《西藏文學》1985 年第 9 期）

自由人契米

　　這個時候，契米正走在通往鎮裡的一條土路上，路面的粗砂粒烙得他腳很痛。他走一陣便腳不停步地斜轉過身，漸漸成了退步倒行，彷彿在觀賞自己後面那一長串歪歪斜斜的腳印，也時常正要轉回身時腦袋會撞著樹幹，要麼撞進迎面而來的行人懷裡，或者不知不覺溜滑到路旁的溝裡去。

　　這個時候，道路上只有他一個人。

　　洛達鎮人奉信一個名叫「柏科」的女神。他們常常虔誠認真地說：「向柏科神起誓！」

　　經常可以看見一名警察背著手不慌不忙地從廣場那頭轉到街道上來。

　　契米走進鎮裡，在一家雜貨舖前站往，行人們見了他都紛紛交頭接耳，低聲議論：契米又跑出來了，他這是這五次。不對，是第八次了。

　　一條主要街道。兩邊開設著幾家雜貨舖、小酒店、一家裁縫店和一個鐵匠舖。居民區分布在街道兩旁。

　　契米和熟人們點頭招呼，他不去計較別人對他敬而遠之的態度。

　　雜貨舖的女主人娜牡看見他，雙手捂住胸口：「契米，你又回來啦？」

　　「回來啦，真不錯。」

　　「咳！」她不知該說什麼好。「這冬天到了。」

　　「總不會是放你出來的吧？」一會兒，娜牡又問。

　　「噢，還是老辦法。」他在女主人門檻邊坐下，接過她遞來的鼻

菸壺,往左手拇指甲上抖出一撮。周圍其他做生意的人也跟契米熱情招呼起來。

契米知道自己每次逃出來後不應該回到洛達鎮,而應該逃到更遠的地方去。但他想像不出還有別的什麼地方可去。在他的感覺中,能夠無拘無束跟人說話,聽聽人們親切地叫他名字,除了洛達鎮再沒別的地方。

「怎麼,」女主人低聲問。「還像前幾次一樣,不到一撮煙的時間又給逮回去?」

「是誰家煮羊肉?」他聞出來了。他從不理會女主人的話。

「斜對面梅龍家,早上看見他提了腿剛宰的羊肉回來。我想,他要是知道你回來了,會請你去作客的。」

「這倒不錯。」他抹了抹嘴唇。

忽然,街上所有的人腦袋一起扭向北邊,那裡出現一個人影。

又一起將腦袋轉向契米。

警察來了。

警察背著手向這裡走來。契米磨蹭起身子,伸長了脖子望去,警察也發現了契米。他神經質地抬起一條腿準備向後使勁一蹬門框奪路而逃,但是那條腿始終提在半空沒動彈。警察從他身邊走過,向他招呼似地點點頭,又逕直走自己的路,那樣子像是在苦苦思索自己生活中這一輩子也沒有解開的什麼謎。

警察走過去了。

大家也鬆了口氣。

「契米,這回,他們真的放你了?」他們問。

「反正,我還是老辦法出來的。」

大家又埋頭幹自己的事。

契米向娜牡告辭後,走進廣場附近的一家甜茶館,裡面沒幾個

人。他敲空杯子，一個姑娘過來倒茶。

契米喝茶。

他根本不去想他們為什麼放掉他。

一個青年人坐在他對面，望著窗外。他叫金‧瓦吉，是這個鎮有名的金氏家族的小兒子。人們很少見到他，據說他體弱多病，整天被關在深宮大院裡。他有一副孤獨的形象，眼睛憂鬱得那麼可愛。契米知道他，只是跟他不熟悉。

「少爺。」契米對他點點頭。

「你回來啦。」

「是呵。」

「怎麼樣？」

「什麼怎樣樣？」

「隨便。」

「都不錯。柏科保佑。」

金‧瓦吉滿意地點點頭，又扭向窗外。外面是街道，一直可以望見鎮子的盡頭那一棵枯葉稀落的核桃樹。

街道的行人都是彼此相識的洛達鎮的人們。

「你回來後打算幹什麼？」金‧瓦吉問。

「再說吧。」

「還是幹老本行好。」

「我幹不了，他們也不會讓我幹了。你知道，我這雙手本來很適合在寺廟裡擦祭器、銅佛像什麼的。」契米亮出自己的一雙手。

這的確是一雙奇異精美的手，它長在契米身體的兩邊真不可思議。這雙手的皮膚細嫩柔滑，光潤瑩潔，像奶油般酥鬆輕軟，彷彿輕輕觸碰便會印下深淺斑痕。手背上絨絨的毫毛細凝著珠珠晨露般的汗液，肌膚下分布著彎曲的淡青色的筋絡。契米很得意地欣賞了一會，

便把它深藏在兩腿中間。

「你好像在等一個人。」契米問。

他沒有答理。

「或者在等待什麼奇蹟，」契米嘟囔道。「我活了幾十年，生活告訴我，你晚上什麼夢都可以做，但睜開眼後什麼奇蹟也沒有。有嗎？」

「一直想弄明白，我家那些木碗的實際價值，它們一定象徵著什麼。也許能碰上一個外來的雲遊大師會告訴我。」

「我也想了很久，我總有個丟不掉的感覺，你家那些木碗會不會是女人的化身。」

「你等等，女人？好！你說下去。」

「我這是在胡說，少爺。」

「就這麼胡說下去，千萬別閉嘴。」

「你沒聽有一首歌嗎？那意思就是說帶著你呀不方便，丟下你吧又捨不得，你要能變成只木碗該多好，端在懷裡跟我走天涯。」

「噢，你是這樣理解的。」

「我這是在胡說。」

「女人。」

「你家還有多少木碗？」契米問。

金・瓦吉家不知從哪一輩起跟另一家豪門結下了冤仇，在兩家相對的門前各自劃地為牢，彼此不准跨越對方地界，這個規矩世代承襲。一次，對面家的一個女傭喝醉酒走錯了門，跑進金家院裡，被金家的馬伕按倒在廚房後的柴草堆裡姦污了。當時洛達還沒有設立法律機構。為了解決這一事端，兩家人分別坐在地界邊，齊聲對柏科禱告，把事件的過程呈述一遍，請她懷著大慈大悲的菩薩心，公正地判決她所屬的臣民中發生的不幸事件。全鎮的人都趕來觀看湊熱鬧，有

趴牆頭的，騎樹枝的，站房頂的。只見雙方閉目靜坐，全鎮的人都緊張地屏住了呼吸，鴉雀無聲，等待奇蹟，不到一碗茶時辰，空中發出了陣陣雷聲，誰也不敢抬起頭來，據說有幾個不懂神靈的莽漢擡眼望去，早被五彩虹霓的極亮光環照得雙目失明，久久不能言語。柏科在天宇無形中傳來了判決的聲音：金·索堂（瓦吉的祖先）向帕羅·貢桑吉普（女傭的主人）獻送一只紅榆木碗作為賠償。

沒有任何一位神祇能比柏科作出更為公正的裁決了。

大家心服口服。

從此，一旦金家需要對某一事件承擔責任，便拿出相應的木碗作為賠償。

大家心服口服。

這都是多年的傳說了。

「你照我腦袋砸一拳頭。」契米說。

「打哪兒？」

「打腦袋，把我打昏。」

「想得到只木碗？」

「不瞞你說，這也是我多年的願望。」

「我這樣做，不是白送給你嗎？」

「倒也是。那，算了。」

「你應該幹你的老本行。」金·瓦吉說。

「我幹不了。我生來是去寺廟擦法器和銅佛像的料。不知為什麼，喇嘛就是不肯給我剃髮受戒。」

「他們為什麼放了你？」

「不知道。再說，知道了又有什麼好處呢？」

「總之，從現在起，你又是自由人了。」

「對，我是自由人了，像風一樣自由。」契米一想到「自由」這

個詞，心裡就感到像風一樣空蕩蕩的。

「來，喝了。」金・瓦吉說。

他們喝完一杯，又添一杯。

契米沒錢。

他知道青年人會替他付錢，他有錢。

他果然一點不在乎地替契米付了錢。

「你以前到底是幹哪一行的？」金・瓦吉低聲問。

「原來，你不知道？」

「對，你別把眼睛瞪得像核桃。」

「柏科有眼，說了半天他竟不知道我的老本行。」

「別喊了，講給我聽聽。」

「你要是，要是你知道後反而會覺得沒意思。」

「我用一只木碗換。」

契米告訴了他。

契米原在鎮東管理草料倉庫，每到收割時節，人們把在打麥場上脫完粒的麥稈運來堆進草料倉庫，洛達鎮人在冬天全靠倉庫裡的草料餵養牲口。契米的職責主要是統計和防火。其實也沒有誰想毀掉自己的牲口。

幾個月前，他剛忙完了一陣，秋後的草料在場子裡堆成小山。契米又沒事幹了，無聊地正要早早睡覺。有人敲門，他開門。一個流浪漢向他討口熱茶。他熱情地把他請進屋，煮了一大鍋牛肉，打了一壺濃濃的酥油茶，還把自己埋在羊圈地下的一罈烈性釀酒挖出來。兩人盤腿對坐，敞懷對飲。契米許久沒有這樣痛快過，多少個深夜都是獨自宿眠。一罈酒喝掉大半，他倆就醉醺醺睡死過去，半夜時分，草料場不知什麼原因突然失火。那是鎮裡一個出來解小手的男人發現的，他聽見狗叫得反常，抬頭向東一看，第一個感覺是東方出現了紅色曙

光。他猛然醒悟過來，扯起嗓門大聲喊叫失火了。火勢凶猛，把整個洛達鎮映照得明亮通紅，在兩里地之外都感到陣陣撲面而來的熱浪。鎮上的人們紛紛從家裡跑出來趕到草料場，但沒有一個人去救火。幾個姑娘站在旁邊互相端詳對方，她們驚奇地發現在火光的映襯下臉頰變得那麼紅潤漂亮。有人把家裡的肉條拴在長桿上伸進火海中迅速翻攪，片刻便烤得香噴噴的，吹著冷氣飛快地撕下一綹熟肉放在嘴裡有滋有味地品嚼。更多的人遠遠地站在旁邊漫不經心地議論著。誰都知道無法撲滅這場大火，既然轉世作人一次不容易，哪能輕易將自己珍貴的生命往火坑裡送。熊熊的火勢爆發著山崩地裂的轟隆聲，把人們耳膜震得嗡嗡響，無數的小火星密密麻麻滿天飛舞，幾乎覆蓋了整個洛達鎮上空，構成了一幅百年難遇的大自然宏壯的奇觀。有幾個做善事的強壯男人冒險衝進那片還沒燃得旺盛的草料堆邊的土坯房裡把同類抬了出來。契米和流浪人醉得不省人事，被人放到一條溝裡連眼皮都沒有睜一下。由於麥稈燃燒很快，幾十斤草料到第二天中午就全燒乾淨了，高高的草垛夷為平地，白色的灰燼覆蓋著黑色的麥稈遺骸，稀稀落落的殘煙在灰堆上繚繞。

雖然一個冬天的草料燒得白茫茫一片乾淨，人們並沒有懲罰契米，大家相信這不是他幹的，他只是沒盡到看護的職責。洛達鎮的人們只是把困惑不解的流浪人重新灌醉後，幾個男人攙著他，後面跟著一大群唱歌的男女老少，一路上塵土飛揚，高高興興地把流浪人抬到離鎮子不遠的瑪曲河畔。兩個人分別抓住他的頭和腳，在半空中來回晃盪幾下，大家齊聲高喊：「一、二、三，使勁！」便把他高高地拋入河中，水裡濺起了高高的浪花。一切都平靜了。因為有人看見他是從東邊走來的，所以就讓東流的河水把他送回家鄉去。因為流浪人是外鄉人。

這隊人又照例高高興興唱著歌回來。輪到處理契米了，他們作為

有責任感和義務感的村民不能不管。經過商量,他們扶起剛剛醒來的契米,用各種好言勸慰。一路上,大家低著頭默默無言,像出殯似地把契米送到警察手裡,這也是不得已的事。

契米先後七次從監獄裡逃出來。從第四次逃跑被重新抓回後,警察不得不搬出他們的法寶,給契米戴上最新式的狼牙手銬,這種手銬犯人往外掙它自動往裡緊箍,到最後鋼腕邊緣裡的一圈尖齒就會穿破皮肉一直深深扎進骨髓裡。這副手銬只給兩個人戴過,第三個便是契米,那兩個犯人各自有一段驚險的故事,那是後話。但是,契米卻有一雙無與倫比的奇妙的手,他手腕和手指關節的骨頭天生橡皮似的異常柔韌酥鬆,加上如油一般光滑的皮膚。他戴不到三分鐘便毫不費勁地將自己的手從狼牙銬中抽脫出來,之後便安靜地等待。深夜到來時,又將手銬作為使用起來既順手又方便的越獄工具,把牆掏出一個洞鑽出去。然後呼吸一下黎明的空氣,向洛達鎮走去。

契米後來常對人講,他之所以要逃出來,是因為牢房裡有一股甜絲絲的鐵鏽氣味,他不能忍受那種怪味。

金‧瓦吉也聽說過草料失火的事,但具體情節他一概不知。他聽完後認為契米講述的這些,不值得自己付出一只木碗,因為他想知道他們為什麼不再抓他了。

「這,你問他們,我怎麼知道。」

契米的確不知道,就因為他不知道這一點,所以他沒得到一只木碗。他很失望,又無可奈何。

他悻悻地從甜茶館出來,碰見了梅龍,梅龍果然邀請契米去他家吃一頓香噴噴的手抓羊肉。

契米當然不會拒絕。

梅龍是一個眾所周知的手藝高超的裁縫,同時又是一個不為人知的機械匠。他正在秘密製造一種穿透力很強的火器,他有一個美麗

放蕩的大女兒。他還有一個美麗富於幻想的小女兒。關於梅龍家的軼事，後面將要談到。

洛達鎮警察的內部業務工作是保密的，但是後來有人透露：洛達鎮的警察只有手銬而沒有腳銬，於是，在警察內部的法律條文中又新添了一條規定：對於能三番兩次越獄成功像契米這樣實屬罕見銬不住的犯人，將不再追究刑事責任。

黃昏來臨時，契米從梅龍家出來上了他家的廁所，廁所挨在房屋邊上，幾級石階通上去，像一座小碉堡。

他掃了一眼全鎮，在炊煙下的所有房子沒有用石灰或別的什麼顏色粉刷，都露出本來的顏色──土黃色。

洛達鎮是個土黃色的小鎮。

（刊於《拉薩河》1985 年第 2 期）

阿來

作者簡介

　　阿來，藏族，一九五九年出生於四川省阿壩藏區瑪爾康縣，此地俗稱「四土」，即四個土司統轄之地。一九八二年開始詩歌創作，一九八〇年代中後期轉向小說創作。主要作品有詩集《梭磨河》，長篇地理散文《大地的階梯》，散文集《就這樣日益在豐盈》、《草木的理想國：成都物候記》，短篇小說集《舊年的血跡》、《月光下的銀匠》、《格拉長大》，長篇小說《塵埃落定》、《空山》（六卷）、《格薩爾王》、《瞻對：終於融化的鐵疙瘩──一個兩百年的康巴傳奇》。《塵埃落定》於二〇〇〇年榮獲第五屆茅盾文學獎，評委認為：「小說有豐厚的藏族文化意蘊。輕淡的一層魔幻色彩，增強了藝術表現開合的力度。語言頗多通感成分，充滿靈動的詩意，顯示了作者出色的藝術才華。這是藏族作者首部獲得茅盾文學獎的長篇小說。」二〇〇九年，阿來完成了六卷本的《空山》，即獲得第七屆華語文學傳媒大獎「年度傑出作家」。同年九月，阿來出版了重量級作品《格薩爾王》，此書的出版源於國際合作項目「重述神話」，邀請全球一百位作家用現代眼光重述自己民族的神話。這部以「東方荷馬史詩」《格薩爾王傳》為故事藍本的長篇小，重述了藏族唱史詩中的英雄──格薩爾王的傳奇一生，為世人了解藏族傳統文化打開了另一扇窗。

月光裡的銀匠

在故鄉河谷，每當滿月升起，人們就說：「聽，銀匠又在工作了。」

滿月慢慢地升上天空，朦朧的光芒使河谷更加空曠，周圍的一切都變得模糊而又遙遠。這時，你就聽吧，月光裡，或是月亮上就傳來了銀匠鍛打銀子的聲音：叮咣！叮咣！叮叮咣咣！於是，人們就忍不住要抬頭仰望月亮。

人們說：「聽哪，銀匠又在工作了。」

銀匠的父親是個釘馬掌的。真正說來，那個時代社會還沒有這麼細緻的分工，那個人以此出名也不過是說這就是他的長處罷了——他真實的身分是洛可土司的家奴，有信送時到處送信，沒信送時就餵馬。有一次送信，路上看到個凍死的鐵匠，就把那套家什撿來，在馬棚旁邊砌一座泥爐，叮叮咣咣地修理那些廢棄的馬掌。過一段時間，他又在路上撿來一個小孩。那孩子的一雙眼睛叫他喜歡，於是，他就把這孩子揹了回來，對土司說：「叫這個娃娃做我的兒子、你的小家奴吧。」

土司哈哈一笑說：「你是說我又有了一頭小牲口？你肯定不會白費我的糧食嗎？」

老家奴說不會的。

土司就說：「那麼好吧，就把你釘馬掌的手藝教給他。我要有一個專門釘馬掌的奴才。」

正是因為這樣，這個孩子才沒有給丟在荒野裡餵了餓狗和野狼。

這個孩子就站在鐵匠的爐子邊上一天天長大了。那雙眼睛可以把爐火分出九九八十一種顏色。那雙小手一拿起錘子，就知道將要炮製的那些鐵的冷熱。見過的人都誇他會成為天下最好的鐵匠，他卻總是把那小腦袋從撫摩他的那些手下掙脫出來。他的雙眼總是盯著白雲飄浮不定的天邊。因為養父總是帶著他到處送信，少年人已經十分喜歡漫遊的生活了。這麼些年來，山間河谷的道路使他的腳力日益強壯，和土司轄地裡許多人比較起來，他已經是見多識廣的人了。許多人他們終生連一個寨子都沒有走出去過，可他不但走遍了洛可土司治下的山山水水，還幾次到土司的轄地之外去過了呢。

有一天，父親對他說：「我死了以後，你就用不著這麼辛苦，只要專門為老爺收拾好馬掌就行了。」

少年人就別開了臉去看天上的雲，悠悠地飄到了別的方向。他的嘴上已經有了淺淺的鬍鬚，已經到了有自己想法，而且看著老年人都有點嫌他們麻煩的年紀了。

父親說：「你不要太心高，土司叫你專釘他的馬掌已經是大發慈悲了，他是看你聰明才這樣的。」

他又去望樹上的鳥。其實，他也沒有非幹什麼，非不幹什麼的那種想法。他之所以這樣，可能是因為對未來有了一點點預感。現在，他問父親：「我叫什麼名字呢，我連個名字都沒有。」

當父親的歎口氣，說：「是啊，我想有一天有人會來告訴我你叫什麼名字，那他們就是你的父母，我就叫他們把你帶走，可是他們沒有來。讓佛祖保佑他們，他們可能已經早我們上天去了。」當父親的歎口氣，說，「我想你是那種不甘心做奴隸的人，你有一顆驕傲的心。」

年輕人歎了口氣說：「你還是給我取個名字吧。」

「土司會給你取一個名字的。我死了以後，你就會有一個名字，

你就真正是他的人了。」

「可我現在就想知道自己是誰。」於是，父親就帶著他去見土司。

土司是所有土司裡最有學問的一個，他們去時，他正手拿一匣書，坐在太陽底下一頁頁翻動不休呢。土司看的是一本用以豐富詞彙的書，這書是說一個東西除了叫這個名字之外，還可以有些什麼樣的叫法。這是一個晴朗的下午，太陽即將下山，東方已經現出了一輪新月淡淡的面容。口語中，人們把它叫做「澤那」，但土司指一指那月亮說：「知道它叫什麼名字嗎？」

當父親的用手肘碰碰撿來的兒子，那小子就伸長頸子說：「澤那。」

土司就笑了，說：「我知道你會這樣說的。這書裡可有好多種名字來叫這種東西。」

當父親的就說：「這小子他等不及我死了，請土司賜你的奴隸一個名字吧。」

土司看看那個小子，問：「你已經懂得馬掌上的全部學問了嗎？」

那小子想，馬掌上會有多大的學問呢，但他還是說：「是的，我已經懂得了。」

土司又看看他說：「你長得這麼漂亮，女人們會想要你的。但你的內心裡太驕傲了。我想不是因為你知道自己有一張漂亮的臉吧。你還沒有學到養父身上最好的東西，那就是作為一個奴隸永遠不要驕傲。但我今天高興，你就叫天上有太陽它就發不出光來的東西，你就叫達澤，就是月亮，就是美如月亮。」當時的土司只是因為那時月亮恰好在天上現出一輪淡淡的影子，恰好手上那本有關事物異名的書裡有好幾個月亮的名字。如果說還有什麼的話，就是土司看見修馬掌的

人有一張漂亮而有些驕傲的面孔而心裡有些隱隱的不快，就想，即使你像月亮一樣那我也是太陽，一下就把你的光輝給掩住了。

那時，土司那無比聰明的腦袋沒有想到，太陽不在時，月亮就要大放光華。那個已經叫做達澤的人也沒有想到月亮會和自己的命運有什麼關係，和父親磕了頭，就退下去了。從此，土司出巡，他就帶著一些新馬掌，跟在後面隨時替換。那聲音那時就在早晚的寧靜裡迴盪了：叮咣！叮咣！每到一個地方那聲音就會進入一些姑娘的心房。土司說：「好好釘吧，有一天，釘馬掌就不是一個奴隸的職業，而是我們這裡一個小官的職銜了。至少，也是一個自由民的身分，就像那些銀匠一樣。我來釘馬掌，都要付錢給你了。」

這之後沒有多久，達澤的養父就死了。也是在這之後沒有多久，一個銀匠的女兒就喜歡上了這個釘馬掌的年輕人。銀匠的作坊就在土司高大的官寨外面。達澤從作坊門前經過時，那姑娘就倚在門框上。她不請他喝一口熱茶，也不暗示他什麼，只是懶洋洋地說：「達澤啦，你看今天會不會下雨啊？」或者就說：「達澤啦，你的靴子有點破了呀。」那個年輕人就驕傲地想：這小母馬學著對人炤蹄子了呢。口裡卻還是說：是啊，會不會下雨呢。是啊，靴子有點破了呢。

終於有一天，他就走到銀匠作坊裡去了。

老銀匠摘下眼鏡看看他，又把眼鏡戴上看看他。那眼鏡是水晶石的，看起來給人深不見底的感覺。

達澤說：「我來看看銀器是怎麼做出來的。」

老銀匠就埋下頭在案臺上工作了。

那聲音和他釘馬掌也差不多：叮咣！叮咣！下一次，他再去，就說：「我來聽聽敲打銀子的聲音吧。」

老銀匠說：「那你自己在這裡敲幾鎚子，聽聽聲音吧。」

　　但當銀匠把一個漂亮的盤子推到他面前時，他竟然不知自己敢不敢下手了，那月輪一樣的銀盤上已經雕出了一朵燦爛的花朵。只是那雙銀匠的手不僅又髒又黑，那些指頭也像久旱的樹枝一樣，枯萎蜷曲了。而達澤那雙手卻那麼靈活修長，於是，他拿起了銀匠櫻桃木把的小小錘子，向著他以為花紋還須加深的地方敲打下去。那聲音錚錚地竟那樣悅耳。

　　那天，臨走時，老銀匠才開口說：「沒事時你來看看，說不定你會對我的手藝有興趣的。」

　　第二次去，他就說：「你是該學銀匠的，你是做銀匠的天才。天才的意思就是上天生你下來就是做這個的。」

　　老銀匠還把這話對土司講了。土司說：「那麼，你又算是什麼呢？」

　　「和將來的他相比，那我只配做一個鐵匠。」

　　土司說：「可是只有自由民才能做銀匠，那是一門高貴的手藝。」

　　「請你賜給他自由之身。」

　　「目前他還沒有特別的貢獻，我們有我們的規矩不是嗎？」

　　老銀匠歎了口氣，向土司說：「我的一生都獻給你了，就把這點算在他的帳上吧。那時，你的子民，我的女婿，他卓絕的手藝傳向四面八方，整個雪山柵欄裡的地方都會在傳揚他的手藝的同時，念叨你的英名。」

　　「可是那又有什麼意思呢？」

　　老土司這樣一說，達澤感到深深絕望。不是因為別的，就是因為土司說得太有道理了。一個遠遠流布的名字和一個不為人知的名字的區別又在哪裡，有名和無名的區別又在哪裡呢？達澤的內心讓聲名的渴望燃燒，同時也感到聲名的虛妄。於是，他說：「聲名是沒有意義

的，自由與不自由也沒有多大的關係，老銀匠你不必請求了，讓我回去做我的奴隸吧！」

土司就對老銀匠說：「自由是我們的誘惑，驕傲是我們的敵人，你推薦的年輕人能戰勝一樣是因為不能戰勝另外一樣，我要遂了他的心願。」土司這才看著達澤說，「到爐子上給自己打一把彎刀和一把鋤頭，和奴隸們在一起吧。」

走出土司那雄偉官寨的大門，老銀匠就說：「你不要再到我的作坊裡來了，你的這輩子不會順當，你會叫所有愛你的人傷心的。」說完，老銀匠就頭也不回地走了。留下一地白花花的陽光在他的面前，他知道那是自己的淚光。他知道驕傲給自己帶來了什麼。他把鐵匠爐子打開，給自己打彎刀和鋤頭。只有這時，他才知道自己失去了什麼，他才知道自己是十分地想做一個銀匠的，淚水就嘩嘩地流下來了。他叫了一聲：「阿爸啦！」順河而起的風掠過屋頂，把他的哭聲撕碎，揚散了。他之所以沒有在這個晚上立即潛逃，僅僅是因為還想看銀匠的女兒一眼。天一亮，他就去了銀匠鋪子的門口，那女子下巴頰夾一把銅瓢在那裡洗臉。她一看見他，就把那瓢裡的水揚在地上，回屋去了。期望中的最後一扇門也就因為自己一時糊塗，一句驕傲的話而在眼前關閉了。達澤把那新打成的彎刀和鋤頭放到官寨大門口，轉身走上了他新的道路。他看見太陽從面前升起來了，露水在樹葉上閃爍著耀眼的光芒。風把他破爛的衣襟高高掀起。他感到驕傲又回到了心間。他甚至想唱幾句什麼，同時想起自己從小長到現在，從來就沒有開口歌唱過。即或如此，他還是感到了生活與生命的意義。出走之時的達澤甚至沒有想到土司的家規，所以，也就不知道背後已經叫槍口給咬住了。他邁開一雙長腿大步往前，根本就不像是一個奴隸逃亡的樣子。管家下令開槍，老土司帶著少土司走來說：「慢！」

管家就說：「果然像土司你說的那樣，這個傢伙，你的糧食餵大

的狗東西就要跑了！」

土司就瞇縫起雙眼打量那個遠去的背影。他問自己的兒子：「這個人是在逃跑嗎？」

十一、二歲的少土司說：「他要去找什麼？」

土司說：「兒子記住，這個人去找他要的東西去了。總有一天他會回來的。如果那時我不在了，你們要好好待他。我不行，我比他那顆心還要驕傲。」

管家說：「這樣的人是不會為土司家增加什麼光彩的，開槍吧！」但土司堅定地阻止了。

老銀匠也趕來央求土司開槍：「打死他，求求你打死他，不然，他會成為一個了不起的銀匠的。」

土司說：「那不正是你所希望的嗎？」

「但他不是我的徒弟了呀！」

土司哈哈大笑。

於是，人們也就只好呆呆地看著那個不像逃亡的人，離開了土司的轄地。土司的轄地之外該是一個多麼廣大的地方啊！那樣遼遠天空下的收穫該是多麼豐富而又艱難啊！

土司對他的兒子說：「你要記住今天這個日子。如果這個人沒有死在遠方的路上，總有一天他會回來的。回來一個聲名遠揚的銀匠，一個驕傲的銀匠！你們這些人都要記住這一天，記住那個人回來時告訴他，老土司在他走時就知道他一定會回來。我最後說一句，那時你們要允許那個人表現他的驕傲，如果他真正成了一個了不起的銀匠。因為我害怕自己是等不到那一天的到來了。」

小小年紀的少土司突然說：「不是那樣的話，你怎麼會說那樣的話呢？」

老土司又哈哈大笑了：「我的兒子，你是配做一個土司的！你是

一個聰明的傢伙！只是，你的心胸一定要比這個出走的人雙腳所能到達的地方還要寬廣。」

　　事情果然就像老土司所預言的那樣。

　　多年以後，在廣大的雪山柵欄所環繞的地方，到處都在傳說一個前所未有的銀匠的名字。土司已經很老了，他喃喃地說：「那個名字是我起的呀！」而那個人在很遠的地方替一個家族加工族徽，或者替某個活佛打製寶座和法器。土司卻一天天老下去了，而他渾濁的雙眼卻總是望著那條通向西藏的驛道。冬天，那道路是多麼寂寞呀，雪山在紅紅的太陽下閃著寒光。少土司知道，父親是因為不能容忍一個奴隸的驕傲，不給他自由之身，才把他逼上了流浪的道路。現在，他卻要把自己裝扮成一個用非常手段助人成長的人物了。於是，少土司就說：「我們都知道，不是你的話，那個人不會有眼下的成就的。但那個人他不知道，他在記恨你呢，他只叫你不斷聽到他的名字，但不要你看見他的人。他是想把你活活氣死呢！」

　　老土司掙扎著說：「不，不會的，他是一個聰明的孩子，他的名字是我給起下的。他一定會回來看我的，會回來給我們家做出最精緻的銀器的。」

　　「你是非等他回來不可嗎？」

　　「我一定要等他回來。」

　　少土司立即分頭派出許多家奴往所有傳來了銀匠消息的地方出發去尋找銀匠。但是銀匠並不肯奉命回來。人家告訴他老土司要死了，要見他一面。他說，人人都會死的，我也會死，等我做出了我自己滿意的作品，我就會回去了，就是死我也要回去的。他說，我知道我欠了土司一條命的。去的人告訴他，土司還盼著他去造出最好的銀器

呢。他說，我欠他們的銀器嗎？我不欠他們的銀器。他們的粗糙食品把我養大。我走的時候，他們可以打死我的，但我背後一槍沒響，土司家養的有不止一個在背後向人開槍的好手。所以，銀匠說，我知道我的聲名遠揚，但我也知道自己這條命是從哪裡來的，等我造出了最好的銀器，我就會回去的。這個人揚一揚他的頭，臉上浮現出驕傲的神情。那頭顱下半部寬平，一到雙眼附近就變得狹窄了，擠得一雙眼睛鼓突出來，天生就是一副對人生憤憤不平的樣子。這段時間，達澤正在給一個活佛幹活。做完一件，活佛又拿出些銀子，叫他再做一件，這樣差不多有一年時間了。一天，活佛又拿出了更多的銀子，銀匠終於說，不，活佛，我不能再做了，我要走了，我的老主人要死了，他在等我回去呢。活佛說，那個叫你心神不定的人已經死了。我知道你是怎麼想的，你是想在這裡做出一件叫人稱絕的東西，你就回去和那個人一起了斷了。你不要說話，你是一個偉大的藝術家，但好多藝術家因為自己心靈的驕傲而不能偉大。我看你也是如此，好在那個叫你心神不定的人已經死了。銀匠覺得自己的五臟六腑都叫這個人給看穿了，他問，你怎麼知道土司已經死了，那你知道他叫什麼名字嗎？

活佛笑了，來，我叫你看一看別人不能看見的東西。我說過，你不是普通人，而是一個藝術家。

在個人修煉的密室裡，活佛從神像前請下一碗淨水，念動經咒，用一支孔雀翎毛一拂，淨水裡就出現圖像了。他果然看見一個人手裡握上了寶珠，然後，臉叫一塊黃綢蓋上了。他還想仔細看看那人是不是老土司，但碗裡陡起水波，就什麼也看不見了。

銀匠聽見自己突然在這寂靜的地方發出了聲音，像哭，也像是笑。

活佛說：「好了，你的心病應該去了。現在，你可以丟心落肚地

幹活，把你最好的作品留在我這裡了。」活佛又湊近他耳邊說，「記住，我說過你是一個偉大的藝術家。」也許是因為這房間過於密閉而且又過於寂靜的緣故吧，銀匠感到，活佛的聲音震得自己的耳朵嗡嗡作響。

他又在那裡做了許多時候，仍做不出來希望中的那種東西。活佛十分失望地叫他開路了。

面前的大路一條往東，一條向西。銀匠在歧路上徘徊。往東，是土司轄地，自己生命開始的地方，可是自己欠下一條性命的老土司已經死了，少土司是無權要自己性命的。往西，是雪域更深遠的地方，再向西，是更加神聖的佛法所來的喀什米爾，一去，這一生恐怕就難以回到這東邊來了。他就在路口坐了三天，沒有看到一個行人。終於等來個人卻是乞丐。那傢伙看一看他說：「我並不指望從你那裡得到一口吃食。」

銀匠就說：「我也沒有指望從你那裡得到什麼。不過，我可以給你一錠銀子。」

那人說：「你那些火裡長出來的東西我是不要的，我要的是從土裡長出來的東西哩。」那人又說，「你看我從哪條路上走能找到吃食？再不吃東西我就要餓死，餓死的人是要下地獄的。」那人坐在路口禱告一番，脫下一隻靴子，拋到天上落下來，就往靴頭所指的方向去了。銀匠一下子覺得自己非常饑餓。於是，他也學著乞丐的辦法，脫下一隻靴子，讓它來指示方向。靴頭朝向了他不情願的東方。他知道自己這一去多半不會有什麼好結果，就深深地歎口氣，往命運指示的東方去了。他邁開大步往前，擺動的雙手突然一陣陣發燙。他就說，手啊，你不要責怪我，我知道你還沒有做出你想要做的東西，可我知道人家想要我的腦袋，下輩子，你再長到我身上吧。這時，一座

雪山聳立在面前，銀匠又說，我不會叫你受傷的，你到我懷裡去吧，這樣，你凍不壞，下輩子我們相逢時，你也是好好的。腳下的路越來越難走，那雙手卻在懷裡安靜下來了。

又過了許多日子，終於走到了土司的轄地。銀匠就請每一個碰到的人捎話，叫他們告訴新土司，那個當年因為不能做銀匠而逃亡的人回來了。他願意在通向土司官寨的路上任何一個地方死去。如果可以選擇死法，那他不願意挨黑槍，他是有名氣的，所以，他要體面地，像所有有名聲的人都要的那樣。

少土司聽了，笑笑說：「告訴他，我們不要他的性命，只要他的手藝和名聲。」

這話很快就傳到了銀匠的耳朵裡。但他一回到這塊土地上就變得那麼驕傲，嘴上還是說，我為什麼要給他家打造銀器呢。誰都知道他是因為土司不叫他學習銀匠的手藝才憤而逃亡的。土司沒有打死他，他自然就欠下了土司的什麼。現在他回來了，成了一個聲名遠揚的銀匠。現在，他回來還債來了。欠下一條命，就還一條命，不用他的手藝作為抵押。人們都說，以前那個釘馬掌的娃娃是個男子漢呢。銀匠也感到自己是一個英雄了，他是一個慷慨赴死的英雄。他驕傲的頭就高高地抬了起來。每到一個地方，人們也都把他當成個了不起的人物，為他奉上最好的食物。這天，在路上過夜時，人們為他準備了姑娘，他也欣然接受了。事後，那姑娘問他，聽說你是不喜歡女人的。他說是的，他現在這樣也無非是因為自己活不長了，所以，任何一個女人都傷害不了他了。那姑娘就告訴他說，那個傷害了他的女人已經死了。銀匠就深深地歎了口氣。那姑娘也歎了口氣說，你為什麼不早點回來呢。你早點回來的話我就還是個處女，你就是我的第一個男人。這話叫銀匠有些心痛。他問，誰是你的第一個。姑娘就格格地笑了，說，像我這樣漂亮的女子，在這塊土地上，除了少土司，還有誰

能輕易得到呢。不信的話，你在別的女人那裡也可以證明。這句話叫他一夜沒有睡好。從此，他向路上碰到的每一個有姿色的女人求歡。直到望見土司那雄偉官寨的地方，也沒有碰上一個少土司沒有享用過的女子。現在，他對那個少年時代的遊戲裡曾經把他當馬騎過的人已經是滿腔仇恨了。

他在心裡暗暗發誓，絕不為這家土司做一件銀器，就是死也不做。他伸出雙手說，手啊，沒有人我可以辜負，就讓我辜負你吧。於是，就甩開一雙長腿迎風走下了山崗。

少土司這一天正在籌劃他作為新的統治者，要做些什麼有別於老土司的事情。他說，當初，那個天生就是銀匠的人要求一個自由民的身分，就該給他。他對管家說，死守著老規矩是不行的。以後，對這樣有天分的人，都可以向我提出請求。管家笑笑說，這樣的人，好幾百年才出一個呢。崗樓上守望的人就在這時進來報告，銀匠到了。少土司就領著管家、妻妾、下人好大一群登上平臺。只見那人甩手甩腳地下了山崗正往這裡走來。到了樓下，那緊閉的大門前，他只好站住了。太陽正在西下，他就被高高在上的那一群人的身影籠罩住了。

他只好仰起臉來大聲說：「少爺，我回來了！」

管家說：「你在外遊歷多年，閱歷沒有告訴你現在該改口叫老爺了嗎？」

銀匠說：「正因為如此，我知道自己欠著土司家一條命，我來歸還了。」

少土司揮揮手說：「好啊，你以前欠我父親的，到我這裡就一筆勾銷了。」

少土司又大聲說：「我的話說在這亮晃晃的太陽底下，你從今天起就是真正的一個自由民了！」

寨門在他面前隆隆地打開。少土司說：「銀匠，請進來！」銀匠

就進去站在了院子中間。滿地光潔的石板明晃晃地刺得他睜不開雙眼。他只聽到少土司踩著鴿子一樣咕咕叫的皮靴到了他的面前。少土司說，你儘管隨便走動好了，地上是石頭不是銀子，就是一地銀子你也不要怕下腳呀！銀匠就說，世上哪會有那麼多的銀子。少土司說，有很多世上並不缺少的東西有什麼意思呢。你也不要提以前那些事情了。既然你這樣的銀匠幾百年才出一個，我當然要找很多的銀子來叫你施展才華。他又歎口氣說：「本來，我當了這個土司覺得沒意思透了。以前的那麼多土司做了那麼多的事情，叫我不知道再幹什麼才好。你一回來就好了，我就到處去找銀子讓你顯示手藝，讓我成為歷史上打造銀器最多的土司吧。」

銀匠聽見自己說：「你們家有足夠的銀子，我看你還是給我當學徒吧。」

管家上來就給了他一個嘴巴。

少土司卻靜靜地說：「你剛一進我的領地就說你想死，可我們歷來喜歡有才華的人，才不跟你計較，莫不是你並沒有什麼手藝？」

一縷鮮血就從銀匠達澤的口角流了下來。

少土司又說：「就算你是一個假銀匠我也不會殺你的。」說完就上樓去了。少土司又大聲說：「把我給銀匠準備的宴席賞給下人們吧。」

驕傲的銀匠就對著空盪盪的院子說，這侮辱不了我，我就是不給土司家打造什麼東西。我要在這裡為藏民打造出從未有過的精美的銀器，我只要人們記得我達澤的名字就行了。銀匠在一個岩洞裡住了下來。第二天，太陽升起的時候，達澤已經帶著他的銀匠家什走在大路上了。他願意為土司的屬民們無償地打造銀器。但是人們都對他攤攤雙手說，我們肯定想要有漂亮的銀器，可我們確實沒有銀子。銀匠帶著絕望的心情找遍了這片土地上所有的人：奴隸，百姓，喇嘛，頭

人。他幾乎是用哀求的口吻對那些人說，讓我給你們打造一個世界上絕無僅有的銀器吧。那些人都對他木然地搖頭，那情形好像他們不但不知道這世界上有著精美絕倫的東西，而且連一點同情心都沒有了似的。最後，他對人說，看看我這雙手吧，難道它會糟蹋了你們的那些白銀嗎。可惜銀匠手中沒有銀子，他先把這只更加修長的手畫在泥地上，就匆匆忙忙跑到樹林裡去採集松脂。松脂是銀匠們常用的一種東西，雕鏤銀器時作為襯底。現在，他要把手的圖案先刻畫在軟軟的松脂上。他找到了一塊，正要往樹上攀爬，就聽見看山狗尖銳地叫了起來，接著一聲槍響，那塊新鮮的松脂就在眼前迸散了。銀匠也從樹上跌了下來，一支槍管冷冷地頂在了他的後腦上。他想土司終於下手了，一閉上眼睛，竟然就嗅到了那麼多的花草的芬芳，而那銀匠們必用的松脂的香味壓過了所有的芬芳在林間飄蕩。達澤這才知道自己不僅長了一雙銀匠的手，還長著一隻銀匠的鼻子呢。他甩下兩顆大願未了的眼淚，說，你們開槍吧。

守林人卻說：「天哪，是我們的銀匠呀！我怎麼會對你開槍呢。雖然你闖進了土司家的神樹林，但土司都不肯殺你，我也不會殺你的。」銀匠就禁不住倒吸了一口涼氣，一時忘形又叫自己欠下了土司家一條性命。人說狗有三條命，貓有七條命，但銀匠知道自己是不可能有兩條性命的。神樹也就是寄魂樹和寄命樹，傷害神樹是一種人人詛咒的行為。銀匠說：「求求你，把我綁起來吧，把我帶到土司那裡去吧。」

守林人就把他綁起來，狗一樣牽著到土司官寨去了。這是初春時節，正是春意綿綿使人倦怠的時候，官寨裡上上下下的人都睡去了。守林人把他綁在一根柱子上就離開了，說等少土司醒了你自己通報吧，你把他家六世祖太太的寄魂樹傷了。當守林人的身影消失在融融的春日中間，銀匠突然嗅到高牆外傳來了細細的蘋果花香，這才警覺

到又是一年春天了。想到他走過的那麼多美麗的地方，那些叫人心曠神怡的景色，他想，達澤你是不該回到這個地方來的。回來是為了還土司一條性命，想不到一條沒有還反倒又欠下了一條。守林人綁人是訓練有素的，一個死扣結在脖子上，使他只能昂著頭保持他平常那驕傲的姿勢。銀匠確實想在土司出現時表現得謙恭一些，但他一低頭，舌頭就給勒得從口裡吐了出來，這樣，他完全就是一條在驕陽下喘息的狗的樣子了。這可不是他願意的。於是，銀匠的頭又驕傲地昂了起來。他看到午睡後的人們起來了，在一層層樓面的迴廊上穿行，人人都裝作沒有看見他給綁在那裡的樣子。下人們不斷地在土司房中進進出出。銀匠就知道土司其實已經知道自己給綁在這裡了。為了壓抑住心中的憤怒，他就去想，自己根據雙手畫在泥地上的那個徽記肯定已經曬乾，而且叫風抹平了。少土司依然不肯露面。銀匠求從面前走過的每一個人替他通報一聲，那上面仍然沒有反應。銀匠就哭了，哭了之後，就開始高聲叫罵。少土司依然不肯露面。銀匠又哭，又罵。這下上上下下的人都說，這個人已經瘋了。銀匠也聽到自己腦子裡尖厲的聲音在鳴叫，他也相信自己可能瘋了。少土司就在這個時候出現在高高的樓上，問：「你們這些人，把我們的銀匠怎麼了？」沒有一個人回答。少土司又問：「銀匠你怎麼了？」

銀匠就說：「我瘋了。」

少土司說：「我看你是有點瘋了。你傷了我祖先的寄魂樹，你看怎麼辦吧。」

「我知道這是死罪。」

「這是你又一次犯下死罪了，可你又沒有兩條性命。」

「……」

少土司就說：「把這個瘋子放了。」

果然就鬆綁，就趕他出門。他就拉住了門框大叫：「我不是瘋

子，我是銀匠！」

大門還是在他面前哐啷啷關上了，只有大門上包著門環的虎頭對著他齜牙咧嘴。從此開始，人們都不再把他當成一個銀匠了。起初，人們不給銀子叫他加工，完全是因為土司的命令。現在，人們是一致認為他不是個銀匠了。土司一次又一次赦免了他，可他逢人就說：「土司家門上那對銀子虎頭是多麼難看啊！」

「那你就做一對好看的吧。」

可他卻說：「我餓。」可人們給他的不再是好的吃食了。

他就提醒人們說，我是銀匠。人們就說，你不過是一個瘋子。你跟命運作對，把自己弄成了一個瘋子。而少土司卻十分輕易就獲得了好的名聲，人們都說，看我們的土司是多麼善良啊，新土司的胸懷是多麼寬廣。少土司則對他的手下人說，銀匠以為做人有一雙巧手就行了，他可能永遠也不會知道做一個人還要有一個聰明的腦子。少土司說，這下他恐怕真地要成為一個瘋子了，如果他知道其實是鬥不過我的話。這時，月光裡傳來了銀匠敲打白銀的聲音：叮咣！叮咣！叮咣！那聲音是那麼地動聽，就像是在天上那輪滿月裡迴盪一樣。循聲找去的人們發現他是在土司家門前那一對虎頭上敲打。月光也照不進那個幽深的門洞，他卻在那裡叮叮咣咣地敲打。下人們拿了傢伙就要衝上去，但都給少土司攔住了。少土司說：「你是向人們證明你不是瘋子，而是一個好銀匠嗎？」

銀匠也不出來答話。

少土司又說：「嗨！我叫人給你打個火把吧。」

銀匠這才說：「你準備刀子吧，我馬上就完，這最後幾下，就那麼幾根鬍鬚，不用你等多久。我只要人們相信我確實是一個銀匠。當然我也瘋了，不然怎麼敢跟你們作對呢。」

少土司說：「我幹什麼要殺你，你不是知錯了嗎？你不是已經在

為你的主子幹活了嗎？我還要叫人賞賜你呢。」

這一來，人們就有些弄不清楚，少土司和銀匠哪個更有道理了，因為這兩個人說的都有道理。但人們都感到了，這兩個都很正確的人，還在拚命要證明自己是更加有道理的一方。這有什麼必要呢？人們問，這有什麼必要呢？證明了道理在自己手上又有什麼好處呢？而且就更不要說這種證明方式是多麼奇妙了。銀匠幹完活出來不是說，老爺，你付給我工錢吧。而是說，土司你可以殺掉我了。少土司說，因為你證明了你自己是一個銀匠嗎？不，我不會殺你的，我要你繼續替我幹活。銀匠說，不，我不會替你幹的。少土司就從下人手中拿過火把進門洞裡去了。人們都看到，經過了銀匠的修整，門上那一對虎頭顯得比往常生動多了，眼睛裡有了光芒，鬍鬚也似乎隨著呼吸在顫抖。

少土司笑笑，摸摸自己的鬍子說：「你是一個銀匠，但真的是一個最好的銀匠嗎？」

銀匠就說：「除去死了的，和那些還沒有學習手藝的。」

少土司說：「如果這一切得到證明，你就只想光彩地死去是嗎？」

銀匠就點了點頭。

少土司說：「好吧。」就帶著一干人要離開了。銀匠突然在背後說：「你一個人怎麼把那麼多的女人都要過了。」

少土司也不回頭，哈哈一笑說：「你老去碰那些我用過的女人，說明你的運氣不好。你就要倒楣了。」

銀匠就對著圍觀的人群喊道：「我是一個瘋子嗎？不！我是一個銀匠！人家說什麼，你們就說什麼，你們這些沒有腦子的傢伙。你們有多麼可憐，你們自己是不知道的。」人們就對他說，趁你的脖子還頂著你的腦袋，你還是操心操心你自己。銀匠又旁若無人地說了好多

話，等他說完，才發現人們早已經走散了，面前只有一地微微動盪的月光，又冷又亮。

銀匠想起少土司對他說，我會叫你證明你是不是一個最好的銀匠的。回到山洞裡去的路上，達澤碰到了一個姑娘，他就帶著她到山洞裡去了。這是一個來自牧場的姑娘，通體都是青草和牛奶的芳香。她說，你要了我吧，我知道你在找沒人碰過的姑娘。其實那些姑娘也不都是土司要的，新土司沒有老土司那麼多學問，但也沒有老土司那麼好色。他叫那些姑娘那樣說，都是存心氣你的。銀匠就對這個處女說，我愛你。我要給你做一副漂亮的耳環。姑娘說，你可是不要做得太漂亮，不然就不是我的，而是土司家的了。銀匠就笑了起來，說，我還沒有銀子呢。姑娘就嘆了口氣，偎在他懷裡睡了。銀匠也睡著了。他做了一個夢，夢見自己給這姑娘打了一副耳環，正面是一枚美麗的樹葉，上面有一顆盈盈欲墜的露珠。背面正好就是他想作為自己徽記的那個修長靈巧的手掌。醒來時，那副耳環的樣子還在眼前停留了好一會兒。他嘆了口氣，身旁的姑娘平勻的呼吸中，依然是那些高山牧場上的花草的芬芳。又一個黎明來到了，曙色中傳來了清脆的鳥鳴。銀匠也不叫醒那姑娘就獨自出門去了。他忽然想到，這副耳環就是他留在這世上最為精湛的東西了。要獲得做這副耳環的銀子，只有去求土司了。太陽升起時，他又來到了土司家門前，昨晚的小小改動確實使這大門又多了幾分威嚴。太陽把他的身影拉得很長，他望著那是自己又不是自己的影子想，讓我為這個姑娘去死，讓我騙一騙土司吧。於是，他就大叫一聲，在土司官寨的門口跪下了。

這回，很快就有人進去通報了。少土司站在平臺上說，我就不下去接你了，你上來和我一起用早茶吧。

銀匠抬頭說，你拿些銀子讓我給你家幹活吧。我想不做你家的奴才，我想錯了，我始終是你家的奴才，這沒有什麼好說的。

少土司說，你果然還算是聰明人。你聲稱自己是最好的銀匠，帶了一個不好的頭，如今，好多銀匠都聲稱自己是天下最好的銀匠了。這是你的罪過，但我有寬大的胸懷，我已經原諒你了，你從地上起來吧。

當他聽說有那麼多人都聲稱自己是最好的銀匠時，心裡就十分不快了。現在，僅僅就是為了證明那些人是一派謊言，他也會心甘情願給土司幹活了。他說，請土司發給我銀子吧。

少土司卻問，你說銀匠最愛什麼。

他說，當然是自己的雙手。

少土司說，那個想收你作女婿，後來又慫恿我殺了你的老銀匠怎麼說是眼睛呢？

銀匠就說，土司你昨晚看見了，好的銀匠是不要眼睛也要雙手的。

少土司就笑了，說，我記下了，如果你今後再犯什麼，我就取你的眼睛，不要你的雙手。

太陽朗朗地照著，銀匠還是感到背上爬上了一股凜凜的寒氣。他說，那時，土司你就賜我死好了。

少土司朗聲大笑，說，我要留下你的雙手給我幹活呢。

銀匠想，他不知要怎麼地算計我，可他也不知道我是要勻他的銀子替那姑娘做一副耳環呢。於是，又一次請求，給我一點活幹吧，匠人的手不幹活是會閑得難受的。

少土司說，你放寬心再玩些日子。我要組織一次銀匠比賽，把所有號稱自己是天下最好的銀匠都招來，你看怎麼樣？銀匠就很燦爛地笑了，銀匠說，那就請你恩准我隨便找點活幹幹，你不說話，誰也不敢拿活給我幹啊。少土司說，一個土司難道不該這樣嗎？說句老實話，當年如果我是土司，你連逃跑的想頭都不敢有。不過既然那些銀匠都在幹活，那麼，你也可以去找活幹了。不然，到時候贏了還好，

若是你輸了，會怪我不夠公平呢。像個愛名聲的人，我也很愛自己的名聲呢。

　　銀匠找到活幹了，每樣活計裡面攢下一丁點銀子。直到湊齊了一只耳環的銀子時，那個牧場姑娘也沒有露面。少土司則在緊鑼密鼓地籌備銀匠比賽，精緻的帖子送到了四面八方。從西邊來了三十個銀匠，北邊來了二十個銀匠，南邊那些有著世仇的地方，也來了十個銀匠，從東邊的漢地也來了十個銀匠。據說，那廣大漢地的官道上，還有好多銀匠風塵僕僕地正在路上呢。銀匠們住滿了官寨裡所有空著的房間。四村八寨的人們也都趕來了，官寨外邊搭滿了帳房。到了夜半，依然歌聲不斷。明天就要比賽了，一輪明月正在天上趨於圓滿。銀匠支好爐子，把工具一樣樣擺在月光下面。而且，他聽見自己在唱歌！從小到大，他是從來沒有唱過歌的。他想自己肯定是不會唱歌的，但喉嚨自己歌唱起來了。銀匠就唱著歌，開始替那個不知名字的姑娘做耳環了。太陽升起時耳環就做好了，果然就和夢中見到的一模一樣。他說，可惜只有一隻，不然我也用不著去比賽了。他想，哪個銀匠不偷點銀子呢？你說不偷也不會有人相信。早知如此，不要等到現在才動手，那還不是把什麼想做的東西都做出來了。他把家什收拾好，把耳環揣在懷裡，就往比賽的地方去了。

　　少土司把比賽場地設在官寨那寬大的天井裡。銀匠們圍著天井坐成一圈，座下都鋪上了暖和的獸皮。土司還破例把寨子向百姓們開放了。九層迴廊上層層疊疊地盡是人頭。銀匠達澤發現那個有著青草芳香的姑娘也在人群中間，就對她揚了揚手。姑娘指指外邊的果園，銀匠知道她是要他比賽完了在那裡等她。銀匠就摸了摸自己的耳朵。這時，少土司走到了他的面前，說，你要保重你自己，輸了我就砍下你的雙手，你說過你最愛你的雙手。銀匠立即就覺雙手十分不安地又冷

又熱。但他還是自信地笑笑說，我不會輸的。少土司又說，手藝人就是這樣，毛病太多了，你可不要犯那些毛病，不然我同樣不會放過你的。

少土司又問：「記住了？」

銀匠說：「記住了。」

「我只是怕你到時候又忘了。」

少土司回到二樓他的座位上，揮揮手，一筐銀元就哐啷啷從樓上倒到天井裡了。

開初的幾個項目，都是達澤勝了。少土司親自下來給他掛上哈達。

夜晚也就很快到來了。銀匠們用了和土司一樣的食品：蜜酒，奶酪，熊肉和一碗燕麥粥。用完飯，少土司還和銀匠們議論一陣各地的風俗。這時，月亮升起來了。又一筐銀元從樓上倒了下去。少土司說：「像玩一樣，你們一人打一個月亮吧，看哪個的最大最亮。」

立時，滿天的叮叮咣咣的聲音就響了起來。很快，那些手下的銀子月亮不夠大也不夠圓滿的都住了手承認失敗了。只有銀匠達澤的越來越大，越來越圓，越來越亮，真正就像是又有一輪月亮升起來了一樣。起先，銀匠是在月亮的邊上，舉著錘子不斷地敲打：叮咣！叮咣！叮咣！誰會想到一枚銀元可以變成這樣美麗的一輪月亮呢。夜漸漸深了，那輪月亮也越來越大，越來越晶瑩燦爛了。後來銀匠就站到那輪月亮上去了。他站在那輪銀子的月亮中央去鍛造那月亮。後來，每個人都覺得那輪月亮升到了自己面前了。他們都屏住了呼吸，要知道那已是多麼輕盈的東西了啊！那月亮就懸在那裡一動不動了。月亮理解人們的心意，不要在輕盈的飛升中帶走他們偉大的銀匠，這個從未有過的銀匠。天上那輪月亮卻漸漸西下，折射的光芒使銀匠的月亮發出了更加燦爛的光華。

人群中歡聲驟起。

銀匠在月亮上直了直腰，就從那上面走下來了。

有人大叫，你是神仙，你上天去吧！你不要下來！但銀匠還是從月亮上走下來了。

銀匠對著人群招了招手，就逕直出了大門到外邊去了。

少土司宣布說，銀匠達澤獲得了第一名。如果他沒有別的不好的行為，那麼，明天就舉行頒獎大會。人們的歡呼聲使官寨都輕輕搖晃起來。人們散去時，少土司說，看看吧，太多的美與仁慈會使這些人忘了自己的身分的。管家問，我們該把那銀匠怎麼辦呢？少土司說，他成了老百姓心中的神仙，那就沒有再活的道理了。這個人永遠不知道適可而止。少土司發了一通議論，才吩咐說，跟著銀匠，他自己定會觸犯比賽時我們公布了的規矩的。管家說，要是抓不住把柄又怎麼辦呢？少土司說：「你們把心放在肚子裡。凡是自以為是的人，他們都會犯下過錯的。因為他不會把別的什麼放在眼裡。」

銀匠在果園裡等到了那個牧場姑娘。她的周身有了更濃郁的花草的芬芳。銀匠說：「妳在今天晚上懷上我的兒子吧。」

姑娘說：「那他一定會特別漂亮。」

她不知道銀匠的意思是說，也許，過了今天他就要死了，他要在這個世界上留下一個不信服命運的天才的種子。於是，他要了姑娘一次，又要了姑娘一次。最後在草地上躺了下來。這時，月亮已經下去了。他望著漸漸微弱的星光想，一個人一生可以達到的，自己在這一個晚上已經全部達到了，然後就睡著了。又一天的太陽升起來了，他拿出了那只耳環，交給姑娘說：「那輪月亮是我的悲傷，這只耳環是我的歡樂，妳收起來吧。」

姑娘歡叫了一聲。

銀匠說：「要知道妳那麼喜歡，我就該下手重一點，做成一對

了。」

姑娘就問：「都說銀匠會偷銀子，是真的？」

銀匠就笑笑。

姑娘又問：「這只耳環的銀子也是偷的？」

銀匠說：「這是我唯一的一次。」

埋伏在暗處的人們就從周圍衝了出來，他們歡呼抓到偷銀子的賊了。銀匠卻平靜地說：「我還以為你們要等到太陽再升高一點動手呢。」被帶到少土司跟前時，他把這話又重複了一遍。少土司說：「這有什麼要緊呢，太陽它自己會升高的。就是地上一個人也沒有了，它也會自己升高的。」

銀匠說：「有關係的，這地上一個人也沒有了，沒人可戲弄，你的日子就不好過了。」

少土司說：「天哪，你這個人還是個凡人嘛，比賽開始前我就把該告訴你的都告訴你了，為什麼還要抱怨呢。再說偷點銀子也不是死罪，如果偷了，砍掉那隻偷東西的手不就完了嗎？」

銀匠一下就抱著手蹲在了地上。

按照土司的法律，一個人犯了偷竊罪，就砍去那隻偷了東西的手。如果偷東西的人不認罪，就要架起一口油鍋，叫他從鍋裡打撈起一樣東西。據說，清白的手是不會被沸油燙傷的。

官寨前的廣場上很快就架起了一口這樣的油鍋。

銀匠也給架到廣場上來了。那個牧場姑娘也架在他的身邊。幾個喇嘛煞有介事地對著那口鍋念了咒語，鍋裡的油就十分歡快地沸騰起來。有人上來從那姑娘耳朵上扯下了那一隻耳環，扔到油鍋裡去了。少土司說，銀匠昨天沾了女人，還是讓喇嘛給他的手唸唸咒語，這樣才公平。銀匠就給架到鍋前了。人們看到他的手伸到油鍋裡去了。

廣場上立即充滿了一股奇怪的味道。銀匠把那只耳環撈出來了。但他那隻靈巧的手卻變成了黑色，肉就絲絲縷縷地和骨頭分開了。少土司說，我也不懲罰這個人了，有懂醫道的人給他醫手吧。但銀匠對著沉默的人群搖了搖頭，就穿過人群走出了廣場。他用那隻好手舉著那隻傷手，一步步往前走著，那手也越舉越高，最後，他幾乎是在踮著腳行走了。人們才想起銀匠他忍受著的是多麼巨大的痛苦。這時，銀匠已經走到河上那道橋上了。他回過身來看了看沉默的人群，縱身一躍，他那修長的身子就永遠從這片土地上消失了。

那個牧場姑娘大叫一聲昏倒在地上。

少土司說：「大家看見了，這個人太驕傲，他自己死了。我是不要他去死的。可他自己去死了。你們看見了嗎？！」

沉默的人群更加沉默了。

少土司又說：「本來罪犯的女人也就是罪犯，但我連她也饒恕了！」

少土司還說了很多，但人們不等他講完就默默地散開了，把一個故事帶到他們各自所來的地方。後來，少土司就給人幹掉了。到舉行葬禮時也沒有找到雙手。那時，銀匠留下的兒子才一歲多一點。後來流傳的銀匠的故事，都不說他的死亡，而只是說他坐著自己鍛造出來的月亮升到天上去了。每到滿月之夜，人們就說，聽啊，我們的銀匠又在幹活了。果然，就有美妙無比的敲擊聲從天上傳到地下：叮咣！叮咣！叮叮咣咣！那輪銀子似的月亮就把如水的光華傾灑到人間。看哪，我們偉大銀匠的月亮啊！

（刊於《人民文學》1995 年第 7 期）

魚

　　有三天時間，我因為一點小病在唐克鎮上睡覺和寫作，加上一些消炎藥，病痊癒了。三天後，幾個同伴轉了一個大圈回來接我。我們又一起上路了。汽車沿著黃河向西疾駛。上午的太陽在反光鏡裡閃爍不定。汽車引擎的顫動，車輪在平整大道上的震動，通過方向盤傳到手上。我感覺到活力又回到了體內。一口氣開出四、五十公里後，公路離開寬廣平坦的河邊草灘，爬上了一座小小的山丘。

　　在山丘半腰，我停下來，該把車還給真正的司機來駕駛了。

　　大家都從車裡鑽出來，活動一下身子，有意無意瞇縫著眼睛眺望風景。剛剛離開的小鎮陷落在草原深處，因為距離而產生出某種本身並不具有的美感。在山丘的下方，平緩漫漶的河流在太陽照射下有了些微的暖意。大家在草地上坐下來，身邊的秋草發出細密的聲音。那是化霜後最後一點濕氣蒸發的聲響。空氣中充滿了乾草的芬芳。

　　當大家抽完一根煙，站起身來拍掉屁股上的草屑準備上路的時候，一個皮毛光滑肥碩無比的屁股扭動著出現在眼前。一隻旱獺從河裡飲水上來，正準備回到山坡上乾燥的洞穴。旱獺扭動著肥碩的身體往坡上走，密密實實的秋草在牠身前分開，又在身後合攏。我從車裡取出小口徑步槍，從後面向那扭動最厲害的部位開了一槍。清脆的槍聲乘著陽光飛到很遠的地方，鼻子裡撲滿了新鮮刺激的火藥味。旱獺卻不見了蹤影。我感到自己打中了牠。但在牠應聲蹦起然後消失的那個地方連一星血跡都沒有留下。

　　汽車駛下山丘，繼續在黃河兩邊寬闊草灘上穿行。直到中午時分，才又爬上了另一座山丘。汽車再次停下來。現在到了午餐時間。

一大塊軍用帆布上擺開了啤酒、牛肉和草原小鎮上回民飯館裡出售的乾硬的餅子。吃飽喝足以後，躺在山坡上那些乾燥的秋草中，是一件十分愜意的事情。陽光乾淨溫暖，一無阻滯地從藍天深處直瀉在頭髮、眼瞼和整個身體上，是一種特別的沐浴方式。隨風搖動的秋草，輕輕地拂在臉上、手上，給人帶來一種特別的快感。這一切都使整個身心都像身下的草原沃土一樣鬆軟。而在山坡下，眾多的水流在草原上縱橫交錯，其間串連著一個又一個平靜的水淖。所有水面都在閃閃發光。都像我們陽光下的身體一樣溫軟無邊。

一點來由沒有，我卻感到水裡那些懶洋洋的魚。

水裡的魚背梁烏黑，肚腹淺黃。魚啞默無聲，漂在平靜的水裡，像夢中的影子一樣。這些魚身上沒有鱗甲，因此學名叫作裸鯉。在上個世紀初，若爾蓋草原與另外幾個草原統稱松潘草原，因此這魚的全稱是松潘裸鯉。我躺在那裡冥想的時候，同伴們已經打開切諾基後車廂，準備魚線、魚鉤與魚餌了。這些東西，和槍與子彈一樣是草原旅行的必備之物。我們一行四個人組成了一個宗教調查小組。現在卻要停在草原深處漁獵一番。兩個人要爬到山丘更高處，尋找野兔、旱獺一類的獵物。我和貢布扎西下到河邊釣魚。

對我而言，釣魚不是好的選擇。

草原上流行水葬，讓水與魚來消解靈魂的軀殼，所以，魚對很多藏族人來說，是一種禁忌。此行我就帶著中央民族大學教授丹珠昂奔寄贈的一本打印規整的書稿，主要就是探討了藏族民間的禁忌與自然崇拜。其中也討論到關於捕魚與食魚的禁忌。他在書中說，藏族人在舉行傳統的驅鬼與驅除其他不潔之物的儀式上，要把這些看不見卻四處作祟的東西加以詛咒，再從陸地，從居所，從心靈深處驅逐到水裡。於是，水裡的魚便成了這些不祥之物的宿主。我當然見過這樣的驅除與咒詛的儀式，卻沒有想過它與有關魚的禁忌間有著這樣的關

係。總而言之，藏族人不捕魚食魚的傳統已經很久很久了。但在二十世紀的後五十年裡，我們已經開始食魚了。包括我自己也是一個食魚的藏族人了。雖然魚肉據稱的那種鮮嫩可口，在我口裡總有種腐敗的味道。

今天的分工確實不大對頭。

兩個對魚沒有禁忌的漢族人選擇了獵槍，他們弓著腰爬向視線開闊的丘崗，我跟扎西下到了河灘上。腳下的草地起伏不定，因為大片的草原實際上都浮在沼澤淤泥之上。雖然天氣晴好，視野開闊，但腳下的起伏與草皮底下淤泥陰險的咕嘟聲，使即將開始的釣魚帶上了一點恐怖色彩。

扎西問我：你釣過魚嗎？

我搖搖頭。其實我也想問他同樣的問題。他的失望中夾雜著惱怒：我還以為你釣過魚呢！

我當然沒有問他為什麼會這麼想。因為在很多其實也很漢化的同胞的眼中，我這個人總要比他們都漢化一點點。這無非是因為我能用漢語寫作的緣故。現在我們都打算釣魚，但我好像一定要比他先有一段釣魚的經歷。

扎西又問我：你真沒有釣過？

我肯定地點點頭。

扎西把手裡提著的一個罐頭盒子魚餌塞給我：那我跟他們去打獵。這個身體孔武的漢子在草灘上飛奔，躍過一個個水窪與一道道溪流時，有力而敏捷。看到這種身姿使人相信，如果需要的話，他是可以與獵豹賽跑的。但現在，他卻以這種孔武的姿勢在逃避。

在一道小河溝邊，我停了下來。

河溝裡的水很小，陽光穿透水，斑斑駁駁地落在河底。河的兩邊，很多紅色白色的草根在水中飄拂。河底細小砂粒而不是水的流

淌，使小河有了窸窸窣窣的流淌聲。河面不寬，被岸束腰的地方，原
地起跳便可以一躍而過。所以，隨便從身邊折一枝紅柳綁上魚線就可
垂釣了。

讓人心裡起膩是往魚鉤上穿餌的時候。罐頭盒子打開，肥肥的黑
土與綠綠的菜葉中間，小指粗細的蚯蚓在其中蠕動不已。一隻蚯蚓
被攔腰掐斷時，立即流溢出很多黏稠的液體，紅綠相間粘在手上。一
根魚線上有兩只魚鉤，上完一只，我在身邊的草上擦淨雙手，又開始
了第二隻。第二隻上好後，我長舒了一口氣，額頭上沁出了細密的汗
珠。

用看起來瀟灑純熟的姿勢甩動魚竿，把魚鉤投向河面。可惜的
是，河面太窄。用魚鉤和鉤上的蚯蚓加上小小鉛墜，拖著魚線，發出
細細的尖嘯，越過河面，落到對岸的草叢中了。收回魚竿，一只魚鉤
上的餌已經不見了。只好再掐死一隻蚯蚓，忍著噁心看牠身體內部黏
稠的液體沾滿我的手指。那液體是墨綠色的，其間有兩三星鮮紅的
血。我戴上墨鏡，那種顏色便不太刺激了。這回，我把魚鉤投到了水
裡，看到魚餌劃過河底一塊又一塊明亮的太陽光斑，慢慢落到了清淺
的河底。然後，又隨著砂礫一起，慢慢往下游流動。挎著一只軍用挎
包，裡面裝著魚餌和備用的魚線、魚鉤，我跟隨著流動的魚餌慢慢往
下游走去。

流水很快便把蚯蚓化解於無形。先是黏糊糊的物質被掏空，剩下
一段慘白的皮在水裡輕飄飄地浮游，然後，那皮也一點點溶化在水
裡。物質作為蚯蚓形式的存在，就此消失了。每順河走出一兩百米，
就要換一次魚餌。如是五、六次，我已經能平靜從容地掐斷蚯蚓，將
其穿上魚鉤，從手上到心裡都沒有特別的反應了。這時，遠處的山丘
上傳來兩響清脆的槍聲。槍聲貼地而走，就像子彈直接從身邊掠過一
樣。我離他們已經相當遠了，卻仍然看到他們隨著槍響應聲而起，向

前撲去。魚鉤沉在水裡，滿耳都是細細的砂石在水底流動的沙沙聲，秋草在陽光下失去最後一點水分時發出的輕輕的嗶剝聲。水沖刷著魚線，魚竿把輕輕的震顫傳達到手心。紅柳枝條握在手裡，有些粗糙，換一把手，馬上就能感到陽光留在上面的溫暖。三個人在山丘上散開，在灌叢裡出出進進。因此我知道，那兩槍沒有擊中獵物。旱獺安全地回到地下的迷宮裡去了。不一會兒，便有青色的煙升起來。三個人的身影在煙霧裡進進出出。這會兒，他們必須受到煙薰火燎。他們想把燃在旱獺洞口的煙煽到地洞裡去。指望著旱獺受不了煙薰從地下迷宮裡逃出來。旱獺的地下宮殿構造相當複雜。就算旱獺忘了為其宮殿建造一些隱秘的通風口的話，要把往上的煙，一點點煽進地洞，也是一項將耗掉非常多時間的工作。那些專業的獵人因此帶有專門的鼓風工具。但我的三個夥伴沒有。結果無非是他們會被自己生的煙薰得比旱獺還慘。在對待走獸方面，我至少有准專業獵人的經驗。

釣魚就是另外一回事了。

我突然覺得手上一沉，心裡也陡然一驚。是魚咬鉤了嗎？我看看水裡，魚鉤與墜子都不在清淺的水底了。它順著水流鑽進了腳底的草皮下。大股水流在即將鑽進草皮下時，打起了一個不大的漩渦。從漩渦中央傳來了一頭被殺的牛即將嚥氣時，喉嚨深處發出的那種咕嚕聲。城裡的房子裡，下水道偶爾也會發出這樣的聲音。魚鉤和上面的餌就從那裡被吸了進去。我提提手裡的魚鉤，立刻感到上面墜著了一個沉沉的重物。

魚！

一些密宗道行高深的喇嘛曾告訴我，他們在密室裡閉關觀想時，會看到一個金光閃閃的藏文字母或者某個圖像。我沒有修習過密宗的課程，魚這個詞卻立刻就映現在腦門前。只是牠一點也不金光閃閃。

魚！這個詞帶著無鱗魚身上那種黏乎乎滑溜溜的暗灰色，卻無端

地帶給人一種驚悚感。

於是，我聽到自己驚詫多於快樂的聲音：魚！

於是，好沉的一條魚便被提出了水面。魚在空中撲騰著，通身水光閃爍。使它離開生命之水那片刻時間帶上了一種歡快的味道。我一鬆手，魚落在草叢中，身上閃爍的水光消失了，迅即又回復了那種滑溜溜黏乎乎的灰暗本色。一種讓人疑慮重重的顏色。向魚接近的時候，我有種正接近腐屍的感覺。

這是我第一次釣魚。

魚釣出水後，一動不動的躺在草叢裡，把強吞進嘴裡的鉤取出來，便成為恐懼色彩相當強烈的一個過程。魚還未抓到手裡，那雙鼓突悲傷的眼睛讓你不敢正視。於是，便抬舉眼看天。空中輕盈地浮動著一些絮狀的破碎雲彩。雲在眼中飄動時，魚的身軀抓在了手上，然後，又滑出去了。我不知道是魚在掙扎，還是那種可疑的泧滑使我自己主動把手鬆開了。魚側躺在那裡，嘴巴艱難地一張一合。嘴角那裡有些血泡湧出，眼中認命而又哀怨的神情漸漸黯淡。鬆手的惟一結果只是，我必須從草叢中再一次將其抓到手上。這次，我用的勁很大，手掌被堅硬的魚鰭劃開了一道口子。當我把深深扎在魚喉嚨深處的鉤扯出來時，魚的淡血與我的稠血混在了一起。

我看過別人在草原釣魚，所以知道接下來的一個步驟應該是：折一根韌性十足的細柳枝，從魚的一側鰓幫穿進去，從嘴裡拉出來。用這種方式，把釣上來的魚一條條串連起來，十分便於搬運與攜帶。但我只希望自己在草原上釣魚，而不指望自己釣到那麼多的魚。所以，我才在下意識中選擇了這條清淺的小溪。而在不遠處，一條真正的大河波光粼粼。

問題是，在這輕淺的溪流中偏有魚在我不經意間上鉤了！我保證，即或在潛意識深處，也沒有讓魚上鉤的期望。

上好魚餌，我走到溪邊，看看剛才起魚的那個地方，確實看不出什麼不同尋常的地方。一小股水打著漩，發出被殺的牛臨死前那費勁的咕咕的吞嚥聲，消失在腳底的草皮下面。使勁跺一跺腳，草皮顫動幾下，復又歸於堅韌的平靜。於是，我把魚餌很準確地投到那個小小的漩渦之中。魚餌旋轉了幾圈便鑽到草皮下去了。

魚餌剛從眼前消失，手上又是過電似的一麻，魚竿差點從手裡掉到草地上了。接下來純粹是本能地把魚竿猛然一甩。水面上啪噠一聲，一朵水花開過。又一條魚便沉沉地在空中飛行了。魚掠過我頭頂的時候，肚皮上那種黃疸病人般的土地黃色在陽光的輝映下有一瞬間變成了耀眼的金色。我不知道自己嘴裡發出的聲音屬於驚叫還是歡呼。這時，飛在空中的魚脫離了魚鉤，沉沉地落在了不遠處的草地上。我走去一看，魚躺在那裡一動不動。那雙鼓突出來的雙眼死盯著人，我覺得背上有點發麻。

再回到溪邊，又從老地方投下魚鉤，很快魚就咬鉤了。

就這樣，我一口氣從那漩渦下面的某個所在扯出來十多條魚。每一條都像是一個年齡組的青年人，長得整整齊齊。看看亂七八糟躺在地上的魚，再看看四周無聲無息間或翻起一兩個氣泡的沼澤，覺得許多魚從這麼一個不可思議的地方來從容赴死，確實讓人感到有種陰謀的味道。陰謀！這念頭像閃電一樣從腦海中一掠而過。是我自己讓它從腦門上一掠而過的。如果我讓這個念頭駐留下來，可能此生再也沒有機會打破關於魚的文化禁忌了。

我們不斷投入行動，就是不想停下來思考。

今天的行動，就是不斷把魚餌投進小小的水潭（現在我相信堅韌的草皮掩蓋下就是一個小而深的水潭），看到底有多少傻瓜樣的魚受命運的派遣前來慷慨赴死。秋天的魚沉在深水裡，又肥又懶。又貪婪地把魚餌帶魚鉤整個吞進肚裡。想到這裡，我回頭望望身後草地上那

些懶懶地躺著等死的魚，心裡竟生出些莫名的仇恨與恐懼。

我不知道為什麼又往魚線上綁上了一只魚鉤。上好餌後，三只魚鉤慢慢沉到水下，又慢慢漂向那個漩渦，慢慢被吸進那個可能存在也可能不存在的水潭。我大口地呼吸，以使自己鬆弛下來。同時想像魚餌慢慢在無底的水中墜落，落在一條魚的面前，那條魚一動不動。魚餌有些失望，再繼續往暗黑的深處下墜。想著那種下墜，我的身子也有些飄飄然的輕盈了，四周的黑暗卻讓人害怕。當我想把魚竿提起來時，一條魚很猛地撲住了魚餌。我不知道牠為什麼要這麼狠地撲向魚餌。即便是撲向死亡本身也用不著這麼大的力量。魚把餌和餌包藏的鉤吞下去後，便靜靜地一動不動了。我繼續等待。第二條魚上鉤了，之後，又安安靜靜地漂在水裡，一點也不掙扎，不想逃離死亡。

還有第三只餌沒有被吞下。

魚上鉤是手中的感覺，所以，我一直在悠閒地觀望遠處山丘上那三個薰旱獺的傢伙在無謂地忙活。山丘上的煙已經很淡了。看來他們已經放棄了無效的勞碌。開始用隨車攜帶的軍用鐵鍬開掘地道。這是一個更浩大的工程，因為旱獺的洞穴在地下一米左右蜿蜒曲折至少也有一、二百米。

看上去很笨的旱獺很聰明，這些看上去靈活敏感的魚面對魚餌卻表現得這麼不可思議。這不，第三只鉤上又有一條魚撲上來了。往上起魚的時候，三條魚把竿子都墜彎了。三條魚一起離開水面。一起開始掙扎，差點使魚竿落到水裡。我知道牠們這一切努力都是為了再回到水裡，而我當然不會同意。於是發一聲喊，用力一擺魚竿。三條魚便沉甸甸地落到了腳前的草叢裡。

我注意到牠們一旦落到草地上便不再掙扎了。

我對魚，這些獵獲對象的一切都很注意。不是一般注意。而是非常注意，帶著非常敏感的非常注意。甚至對並不存在的一切都非常敏

感地注意著。

這回，我注意到魚一旦落在草叢中便不再掙扎了。有些魚離水實在很近，只要弓起脊背，挺一下身子，輕輕一個魚們都很在行的彈跳，就回到一溪秋水中了。當草原開始變成一片金黃時，流水便日漸冰涼，那些大群大群的候鳥離開了。魚們便像潛艇一樣，沉到很深的地方，那些地方黑暗而又溫暖。在冬天將臨的時候，選擇明亮就相當於選擇冰凍。但這些魚從很深的地方被釣起來，躺在草叢裡一動不動，彷彿不知道身邊就是能使其活命，使其安全的所在。它們躺在那裡一動不動，好像存心要用眾多死亡來考驗殺戮者對自身行為的承受極限。我今天釣魚是為了戰勝自己。在這個世界，我們時常受到種種鼓動，其中的一種，就是人要戰勝自己，戰勝性情中的軟弱，戰勝面對陌生時的緊張與羞怯，戰勝文化與個性中禁忌性的東西。於是，我們便能無往而不利了。現在，我初步取得了這種勝利。而且，還想讓同伴們都知道這種勝利。於是，便揮舞著雙手，向他們大聲叫喊起來。

他們停止了辛苦的挖掘，直起腰來，向我這裡瞭望。我一手抓起一條魚，叫喊著揮舞。差不多兩公里遠的距離，他們不會看到我手中的魚，但我相信他們可能會看到魚的閃光。魚體表那層泫滑的物質確實會在當頂的太陽下閃閃發光。他們站在小丘頂上向這邊瞭望。在他們背後，西邊的天空中，出現了一座座山峰一樣的雨雲。中央墨黑一團，電光閃閃，四周讓陽光鑲上了一道耀眼的金邊。隨著隆隆的雷鳴聲，那團烏雲往東而來。河面上有風走過。直立的秋草慢慢弓下身子。懸垂的魚線也被吹出了好看的弧度。

魚又上鉤了。

我暗暗希望這是最後一條。

但是，又一條魚上鉤了。我仍然希望這是最後一條，心裡卻明

白，還有很多魚等在一個隱秘的地方，正在等待著前來受死。果然，第三條魚又上鉤了！

三條魚起出水面時，仍然只在離開河水時做了一點象徵性的掙扎。然後，便與別的魚一起靜靜地躺在草叢中了。那麼多垂死的魚躺在四周，陽光那麼明亮，但那不大的風卻吹得人背心發涼。

我再一次向同伴們呼喊，叫他們趕快拿傢伙來，來裝很多的魚。我實在是想離開這段河岸了。一股小小的水流裡，怎麼可以有這麼多這麼大的魚？魚們上鉤的速度好像越來越快了。於是，每提起一竿魚，我都向他們呼喊一次。

我不知道烏雲是什麼時候籠罩到頭頂的。這時上餌，下鉤，把咬鉤的魚提出水面只是一種機械的動作了。因為不是我想釣魚，而是很多的魚排著隊來等死。原來只知道世界上有很多不想活的人，想不到居然還有這麼多想死的魚。這些魚從神情看，也像是些崇信了某種邪惡教義的信徒，想死，卻還要把剝奪生命的罪孽加諸於別人。

我的心中的仇恨在增加。

頭頂的天空被翻滾的烏雲罩住了，清亮的水面立即變得黯淡。這時的我，臉上肯定帶著兇惡的表情，狠狠地把魚餌投進面前那個小小的漩渦中。水流變得像烏雲一樣墨黑的時候，那裡好像是地獄的入口。魚們仍然在慷慨赴死。

夥伴們行進得很緩慢，他們小心翼翼地在沼澤之間尋找著路徑，這倒不是像傳聞中那樣，任何一個人被淤泥吸住了腳，便會遭受滅頂之災。事實上是，這些出身於這片荒野，又進了城的人，害怕又臭又黏的淤泥弄髒了漂亮的鞋子。

我的孤獨與恐懼之感卻有增無減。

雷聲在頭頂震響，越來越大的風撕扯著頭髮與衣服。河面上的水被吹起來。水珠重重地射在臉上。想張嘴呼喊，但卻讓狂風咽得喘不

過氣來。魚們還在前仆後繼，有增無減，邪了門了！見了鬼了！死神
獰笑著露出真面目了！我聽見自己咬牙切齒地說，來吧，狗日的你們
來吧。

我聽見自己帶著哭聲說：來吧，狗日的你們來吧，我不害怕！

我聽見自己說：我不相信你們也不害怕。是，我害怕，可是，你
們不害怕就來吧！

就在人都快要瘋狂的時候，不是潭裡的魚沒有了，而是那個裝魚
餌的馬口鐵皮的罐頭盒子終於空了。我頹然坐在地上，手一鬆，短短
的一段魚竿，便順水漂走了。我不知道自己是不是大聲哭了起來。因
為，頭頂上響亮的炸雷，把所有的一切聲音都掩蓋了。雷聲中，頭頂
上那座高及天頂的雲山便崩塌下來。雷聲停了，閃電也停了。四周像
是深重的黃昏景象。我的同伴，和寬廣的草原都從四周消失了。甚至
連風的聲音都聽不見。很壓抑的黑暗。很讓人毛骨悚然的安靜。剛才
被大風壓倒在地的秋草又嚓嚓地直起身來。這時，我聽見了一種低沉
的聲暗：咕，咕，咕。像鴿子的聲音。但我馬上就肯定這不是鴿子的
聲音，而是……而是魚！

是魚在叫！

從來沒有聽說過魚會叫！

但我馬上意識到這是魚在叫！很艱難，很低沉的聲音：咕，咕，
咕咕。不是鴿子叫，而是腳踩在一塊腐爛中的皮革上發出的那種使人
心悸的聲音。踩到那樣一塊皮子時，你會覺得是踐踏了一具死屍。現
在，好像所有這些將死未死的魚都叫起來。牠們瞪著那該死的閉不上
的眼睛，大張著渴得難受的嘴巴，費力地吞咽低低的帶著濃烈硝煙味
的濕潤空氣。吞一口氣，嘴一張：咕。再吞一口氣，嘴再一張：咕。

那麼多難看的魚橫七豎八在草叢中，這裡一張嘴：咕。那裡一張
嘴：咕。

我不能想像要是雨水不下來，會是一個什麼樣的場景。我坐在草地上，一動不動。烏雲把天空壓得很低。如果站起身來，身子好像就會頂到天空，就會觸及到滾動不息的烏雲裡蛇一樣蜿蜒的電流。又是一聲震得我在地上跳動一下的炸雷，然後，烏雲像一個盛水的皮囊打開了口子，雨水夾著雪霰劈頭蓋腦地打下來。那一下又一下清晰的痛楚讓我恢復了正常的感覺。

當雪霰消失，只剩下雨水的時候，我乾脆趴在地上，痛痛快快地淋了一身。同時，我想自己也痛痛快快地以別人無從知曉、連自己也未必清楚意識到的方式痛哭了一場。但是，直到今天，我也不知道是哭終於戰勝了自己，還是哭自己終於戰勝了自己。或者是哭著更多平常該哭而未哭的什麼。

很快烏雲便攜帶巨大的能量與豐富的水分，被西風推動著，往東去了。太陽又落在了眼界中的天下萬物身上。冰涼的身體又慢慢感到了溫暖。

三個同伴終於到了。

他們抬著柳條筐四處收撿那些魚，竟然裝了兩個人抬起來都很沉的滿滿一筐。當我指給他們看那個打著小小漩渦，躲在草皮底下的小潭時，他們絕不相信它是那麼多魚所在的地方。在車裡換了乾淨衣服，聞著乾淨衣服的味道，車子散發出的橡膠味和汽油味道，我覺得自己完全安全了。汽車開動後，我轉頭去望釣魚的地方。那麼多水流在草原上四處漫漶，在太陽下閃閃發光，已經不能確定那裡是曾經發生那樣一件離奇遭遇的地方了。於是，人還沒有離開事件的發生地，這件事情本身，便變得虛無起來了。

（刊於《長城》2000年第6期）

瘸子，或天神的法則

　　一個村莊無論大小，無論人口多少，造物主都要用某種方式顯示其暗定的法則。

　　法則之一，人口不能一例都健全。總要造出一些有殘疾的人，但也不能太多。比如瘸子。機村只有兩百多號的人，為了配備齊全，就有一個瘸子。

　　而且，始終就是一個瘸子。

　　早先那個瘸子叫嘎多。這是一個脾氣火爆的人，經常揮舞雙拐憤怒地叫罵，主要是罵自己的老婆與女兒是不要臉的婊子。他的腿也是因為自己的脾氣火爆才瘸的。那還是解放以前的事情。他家的莊稼地靠近樹林邊，常常被野豬糟踐。每年，莊稼一出來，他就要在地頭搭一個窩棚看護莊稼，他家也就常常有野豬肉吃。但他還是深以為苦，不是怕風，也不是怕雨。他老婆是個靦腆的女人，不肯跟他到窩棚裡睡覺，更不肯在那裡跟他做使身體與心緒都鬆軟的好事情。

　　他為此怒火中燒，罵女人是婊子。他罵老婆時，兩個女兒就會哀哀地哭泣，所以，他罵兩個女兒也是婊子。女人年輕時會跟喜歡的男人睡覺，婚後，有時也會為了別的男人鬆開褲腰帶，但她們不是婊子。機村的商業沒有發達到這樣的程度，但這個詞可能在兩百年前，就在機村人心目中生了根。很自然地就會從那些脾氣不好、喜歡咒罵人的口中蹦了出來，自然得就像是雷聲從烏雲中隆隆地滾將出來。

　　後來，瘸子臨去世的那兩三年，他已經不用這個詞來罵特指的對象了。他總是一揮拐杖，說：「呸，婊子！」

　　「呸，這些婊子！」

　　每年秋天一到，機村人就要跟飛禽與走獸爭奪地裡的收成。他被生產隊安排在護秋組裡。按說，這時野獸吃不吃掉莊稼，跟他已經沒有直接關係了，因為土地早已充公，屬於集體了。此時的嘎多也沒有壯年時那種老要跟女人睡覺的衝動了，但他還總是怒氣沖沖的。白天，護秋組的人每人手裡拿著一面銅鑼，在麥地周圍轟趕不請自來的飛鳥。他扶拐的雙手空不出來，不能敲鑼，被安排去麥地裡扶起那些常常被風吹倒的草人。他扶起一個草人，就罵一句：「呸，婊子！」

　　草人在風中揮舞著手臂。

　　他這回是真的憤怒了，一腳踢去，草人就搖搖晃晃地倒下了。這回，他罵了自己：「呸，婊子！」

　　他再把草人扶起來，但這回，草人像個瘸子一樣歪著身子在風中搖搖晃晃。

　　瘸子把臉埋在雙臂中間笑了起來。隨即，瘸子坐在地上，屁股壓倒了好多叢穗子飽滿的麥子，仰著的臉朝向天空，笑聲變成了哭聲。再從地上站起來時，他的腰也佝僂下去了。從此，這個人不再咒罵，而是常常顧自長嘆：「可憐啊，可憐。」

　　天下雨了，他說：「可憐啊，可憐。」

　　秋風吹拂著金色的麥浪，哐哐的鑼聲把覓食的鳥群從麥地裡驚飛起來，他說：「可憐啊，可憐。」

　　晚上，護秋組的人，一個個分散到地頭的窩棚裡，他們人手一枝火槍，隔一會兒，這裡那裡就會「硐」出一聲響亮。那是護秋組的人在對著夜裡影影綽綽下到地裡的野獸的影子開槍。槍聲一響，瘸子就會嘆息一聲。如果很久沒有槍響，他就坐在窩棚裡，把槍伸到棚外，衝著天空放上一槍。火藥閃亮的那一瞬間，他的臉被照亮一下，隨即又沉入黑暗。但這個傢伙自己連眼皮都沒有抬一下，所以，槍口閃出的那道耀眼光芒他沒有看見。還有人說，他的槍裡根本就沒有裝過子

彈。自從腿瘸了之後，他的火槍裡就沒有裝過子彈了。那時，他在晚上護的是自己家地裡的稞。機村人的耳朵裡，還沒有灌進過合作社、生產隊、大集體這些現在聽起來就像是天生就有的字眼。那次，在一片淡薄的月光下，一頭野豬給打倒在麥地中間。本來，一個有經驗的獵手會等到天亮再下到青稞中去尋找獵物。機村的男人都會打獵，但他從來不是一個提得上名字的獵手，因為從來沒有一頭大動物倒在他槍口之下。看那頭身量巨大的野豬被自己一槍轟倒，他真是太激動了。結果，不等他走到跟前，受傷的野豬就喘著粗氣從青稞中間衝了出來，因受傷而憤怒的野豬用長著一對長長獠牙的長嘴一下掀翻了他。那天晚上，一半以上的機村人都聽到了他那一聲絕望的慘叫。人們把他抬回家裡，野豬獠牙把他大腿上的肉撕開了，把白生生的骨頭露在外面。還有一種隱約的傳說，他那個地方也被野豬搞壞了。那畜牲的獠牙鋒利如刀，輕輕一下，就把他兩顆睪丸都挑掉了。第二天，人們找到了死在林邊的野豬，但沒有人找到他丟失的東西。人們把野豬分剖了分到各家，他老婆也去拿了一份回來。一見那血淋淋的東西，他就罵了出來：「呸！婊子！」

瘸腿之前，他可是一個好脾氣的人哪。

脾氣為什麼好？就因為知道自己本事小。

瘸腿之後，脾氣就像蓋著的鍋裡的蒸汽，騰騰地躥上來了。

那都是很久很久的事情了。

一來，這件事發生確實有好些年頭了。二來，一件事情哪怕只是昨天剛剛發生，但是經過一個又一個人添油加醋的傳說，這件事情的發生馬上就好像相距遙遠了。這種傳言，就像望遠鏡的鏡頭一樣，反著轉動一下，眼前的景物立即就被推到了很遠的地方。

這個事件，人們在記憶中把它推遠後，接下來就是慢慢忘記了。所以等到他傷癒下樓重新出現在人群裡的時候，人們看他，就像他生

來就是個瘸子一樣。

我說過，一個村子不論人口多少，沒有幾個瘸子瞎子聾子之類，是不正常的，那樣就像沒有天神存在一樣。所以，瘸子架著拐杖出現在大家面前時，有人下意識就抬頭去看天上。瘸子就對看天的人罵：「呸！」

他還是對虛空上那個存在有顧忌的，所以，不敢把後面那兩個字罵出口來。

後來，村裡出了第二個瘸子。這個新瘸子以前有名字，但他瘸了以後，人們就都叫他小嘎多了。那年二十六歲的小嘎多，肩著一條褡褳去鄰村走親戚。褡褳裡裝的是這一帶鄉村尋常的禮物：一條醃豬腿，一小袋茶葉，兩瓶白酒和給親戚家姑娘的一塊花布。對了，他喜歡那個姑娘，他想去看看那個姑娘。路上，他碰見了一輛爆了輪胎的卡車。卡車裝了超量的木頭，把輪胎壓爆了。小嘎多人老實，手巧，愛鼓搗個機器什麼的，而且有的是一把子用不完的力氣，所以，他主動上去幫忙。裝好輪胎，司機主動提出要搭他一段。其實，順著公路，還有五公里，要是不走公路，翻一個小小的山口，三里路就到那個莊稼地全部斜掛在一片緩坡上的村莊了。

他還是爬到了車廂上面。

這輛卡車裝的木頭真是太多了，走在坑坑窪窪的路上，像個醉漢一樣搖搖晃晃。小嘎多把腿伸在兩根粗大的木頭之間的縫隙裡，才算是坐得穩當了。他坐在車頂上，風呼呼地吹來，風中飽含著秋天整個森林地帶特別乾爽的芬芳的味道。滿山紅色與黃色斑駁的秋葉，在陽光下顯得那麼飽滿而明亮。

有一陣子，他要去的那個村子被大片的樹林遮住了。很快，那個村子在卡車轉過一個山彎時重新顯現出來時，在一段傾斜的路面，卡車又一只輪胎砰然一聲爆炸了。卡車猛然側向一邊，差一點就翻倒

在地。但是，這個大傢伙，它搖晃著掙扎著向前駛出一點，在平坦的路上穩住了身子。小嘎多沒有感覺到痛。卡車搖晃的時候，車上的木頭錯動，使他木頭之間的雙腿發出了骨頭的碎裂聲。他的臉馬上就白了，贊嘆一樣驚呼了一聲，就昏了過去。

小嘎多再也沒能走到鄰村的親戚家。

醫院用現代醫術保住了他的命，醫院像鋸木頭一樣鋸掉了他半條腿。他還不花一分錢，得到了一條假腿，更不用說他那副光閃閃的靈巧的金屬拐杖了。那輛卡車的單位負責了所有開銷。這一切，都讓老嘎多自愧不如。小嘎多也進了護秋組，拿著面銅鑼在地頭上哐哐敲打。兩個瘸子在某一處地頭上相遇了，就放下拐杖曬著太陽歇一口氣。兩個人靜默了一陣，小嘎多對老嘎多說，你那也就是比較大的皮外傷。你的骨頭好好的，不就是斷了一條筋嘛，要是到醫院，輕輕鬆鬆就給你接上了。去過醫院的人，都會從那裡學到一些醫學知識。小嘎多嘆口氣，捲起褲腿，解下一些帶子與扣子，把假腿取出來放在一邊，眼裡露出了傷心之色。老嘎多就更加傷心了，自己沒有上過醫院，躺在家裡的火塘邊，每天嚼些草藥敷在創口之上。那傷口臭烘烘的，差不多用了兩年時間才完全癒合。他嘆息，小嘎多想，他馬上就要自嘆可憐了。老嘎多開口了，他沒有自怨自憐，語氣卻有些憤憤不平：「有條假腿就得意了，告訴你，我們這麼小的村子裡，只容得下一個瘸子，你，我，哪一個讓老天爺先收走還不一定呢！」

老嘎多說完話，起身架好拐，在哐哐的鑼聲中走開了。雀鳥們在他面前騰空而起，那麼響的鑼聲並不能使牠們害怕，牠們就在那鑼聲上面盤旋。鑼聲一遠，牠們又一收翅膀，一頭扎在穗子飽滿的麥地裡去了。

小嘎多好像有些傷心，又好像不是傷心，他也不會去分析自己。他把假腿接在斷腿處，繫上帶子，扣上扣子，立起身來時，聽到真假

肢相接處，有咔咔的脆響。假腿磨到真腿的斷面，有種可以忍受卻又銳利的痛楚。他沒有去看天，他沒有想自己瘸腿是因為上天有個老傢伙暗中做了安排。但現在，看著老嘎多慢慢走遠的背影，想：「老天要是真把老嘎多收走，那他也算是解脫出來了。」

他的心裡因此生出了些深深的憐憫，第二天下地時，他懷裡揣著小瓶子，瓶子裡有兩三口白酒。

到地頭坐下時，他就從懷裡掏出這酒來遞給比他老的、比他可憐的瘸子。

整個秋天，差不多每天如此。每天，兩個瘸子也不說話，老嘎多接過酒瓶，一仰臉，把酒倒進嘴裡，然後，各自走開。

這樣到了第二年的秋天，老嘎多忍不住了，說：「媽的，看你這樣子，敢情從來沒有想過老天爺要把你收走。」

小嘎多臉上的笑容很開朗，的確，他一直就都是這麼想的：「老天爺的道理就是老的比小的先走。」

老嘎多也笑了：「呸！婊子！你也不想想，老天爺興許也有個出錯的時候。」

「老天爺又不會喝醉酒。」

說到這裡，小嘎多真的才意識到自己還很年輕，不能這麼年輕就在護秋組裡跟麻雀逗著玩。

從山坡上望下去，村裡健全的勞動力都集中在修水電站的工地上，以至成熟的麥地遲遲沒有開鐮。

他說：「媽的，老子不想幹這麼沒意思的活，老子要學發電。」

老嘎多就笑了，這是他第一次看見老嘎多臉上的肌肉因為笑而擠出了好多深刻的皺紋。於是，這一天，他又講了好些能讓人發笑的話。老嘎多真的就又笑了兩次。兩次過後，他就把笑容收拾起來，說這世界上並沒有什麼值得人高興的事情。小嘎多心上對這個人生出了

憐憫，第一次想，對一個小村子來說，兩個瘋子好像是太多了。如果老天爺真要收去一個的話……那還是讓他把老嘎多收走吧，因為對他來說，活在這個世上好像太難太難了。而自己還這麼年輕，不該天天在這地頭上敲著銅鑼驅趕麻雀了。

有了這個想法，他立即就去找領導：「我是一個瘋子。我應該去學一門技術。」

「那個嘎多比你還先瘋呢。」

「那個笨蛋，你們真要送他去學發電，我也沒有什麼意見。」領導當然不能讓那個笨蛋去學習發電這麼先進的事情。小嘎多卻是一個腦瓜靈活的傢伙，他提出這個要求就忙自己的去了。幾天後，他得到通知，讓他收拾東西，在大隊部開了證明去縣裡的小水電培訓班報到。

「真的啊？！」他拿著剛剛印上了大紅印章的證明還不敢相信這竟是真的。他坐在地頭起了這麼一個念頭，沒想到過不了幾天，這個聽起來都荒唐的願望竟成為了現實。「為什麼？」

領導說：「不是村裡沒有比你更聰明的人，只不過他們都是手腳齊全的壯勞力，所以，好事情就落在你頭上了。」

小嘎多不怒不惱，臨出發前一天還拿著銅鑼在地邊上驅趕雀鳥，不多時他就碰上了老嘎多。這傢伙拄著一副拐杖，站在那些歪斜著身子的草人身邊，自己也搖搖晃晃一身破爛像一個草人。

小嘎多就說：「伙計，站穩了，不要搖晃，搖晃也嚇不跑雀鳥。」

「呸！婊子！」

「不要罵我，村裡就我們兩個瘋子，等我一走，你想我的時候都見不著我了。」

「呸！」

「你不是說一個村裡不能同時有兩個瘸子嗎？至少我離開這半年裡，你就可以安心了。」說著，他伸出手來，說，「來，我們也學電影裡的朋友握個手。」

老嘎多拐著腿艱難地從麥地裡走出來，伸出手來跟他握了一下。小嘎多心情很好，他從懷裡掏出一個酒瓶，臉上誇張地顯出陶醉的模樣，老嘎多的鼻頭子一下子就紅了起來，他連酒味都還沒有聞到，就顯出醉了的模樣。他伸出去接酒瓶的手都一直在哆嗦。老嘎多就這麼從小嘎多手裡抓過酒瓶，用嘴咬開塞子，「咕咚」一聲，倒進肚裡的好像不是一口沁涼的酒，而是一塊滾燙的冰。

他就這麼接連往肚子裡投下好線塊滾燙的冰，然後，才深深地一聲長嘆，跌坐在地上。他想說什麼，但又什麼都沒說。他眼裡有點依依不捨的神情，但很快，又被憤怒的神色遮掩住了。

兩個瘸子就這麼在地頭上呆坐了一陣，小嘎多站起身來，假肢的關節發出叭叭的脆響：「那麼，就這樣吧。反正有好些日子，機村又只有你一個瘸子了。」

老嘎多還是不說話。

小嘎多又說：「等我回來，等到機村天空下又有了兩個瘸子，老天爺看不慣，讓他決定隨便除掉我們中間的哪一個吧。」說完，他就往山坡下揚長而去。他手裡舞動著的金屬拐杖在太陽底下閃閃發光。

等到小嘎多培訓回來，水電站就要做機村大放光明的時候，老嘎多已經死去很多時候了。電站正式發電那天，村裡的男人圍坐在發電房的水輪機四周。當水流沖轉了機器，機器發出了電力，當小嘎多合上了電閘，飛快的電流把機村點亮，他彷彿看見老嘎多就坐在這些人中間，臉上堆著很多很多的皺紋。他知道，這是那個人做出的笑臉。

（刊於《人民文學》2007年第7期）

班丹

作者簡介

　　班丹，藏族，一九六一年出生於西藏拉薩市曲水縣，十三歲到西藏民族學院求學，就讀於該院預科；一九七八年考入該院語文系藏文班，於一九八二年畢業。從事藏、漢語小說、散文、詩歌等創作及藏漢（漢藏）翻譯，現任西藏自治區檔案局編譯研究室主任，西藏作家協會理事。作品散見於《西藏文學》、《西藏文藝》（藏）、《西藏群眾文藝》、《雪域文化》（藏）、《西藏日報》（藏、漢文）、《民族文學》、《芳草》、《十月》、《中國檔案報》等報刊雜誌。短篇小說〈刀〉曾獲西藏第六屆新世紀文學獎；小說〈走過的路程〉（藏）收入《西藏小說選》；小說〈陽光背後是月光〉收入《夏日無痕——西藏小說選》；散文〈感悟生命〉收入《西藏行吟——西藏詩歌散文選》和《新中國成立六十周年少數民族文學作品選散文卷》；翻譯作品〈風箏‧歲月和往事〉（短篇小說‧藏譯漢）、〈斯曲和她五個孩子的父親們〉（中篇小說‧藏譯漢）分別獲得首屆西藏自治區翻譯作品獎三等獎、第五屆珠穆朗瑪文學藝術獎銅獎，並收入《當代藏族小說譯選集》。著有中短篇小說集《微風拂過日子》。

刀

　　一把由刺刀改製的藏刀，一肘見長，一如冰錐，寒光閃閃，看上去十分精緻，像是下了很大的功夫打製的。

　　在你買那把刀時，我正在我家陽台暖棚裡睡覺。等我醒來時，你已經站在了我面前。你儼然凱旋的英雄，得意而自豪地把那把明晃晃的刀舉在我面前，瞇起眼睛，露出微笑說，我終於有了一把好刀。我點了點頭，啥也沒說，因為我還沒有完全睡醒。過了幾分鐘，你又補了一句，「我買了一把刀，你瞧瞧，漂亮吧？可我不知道它派什麼用場。」我揉一揉惺忪的睡眼，隨口扔給你一句，「吃肉用唄。」你嘿嘿笑，連連點頭，把刀鄭重地掛在腰間，拍了拍。

　　我記得那是個天空陰沉、灰暗、颳著冷風的下午。你買了刀，直奔我家來，跟我大談買刀的過程。你不厭其煩地說，那把刀子是從八廓街的哪個角落悄悄買來的，只花了五百元，那個賣刀子的中年漢子是個大傻瓜……

　　在買回刀子的頭一個月內，你幾乎每天都到甜茶館喝兩小時茶，跟你認識的和不認識的人談論的全是你那把刀，彷彿那把刀是你的傳家寶或者在某個戰場上獲得的戰利品。我聽你老婆說，你根本不顧忌我們民族的忌諱，晚上睡覺時，總是把刀子壓在枕頭下面，怕被人搶了去。你那麼做，令我們記起小時候過年時，除夕晚上我們把新衣服、新鞋子等，所以過年時能夠派上用場的東西都放在枕邊睡覺的情景。

　　一個無聊的下午，你又到一家你平時很少光顧的甜茶館，坐在顯眼的地方，喝著茶，不時地從腰間的刀鞘裡拔出那把你並不知道買

來到底要派什麼用場的刀，像把玩一件稀世古玩般十分得意地欣賞起來。你還希望有人跟你一起欣賞它，給予它令你心花怒放的評價。然而，你卻大失所望，沒有一個人向你和你的刀子投去友善的欽慕的欣賞的目光。掃興之餘，你收起臉上可人的笑意，很不情願地把它插進了和刀子一樣漂亮的刀鞘裡。你知道其實用白銀雕成的刀鞘比刀子本身更漂亮，那刻著青龍的花紋精細得無懈可擊。可是你只是把刀子奉作稀世珍寶，卻忽略了刀鞘的存在，就像茶客們壓根就沒有把你和你的刀放在眼裡一樣。

時間隨著你的呼吸一秒秒地逝去。你用左手托起下巴頦兒，蔫蔫兒地朝茶館外面的街市望了望。街面承受著烈日的烤炙。往日行色匆匆的人們這時慵懶地向各自鎖定的方向挪步。五花八門的時髦衣裝在陽光下飄舞。手機鈴聲此起彼落。奇醜無比卻十分得寵的狗們在店鋪門口打盹。你無心欣賞茶館外面的風景。你唯一感興趣的是觀察別人是否也擁有跟你那把刀一模一樣的刀。你發現十幾個保安排成縱隊，從亂哄哄、髒兮兮的街面穿過。保安的制服使你聯想到了警察，又由警察聯想到了罪犯。再由罪犯聯想到了幾年前因犯事兒，被請進高牆大院裡的哥哥，弄得你很不舒服，像是不小心把一隻骯髒的蟲子吃進了肚子。你把眼睛從茶館外的街市收了回來，毫無顧忌地罵起街，「娘的。耍什麼威風？不就是『糌粑警察』（打工的）嘛。」罵完，你又把刀子拔了出來，歪頭歪腦地賞讀起你那把漂亮的刀。「這刀子好是好，可是刻在上面的藏文『蕃（西藏）』字歪歪扭扭的，難看死

了。」這時離你約一米遠的一位退休幹部模樣的老漢沖你笑了笑，「小伙子，別讓警察把你的漂亮刀子收走哦。」你點點頭，謙和而又厭煩地回應道，「憑什麼？我又不準備行凶殺人。」說完，你很懊悔，意識到自己太放肆，用幾近惡毒的語言回敬一位老人實在有失禮節，便馬上改口道，「不過我還是要感謝您的提醒。」

「抱歉。算我多嘴。不過你的刀子確實很漂亮。」老漢仍舊笑著回了你一句。好不容易終於有人跟你搭話，而且誇讚你的刀子是漂亮的，你的興致一下子從冰點上升到沸點，特想接住剛剛開始的話茬，跟老漢聊一聊，主要是聊你的刀子或者與刀子有關的話題。可是，那位老漢神情漠然地走到收錢的破櫃台，把幾元錢遞給老闆娘，戴上一頂跟你的刀子一樣漂亮的細呢禮帽，訕訕地離開了茶館。

老漢一走，你的心涼了一大半。

你把刀子收起來，把嘴噘得高高的，沒好氣地看著黑壓壓地附在天花板上的蒼蠅，嘟噥了幾句。你看到有人要了一碗鹹麵外加一塊餡餅，馬上感覺到自己的胃腸裡有了明顯的反應，似乎聽到了出自胃腸裡的聲響。但是，一想到成群結隊的蒼蠅滿屋子亂飛，特別是密密麻麻地落在茶館廚房裡的鍋碗瓢盆、菜刀案板和食物上，牠們或趴著或匍匐或跳舞，一陣嘔吐感直逼你的喉頭，把你的食欲一下子掃沒了。「與其殺死有思想的蒼蠅，還不如除掉不講衛生的餐館老闆。」一個念頭驟然在你腦中閃現的同時，你緊緊握住刀柄，把刀子從刀鞘裡抽出半截，想了想，很快又把它插入了刀鞘。你認為招引無數蒼蠅到茶館裡的罪魁禍首是老闆，因為他們只顧賺錢，而不考慮客人的健康問題，導致瀰漫在空氣中的甜茶味和泡菜的酸味引來了蒼蠅，使茶館成了牠們逐臭的戰場。你像是要報弒父之仇，狠狠地盯了一會兒老闆和受僱充當服務員的女孩兒們。可是她們避開你的眼睛，去忙她們該忙的事情了。

　　你喝一小口茶，把杯子重重地摔在濕乎乎的桌上，悶悶不樂地接受著茶館裡的噪音。沒有人知道此時你在想什麼。你是不是想起了你考大學落榜後，硬死不跨學校的門檻，用母親的積蓄在生意場上摸爬滾打的事兒？你做過各種各樣的生意，賺過錢，也賠過本，但賺的比賠的多多了。手頭有了幾十萬存款以後，你逢人就說改革開放真好。你現在依然很有錢，儘管我不知道你在做什麼生意。如果你沒有錢，你就不會拿著你那把漂亮的刀子，東奔西跑，到處閑逛。哦，提到母親，就不能不順帶地提一下你的父親。你沒有見過你的父親。聽你母親說，你在她的肚子裡的時候，你父親就帶著被白酒浸泡的肝臟去了天堂。不提了，一提他，你就會憤怒地抽泣。你也許在想一些與刀子無關的事情。你每過兩三分鐘摸一次腰刀的舉動，無疑在告訴人們刀子令你煩惱了，或者你要賦予刀子以某種說不清的色彩。其實，連你自己也不知道你在想什麼，到底要幹點什麼。就像你絕不會毫無目的地買一把刀，卻不知道派什麼用場。

　　有幾個打扮入時的女子走進茶館，在你正對面找了一張桌子，圍成一圈坐了下來，十分張揚地喝茶、吸菸、說話。你想當然地認為她們是些不良女子。你進一步猜想她們是幹什麼的，還懷疑她們的手提包裡藏著藥物、安全套、刀子之類的東西。當然，還有化妝品。

　　在沒有男人關注你和你刀子的情況下，你把目光轉向那幾個女子，希望你和你的刀吸引她們。可是她們只顧著大聲說笑，悠然地噴雲吐霧，懶得看別人一眼，一副拒人於千里之外的樣子。看著她們心高氣傲的樣子，你心裡特別氣憤，如同受到了莫大的侮辱。你的臉立馬被很重的陰氣占據，眼睛裡充滿了仇恨的光芒。你想用你漂亮的刀子征服她們，讓她們變得文明點兒、規矩點兒。可細心一想，覺得自己沒有理由這麼做，畢竟人家沒有招惹自己，更沒有做出什麼對不起自己的事兒。

　　你不是個好色之徒。這點我完全可以證明。可你為了引起女孩們對自己和刀的注意，從衣兜裡掏出餐巾紙，捏成一團，朝對面的女孩們扔了過去。紙打在一個女子的鼻子上。她用兩根指頭，把從鼻子上掉落到茶杯旁的紙拈起來，丟到桌子底下的垃圾簍裡，朝你瞥一眼，調動眼睛和嘴角勾出了一絲少女般的微笑。

　　微笑似乎潛藏著巨大的力量。它逼使你低下頭，對自己說，我這是幹什麼？無聊，不要臉。

　　你確實是很有些無聊，但沒有什麼惡意。你只不過想跟那些個女子說說話，談談你的刀。

　　一隻黃不啦唧、毛茸茸的小狗離開主人，跑到你的桌邊，一頭鑽到你的腿間，舔起你的腳踝來。要不是脖子上繫著個跟你的刀一樣漂亮的鈴鐺，牠就醜不堪言。你最討厭像個奴才，整天跟在主人屁股後面到處瞎跑的小狗。為對牠表示友好，你趁人不注意，用刀鞘不重不輕地敲了敲牠的小腦殼。牠在你腳跟前連打幾個轉，搖搖晃晃地衝門口跑了。你暗笑，這小東西被我打暈了，找不著主人啦。

　　此時的茶館還像那麼一回事，喝茶、吃東西的人不算少。可是你依然孤坐一隅，想著你的漂亮刀子。沒有人搭理你，更沒有人願意靜下心來跟你談論你心愛的刀子。對此，你很不理解。你連刀子帶刀鞘一起從腰上扯下來，在手裡掂了掂。可惜，沒有人注意你，甚至沒有人意識到你的存在，彷彿你僅僅是跟著主人跑進來的一條大煞風景的雜種狗。你掃了一眼茶館的角角落落。所有人都在用嘴巴忙活著——喝茶、說話、抽菸。你非常在意別人對你的不屑，從骨子裡瞧不起你自己以外的所有人，進而從內心深處對周圍無辜的茶客們射出一枝枝鄙夷的利箭。你搖搖頭，忖道，傻瓜，全是傻瓜，對這麼好的刀子都不感興趣。這句話你在心裡重複了數次。

　　「我為什麼要買這麼一把刀？」你在心裡輕輕地問自己。

你發現自己的茶杯裡只剩下茶渣，朝服務員喊了兩聲。可惜沒人理睬。你又喊了幾聲，接著拿起杯子在桌面上重重地敲了幾下，還是沒有人過來給你續茶。氣急之下，你大著嗓門吼了起來。大約過了一兩分鐘，一個女孩提著茶壺走過來，像給要飯的倒茶似的往你的茶杯裡倒茶，看都不看你一眼就回廚房裡了。女孩倒茶過狠，茶從杯口溢出來，淤在粗糙的桌面上，很快自桌面淌了下去，一滴一滴地滴落在你的白色旅行鞋上。你沒有注意到鞋子，只是悶悶不樂地用右手食指蘸著茶，在桌上又寫又畫，把整張桌子弄得個花花綠綠的。你寫了很多字兒，其中寫得最多最漂亮的是刀子的刀。

時間在你寫寫畫畫的當兒從你的指間流逝。你喝了一口滾燙的甜茶，伸手摸了摸你並不在意的漂亮刀鞘，環視了一下茶館。偌大的茶館裡，除了你，已經沒有什麼客人了。

你繼續喝著茶，把玩起那把你非常中意的刀，宛然你獲得了一塊價值連城的稀世珍寶。你特別想聽到有人誇你的刀，「啊呀，多麼漂亮的刀啊！」可仍舊沒有一個人湊過來問你那把刀。其實，你自己沒留意，茶客中至少有那麼些人注意到了你。只是因為你留著一頭不算太長，但也不算短的鬈髮，手裡又握著你引以驕傲、明晃晃的、由用來殺人的刺刀改造的，指不準哪天要用來傷害人的刀子。一定是你的那把刀，才使得別人不敢靠近你，而且在你到來之前就已經坐在你周圍的人也都匆匆埋單，像躲避地雷似地迅速離開了茶館。

過了好長一段時間，當你發現茶館裡沒剩多少人的時候，恰巧也是老闆娘和幾個女服務員偷偷盯你，小聲嘀咕的時候。可當你的目光與她們相撞時，她們趕快向你擠出一絲勉強的微笑。不知怎麼回事，反應一點也不遲鈍的你根本就沒有注意到在你身邊發生了些什麼細微的變化。反倒以為茶館裡只剩七八個人是很正常的，說明人家喝好了，該幹嘛就幹嘛去了；老闆娘和服務員遞給你微笑是她們尊重你，

在向你表示友好。

那一個月裡，你最後一次到甜茶館，照舊怡然自得地喝著茶，欣賞那把在你眼中無與倫比的刀子的時候，終於有三個人從離你三四米遠的地方挪到你對面的長條椅子上，嘴角堆出微笑，將三雙商人般的眼睛齊刷刷地投向你，陪你賞刀，表現出對刀子很感興趣的樣子。僅憑他們的眼神，就不難看出他們很想接近你那把刀。

「你這把刀很有神。」其中一個人看著你說。

「什麼？我這把刀有神？」你沒有完全聽懂人家說的話。

「他說你這把刀很有神韻。」另一個人向你解釋，一副不屑的樣子。

你用只有你自己聽得清楚的聲音說，「神韻？刀能有什麼神韻？」轉而抬高聲音問道，「你指的是刀魂嗎？」

「嗯，差不多吧。」那人隨意地回答。

那三個人中還沒有來得及開口的那個人把手向你伸過去，示意你把刀子拿給他看。你把刀把兒朝對方，恭敬地遞到他手上。那人儼然是個行家，他粗略地瞧了瞧刀身，用手摸了摸刀刃，從自己的額際拔一根頭髮，把它橫在刀口，「噗」地一吹，說，「能賣給我嗎？」

你搖了搖頭。

「我出雙倍的價錢。」那人像是真的動了心。

你和和氣氣地回話，「對不起，我不打算賣掉它。」

那人用幾近懇求的口吻表白道，「請把這把刀讓給我，我很需要它。不瞞你說，這刀我找了很多年，今天終於找到了。」

你很友好地回了他一句，這刀我也是找了多年才弄到手。」

「哦。不過我相信這把刀總有一天會到我手裡。」那人的表情變得有些冷漠，語氣裡透著自信和堅毅。

「為什麼？」你不解地問。

「這刀有故事。」

你怔住了，壓根沒有想到請他把故事講出來。

你仔細看了看那人，覺得有點面熟。是我在林芝開酒吧時見過的呢，還是在阿里開舞廳時見過的，不會是我在那次收購蟲草時見過的吧？看樣子，這幫人一定認識我。你叩開記憶的小門，琢磨起你並不認識，但似曾相識的漢子們。你怎麼也沒有想起他們是誰。你笑笑，拉薩城頭有的是相像的人，我想得太多了。

這時，很多茶客手裡端著茶杯，把你和那三個人圍成一團，梗著脖子，把腦袋伸向你，瞪大了眼睛瞧你的刀。

你堆出一臉愜意的笑容，心忖，這刀子我買對了。我誰也不賣。

看著那麼多人圍攏過來瞧你的刀，那三個漢子顯出很不自在、很不舒服、很不耐煩的神情。其中那個說你的刀子是把好刀的人，扭頭對身後湊熱鬧的人瞪了一眼，又將屁股沉沉地擱在了硬邦邦的長條木凳上。可是，圍觀的人吼吼喳喳地議論著，毫不顧忌他的不悅。那三個互相遞了個眼色，撥開人群，很不情願地離開了茶館和你的刀。得意的你目送著失望的他們，十分得意地把那把刀子插進刀鞘裡，端起茶杯，悠然地喝起了茶。那三個人一走，圍攏的人一個個都知趣地回到了原來的位置上。

好東西就是好東西，自然會有識貨的。這不，三個漢子不是看上我的刀了嗎？

後來，你又換了十餘家茶館，目的是想讓更多的人賞識你那把刀。可是事與願違，再也沒有遇上三個漢子那樣的人。

那天，你離開甜茶館，邁起慵懶的步子，在熾烈的陽光裡游動。

壅堵在馬路當中的各類汽車把你攔在斑馬線的一頭，五顏六色的車輛如同長龍過街。車身閃爍的光焰讓你煩燥。你恨不得拔出刀子，劈開一條路來，穿過跟人一樣喜歡扎堆的車輛，走到對面的人行道上去。

你乜斜著眼睛瞪沒有雲絲的天空，摸摸腰間的刀。一想到沒有幾個人關心你的刀，你就憤憤地罵起了娘，「媽的，那些茶客是什麼意思？好像我這把罕見的刀子是用木頭打製的。」突然，一個念頭在腦子裡一閃，決定不再到甜茶館裡擺弄刀子，而是要換個地方尋找知音。

於是，你不聽我們的勸告，天天往酒館、酒吧和歌舞廳跑，把自己用酒精泡得像個誤食了毒草的綿羊似的，連路也走不穩。

那天晚上，有人跑來敲我們家的門。

由於天已黑透，窗外飛起雨絲，我就沒有理睬。

「喂，你趕緊起來。」你的叫喊聲很大。

我摁亮了電燈。天哪，你噴著酒氣出現在我面前。看見你這副醉態，我煩得都快要昏厥。

「喂，你是我的朋友吧？」你蹲在茶几邊上，把一隻手搭到我大腿上，從腰間拔出那把刀子，在我眼前晃來晃去。

你在我家折騰了大半夜後，倒在地毯上打起了響亮的呼嚕。

被你提起酒興的我，喝著剩下的酒，揣摸起你和你的刀子來。你怎麼突然發了瘋似地玩上了刀？我想不明白。我差一點把你那把漂亮的刀子從你腰上解下來，藏起來，等到天亮後還給你。可轉念一想，你已經喝大了，睡得像死人似的，出不了啥事兒，也就打消了這個念頭。

我喝著喝著，不知不覺中，也被酒精拖入了夢鄉。

次日，等我從沙發裡抬起昏沉沉的頭時，我老婆正在客廳裡搞衛生。我揉揉眼，乾咳兩聲，「呃呃呃」地清清嗓子，問她你上哪兒去了。她說，「我怎麼知道，他又不是我男人。」

我生怕你和你的刀子出點啥事兒，心裡特別焦急。擔心之餘，我逕直奔你家去找你。你的房門緊鎖著。我回頭剛想離開，三個年輕

漢子已經站在我身後了。我不知道他們是些什麼人，是從哪兒冒出來的。

「你們是？」我問。

「哦，我們來『請』一把刀。你呢？」

我的聲音莫名其妙地發起抖來，「我也是來請刀的。」我不知道自己在說什麼。

「你能把這家男人的手機號碼告訴我們嗎？」那三人很有禮貌。

我以為那三個漢子是你新近認識的朋友，就毫不遲疑地拿出手機，翻看通訊錄，把你的手機號碼一字不差地告訴了他們。

一個漢子掏出手機，撥了你的號碼。

「電話撥通了。但他不接，」那人對我說，「多謝了。」

那三個漢子朝我揚揚手，一溜煙似地從我眼前消失了。我估計他們可能要去找你。不，我確信他們要去找你。

這天，你弄得我一整天很不安寧，我怕你出點啥事兒。

中午時分，我在家裡丟了魂似的來回踱著步，不停地給你和你媽媽打電話的時候，你和你的刀卻在西郊濕地旁邊的那塊著名天然酒吧喝酒、擲骰子。我後悔自己把你的手機號碼輕易地告訴了陌生人。所幸的是，你已關機，那三個找刀子的漢子沒法跟你聯繫了。我老婆發現我打電話找你，就問我是不是今晚又要跟你喝酒熬夜。

急成一團的我隨口說了聲，「難道不行嗎？」

從她嘴裡迸出一個字兒，「行。」

傍晚，你和你的刀子打的到一家派出所找人。你悄聲對你的刀子透露秘密，說，我們要找的是當年逮我哥哥的那個警察。刀子沒有做出任何反應。

你在派出所附近的一棵楊樹下蹲守。你希望那位警察隻身一人打你面前走過，以便收拾他。你沒有引起人們的注意，也許他們以為你

在散步或者在等什麼人。你口渴了，買來兩罐啤酒，坐在石頭上喝了
起來。那兩罐啤酒一下肚，自然加重了你的醉意，慢慢地你被瞌睡俘
虜了。

在你睡得正酣的時候，天空驟然下起了大雨。雷聲穿透濃雲滾滾
炸響，把被雨水澆透了的你從朦朦朧朧中震醒了。醒後，你的第一
個反應是用手摸腰，看看刀子是否還在該在的地方。刀，依舊垂在腰
間，隨時準備著跟你闖蕩。你站起身來走了幾步，發現酒也醒了一點
兒，腦細胞開始恢復正常工作。你抖抖身上的雨水，心裡在說，謝天
謝地！我醉躺在離派出所不遠的地方，竟然沒有被警察發現。否則，
我和我的刀就有可能遭罪。

你很明智地打了一輛車，準備回家。然而，半道上你改變主意，
叫的哥掉頭，開進一條小胡同裡，剎車，付錢，用「祝你好運」這麼
四個字把的哥打發走。然後，你鑽進了一家有名的小酒吧。啊呀呀，
還真有點酒好不怕巷子深的意思了啊。

很長時間為那把漂亮刀子得不到別人的青睞而苦惱的你，一反常
態，找了一個靠牆旮旯兒的座位坐下，要了十瓶啤酒，獨自一人靜靜地
喝了起來。

當你被雨水淋濕的衣服乾得差不多的時候，你也醉得差不多了。
恍惚間，你發現那三個要買你刀子的漢子坐在你旁邊的座位上。他們
時不時地朝你看一看，遞個微笑，還輪流提著酒和酒杯到你眼前，給
你敬酒。

你深知在拉薩的酒吧裡，拒絕生人敬的酒意味著什麼，十有八九
是要出事的。因此，你在還沒有完全失去知覺前，理智地喝了他們的
酒，也照禮節回敬了人家。

你可能發現了，他們並沒有喝多少酒，主要是以聊天的形式談論
一些事情，聊了很久，聊了很多，聊得最多的是你那把刀。其中一個

漢子講述你那把刀的故事後，說了這樣一句話，不把奪走我阿爸生命的那把刀弄到手，我就不是男子漢。他們好像非常熟悉那把刀，就像熟悉他們自己的手指頭。他們一小口一小口地抿著酒，一直待到你喝得天昏地暗，由服務員送出酒吧。

幾天後的一個早晨，三個身著警服的人來找過你妻子。他們叫她到什麼地方認領你的屍首。你妻子哭了，哭得還夠傷心的，只是沒有擠出一滴眼淚來。看樣子她並不想為你浪費珍貴的眼淚。

我們打破從祖上延續下來的有關死於武器的人沒有資格天葬的規矩，把你送到了著名的直貢梯天葬台。

我們在你身上發現多處刀傷。原來你是被你那把漂亮的刀子結束生命的。

你的刀子終於派上用場了。

（刊於《西藏文學》2010年第1期）

次仁羅布

作者簡介

　　次仁羅布，藏族，一九六五年出生於西藏，一九八一年考入西藏大學藏文系，一九八六年大學畢業，先後在《西藏日報》和《西藏文學》編輯部等工作，現為中國作家協會全委會委員，西藏作家協會副主席，《西藏文學》執行主編。一九九二年發表第一篇小說〈羅孜的船夫〉，其後創作質量逐年提升。二〇〇六年，短篇小說〈殺手〉入選《二〇〇六年中國年度短篇小說》和「中國小說排行榜」、《廿一世紀中國當代文學》（英文），並獲得西藏第五屆珠穆朗瑪文學獎；二〇〇八年，中篇小說〈界〉獲得第五屆西藏新世紀文學獎；二〇〇九年，短篇小說〈放生羊〉入選「二〇〇九年中國當代最新作品排行榜」，並於翌年獲得第五屆魯迅文學獎；二〇一〇年，短篇小說〈阿米日嘎〉獲「首屆茅臺杯中國小說排行榜」；二〇一二年中篇小說〈神授〉獲得《民族文學》「二〇一一年度優秀小說獎」。作品被翻譯成英語、法語、西班牙語、韓語、日語等。

放生羊

你形銷骨立，眼眶深陷，衣裳襤褸，蒼老的讓我咋舌。

湖藍色的髮穗在你額際盤繞，枯枝似的右手伸過來，粗糙的指肚滑過我摺皺的臉頰，一陣刺熱從我臉際滾過。我微張著嘴，心裡極度難過。「你怎麼成了這副樣子？」我憂傷地問。

你黑洞般的眼眶裡，湧出幾滴血淚，顫顫地回答，「我在地獄裡，受著無盡的折磨。」你把藏裝的袖子脫掉，撩起襯衣的一角。

啊，佛祖呀，是誰把你的兩個奶子剜掉了，血肉模糊的傷口上蛆蟲在蠕動，鮮紅的血珠滾落下來，腐臭味鑽進我鼻孔。我的心抽緊，悲傷地落下淚水。

「你在人世間，幫我多祈禱，救贖我造下的罪孽，儘早讓我投胎轉世吧。」你說。

我握住你冰冷的手，哽咽著放在我的胸口，想讓起伏跳動的心捂熱這雙手。

「我得走了，雞馬上要叫。」你的臉上布滿驚恐地說。

「這是城裡，現在不養雞了，你聽不到雞叫聲。」我剛說，你的手從我的手心裡消融，整個人像一縷煙霧消散。

「桑姆——」我大聲地喊你。

這聲叫喊，把我從睡夢中驚醒，全身已是汗涔涔。睜眼，濃重的黑色裹著我，什麼都看不清，心臟擊鼓般敲打。我坐起來，啪地打開電燈。藏櫃、電視、暖水瓶、木碗等在燈光下有了生命，它們精神爽朗地注視著我。你卻不見了，留給我的是噩夢。不，是托夢，是你托給我的夢。剛才的一幕，就像真實發生的事情，讓我揣揣不安。一

急，我的胃部疼痛難忍，用手壓住喘粗氣。不久，疼痛慢慢消失，我又被那個夢纏繞。

你去世已經十二年了，這十二年裡你一直沒有投胎，這，我真的不曾想像過。你離開塵世後，我依舊每天都去轉經，依舊逢到吉日要去拜佛，依舊向僧人和乞丐布施，難道說我做的還不夠嗎？讓你一直受苦，我的心裡很難受。今早我到大昭寺為你去燒斯乙，再去四方各小廟添供燈，幫你祈求儘早投胎轉世。我已經沒有了睡意，拉開窗簾向外張望，外面一片漆黑。窗玻璃上映顯一張瘦削摺皺的面龐，衰老而醜陋，這就是此時的我了。我離死亡是這麼的近，每晚躺下，我都不知道翌日還能不能活著醒來。孑然一身，我沒有任何的牽掛和顧慮，只等待著哪天突然死去。我抬頭看牆上的掛鐘，才早晨五點，離天亮還有兩個多小時。我起床，把手洗淨，從自來水管裡接了第一道水，在佛龕前添供水，點香，合掌祈求三寶發慈悲之心，引領你早點轉世。

我把供燈、哈達、白酒等裝進布兜包裡出門。在路燈的照耀下我去轉林廓，一路上有許多上了年紀的信徒撥動念珠，口誦經文，步履輕捷地從我身邊走過。白日的喧囂此刻消停了，除了偶爾有幾輛車飛速奔駛外，只有喃喃的祈禱聲在飄蕩。唉，這時候人與神是最接近的，人心也會變得純淨澄澈，一切禱詞湧自內心底。你看，前面一位白髮蒼蒼的老婦人，一步一叩首地磕等身長頭；再看那位搖動巨大瑪呢的老頭，身後有只小哈巴狗歡快地追隨，一路灑下嘶吟吟的鈴聲。這些景象讓我的心情平靜下來，看到了希望的亮光。桑姆，你聽著，我會一路上祈求蓮花生大師，讓他指引你走向轉世之路。「退松桑皆古如仁不其，歐珠哀達帝娃親卜霞，巴皆哀嘶堆兌扎不最，索娃帝所盡給露度歲⋯⋯嗡拜載古如拜麥索底哄⋯⋯」

你看，天空已經開始泛白，布達拉宮已經矗立在我的眼前了。山

腳的孜廓路上，轉經的人如織，祈禱聲和桑煙徐徐飄升到空際。牆腳邊豎立的一溜金色瑪呢桶，被人們轉動的呼呼響。走累的我，坐在龍王潭裡的一個石板凳上，望著人們匆忙的身影，虔誠的表情。坐在這裡，我想到了你，想到活著該是何等的幸事，使我有機會為自己為你救贖罪孽。即使死亡突然降臨，我也不會懼怕，在有限的生命裡，我已經鍛鍊好了面對死亡時的心智。死亡並不能令我悲傷、恐懼，那只是一個生命流程的結束，它不是終點，魂靈還要不斷地輪迴投生，直至二障清淨、智慧圓滿。我的思緒又活躍了起來。一隻水鷗的啼聲，打斷了我的思緒。

布達拉宮已經被初升的朝霞塗滿，時候已經不早了，我得趕到大昭寺去拜佛、燒斯乙。

大昭寺大殿裡，僧人用竹筆醮著金粉，把你的名字寫在了一張細長的紅紙上，再拿到釋迦牟尼佛祖前的金燈上焚燒。那升騰的煙霧裡，我幻到了你憔悴、扭曲的面孔。我的胸口猛地發硬，梗得有些喘不過氣來。「斯乙已經燒好了，你在佛祖面前虔誠地祈禱吧！」僧人說。我捂著胸口，把供燈遞到僧人手裡，爬上白鐵皮包裹的階梯，將哈達獻給佛祖，腦袋抵在佛祖的右腿上為你祈求。

我又去了四方的各個寺廟，給護法神們敬獻了白酒和紙幣。等我全部拜完時，時間已經臨近中午。這才發現我又渴又餓，走進了一家甜茶館。這裡有很多來旅遊的外地人，他們穿那種寬鬆的、帶有很多包的衣服。其中，有個來旅遊的女孩子，坐到我的身旁，央求我跟她合影。我笑著答應了。等我吃完麵喝完茶時，那些來旅遊的人還很開心地交談著，我悄然離開了。

出了甜茶館，我走進一個幽深的小巷裡，與一名甘肅男人相遇。他留著山羊鬍，戴頂白色圓帽，手裡牽四頭綿羊。我想到他是個肉販子。當甘肅人從我身邊擦過時，有一頭綿羊卻駐足不前，臉朝向我咩

咩地叫喚，聲音裡充滿哀戚。我再看綿羊的這張臉，一種親切感流遍周身，彷彿我與牠熟識久已。甘肅人用勁地往前拽，這頭綿羊被含淚拖走。一種莫名的衝動湧來，我下意識地喊了聲，「喂——」

甘肅人驚懼地回頭望著我。

「這些綿羊是要宰的嗎？」我湊上前問。

「這有問題嗎？」甘肅人機警地反問道。

我把念珠掛到脖子上，蹲下身撫摩這頭剛剛還咩咩叫的綿羊。牠全身戰慄，眼睛裡密布哀傷和驚懼，羊糞蛋不能自禁地排泄出來。我被綿羊的恐懼所打動，一腔憐憫蓬勃欲出。為了救贖桑姆的罪孽，我要買回即將要被宰殺的這頭綿羊。「多少錢？」我問。

「什麼？」甘肅人被我問的有點糊塗。

「這頭綿羊多少錢？」我再次問。

「不賣。」「我一定要買。我要把牠放生。」我說。

甘肅人先是驚訝地望著我，之後陷入沉思中。燦爛的陽光盛開在他的臉上，臉蛋紅撲撲的。他說，「我尊重你的意願，也不要賺錢，就給個三百三十。」

他能改變想法，著實讓我高興，我立刻掏出衣兜裡的錢交給了他。甘肅人把錢揣進衣兜裡，牽繩遞到了我手裡。他牽著其他綿羊走了。

「你這頭綿羊跟我有緣，我把你放生，是因為你上上輩子積下的德今生的回報。」我自然地把綿羊稱為了你。你沒有理會我的話，衝著其他綿羊的背影又叫喚起來。甘肅人頭都沒有回，他和其他綿羊消失在小巷的盡頭。我為那些即將被剝奪去的生命惋惜，取下脖子上的念珠，為那三隻綿羊祈禱。我和你的身上塗抹著金燦的陽光，這陽光卻無法驅散我們心頭的隱憂。「我的錢只夠救你，想想我們還要過日子呢。」我說。你抬起了頭，我看到一汪清澈的淚水溢滿你眼眶。

我再次蹲下來，撫摩你毛茸茸的身子，上面還粘著雜草碎石。真是奇怪，我的腦子裡把桑姆和你混合成了一體，從你的身上聞到了桑姆的氣息，是那種汗臭和髮香混雜的氣味。這種久違的氣息，刺激著我的感官，讓我對你滋生出百般的愛憐來。我把臉埋進你的毛叢裡，掉下了喜悅的淚水。幽深的小巷裡，我和你相擁著，我為冥冥之中的這種註定而喜泣。

我帶你回到了四合院，鄰居們驚奇地望著我，小孩們興奮地跑來圍觀。「爺爺，這是你的綿羊嗎？」「是我的。」「牠吃什麼呢？」「草和蔬菜。」「……」

這下午為了你，我把窗戶底下清掃了一遍，把很多揀來捨不得丟掉的垃圾全給扔了。你一直用疑惑的目光注視我，粉色的鼻翼不時嚅動。我對你說，「你的窩被我騰了出來，今後你就要在此度過餘生。」你聽過我的話，眼睛依舊盯著我。我想你沒有聽懂我的話。

時針在奔跑，它把太陽送到了西邊的山後。我先要給你去買些吃的。從八廓街通往清真寺的小巷裡，晚上有很多擺攤賣菜的四川人，我從一個菜攤上買了十斤白菜，再要了一些丟掉的爛菜葉子，回到家切碎餵給你。你顯得很優雅，低垂著頭，一小口一小口地咀嚼，不時用你那晶亮的眼睛對視我一下。你的眼神變得柔和了些，但不時還有猶豫和驚恐閃現。我心滿意足地衝著你呵呵笑。我喜歡你一身的白毛和敏感的雙眼。你這頭綿羊，為了你我把今天下午的那頓酒都忘了去喝。唉，一下午轉眼就消失了，要是以往時間漫長的讓我不知所措。

這一晚，我睡得很不踏實，心裡老是惦記著你，醒來過三次，每次都要開門去看你。每次你都睡得很沉，在地上佝僂著身子，小腦袋縮在胸前，一副惹人愛憐的模樣。桑姆的睡覺姿勢也跟你差不多，你倆是何等的相像啊！我蹲在你的身旁，久久注視著你，心裡充滿溫馨。

醒來，四合院裡已經有人走動，還聽到去上學的小孩叫鬧聲。

我睡過頭了，急忙起來。

我解開套繩，牽你去轉林廓時，你咩咩地叫喊，四蹄結結實實地抵在石板上，身子向後縮。來到院子中央打水的鄰居見這般情景，過來幫我推你。你拗不過我們，只能順從地跟在我的身後。我們倆穿過小巷走到了拉薩河邊，碧藍的江水一路陪伴我們，習風飄搖我滄桑的白髮。翻越覺布日山時，你又跟我拗起來，死活不上陡峭的山坡。幾個轉經人從後面推你，我從前面拽。這樣僵持一陣後，我的全身出汗濕透，你快把我的體力全耗掉了。疲憊的我憤怒地吼，「你再這樣，我就把你送回甘肅人那裡。」你的眼睛裡拂過一絲驚懼，腦袋低沉下去，再也不看我一眼。「別急，你第一次帶牠來轉經，可能有點害怕。」「讓牠休息一下，我們幫你。」「牠怕了，看，身子都在抖。」七八個人圍攏過來，站在爬山的狹窄小道上議論開了。風馬旗在徐風中輕輕飄揚，發出微微的聲響；刻瑪呢石的人，盤腿坐在路邊，在岩石板上叮叮哐哐地雕刻六字真言。有個老太婆從自己的包裡，抓點揉好的糌粑坨，送到了你的嘴邊。你濕漉的鼻翅兒嚅動，伸出舌頭舔舐糌粑。「可憐的綿羊，你是被放生的，誰都不會傷害你，用不著害怕。」老太婆說著撫摩你的頭。老太婆的手，輕輕地敲擊你的背部，你順從地向山坡上走去。我匆忙牽著繩走在前面。人們的念經聲嗡嗡地在背後響起。

沒有一會兒，我們來到倉瓊甜茶館，我把你拴在門口，讓服務員給你一些菜葉吃。她們從廚房拿些菜葉子去餵你。一名服務員跑進來問我，「準備放生嗎？」「是放生羊。」我回答。「那你該給牠穿耳，或身上塗顏料。」服務員又說。「這些我知道。只是牠剛買回來，再說我也不會穿耳。」「明天你帶牠過來，我幫你穿耳。」一位喝茶的老頭插話說。他穿氆氌藏裝，白色的鬍鬚只抵胸前。「那太好

了。謝謝您。」我向他表示感激。他說給綿羊穿耳，是他的一個絕活，綿羊不會感到一點疼痛。他的自信，使我踏實了很多。「把你的包給我，我給你裝點菜葉子。」服務員拿走了我的背包。

我背上滿滿當當的布兜包，領你從小昭寺門口過。街道兩旁的店子開門營業了，嘈雜的音樂直衝天際，不時還能聽到減價處理的叫喊聲。我突然想帶你去小昭寺，讓你拜拜覺沃米居多吉（釋迦牟尼佛），爭取來世有個好的去處。我們穿越桑煙的繚繞，進了小昭寺大門，你用奇異的目光審視。有位僧人擋住了我們，不讓你進寺廟裡，說你會弄髒佛堂的。我向他懇求，說你是昨天剛買來的，是要放生的。他最終允許你進去。我提醒你，好好拜佛，用心祈求。你順從地跟隨我，你的目光落在慈祥的神佛和面目猙獰的護法神上，一種膽怯的虔誠表現出來，身子微弓，步伐輕柔。我從你的眼神裡，發現你是一頭很有靈性的綿羊，相信你跟著我會積很多的功德，這些以小積多的功德，最終會給你好的報應。

我倆坐在小昭寺院子裡，曬著暖暖的陽光休息。空氣裡瀰漫桑煙和酥油的氣味，不時傳來緩慢的鼓聲，它們讓我們的心遠離浮躁，變得安靜。我對你說，「你們羊都是好樣的，知道嘛，松贊干布建設大昭寺時，是山羊背土填湖，立下了頭等功勞。現在大昭寺裡還供奉著一頭山羊。」你聽完我的話，把下巴抵在我的大腿上。我用手指撓你下巴，你歡喜地瞇上了眼睛。我知道你的身子很髒，羊毛都有些發黑，我們回到家我給你洗澡。

你在自來水管底乖巧地站著，銀亮的水從你的背脊上迸碎，化成珠珠水滴，落進下水管道裡。我赤腳給你打肥皂，十個指頭穿行在茸茸的鬈毛裡，從項頸一直遊弋到肚皮底，你的舒服勁我的指頭感受著。水管再次擰開，銀亮的水順羊毛落下時變得很渾濁。我再次打肥皂，再次沖洗，你呀白得如同天空落下的雪，讓我的眼睛生疼。唉，

十幾年前，桑姆還健在的時候，我都是這樣幫桑姆洗頭，桑姆白淨的脖子也在陽光下這般地刺眼。那種甜蜜的時日，在我的記憶裡已經空白了很長很長。此刻，我又彷彿尋找到了那種甜蜜。我們坐在自家的窗戶下，我用梳子給你梳理羊毛。你把身子貼近我，用腦袋摩挲我的胸口。你那彎曲的羊角，抵得我瘦弱的胸口發痛，我只得趕緊制止。我回屋取來酥油，把它塗抹在你的羊角上，上面的紋路愈發地清晰。你的到來，使我有忙不完的活要幹，使我有了寄託和牽掛，使桑姆的點點滴滴又鮮活在我的記憶力。我再不能像從前一樣，每天下午到酒館裡喝得酩酊大醉，我要想著你，想到要給你餵草呢。

我口渴難忍，提著塑膠桶去買青稞酒。回到家，我坐在一張矮小的木凳上，身披一身的夕陽，一邊看你一邊喝酒。你站在面前，用桑姆慣用的那種羞怯、溫情的眼神凝望著我。這種眼神，剝去了歲月在我心頭堆砌的滄桑，心開始變得溫柔起來。還有這酒，怎麼落到肚子裡，變成香甜的了。以往喝酒，怎麼沒有嚐出香甜的餘味呢。這是不是心境的變遷引來的，我真說不準。我一口一口地喝，這種香甜從舌苔上慢慢擴散向腦際，整個人被這種香甜沉溺。

這一夜我睡得很死，沒有一個夢景出現。

你的兩隻耳朵被鋼針粘著清油穿了孔，繫上了紅色的布條，這樣你就顯得引人注目。

桑姆，為了讓你儘早投胎轉世，我天天帶著放生羊去轉經。這頭綿羊現在被我視如你了。

桑姆，你現在再沒有出現在我的夢裡，我不知道你現在的境況，有可能的話你再給我托一次夢吧。

現在，人們每天都能看到我和潔白的綿羊，順著林廓路去轉經。你耳朵上的紅色布條，脊背中央點綴的紅色顏料，向人們昭示著今生你要平安地度過此生，直到生老病死。

　　我帶著你已經轉了近一個月的林廓，你也熟悉了轉經路上的一切。從今天開始我不再拴你了，我們相跟著去轉經。我背上布兜包，裡面裝著我的茶碗和油炸果子，手裡撥動念珠。我走走停停，看你是不是緊跟在我的身後。需要橫穿馬路時，我牽著你過，免得被車子把你給撞了。路上我遇到熟人，跟他們嘮叨時，你駐足站在我的身旁。認識的人都說，「年扎啦，你做了一件了不起的善事，你會有好報的。」「這頭綿羊懂人性啊！」「年扎啦，給牠脖子上拴個鈴鐺，你就用不著老回頭。」「遇到你，是這頭綿羊的福分。」這些話讓我聽了心裡樂滋滋的，你的到來我一直認定是前世註定的一個緣，要不桑姆剛托夢，你和我就不期而遇了，哪有這麼巧合的事情。我進倉瓊茶館，你從門簾縫裡擠進來，鑽到桌子下面。「你待在外面，不能進來。」我對你喊。你蜷縮在桌子底，毫不理會我的叫喊。茶客們看著我，會心地微笑。「就讓牠躺在那裡，牠又不佔位置。」服務員說。我沒有再趕你，我從布兜包裡掏出茶杯，擱在桌子上，再伸手取出油炸果子，掰碎了餵你。你用舌頭把油炸果子捲進嘴裡，用牙齒嚓嚓地嚼碎。我把甜茶喝了個飽，你卻靜靜地躺著，腦袋隨著進進出出的人擺動。「南邊的三怙主殿正在維修，聽說缺人手，要是誰能去幫忙，那功德無量。」有個中年人跟旁邊的茶客說。這句話讓我很振奮，我想這是一個多好的機會，我要去義務勞動。我把杯子裡的那點剩茶倒掉，用毛巾把杯子擦乾淨，裝進了布兜包裡。我一起身，你機敏地從地上爬起來，一同出茶館門，走到喧囂的大街上。你已經不再注意周圍的熱鬧了，一門心思地跟在我的身邊。我們穿過熱鬧的小巷，回到了四合院裡。

　　我把你拴在窗戶底下，從麻袋裡拿些乾草，擱在掉了瓷的臉盆裡；再用另一個盆，從自來水管裡給你接上清水。你望著這兩個盆，沒有表現出饑渴的樣子，只是清澈的眼睛裡露出疲態來。你把四蹄關

節一彎，臥躺在地上，耳朵輕輕地甩動。我知道你已經很累了，該讓你休息一下。我進屋脫了鞋，把濕透的鞋墊放在窗臺上，讓陽光曬乾，自己盤腿坐在床上。我在思想，為了桑姆該給三怙主殿捐多少錢，怎樣才能讓他們把我留在工地上。藏族人都知道，米拉日巴為了救贖自己的殺生罪孽，拜瑪爾巴為師，用艱辛的勞動洗滌惡業，即使背部生瘡化膿，手足割破，咬著牙堅持，他最後得道了。為了桑姆有個好的去處，我捐五百元錢，再勞動一個月，為桑姆減輕一些惡業。這樣想著，不知不覺中黑色的幕布把整個院子給罩住了。明天還要早起，現在我該入睡了。

一陣踢門聲，把我驚醒。我匆忙坐起來，往門口喊，「是誰？」門不敲了，外面很安靜。我猜不明白誰會這麼早來敲門，難道是鄰居生病了？「喂，是誰？」我喊著把燈給打開了。嗵嗵地又再敲，而且敲的聲音比先前更重更急促了。褲子套在腿上，我急忙去開門。掀開門簾，借著燈光看，一個人都沒有。稍一低頭，看見你依在黑色的門套上，抬起腦袋咩咩地叫喚。緊張一下從我的頭腦裡消失，原來是你在敲門，催促我趕緊起床去轉經。我嘴裡罵你幾句，心裡卻是很高興。我給佛龕添了供水，燒了香。之後給你餵了些乾草，然後我們一路去轉經。路燈下的水泥板人行道，把你的蹄音振出來，嗒嗒的足音伴隨我的誦經聲，一切顯得是如此的和諧。當我們走到功德林時，天空落下毛毛細雨，我們倆加快腳步，去找避雨的地方。雨下大了，劈劈啪啪地砸下來，人行道和馬路上開始積水。我的鞋裡灌進了水，你的身子被水澆透。前面有人喊，「過來，避雨。」我和你向一家餐館的大門斗拱底跑去。這裡已經聚了七八個人，絕大部分是來轉經的。你可能太冷了，身子直往裡面拱。站在最裡面躲雨的小伙子，踢了你一腳。你什麼反應都沒有。旁邊的一位老太婆忍不住，開始罵這個小伙子。「沒有看到這是頭放生羊嗎？你還要踢牠，畜生都不如。」小

伙子剛要發作，其他的轉經人都一同訓斥他。他看清了自己的處境，跑進了大雨裡，繼續趕路。「這些年輕人，沒有一點憐憫之心，活著跟牲畜一樣。」「可能喝了一晚上的酒，現在才回去呢。剛才我還聞到他一身的酒氣。」「一代不如一代。」我們呆在斗拱底，聽他們發出的感慨，希望這雨儘早停下來。半個多小時後，雨變小了，我們又繼續去轉經。

我們濕漉漉地來到了南邊的三怙主殿，找到了管事的僧人。我把錢捐給他，希望他留我們兩個在這裡當小工。他很爽快地答應了我們的請求，說，「除午飯殿裡供應外，還要供應兩次茶。」聽到這個消息，我很高興，這一天我就忙著裝土、和泥。你卻被我拴在了三怙主殿階梯旁。回家我給你用布縫了個褡褳，翌日你背著褡褳運土運沙，來回往返不停，用自己的汗水建設殿堂。僧人們都說，「這頭綿羊，活生生地給我們演繹建造大昭寺時的一幕。」

我倆在三怙主殿義務勞動了二十三天，後頭的活路我們倆一點都幫不上忙，那是畫師們的事情，他們要在牆上畫壁畫。結束工作後的第四天，三怙主殿的管事派了一名僧人，他推一輛手推車，送來了六袋鮮草和舍利藥丸。我遵從他的指示，把藥丸浸泡在水裡。每次逢到吉日，我們兩個喝上幾口。偶爾，我用這聖水幫你清洗眼睛。

每天早晨你都要敲門弄醒我，然後你走在前頭，我緊隨其後。我路遇熟人，你會只顧往前走，到時候選個舒適的地方，站在那裡等待我。到了茶館，你會鑽到我常坐的那個桌子底下，喝茶的人一見你，趕忙端著杯子，坐到別的位置上去，把地方騰給我們。人們都認識你了。

初夜我夢見到了桑姆。你走在一條雲遮霧繞的山間小道上，表情恬淡、安詳，走起路來從容穩健。後來你變得有些模糊，彷彿又幻成了另外一個人。我笑了，在夢境裡我露出了白白的牙齒。這種喜悅

使我睡醒過來。我端坐在床上，解析這個夢。我想你可能離開了地獄的煎熬，這從你的安詳表情可以得到證明，夢境的後頭你變得模糊起來，只能說明你已經轉世投胎了。這麼想著我很興奮，於是睡意全無了。到了下半夜，我的胃部一陣疼痛，額頭上沁出了顆顆汗珠。我想，這樣疼得話，今天可能轉不了經。那你怎麼辦？又想，這胃病，頂多會疼個個把小時，之後會沒有事的。我起床吃了幾粒治胃的藏藥，又躺進被窩裡。當你踹門時，那酸溜溜的疼痛依然駐留在我胃上，它不會讓我走動的。你踹門的力度加強了，我只能硬撐著走到門口，把門打開，給你解了套繩。「我病了，你自己去轉，轉完趕緊回來。」我對你說。你仰頭凝望我，等待我一同出門。我只得牽你到大門口，而後推你往前走。你回頭怔怔地望著我。我向你揮揮手，示意向前走。你明白了我的意思，扭頭向小巷的盡頭走去，留下一陣清脆的蹄音，消失在小巷的盡頭。

我躺在被窩裡等著疼痛消失。

太陽光照到了窗臺上，我躺在被窩裡開始擔心起你來。這種焦慮，讓我心急如焚，忘卻疼痛。我穿上衣服，出門尋找你。這疼痛讓我頭上冒汗，腳挪不動，只能坐在大門口，背靠門框上。疼痛減弱了些，我的眼光瞟向巷子盡頭時，你一身的白烙在我的眼睛裡。你從巷子的盡頭不急不慢地走來，偶爾駐足向四周觀察一番。你自己都能去轉經了，我喜極而泣。我堅持站立起來，等待你靠近。我把你拴在窗戶下，拿些乾草餵你。唉，又一陣鑽心的疼痛襲上來，我只能蹲下身，用手頂住發疼處。「年扎大爺，你怎麼啦？」「到醫院去看病！」「你的臉色怪嚇人的，我們送你去醫院。」「……」鄰居們圍過來，堅持要送我到醫院去。我強不過他們，只能到醫院去檢查。醫生要我住院，說病得不輕。我卻堅持不住院，說給我打個鎮痛的針就行。鄰居們也堅持要我住院，說，「三頓飯，我們輪流給你送。」我

很感激，但我不能住院。醫生把幾個鄰居叫到了外面，進來時各個臉色凝滯而呆板。我從他們的臉上窺視到我的病情，已經到了無法救治的地步。「醫生，我孤寡一人，你就把病情告訴我吧！」我向醫生央求。「您太累了，需要呆在醫院康復。」醫生說。「您就實話告訴我吧，我剛才從鄰居們的眼神裡知道我的病情很嚴重。」「別亂想了，病不重，你在醫院裡先住上。」鄰居們好言相勸。「醫生，您把病情單給我看看，即使是最壞的結果，我也能平靜地接受。」醫生的眼光落到了鄰居們的臉上，鄰居們低下頭，誰都不吭一聲。「我無兒無女，只能自己拿主意，你就給我看吧。」醫生很無奈地把病情單遞給了我。胃癌。這兩個字跳入了我的眼睛裡，心抖顫了一下。我想到時日不多了，要是我死了，你——放生羊該怎麼辦？這種牽掛讓我的心情變得複雜起來，開始有些動搖了。我發現，面對死亡，我做不到無牽無掛。我盯著醫生，問，「我還能支持多久？」醫生回答，「不好說。配合治療的話，比不治療活得要久一些。」我不能住院，一旦住院，每天往我體內要灌輸很多藥水，那樣我有限的時間全部耗掉在醫院裡了。再不可能天天去轉經，去拜佛，那樣我的身體沒有垮掉之前，心靈會先枯竭死掉。「醫生，今天給我打個鎮痛的藥。回去，我把家裡的事情處理一下，明天過來住院。」我為了逃脫，開始跟醫生撒謊。醫生可能看出了我的伎倆，勸我道，「別拿自己的命來開玩笑。」我說了很多保證的話，才得以離開醫院。

　　綿羊見鄰居們扶著我回來，急忙從地上爬起來，向我靠過來。這不爭氣的眼淚，頓時嘩嘩流下來，把我的老臉瀰濕了。桑姆也是這樣被我們從醫院裡抱回來的，最後那口氣是在自家的房子裡斷的。我這樣流淚多不好，鄰居們會以為我貪生怕死呢。他們把你推在一邊，將我護送到房間裡。我看到了你潮濕的眼睛，低垂下去的腦袋。鄰居們圍著我，勸我第二天去住院。有些還跑回家，給我送來了雞蛋、酥

油、牛肉。他們還向我承諾，一定看好帶好餵好放生羊。這句話貼我的心，使纏繞我的擔心減輕了不少。鄰居們怕我累著，陸續回了各自的家。

我把窗簾拉上，打開電燈。胃還是有一點輕微的灼痛感。我把你領到屋子裡，自己坐在了木床上。你臥躺在我的腳旁，抬頭凝視著。我身子前傾，給你撓癢。你愜意地瞇上了眼睛。「我不知道自己什麼時候會突然死去，活著的日子裡，我會帶你做很多的善事，這樣你可以消除惡業，來世有個好的去處。即使我死了，你也會被院子裡的人代養，直到老死。今生，我們倆把前世的緣續了下來，來世或幾世之後還會接著續下去。」我動情地給你說。你彷彿聽懂了我的話，站起來把兩隻前蹄搭在我的腿上，眼眶裡閃耀淚花。我抱住你的脖子，盡情地哭泣。你濕潤的呼吸在我的耳邊流動，猶如桑姆的氣息，它讓我的情緒平穩下來。「我在祈求眾生遠離災荒、戰亂，遠離病痛折磨的同時，也會給你祈求來世生在富貴人家，來世遇上慈祥父母，來世再與佛法相遇……」我跟你說了很多的話，好像自己真的明天就要死去一樣。外面傳來幾聲狗吠，這才知道時間已經很晚了，我和你該休息了。我把你牽回到院子裡，讓你早點睡覺。

我沒有去住院，一種緊迫感促使我從這一天開始，帶你去各大寺廟拜佛，逢到吉日到菜市場去買幾十斤活魚，由你馱著，到很遠的河邊去放生。那些被放生的魚，從塑膠口袋裡歡快地遊出，擺動尾巴鑽進河邊的水草裡，尋不見蹤影。幾百條生命被我倆從死亡的邊緣拯救，讓牠們擺脫了恐懼和絕望，在藍盈盈的河水裡重新開始生活。我和你望著清澈的河水，那裡有藍天、白雲的倒影。清風拂過來，水面蕩起波紋，藍天白雲開始飄搖；柳樹樹枝舞動起來，發出沙沙的聲響；河堤旁綠草萋萋，幾隻蝴蝶蹁躚起舞。我和你神清氣爽，心裡充滿慈悲、愛憐。我盤腿坐在河邊，打開那桶青稞酒，慢慢地啜飲。手

裡的念珠飛快地轉動，念珠磕碰的輕微聲響，讓我的心靈寧靜。你悠閒地低頭啃草，偶爾豎立耳朵，警覺地注視呼嘯奔駛的汽車。太陽落山之前，我和你慢騰騰地回家去。

這年的夏末，措門林寺裡活佛在講法。我帶你去聽法時，寺院院子裡黑壓壓地坐滿了人，我和你緊靠著坐在角落裡。活佛講法時，你豎著耳朵安安靜靜地臥躺在地上，眼睛時不時地瞟向法座上的活佛。呆累了，你走向人群後面，轉悠一圈，用不了多長時間，又回到我的身旁。看到你的這種表現，人們除了驚訝，還對你產生了憐惜之情。以後的每一天裡，許多來聽法的人會給你帶些鮮草、蔬菜來，他們把這些堆放在你的面前，撫摩著你的背，說，「跟佛有緣，一定會有善的結果。」寺院的僧人們對你格外地開恩，允許你進入廟堂拜佛、轉經，還給你賞了掛在耳朵上的紅布條。

我和你每天都忙個不停，時間轉眼到了中秋。這當中，我的胃雖有疼痛，但沒有先前那般了。桑姆再也沒有托夢給我，但願你已投胎成人。我對桑姆的牽掛稍稍一鬆懈，發現對放生羊的牽掛與日俱增，擔心自己死掉後沒有人照顧你，怕你受到虐待，怕你被人逐出院子。這種煩惱一直縈繞在我的頭腦裡，促使我努力多活幾年。每天我都要祈禱三寶，讓我在塵世多呆些時日。趁著中秋時節，我想帶你去林廓路上磕一圈長頭。我跟你說這件事時，你的眼睛裡充滿了渴望。我給你重新縫了個褡褳，給我做了個帆布圍裙，這樣我們算準備停當了。

天，還沒有發亮，黑色卻一點一點地褪去，漸漸變成淺灰色。我一步一磕，行進速度非常緩慢。你慢騰騰地走在我的身邊，不時用眼睛瞟我。你背上的褡褳左側裝著一小袋糌粑和一瓶茶，右邊裝了一把白菜和一塑膠罐水。當陽光照耀時，我和你已經磕到了朵森格路南端。一輛輛大巴車開過來，停在路邊，車上下來國內外來的遊客。他們一見到我們倆，圍攏過來，照相機劈劈啪啪地照個沒完。我匍匐在

地上又起來，走兩步，接著跪拜在地上。你馱著東西，跟在我的身邊。有些遊客給我們施捨錢幣，我把錢收了，合掌說，「謝謝！」這些錢哪天我們捐給寺廟吧。我們磕著頭把他們甩在了身後。我只祈求三寶保佑我多活些時日，讓我能夠陪伴你久長一些。

午飯，我們坐在馬路邊吃的。我盤腿坐在人行道上，從褡褳裡給你拿出白菜，掰碎了放在你的嘴下。你太餓了，幾口就把它吃完了。我乾脆把整坨白菜丟在你的面前，自己開始倒茶糅糌粑。路過的行人不免回頭看我們，之後匆忙離開。我再給你餵了幾坨糌粑，把水倒進塑膠袋裡，讓你喝了個飽。我們倆在樹陰底躺下休息。馬路上飛駛的汽車和流動的人群，不能讓我們完完全全地放鬆休息，嘈雜聲使人的心懸吊。我們又開始磕起了長頭，毒辣的陽光讓我汗流浹背，滾燙的水泥板燙得我胸口發熱。可這一切算得了什麼，我要堅持一路磕下去。

翌日，我們又從昨天停頓的地方開始磕長頭。發現，身邊有幾十個磕長頭的人，從穿著來看，他們一定來自遙遠的藏東。在嚓啦嚓啦的匍匐聲中，我們一路前行，穿越了黎明。朝陽出來，金光嘩啦啦地撒落下來，前面的道路霎時一片金燦燦。你白色的身子移動在這片金光中，顯得愈加的純淨和光潔，似一朵盛開的白蓮，一塵不染。

（刊於《芳草》2009年第4期）

神授

　　神兵天將騎著雪白的駿馬，從雲層裡賓士下來，旌旗招展，浩浩蕩蕩，要把色尖草原攪個天翻地覆。

　　這是西元一九七九年發生的事。

　　但色尖草原上的人，誰都沒有瞧見這壯觀的景象，也沒有聞到暴風驟雨似的馬蹄聲。唯有一個十三歲的放牧娃親歷了這件事。

　　當時，他張大嘴，眼珠突兀，驚駭地立在草地上，全身瑟瑟發抖。神兵天將高大的駿馬從他身邊奔騰過去，地顫山晃。慣性引起的疾風把他的辮子吹散，絲絲黑髮在他腦後獵獵飄蕩，破舊的衣服，一片片地從他身上被吞噬走。放牧娃將眼睛和嘴巴緊閉，拒絕看到面前的景象。只有風，在他周身凜冽地颭著，身上有如針刺；只有馬蹄聲，撞擊他的耳膜，有如鼓聲喧鬧。

　　當周圍一下寂靜時，放牧娃聽到的只有自己的心跳聲，他這才睜開了眼睛。

　　神兵天將圍得他密不透風，顏色各異的旗幟漫天飄揚。站在圈子中央，與放牧娃相視的是一名騎在馬背上，身著銀色鎧甲，頭戴金色盔帽，右掛虎皮箭筒，左懸豹皮弓，右手持水晶柄寶刀的人。馬的粗重喘息聲，尖銳地灌進放牧娃的耳朵裡；鼻翅噴出的熱氣，蒸騰在他的臉上，陣陣潮濕。那人縱身跳下馬，跨著大步向放牧娃走來。放牧娃驚恐不已，想大聲地喊救命，喉嚨卻乾得發不出一點聲音，腳沉重地挪不動一步。

　　我當時想到要死了，那個握著寶刀的天神邁著大步向我靠近。陽

光在他的刀背上滑翔，甩出的寒光刺穿我的眼睛直抵腦門，恐懼便駐留在腿上硬邦邦的。

你叫亞爾傑？天神問我。

我張著嘴，說不出一句話，只能不住地點頭。

我是格薩爾王的大將丹瑪，你被我們選中，要在世間傳播格薩爾王的功績。

話音未落，寶刀似一道閃電，從我的肚皮上疾駛滾過，留下一陣颼颼的涼意。我驚懼地低下頭，撕裂的衣服下露出古銅色的肚皮，綻裂的傷口處，有瑪瑙般的紅珠一顆一顆滴落到腳下的草叢裡，然後碎裂成無數細小的紅珠，慌忙躲藏到綠色叢中。丹瑪一雙有勁的手伸過來，從傷口處把肚皮撕開，麻利地將體內的五臟六腑揪出，丟棄在草地上。我看到我的肺，我的心臟，我的腸子，不安地在草地上掙扎，還有熱氣正在消散。我極度地衰弱下去，仰倒在綠色叢裡。

十三年裡，你肚子裡裝得就是這些垃圾，現在全部清理掉了，我給你裝上有用的東西。丹瑪手一揮，幾個神兵捧著黃綢緞包裹的東西走過來。我欲哭無淚，已經被死亡的恐懼擊倒。丹瑪掀掉黃綢緞，露出一摞經文來。在我空洞的肚子裡，丹瑪把它們壘疊起來，然後用針線縫合傷口。整個過程極其簡單，恐懼還沒從我的腦子裡退散，一切就結束了。

亞爾傑，你的身體需要恢復，就在這兒躺著。每當你需要我時，我會出現在你的夢境裡。丹瑪說完轉身離去。我斜眼望著他寬大的後背，漸漸變小。

一陣地動山搖之後，色尖草原上只剩下鳥的啁啾聲和飛動的小蟲子。

這怎麼可能，我不但沒有死去，肚皮上的傷口也沒有一點疼痛，只是覺得乏力，身子動彈不得。我靜靜地望著碧藍的天和流動的白

雲，沐浴太陽暖暖的光照。此時，我聽到身下的草抱怨我壓住了她們，花兒嗔怪陽光太強烈了，她要吸吮水分。一切太神奇了，我能聽懂花草的聲音。我聽著她們的聲音，知道了這些花草的喜悅與痛苦。

太陽一點點地從草原西頭的山頂墜下去，天邊的雲朵剎時羞得滿臉通紅。牛羊從我身上踩踏過去，理都不理會，牠們向著拉宗（神仙聚居）部落走去。

過了一會兒，夜漂移到我的頭頂，它把黑色的幕布抻在了色尖草原上空，讓我看不清周圍的一切。花草也停止了言語，進入到睡夢裡。我卻擔心那些牛羊會走散，要是不能安全地回到部落裡，牠們會遭到狼群的襲擊，那樣今後不會有人僱我放牧，我的生活也就沒有著落了。這種擔心很強烈，我試圖站立起來，可是身子重如一座山。我不安地躺在草地上，眼裡盛滿濃重的黑夜。

亞爾傑──亞爾傑──

牧民的尋找聲傳到了我的耳朵裡，聲音綿延不斷。之後，細小如星星般的光點在黑暗裡跳躍。這些光漸漸變大，光柱從四處照射過來，刺穿濃濃的黑幕。

是十幾束手電筒的光。

我仍舊像塊石頭，沉重地壓著身下的青草，折彎了她們。

手電筒的光照在我的身上，又移到了別處，有人甚至從我的身上踏了過去。

亞爾傑不會被狼群給襲擊了吧？有人不安地問。

不會的。要是狼來了，牛羊也會遭襲擊。可是，現在牛羊一頭都不少啊！

這孤兒，肯定是貪玩，跑到遠處去了。

但願他沒有被餓狼給吃掉。

可憐啊。我們還是四處去找找。

......

牧民們你一句我一句地交談，向草原深處分頭去找。

我的恐懼減弱了一些，因為人們終歸會發現我的。還有，牛羊一頭都沒少，這讓我很欣慰。如今不能動彈，我只能靜靜地躺著。那些手電筒的光束，最後隱滅在黑暗裡，天地又嚴密地合成了一體。

深夜，雨珠劈啪地砸下來，我的身上卻怎麼也落不到雨，像是有什麼東西給罩著。我暗自驚訝之時，閃耀綠光的兩個圓珠子，掛在了我的前方，還有綿長的呼吸聲，死亡血腥的氣味蕩滿我的感官，心陣陣揪緊。這兩珠綠光在幾步遠的地方停住，再沒有向我靠近。我等待他來侵襲，過度的緊張使我昏厥了過去。

當我蘇醒過來，睜開眼睛，已是黎明時刻。晨曦微露，遠山正脫掉黑色的幕布，把碧綠一點點地透露。不遠處一匹巨大的狼盯著我，牠的眼光裡未閃現饑餓的光。他看到我的目光散漫地投射過去，用一種柔和的目光來相迎，之後轉身向草原深處奔跑。我想牠可能去叫牠的同夥了。這麼想著，天已經透亮，軟兮兮的金色光束，落滿了遼闊的草原，碧綠的汪洋開始起伏浪湧。

我熟悉的牛羊又來到了我的身邊。今天替我來放牧的是多谷。離我不遠的地方，多谷放下裝糌粑的包和黑黢黢的鋁壺，把牛羊趕到草茂盛的地方去。

他們為什麼看不到我？想到這個問題，我的心裡又開始焦急起來。我叫喊，可是發不出聲音，卻引來鹹澀的淚水噴湧，濺濕臉頰。

尋找我的牧民們疲憊地回來了，經過色尖草原時，多谷問，找到了嗎？其中一個回答說，連個影子都沒有找見，他可能已經死了。他們拖著長長的影子，縮著脖子，向拉宗部落走去。

多谷從草地上撿拾了一些乾牛糞，丟在三角灶石中，用乾草引燃火，上面擱上了鋁壺。不久，茶香借著風的翅膀，飄進我的鼻子裡，

那馨香讓我的胃痙攣。多谷吃飽喝足後，把茶壺裡的剩茶倒在了三角灶裡，發出了嘶嘶的聲音，說明火全被澆滅了。多谷仰面躺在草地上，沉沉地睡去。

漫長的一天又過去了。多谷率領牛羊，唱著清麗的牧歌，晃悠悠地向部落方向走去。

夕陽金色的花朵盛開在他的脊背上，揮動的鞭子在他頭頂劃出道道美麗的弧線，讓清脆的鞭聲流動在空際。我聽著繚繞在草原上空的歌聲，渴望也能像他一樣，回到拉宗部落去。

夜晚，那匹狼又來了，牠像先前一樣隔著一段距離，蹲坐在我的旁邊，一動不動。緊張，又襲上我的心頭，呼吸開始急促起來。

那夜繁星閃爍，皓月當空。到了半夜時刻，丹瑪乘騎雪白的駿馬再次來到色尖草原上。狼看到丹瑪的乘騎，他騰空而躍，無限歡喜地去迎接丹瑪的到來。狼和丹瑪輕盈地落在草原上。丹瑪跳下馬來，走到我的身邊。他蹲下來拍了拍我的身子，那個壓抑我的沉重，一下從身體裡消失掉。

亞爾傑，你可以回部落了。丹瑪說完轉身抱住狼的脖頸，臉貼在牠的臉上。丹瑪一鬆手，輕巧地跳上白馬的背部，向空際馳騁過去。

狼引頸發出了一聲長嚎，那聲音讓我體內的經脈震抖。

夜色的草原上，我和狼相視著，我從牠的眼神裡，知道牠在等待我起身。

我站了起來，折彎的草舒展身子。此刻，我聽不見草的說話聲了。狼蹲坐在我的面前，眼睛一刻都不離我。

月亮白淨的光輝中，我向拉總部落走去。

拉宗部落的婦女們，在自家的土屋裡，蹲在三角鐵灶前燒牛糞火，鼓風呼呼地吹，駿黑的牛糞剎時邊角一片通紅，淡白的煙子飄滿

窄狹的屋子。男人們這才從被窩裡抬起蓬鬆的腦袋，眼角掛著眼屎，光腳開始往身上裹藏裝。

他們起床後的頭件事，就是出門看看自家的牛羊這晚上過得可好。

索朗是第一個出來看自家牛羊的男人。冰冷的晨風打在他的臉上，困倦從體內一下遁散了。他站在牛羊圈旁數完數，跑到較遠的地方解決內急。他脫掉褲子，背朝自家，臉憋得一陣通紅時，跳進他眼裡的是：從廣袤的草原盡頭走來一個人，相伴他的是一匹個頭巨大的狼。狼的皮毛赤褐色，油光鋥亮，似一團燃燒的烈焰。索朗被這畫面驚呆住，定定地瞅著，腦子裡不斷冒出許多個問號來。突然，他提起褲子，往自家跑去，還對那些站在門口睡眼朦朧的男人喊：「狼來了。狼來了。」

索朗一溜鑽進房門，撞翻了地上的鍋和壺，茶水冒著熱氣直淌過去。他已顧不上了，從柱子上取下叉子槍，開始裝鉛彈。索朗的老婆蹲在地上斜眼看他，那急促的喘息聲，弄得她很緊張。她問：「家裡的牛羊被狼咬死了？」索朗不搭理，提著裝好鉛彈的槍，奪門而去。他的前面已經有很多人在奔跑，身後他的老婆尾隨追趕。

整個部落裡的人匆匆向前跑。

狼看到有這麼多人跑來迎接亞爾傑，他止住步，側頭看一眼亞爾傑，掉頭向草原深處奔跑。一團赤褐色滾落在碧綠上，漸遠漸小，最後隱沒在綠色叢中。

牧民們認出了亞爾傑，他們不敢相信他還活著，還有一匹狼陪伴。片刻的驚詫後，牧民們興奮地繼續向前跑去。

亞爾傑衣裳破爛，頭髮蓬亂，臉上沒有一點血色，可那對眼珠卻像湖泊般明淨幽深。牧民們推搡著圍住他，不斷地提問。可他愣神地什麼都不回答，腿一軟，栽倒在草地上。

　　牧民們把亞爾傑抱到多傑的背上，往拉宗部落趕。

　　多傑把亞爾傑背到了索朗的房子裡，讓他平躺在地鋪上，拿來酥油塗他兩側的太陽穴，再往嘴裡灌鮮奶。亞爾傑毫無知覺，倒進的奶汁從嘴角邊淌下來，浸潤乾黃的地面。亞爾傑一覺睡到了晚上。其間牧民們解開他的腰帶，仔細查看了身體的各部位，沒有一處傷口，也沒有跌倒後的瘀痕。牧民們你一言我一語地發表各自的猜想，只是這種猜想經不住推敲，一個個都被否定了。這時，最年老的牧民說，「他肯定是被鬼引走的。」所有牧民恍然大悟似地說，「肯定是。」然後，他們憂心這鬼還會不會再引走部落裡的人。牧民們有些惶恐了，一整天坐在太陽底下，紛紛猜想鬼到底把亞爾傑帶到了何方。

　　最年老的牧民又說，「要是被鬼牽走，人時刻處在一種睡眠狀態中，江河山川如走平地，三、四天的路程，只需個把鐘頭就能走完。這時，去尋找的人即使碰到了，也不能大喊大叫名字，那樣會把被鬼牽走得人給嚇死的。」

　　「德窪部落的澤吉曾被鬼牽走後，丟棄在查拉山上的灌木叢裡。」

　　牧民們議論紛紛，但他們的心裡有個隱憂的擔心，它壓得他們心裡難受。

　　天黑下來，亞爾傑醒了。他聽到牧民的說話聲，喜悅的眼淚落了下來。

　　屋子裡的人聽到亞爾傑翻身時發出的聲響，知道他醒了，就急不可耐地追問到底發生了什麼事？

　　他說，「我被丹瑪選為格薩爾王說唱人了。」

　　牧民們先是一陣驚喜和躁動，興奮的話語在烏黑的屋子裡來回穿梭。許久，他們才安靜下來，有人要求亞爾傑說唱格薩爾王。

　　索朗的女人點亮了油燈，柔弱的亮光在燈芯上撲騰，頃刻間這光

塗在一個個黎黑的面龐上，牧民的五官剎時變得有稜有角。

亞爾傑覺得肚皮要貼到後背上，請求給他一點飯吃。索朗拿來了糌粑和優酪乳，他的老婆燒了一壺濃濃的茶。亞爾傑把糌粑坨不停地塞進嘴裡，腮幫子鼓得漲滿。牧民們等待著，眼光始終沒有游離開亞爾傑的臉。夜色裡亞爾傑的眼睛是那樣地清澈、明亮、平和，彷彿初生的嬰兒眼睛。這是牧民們共同的感受。

亞爾傑盤腿坐定，精神集中，內心裡在迎請格薩爾王。

牧民們雙手合掌，置放在胸口，仰頭注視亞爾傑。亞爾傑的腦袋裡出現的只有色尖草原上發生的那些個事情，格薩爾王的英雄事蹟就是不顯現。他不斷祈求丹瑪，給予他神授的力量。一切枉然，他就是不能講述。

等待的結果讓牧民們很失望，亞爾傑根本說唱不了格薩爾王。幾十雙失望的眼睛離開了窄狹的屋子，在一片藏獒的吠叫聲中同夜色融合，消失。

亞爾傑低下頭，對索朗說，「我沒有騙你們！」

「孩子，你太累了，就在這睡一晚上。」

亞爾傑用兩條胳膊箍住了腦袋，他的長髮垂落下來，把臉給遮擋住了。

索朗把一件皮袍丟給他，吹滅了油燈。

漆黑嚴實地罩在屋子裡，只能聽到脫衣服的窸窣聲。

亞爾傑把手伸到肚皮上，尋找寶刀劃過的傷口，但那裡觸摸不到任何的異常，肚皮光滑而平整。

狼的嚎叫聲撕碎了夜的寂靜，這聲音讓他全身的經脈舒緩，頭腦安靜。他在一聲聲的狼嚎中，沉入到夢鄉裡。

第二天亞爾傑堅持要去放牧，牧民們不放心，讓多谷一同去。

兩個少年坐在草地上，陽光裏露住他們，兩邊起伏的草山挽著手

湧起連綿的浪濤，把綠色推向了天的盡頭。多谷把別著五星的草綠色帽子摘下來，一臉疑惑地問，「你真遇到天神？」亞爾傑對這個提問顯得很驚訝，從草地上站起來，拽著多谷的手向前走去。

亞爾傑到了丹瑪給他刨膛的地方，用手指著說，「就在這裡給我刨的肚。我的心臟、腸子、肺被扔在了這裡。」

多谷還是一臉的懷疑，用細小的聲音追問，「丟在這裡的話，怎麼沒有啊？」亞爾傑覺得自己被冤枉了，憤憤地將腳踏到了那片草地上。忽然，從天際一道電光直擊下來，他全身抽搐，鞭子從手中掉落，一頭栽在草地上。

多谷被驚住了，他抱住亞爾傑使勁地搖晃，聲聲呼喊亞爾傑的名字。

亞爾傑蘇醒過來，那對明亮的眼睛裡射出異樣的光束來。他從多谷的懷抱裡掙脫，站立起來。亞爾傑的腦子裡有股霧靄升騰，等它們消散殆盡時，腦中清晰呈現的是天界、人界。亞爾傑被這些畫面驚駭住，訴說的渴望讓他無法把持。亞爾傑把呈現在腦海中的清晰影像，用語言說唱了起來。

多谷駭在一旁，出神地聆聽。

那種快樂和衝動，我無法用語言來表述。我腦海裡閃現的是雪域高原上受難的先祖們，他們受盡了妖魔的迫害和奴役。觀世音菩薩為了拯救苦難的眾生，與白梵天王商議，請求他派一名神子下凡，解救這些眾生。經過各種比賽，責任落到了最小的神子托巴噶身上。托巴噶面對白梵天王和眾神立下誓言，決心投胎到雪域高原，解救水深火熱中的眾生……

我帶著真摯的感情說唱了一天，事件的過程像融化的雪水，在我

的腦中涓涓流淌，無法停頓下來。直到多谷揉我，叫我停止說唱，格薩爾王的故事才被截斷。

時間啊，你怎麼這樣地短暫，我剛起始便把太陽送到了山後。無法相信的是，我空著肚子說唱了一天的格薩爾王，更無法相信我能用如此華麗的語言來敘述。

多谷對發呆的我說，你能說唱格薩爾王了！

他站在我的身旁，用異樣的目光打量我。這種目光讓我有些侷促，但很快鎮定了下來。我陶醉在能說唱格薩爾王的喜悅之中，也為剛才閃現在腦海裡的影像，嘖嘖稱奇。我這才注意到牛羊們也圍攏在我倆周圍，仰頭凝望，牠們忘記了吃草，忘記了回去。

夕陽已經落下，天就要黑了，我和多谷趕著牛羊匆忙回部落。

亞爾傑，有匹狼跟著我們。走到半路時多谷說。

我一直沉浸在剛才的喜悅中，對周圍的一切沒有在意。我這才側頭，曾經陪伴我的那匹狼進入到我的眼裡。他的頭微低，眼光裡瀰漫留戀，四隻頎長的爪子，很有韌性地踏在草地上，隔著一段距離與我們平行向前。看到牠，一種親切感流遍了我的周身。

那是草原的守護神，牠不會襲擊我們的。我說。

多谷聽後不再緊張了，臉上的肌肉鬆弛下來。

狼和我們在一條線上平行著向部落走去，偶爾我們的目光相撞，我的血液裡湧上一陣暖意。

牛羊不緊不慢地向前走，偶爾把驚訝的目光投射給狼，牠們沒有一點驚懼。

黑色悄然漫捲過來。可是，這夜色裡喜悅卻綻放在我的臉上，內心像是喝了蜜般的甜蜜。一路上我的腦子裡閃現的是，牧民們因聽到我的說唱，而驚訝變形的面孔。

遠遠地看到了部落，由於夜色看不清房屋的顏色，呈現的只是一

些錯落有致的黑色剪影。狼這才止住步，一路目送我們回部落去。等我們與夜色交融時，狼在我們的身後，發出了一聲長長的嚎叫，牠撕碎了部落上空夜色的幕布。

第二天，拉宗部落裡的人知道我會說唱格薩爾王了。他們讓多谷一個人去放牧，由我給他們說唱格薩爾王。

我站在部落前方的開闊草地上，牧民們圍了一圈。我的故事在藍天陽光下奔流，喧騰在淳樸牧民的心頭。綠草之上的牧民們，時而眉頭緊蹙，時而笑聲朗朗，時而面部擰緊，時而拍手稱快……

我的說唱持續了六天。這六天裡牧民們拒絕幹任何的活。

隨著我的說唱，牧民們的腦海裡鮮活了很多個人物：龍王的女兒噶檫拉牡嫁給了王子僧唐。他們婚後未育，於是僧唐又娶了第二個妻子，仍未育，接著又娶了第三個。噶檫拉牡被僧唐漸漸冷落，失寵的孤寂中歲月匆匆流逝，她也步入進了五十歲的門檻。

有次，噶檫拉牡去牛圈擠奶，忽聞天空中傳來悅耳的歌聲，仰起頭凝望。她看到空中有一位天神，他被仙女們簇擁著款款而降。正當她看得入迷時，突然一陣暈眩，隨即昏倒在地，不省人事。待噶檫拉牡蘇醒過來，那位天神已經投胎於她的腹中。

懷孕的噶檫拉牡遭到了其他妃子的誣陷，被國王放逐到荒灘野嶺中。

國王分給她的財產只有一頂遮不住風雨的破帳篷，一頭瞎眼奶牛、一隻老山羊和一條瘸腿狗。噶檫拉牡和這三隻動物相依為命，艱難地度日。

大雪紛飛的某一天，王妃噶檫拉牡生下了投胎於人間的托巴噶。荒野裡剎時風停雪住，燦爛的陽光從破舊的帳篷孔裡滲漏進來，光斑雀躍在母子的身上。天空出現了一道豔麗的彩虹，連接著天界與人間。

人們聽到了從天際傳來的海螺和鼓樂、鐃鈸聲，他們情不自禁地跳起了歡快的舞蹈⋯⋯

牧人們為嘎檫拉牡多舛的命運輕聲唏噓、流淚，為托巴噶的誕生歡呼不止。

我從未想過說唱格薩爾王能改變我的命運。我說唱，是因為我無法控制自己，格薩爾王的一切在我頭腦裡活靈活現，打碎了時空的界限，讓我處在一種身臨其境之中。我能清晰地看到他們華麗的衣裳和佩戴的飾物，能聽到征戰中勇士熱血沸滾的聲音，能嗅到瓊漿清冽的芳香、鮮血的辛辣，能感受格薩爾王皺眉時的苦痛⋯⋯

一切不能由我自主，我只能不停地說唱。

說唱讓我脫離了放牧生活，卻開始了浪跡草原的生涯。先是給部落裡的人說唱，之後我的聲名飄到其他部落裡，臨近各部落都爭相邀請我去說唱。從春天到秋末，我都在馬背上顛簸，穿梭於各部落之間。那無垠的草原成了我的舞臺，牧民們是我的聽眾，我們在格薩爾王的故事中心靈交融，一同悲喜。每次說唱完，牧民們會給我牛羊肉和酥油、酥酪糕等酬謝物，我把他們馱在馬背上繼續我的行程。

有牛糞有水的地方我宿營，點上一堆火，把草原當成床鋪，星月當被子蓋，夢中丹瑪還會時常出現，撫慰我的心靈。每每在曠野裡，我即將入睡時，那匹狼就在不遠處蹲守，讓我感覺不到孤寂與恐懼。

有一次，我在青廓草原上給牧民們說唱格薩爾王的降伏十八大宗之《羌嶺之戰》。那天我有如神助，一口氣說唱了三天三夜，牧民們盤腿坐在草地上，聽得癡癡呆呆。期間忘記了吃喝，陪我度過了三個晝夜。

第四天，我們全趴在草地上，沐浴炙熱的陽光進入夢鄉。每個人的嘴角掛著淺淺的微笑，不時傳來睡夢中牧民發出的會心笑聲。

丹瑪乘騎太陽的光束走近我，把我從睡夢中搖醒，說，亞爾傑，你不能這樣貪睡，格薩爾王的功績還沒有傳播完。快醒來！

我睜開眼睛，看到丹瑪正飛向夕陽深處。我身邊的木碗裡有一碗酒，我端起一口飲乾。四周牧民們歪斜地躺著，一臉的安詳。快睡了一整天，他們依舊疲憊地沉溺在夢境中。酒在體內激蕩一股神力，我沒有了絲毫的倦意。我站起來，從熟睡的牧民身旁走過。饑餓的藏獒蜷縮在帳篷邊，睜開倦怠的眼睛，斜視一瞥，又把眼睛緊緊地閉上，不再理會我。

我找到我的坐騎，跨上馬背向別的部落飛奔。

我在無際的草原上走了兩天，除了野驢、藏羚羊、野犛牛外，一個人都沒有遇到。

夜色籠罩時，我和狼走到了念青唐拉山口。突然，這裡狂風猛卷，飛沙走石，我們只能蹲在地上。我和狼僅僅依靠，手裡牽著韁繩，等待狂風過去。沒料到，狂風一停，黑乎乎的天際降下雪來，好像我們冒犯了念青唐拉山神似的，不讓我們穿過他的地界。

狼從胸腔裡擠出幾聲嚎叫，那淒厲的聲音剛傳過去，雪反倒下得更猛烈了。

我想起格薩爾王的故事能愉悅山神，於是低聲說唱起了格薩爾王之《大食財宗》。紛紛揚揚的雪馬上變小了，漆黑的天空裂出一道口子，把星月的面容展露出來。

念青唐拉山神被格薩爾王的故事吸引住了，他將山頂堆砌的烏雲全部支走，露出了他威嚴的面容。月光下，我的說唱繼續著，沒住腳踝的雪白亮亮地從我的周身鋪展開去。

隨著故事的跌宕起伏，雪止住了。我能感覺念青唐拉的面容已舒展，他在會心地微笑。格薩爾王的故事講到一半時，狼和坐騎不安地把四蹄彎曲，跪伏在雪地裡，屏住氣息，變得虔誠而安靜。

我的說唱一直持續到了第二天天亮。

陽光在穹窿的天際上滑行，我才停下來，向著念青唐拉跪拜。

我起身向前走去時，驚異地發現，我面前白淨的雪地上，清晰地印刻著一行馬蹄印記，那印記一直爬上了念青唐拉山腰。這證明，格薩爾王昨夜來到了這裡，他聆聽過我的說唱。我的心撲騰撲騰地跳，全身因激動而戰慄。

陽光比任何時候都要強烈，不到午時，雪地上的雪全部融化盡了，蜿蜒曲折的山路橫在了我的面前。狼在前面行進，我和坐騎緊隨其後。

在這種輾轉流浪中，十個年頭轉瞬失去了，我從一名少年變成了青年人，嘴唇上也長出了茸茸的汗毛，足跡踏遍了整個草原。我的到來會給牧民們帶來快樂，他們在草原上給我擺放乳酪、羊腿、茶和美酒，讓我盡情地享受豐盛的美餐。我用格薩爾王的故事，幫助他們把冗長的時間消耗，在故事的哀樂喜怒中彈撥他們的情感之弦，在他們的心頭烙上格薩爾王智勇的形象。英雄的故事讓他們單調生活充滿了色彩，揚善懲惡使道義的尺規樹立在他們的心頭。在與牧民們的惜別之情中，我又開始新的流浪，他們滿心希望地等待我的再次歸來。

我的愛情也在草原上綻放，美麗的少女們用嬌羞的目光，給我傳遞她們的脈脈愛意。她們用這種羈絆人心的目光，拷住我的雙腳，讓我幾十天都陷在一個部落裡。因為她們，我的說唱更加流暢，情緒更加豐沛，故事更加引人入勝。

夜幕落下，少女們將守帳篷的藏獒拴到遠處去，掀開帳篷門簾的一角，等待我的闖入。我披著月亮和星辰的清輝，胸口燃燒愛情的火焰，在一陣藏獒的吠叫聲中，把美麗的姑娘攬入懷中；在狼的嗥叫聲中，我又不得不離開姑娘溫暖的胸膛，回到我那冰冷的被窩裡去。

秋季的某一天，草原已脫去了碧綠的夏衣，套上了金黃的秋裝。

我在一望無際的金色上騎馬走了三天，那匹狼始終陪伴在我的左右。午時，我們走到綠得清澈透底的湖邊，鵝卵石在湖底仰視著我，魚兒甩動尾翼暢遊，成群的水鳥翱翔在碧藍下，湖邊祭祀的牛頭，已經被歲月風化。

我跳下馬，在湖邊壘起了九塊石頭，然後面向湖心磕了九次頭。我這才從馬背上卸下炊具，壘石造灶，拾撿乾牛糞，點燃了一堆火。不長的工夫，壺嘴裡噴出陣陣茶香來。我和狼一起吃糌粑和牛肉，吃飽後狼到湖邊去飲水，然後找個淺坑躺下睡覺。我往火堆裡扔進幾塊乾牛糞，抬頭發現不遠處來了十幾頭野毛驢，牠們準備到湖邊飲水。機警的野毛驢往冒著淡白煙子的這方仰頭觀察，躊躇一陣後，才小跑向湖邊。我不想理會牠們，仰面倒在金色上，湖水擊岸的浪聲，催生我體內的睡意來。金色的陽光、碧藍的天空、潔白的雲朵，從我的視線裡遁影，我進入了沉沉的睡夢中。

身下的地在微微顫動，隆隆的聲音注滿我的耳朵，我從睡夢中驚醒過來。我爬起來，身上頭上沾著細碎的乾草。只見湖的東頭黑壓壓地滾來龐大的犛牛群，揚起了漫天的灰塵。這種震顫愈來愈烈，彷彿那次天神降臨。只見從漫天的灰塵中，殺出一個騎雪青色馬的人，他像一枝射出的箭，直刺向我這邊來。瀰漫的塵土中又殺出四五個人來，吹著響亮的口哨，從犛牛群的兩側騰飛過來。他們抽動鞭子，讓牛群放緩腳步。牛群的速度慢了下來，口哨的聲音越發地脆亮了。

騎在雪青色馬背上的人遠遠地看見了我，他向我衝過來。

狼早被這震天動地的聲響吵醒，牠站在我的身旁，豎起耳朵凝望前方，沒有退縮的意思。

雪青色的馬把人載到了我的面前，他看看我又看看狼，非常驚訝地問道，漢子，你來這兒是朝湖的嗎？這匹狼又是怎麼回事？

這人頭戴青夏氈帽，藏袍脫去後上半身裸露，硬實的肌肉塊塊地

隆起，兩隻袖口在腰間打著結。我再看前方，飄蕩的塵埃也已經落定，犛牛群正緩緩地向我這邊走來。

我不是來朝聖湖的，這匹狼是我的伴，我們要回拉宗部落去。我回答。

呵，我一直在說沒緣認識你，你就是那個格薩爾說唱藝人吧！草原上的人都在說你，說格薩爾說唱藝人和一匹狼相伴呢！他敏捷地從馬背上跳下來，火鐮和掛在腰間的長刀刀鞘相碰，發出叮噹的聲響。

我就是人們所說的那個說唱藝人，叫我亞爾傑吧。我走過去，相互額頭相碰。

他轉身，高舉兩臂揮動，大聲喊，今天就在湖邊扎營。

後面騎馬趕來的幾個人，年齡都跟他相仿，看上去都在二十多歲。這些年輕人跳下馬，不讓犛牛再往前走了。

不一會兒，三女一男騎馬過來，慢悠悠地穿過犛牛群，走向我們這邊。

今晚要在神湖邊紮營嗎？馬背上的男人是個瘦弱的老頭，他發問道。

是的。阿爸，我們還可以聽格薩爾王的故事。上身赤裸的年輕人回答。

這可真是個美事。你就是那個草原上的人經常念叨的說唱藝人嗎？老頭也從馬背上跳了下來，湊近了我。

是我。我回答。

真是有緣呢！老頭說完轉身向神湖走去，從藏裝的懷兜裡掏出哈達，敬獻在了瑪尼石堆上。他面向神湖跪拜，這才向我走來。

我和老頭坐在石灶旁，其他人開始卸犛牛背上的家什，搭起了幾頂牛毛帳篷。

當我燒好一壺茶時，年輕人已經把活給幹完了，他們都湊過來圍

著石灶喝茶。

你們是一家人？我問。

不是的。我們是三家人，但都是親戚。老頭回答。這時，老太婆領兩個用方花巾裹住頭和臉的女孩走過來，坐了老頭的背後。當我把茶壺遞給身後的老太婆時，這兩個女孩羞怯地低下了頭。我聞到了女孩身上固有的那種草香味，引得我臉一陣通紅，心口撲騰撲騰地跳。為了掩飾這種情緒，我急忙把頭轉過來。

這頓茶我們耗時很長，相互打聽對方的情況，講路上遇到的有趣事情。我知道了他們這是從夏秋牧場遷移，趕往目的地念草原的。那個騎雪青色馬的年輕人和兩個女孩是老頭和老太婆的子女。來自念草原的牧民對我興趣很濃，打探我是怎麼成為說唱藝人的，怎麼又跟一匹狼相識相伴的，到過哪些個地方等。他們還挽留我今晚和他們一同住在這湖邊，給他們說唱格薩爾王。我沒法拒絕他們傾聽格薩爾王的渴望，對於我來說，第一場雪沒落下來之前能趕到拉宗部落就成。我爽快地答應了他們的請求，這讓來自念草原的牧民很高興。老頭讓年輕人趕緊去釘栓犛牛的繩樁，讓老太婆和兩個女孩去煮肉。我也起身去幫他們釘繩樁。

太陽駐留在湖對岸的雪山頂上，把一身的最末餘輝傾倒在湖面和金色的草原上時，我們已經把四百多頭犛牛拴在了繩樁上。狼蹲在一個高處的草坡上，遠遠地注視著我們的舉動，牠一動不動的，神情裡充滿孤傲和凜然。我望著我的伴，心裡很舒坦，籲了口氣。

念草原上的牧民用肉和白酒款待了我，風不時把鋁鍋裡的肉香帶向四處，引來狼的垂涎。我把啃完的骨頭和幾塊肉拾撿，向狼蹲坐的地方拋過去。此刻，夜用它濃烈的黑色擁抱住大地，讓人慢慢看不清周圍的景色了。我們燃起了一堆篝火，火星劈啪地迸濺，火光照得四周明亮，我站起來給他們說唱格薩爾王的故事。

月亮從東邊的山頂出來，用銀白的光亮給了我們一份寧靜。《霍爾白帳王》在這種靜謐中開始展開。

念草原上的牧民，跟隨格薩爾王討伐霍爾白帳王，把被掠走的王妃珠姆搶了過來。他們聽到了廝殺中刀劍碰撞的聲音，感受到了死亡氣息的瀰漫，耳朵裡踏響馬蹄的聲音，眼睛裡布滿戰火的硝煙，領略了格薩爾王堅定的意志。

月亮和星星在湖面上閃爍，格薩爾王的業績從它們的上面飄飛。

霍爾王戰敗了，格薩爾王帶著珠姆回嶺國。

篝火已經熄滅許久，月亮的銀灰微弱下去，周遭的一切又鮮活起來時，我的說唱停了下來，讓念草原上的牧民從戰爭的殺戮中走了出來，回到和平寧靜的現實生活中來。

我驚奇地發現，那兩個女孩中的一個，美豔可以匹敵格薩爾的王妃珠姆，她的身段婀娜的漢地楊柳都要羞愧。我望著她，目光粘在了一塊。她的臉頰紅潤起來，慌忙把臉扭過去，將背影丟給了我。

太精彩了，趁太陽還沒有出來，趕緊把茶熬好，好好款待說唱藝人。老頭說。他指使女兒們去打水揀牛糞，男人們去放開犛牛，收拾繩樁。

你喜歡她？老頭乘人走開問我。

我羞怯地低下了頭，心裡在說我很喜歡她。

你喜歡她？老頭再次問。

我喜歡。我的目光盯住地上說。

過來，我倆一同把火給點燃。」老頭說完再沒有下文了。我們把火給點燃，一縷濃煙如柱般地飄向了天空。我等待老頭給我一句提示，哪怕隻言片語都行。可是老頭的嘴閉得很緊，不願滴漏一個字，

讓我沮喪。

吃過早飯，他們開始把帳篷和食物搭到犛牛背上，準備啟程。我雖然給他們幫忙，心裡卻空落落的，眼睛不時地要向那姑娘身上投去。她用花方巾把臉遮得嚴實，只露出一對清澈的雙眼。

太陽從東邊的山頂爬升上來，念草原的牧民繼續了他們的遷移。犛牛群浩浩蕩蕩地前行，年輕人騎著馬從兩側賓士。最後開拔的是老頭和他的老伴、兩個女兒。

說唱藝人，要是你喜歡我女兒，來年春天到念草原來，我叫扎加，我女兒叫吉姆措。老頭邊說邊爬上了馬背。

吉姆措。我喊了一聲。

吉姆措從馬背上掉轉頭，把花頭巾的結解開，將那張美麗的臉龐露給了我。她深情地對我一笑，又把臉給藏進了花頭巾裡。那張臉卻印刻在我的腦子裡。

來年再見。扎加老頭說完，催馬前行。他的女兒和老伴相跟著，身後丟下一串銀鈴般的笑聲。龐大的犛牛群從金黃上蠕蠕滾動過去，離我越來越遠。

我目送他們走遠，心卻早已隨著吉姆措而去。直到他們從草原的盡頭消失，我疲軟地癱坐在了草地上，落下了眼淚。

狼跑到我的跟前，不停地跳動，吐出紅色的舌頭，催促我早點出發。我被牠弄得很煩，極不情願地走向我的坐騎，爬上去繼續我的歸途。吉姆措的臉龐，時刻閃現在我的腦子裡，讓我無法平靜。這一路我的魂沒有附在體上了，茫然地被馬馱回到色尖草原上。

我在思念中捱過了秋冬兩季，等到開春，已經顧不了路途的遙遠，用半個多月的時間，才走到了念草原，尋找到了吉姆措。我們相愛了，我在念草原為牧民們說唱了十幾天，這十多天裡，吉姆措天天燦爛在我的身旁，讓我幸福無比。在我臨近離開念草原之時，吉姆措

給我開啟了帳篷門簾的一角，用她光潔的身子，接受了我的愛情。我們相擁著，在月亮和星辰的見證下，談論婚嫁的事宜。黎明時刻，即使狼怎樣嚎叫，我都不願離開吉姆措的帳篷。

吉姆措一家要離開念草原，輾轉到夏秋季牧場，我倆約定來年開春我來娶她。我們在念草原上分了手，我繼續流浪說唱。

改變我命運的事情發生在這年的夏天。

這夏天縣上要搞物資交易會，為了活躍氣氛，縣上派來了一輛北京吉普，要把我接過去說唱。當時，拉宗部落裡的牧民圍住汽車，跟車上的人問個不休。當牧民們知道我要去縣上給幾千人說唱格薩爾王時，大夥羨慕不已。有些牧民匆忙跑回家準備食物，要騎著馬跟我一同去縣上。

我平生第一次坐上了汽車，它在平坦的草原上像雄鷹一樣飛駛，把跟在車後的騎手遠遠地拋在了後面。我一路都很興奮，在汽車的馬達聲中，為來接我的人說唱起了格薩爾王。那個年老的人對說唱不感興趣，他打斷了我，問，你一個字都不識？

我一個字都認不到。我咧嘴笑。

這可能嗎？他問旁邊的司機，臉上充滿譏笑。

我聽說過這種事情，很神秘的。司機回答。

你沒有上過學，拜過老師？他又轉頭問我。

我是孤兒。從小替人放牧，哪能去上學。

那年老的人一臉的懷疑，從部落去縣城的路上，我被他拋給的問題所纏繞。直到縣城聳立在我們眼前，那年老的人才停止了提問。汽車尾部捲起漫天的灰土，飛進了縣委大院裡。

他們給我安排了一間房子，縣上的領導還過來看我，這些都讓我很不自在。

晚上屋子裡的燈一打開，亮如太陽。它把我睡覺的屋子照亮得如

同白天，興奮使我一晚上不能入睡。

縣裡搞得物資交易會規模很大，把縣城後面寬大的草原占滿了。幾百個大小不等的帳篷錯落有致，四處停靠裝滿貨物的大卡車，騎馬趕來參加物資交易的牧民源源不斷，廣播裡播放的歌聲穿越橫行在草原上空，給人們增加了一份喜悅的氣氛。

到了中午，在物資交易會的場地東頭，縣裡安排我來說唱格薩爾王。我盤腿坐在墊子上，面前擺放低矮的桌子，上面擱著話筒。我的說唱通過高音喇叭，擴散向廣袤的草原，並伴有回音繚繞，這種氣勢我以前從沒有想像過。牧民們穿紅戴綠，像花朵一樣盛開在我的面前，這些搖曳的花朵被格薩爾王的《賽馬稱王》所沐浴、所滋潤。

三天的物資交易會裡我成為了一個中心，白天人們聽我的說唱，中午記者給我拍照、訪談，晚上領導請我吃飯，一天忙得團團轉。三天很快就結束了，又是那輛北京吉普把我送回到了部落裡。

半個月後，拉宗部落裡來了一輛汽車，一群孩子圍攏過去。我坐在房門口，赤裸上身，捉秋衣上的蝨子。小孩的吵鬧聲使我停下了手中的活，抬頭望去，有三個城裡裝扮的人向我走來。我想：他們肯定是從縣上來的，這些人經常是轉悠一圈就走人，不需要我去理會的。我又低下頭繼續捉蝨子。他們走到我的面前，把寬闊的影子投射在我的秋衣和身上。這討人嫌的陰影，讓我重新抬頭凝望他們。

你是說唱藝人吧？那個戴眼鏡的問我。

是的，我叫亞爾傑。我光著上身回答，心裡渴望他們別擋著我住陽光。

這兩位通過報紙知道了你的事，這次專程趕來想了解更多的情況。旁邊那個帶著羌塘口音的人對我說。

好的。我回答的同時，把秋衣套在身上，從地上站起來。我請他們進房，動手準備熬茶，但被他們制止了。

他們從包裡掏出本子和筆。我盤腿坐在地上，面向他們。他們給我提的問題很簡單，問我會說多少格薩爾王的故事？你是怎麼學會說唱的？今年你多大了？結婚了嗎？等等。還讓我給他們說唱格薩爾王之《蒙古馬宗》的一個片段。

你願意到拉薩去工作嗎？我說唱完，戴眼鏡的人問我。

呵——我傻笑了一下。因為我從來沒有想到過這個問題，突然被人問起，讓我有些不知所措。

拉薩城很大，那裡生活條件好。一直不說話的那個瘦子也開了腔。

我不知道該怎麼回答，一切出乎我的意料，我的頭腦一片混沌。

到拉薩我能幹什麼？待我恢復過來，我能想到的只有這個問題。

繼續說唱格薩爾王。眼鏡脫口說。

國家每個月還給你發工資，你會成為國家工作人員。瘦子又插話。

你在草原上四處說唱多累，到了拉薩就不用這麼奔波了。羌塘口音的人也鼓搗我。

他們的話讓我動心了。我的想像中到了拉薩後，能像縣上舉行的物資交易會一樣，能給很多人說唱格薩爾王，那場面多熱鬧啊。

別猶豫了！不是人人都會有這種機會，是你前世修來的福。羌塘口音的人又催促道。

我還能回來嗎？我望著空蕩蕩的房子裡問。我的房子裡除了鋁壺、鋁鍋、糌粑、肉外，沒有其他值錢的家當。

兩年可以回來探親一次。眼鏡回答。

我一直下不了決心，留和去在我心裡激烈地爭鬥。

你想想。想通了到縣裡來，我們在那裡等你兩天。眼鏡說。

這位是研究所的達娃所長，那位是拉巴副所長，他們專程是來找

你的。羌塘口音帶著討好的口氣給我介紹眼鏡和瘦子。

我對這些不懂，只能咧嘴笑，把兩隻手掌攤開，頻頻晃動，表示我的敬意。

他們魚貫地出了房門，在小孩的嬉笑追逐聲中，走過那片開闊地上了車。汽車一頭紮入草原深處，沒有一會兒就消隱在綠色裡。我頓時被喜悅和憂傷繞住，陷入到劇烈的矛盾當中。

拉宗部落裡的人得知要我去拉薩的消息，各個興奮不已，都在勸說我一定要去，說到了那裡吃穿就不用發愁。可是，我的心裡放不下的卻是，遼無邊際的草原和那些等待我去說唱的部落牧民，還有我每刻都在想念的吉姆措和那匹狼。他們在我的房子裡鬧騰到了半夜，直到油燈燃盡最後一滴油，燈芯一下暗黑時，他們的喧鬧才被終止了。

等人們走盡，我面向曾放牧的地方，給格薩爾王磕頭，祈求他給我一個明示。

那夜，格薩爾王的大將丹瑪來到了我的夢境中，他用一種憂鬱的目光注視我，然後放下一頂氈帽和一個銅鏡，轉身從門口走了出去。清晨醒過來，我的枕邊果然有頂氈帽子，上面插滿了雄鷹的羽毛。銅鏡擦拭得光亮亮，向著房頂射出一道光。我想這就是丹瑪給我的讖語，是要讓我離開草原，展翅飛翔，我要毅然決然地到拉薩去。

我從被窩裡鑽出來，把糧食肉和炊具分別裝進兩個牛皮袋裡，用一根繩子綁上，像褡褳一樣馱在了馬肚子的兩側。我戴上那頂丹瑪送的說唱帽，銅鏡掛在了胸口，牽住韁繩離開我的房屋。

走過幾座土灰色的房子，我的心突然被掏空了似的，眼淚嘩嘩流淌。拉宗部落讓我愁緒萬端，心頭發梗。我把頭抵在馬背上，盡情地哭了一場，然後擦乾眼淚，邁開大步向前。有牧民看到我要走，喊住了我。他們從家裡端來奶渣、糌粑和茶，讓我盡情地吃頓豐盛的早餐。我們席地而坐，茶香飄蕩，他們的祝福聲不絕。

太陽升得老高了，我告別牧民們，牽著馬向縣城進發。

這一路我是孤獨的，一直陪伴我十一年的狼，沒有來給我送行；我的心也是淒涼的，吉姆措遠在天邊，我無法向她轉告我要去拉薩的消息。

唉，命運就是這樣的無法捉摸。

二

我跟隨兩個所長往拉薩趕路，汽車把一個個我所熟悉的部落，從車窗口向後推去，扔在了遠遠的後方。我的心裡湧來惆悵，禁不住鼻頭酸痛。當我們飛駛過念青唐拉神山邊時，我清晰地聽到了狼的嚎叫聲，牠讓我全身的汗毛聳立。我央求司機把車子停下，走下公路想找到狼的身影。前方念青唐拉山頭被雲霧遮繞，開闊的草地一覽無餘，幾頭黑色的犛牛蠕蠕地向前走去；身後的公路上一輛輛汽車在飛奔，留下的只有刺耳的馬達聲。夕陽就要從西邊的山頂落下，經幡隨風發出輕微的聲響。

該上車了，亞爾傑。司機站在路邊喊。

我面向念青唐拉虔誠地祈禱，感謝山神對我的護佑，祈求山神讓我的伴狼無災無恙。起身，淚水把我的臉龐打濕。我又一次環顧，希望能夠再次見到狼，可是草原上尋不到狼的身影。我垂下頭，步子沉重地向汽車走去。

進入拉薩市區時，道路兩旁的路燈已經閃亮，照得周圍清晰無比。汽車左衝右拐，在我失去方向感時，駛進了研究所的大院裡，停在一棟高樓前。這裡早有人等候，他們忙著把我的東西從車裡搬出來，往樓上抬。兩個所長帶我上樓，進到房間裡。

　　房子裡已經配齊了鋼絲床和書桌、椅子等家具。

　　達娃所長回頭對我說，「亞爾傑，這就是你的房子，一路辛苦了，早點休息。」

　　這跟我草原上的房子相比，寬敞明亮，猶如一座小宮殿。

　　明天會安排人陪你上街買生活必需品的。拉巴副所長說。

　　他們給我交代房間裡的設備使用方法後，帶上門回家去了。

　　我一個人待在房間裡，心裡不相信這一切是真實的。我坐在床沿看到屋子裡堆放的牛皮口袋，聽著外面嘈雜的汽車聲，才確定我是真的到了拉薩。我起身尋找丹瑪給我送的說唱帽，把它擺放在靠窗的桌子上，虔誠地祈禱格薩爾王保佑我一切順利。

　　我盤腿坐在鋼絲床上，手裡拿著銅鏡，燈光下它熠熠閃亮。這光亮莫名地讓我感到了淒涼，因為城裡聽不到曠野的風掠過時的輕聲低訴，沒有潺潺的水流伴人入眠，沒有狼的嚎叫讓人心靜，這裡的寂靜充滿了某種不安的喧囂。關上燈，月光從窗戶裡透射進來，我坐在凳子上再次端詳銅鏡。沒一會兒，銅鏡給我呈現了雪山草原，湖泊牛羊，還有踽踽獨行的那匹狼。他是如此的孤獨，如此的無助，淚水在他臉上留下了兩道線痕。我的耳朵裡灌滿狼的嚎叫聲，一驚，銅鏡從我手中掉落下去，水泥地發出了一聲刺耳的疼痛聲。我的心彷彿碎裂了，一陣隱隱地痛。我急忙彎下身子，摸索著在平滑的地上尋找銅鏡。銅鏡攥在手心裡，全身才有了一些熱氣，那疼痛也逐漸消失。我為銅鏡有這種神奇的功能而驚訝，再次將她放到月光下，希望給我呈現草原上的一切。可是，她再沒有顯現任何的畫面，等待中困頓的我匍匐在桌面上，進入夢境中。

　　早晨有人給我送來了預支的工資，讓我在一張紙上摁手印。其中一個陪我去逛商店，買被褥和生活用品。我們在人群中不停地遊動，總也走不出這人海，到後頭我被人身上散發的氣味窒息，覺得頭暈目

眩，鼻孔裡淌血。陪我的人很著急，拿紙來讓我堵住鼻孔，我按照他的要求把紙塞進鼻孔裡，準備盤腿坐在路邊。陪我的人死活不答應，說這裡不是牧區，不能隨意坐在路邊，硬拉帶拽地把我拉回到研究所。

城市跟草原是這般的不同，這裡人都壅堵在一起，呼出的氣浪讓人難聞，林立的高樓壓迫著心頭，筆直的馬路，把大地切割成一塊塊，讓我胸悶氣脹。特別是狂亂奔跑的汽車、摩托車，使我煩躁不安。各種商店、飯館比肩而立，讓人走不出它的幽宮。

那次出去之後，我不想再走出房門，只想靜靜地待在房子裡，偶爾從窗戶裡往外望，我的目光最遠只能抵達前面的那棟樓。這種逼窄，讓我極不適應。我渴望草原上的一覽無餘，渴望藍天深邃地掛在頭頂。

來到拉薩的第三天，我被人帶到一座大樓前，拾階而上到了三樓的一間辦公室。達娃和拉巴都在，他們的身子沉在軟綿綿的沙發裡，讓我坐在了對面的一把椅子上。達娃先詢問了一下我的生活情況，而後話題引到了我的工作上。

亞爾傑，據你所說，你現在能說唱五十六部格薩爾。我們明天開始給你錄音，每天早晨九點錄到中午十二點半；下午三點半錄到六點，這樣你每天要說唱六個小時。一週除星期天休息外，要上六天的班。這些你記住了嗎？

我一片茫然，木然地望著兩個所長。

沒事，我們會給你專門配人的，上下班他會來叫你，錄音也由他來負責。你們會成為好搭檔的。達娃很自信地說。

他從沙發裡拔出身子，走到辦公桌前，拿起電話撥號，唯色到辦公室來一下。說完扣下了電話。

不久，門被開啟，進來一個年輕人，他有一頭漂亮的鬈髮。

所長叫我？年輕人問。他的聲音比女人都柔軟。

這是來自拉宗部落的說唱藝人亞爾傑，我現在正式交給你。你們倆是搭檔了，從明天開始錄音。你現在帶他到辦公室去，認認門，熟悉熟悉。達娃說。

唯色領著我出了所長辦公室，經過一條過道，拐進了另外一間辦公室裡。這間辦公室的桌上堆滿了書和紙，牆角邊立著幾個大櫃子，室內顯得擁擠、凌亂，空氣也不流暢。

我要在這裡說唱？我沮喪地問。

不在這裡。唯色回答。

我失落的情緒稍稍得到了緩解。

有很多人聽嗎？我再次問。

就我們倆。唯色面無表情地回答。

我只給你說唱？我驚訝地問，眼睛瞪得很大。

你要對著答錄機說唱，然後這些錄音要轉換成文字出書。還有，這些錄音帶經過複製、剪接，要在廣播裡播放，讓更多的人聽到格薩爾王的故事。唯色一臉認真地解釋。

我似懂非懂，答錄機到底是什麼，它怎麼能記住格薩爾王的故事。我傻傻地想著這些事。

唯色看出了我的疑惑，帶我去了一間房子裡，講解怎樣錄音怎麼播放，還給我試錄並播放出來。讓我驚歎的是，我的聲音怎麼被這麼個沒有生命的方塊東西留存，還能一字不差地說唱出來。我覺得很神奇，從座位上站起來，用巴結的目光望著唯色。他明白了我的想法，把答錄機推到我的面前。我用手撫摸答錄機，前後端詳，想知道裡面是否藏有小人。我還想，等我回部落裡時，要告訴牧民們這個神奇的東西，讓他們也像我一樣驚歎。

我要求唯色不停地播放錄音，甚至瞇上眼睛，用心聽播放出來的

自己聲音。我被這稀奇的東西弄得很是興奮，頭腦裡冒出各種問題，不斷把問題丟給唯色，直至他厭煩地說，夠了。夠了。我討厭這細軟的女人腔，城裡男人沒有一點血氣。

唯色又把一盒帶子放進答錄機裡，按下了一個鍵盤，答錄機裡開始說唱。可是，這不是我的聲音，是一個帶著沙啞、蒼涼的聲音。他在講格薩爾王賽馬稱王的經過。我聽了一會，就喊，這個地方應該唱，是這種曲調。唯色急忙把答錄機關掉，怔怔地望著我。我大聲地唱了起來。

唯色用手搖動我，我才從那激烈的角逐中抽身出來，看到了他驚奇的目光。

你像瘋了一樣，全身都在抽搐。沒有事吧？唯色問。

我剛才跟格薩爾王在一起，我心裡緊張啊！

你別再唱了，我們明天才開始。

剛才說唱的是誰？我問。

是我們研究所的老藝人頓珠。這是五年前給他錄的音。

他還在唱嗎？

頓珠藝人身體不太好，經常要住院。他已經錄了二十三部格薩爾。

我沒有再說什麼，頓珠藝人牢牢地鑲嵌在我的頭腦裡了。

早晨唯色來敲房門，讓我跟著他到錄音間去。錄音間不大，牆面全刷了白石灰，門窗相對，窗戶外是研究院的大院，平時用花色豔麗的窗簾布遮擋著。錄音間裡擺了三張凳子和一個桌子，桌子上擺放答錄機和暖水瓶、杯子，桌子抽屜裡塞滿了錄音帶。我和唯色隔著桌子相視而坐，我對錄音充滿遐想。在他的指揮下，我坐在椅子上，把丹瑪贈送給我的氈帽戴在頭上，銅鏡露在藏裝外，面向答錄機，說唱起了格薩爾王之《北方魯贊》。

　　格薩爾王率領嶺國的勇士，浩浩蕩蕩地去討伐吃人的魔王魯贊，經過殊死的戰鬥，最終剷除了魔王。整個事件在我腦際鮮活浮現，我的情感隨著事件的進程，表現出激憤、焦躁、痛苦、興奮、喊……

　　在我最忘情地投入時，一陣「噠噠」的聲音震碎了我腦海裡的影像。我睜開眼睛，看到唯色把茶杯舉在半空中，準備再次敲打桌面。我張嘴，一臉疑惑地盯著他，不知道他為什麼要這麼做。唯色輕輕地把杯子擱在桌子上，臉上堆滿笑容。他說，到了吃中午飯的時間，我們下班回家。

　　我依從他的指揮，摘掉氈帽，擱在了桌子上。我起身，悻悻地走出了錄音室。

　　下午又開始接著說唱，說到最興頭上時，他又用杯子敲打桌面。

　　為什麼不讓我說唱下去？我很不高興地問。太陽的餘輝，正從窗玻璃上移動，屋子裡的光線昏暗了下去。

　　格薩爾王的故事不是一天能說唱完的，我們要慢慢地錄音，這是耗時幾十年才能完成的工程。唯色一點都不惱，他準備伸手從兜裡取煙。可是，我對這種故事說唱中不斷被打斷很氣憤，取下氈帽，招呼都不打出了門。

　　唯色立馬衝出來，追上了我。他在走廊裡堵住了我的去路，帶著崇敬的表情對我說，你的說唱曲調太豐富了，頓珠老藝人的曲調沒你這麼多。他劃燃了火柴，把煙給點上，嘴裡吐出一縷煙霧來。在煙草的霧靄中，我臉上的愁雲消散了，僅因為這麼一句贊詞。我從氣憤的籠罩中走出來，臉上堆起了笑意。我們倆一同從二樓走了下來。

　　天黑了下來，我在燈光下簡單地吃了飯。關上燈，讓黑夜在屋子裡肆虐。我盤腿打坐，觀想格薩爾王，嘴裡不斷地祈求著他。格薩爾王騎著戰馬，從我眼前倏忽而過。之後，從草原的盡頭那匹狼向我疾跑過來，他的身影慢慢變得清晰起來，赤褐色據滿我的頭腦。我聽到

了他的喘息聲，感受到了他急切要見我的渴望。

一輛汽車摁響了喇叭，尖銳的聲音刺破一切，把我的觀想砸了個稀巴爛。我睜開眼，外面的路燈把柔弱的燈光拋進屋子裡來。汽車的喇叭再次急促地摁響，刺耳的聲音狂野地向四處撒野開去。我無法安靜地觀想格薩爾王了。車子旁有人大聲地說話，還有搬動東西的聲音。一陣鬧騰過後，汽車開走了。不料旁邊鄰居屋裡的酒歌又張揚起來，攪亂了寂靜的夜。我站起來，走到格薩爾王的畫像前，虔誠地磕起了長頭。

我大汗淋漓，全身濕透，停止了磕頭。一股說唱格薩爾王的欲望撓得我心癢癢，我獨自在屋子裡開始了說唱。黎明時院子裡奏響的汽車喇叭聲，打斷了我的說唱。我也覺得有些疲勞，和衣躺在床鋪上，一會兒就進入到夢鄉裡。

一陣砸門聲把我吵醒。睜開眼，耀眼的金光灑滿視窗，窗玻璃上很多個腦袋疊疊著晃動。我覺得新奇，走過去把門給開了。

你怎麼睡過頭了？我敲了半天的門。唯色站在門口，語氣硬邦邦地嗔怪道。

睡死了！我說。

以後可不能這樣啊，要按時上下班。你昨晚說唱了一宿，鄰居們被吵得沒睡成覺，這樣多不好啊！唯色說。

窗戶旁的人低聲說著什麼，搖頭散開。

我跟著唯色進了大樓，走進錄音室。

說唱到一半，唯色的敲桌聲準時響起，把我記憶裡的格薩爾王趕走了。然後，唯色說出一句，該吃飯了。這句話充斥在我的耳朵裡。我厭惡地脫下氈帽，走了出去。

又一天這樣過去了，我的思緒被抑制著，讓我悶悶不樂。

我呆在房子裡回想這兩天的說唱，心頭密布鬱悶。我懷念草原上

的那些個部落，那些個深情聽唱的牧民，在那裡說唱就像江河奔流，一泄到底；可在這裡時斷時續，還得呆在四面是牆的房屋裡，看不到草原，看不到藍天，看不到雪山。我為自己來到城市是對是錯，全然不知，在城裡只感到壓抑。這裡我也沒有一個朋友，苦悶只能藏於心底。為了消解這種情緒，我離開房間，走出研究院的大門，來到了馬路上。

黃不唧唧的曖昧之光，滴落在路面上，街邊的酒館裡散發酒氣，一群妖嬈的女性甩臀聳奶，晃眼的車燈和揪心的喇叭聲，商店音箱砸出的扎耳音樂，把整個城市托舉在一種虛幻的鬧騰中。吉姆措、色尖草原、拉宗部落、孤獨的狼，此刻讓我感到了徹骨的悲傷，只有他們才能讓我感到心靈寧靜，感到真實。穿行在這種繁華喧鬧中，我的心靈卻是孤寂的。我坐在人行道旁的綠化帶上，目光所及只能達到馬路的盡頭，高聳的牆傲慢地擋在前方，拒絕讓我穿透它，看到後面的一切。我覺得自己像是鑽進了牛角裡，想呼出一口氣也覺艱難。我頭頂的天只有一小塊，延伸的路幾千步就走到了頭。

我從路旁的商店裡，買了一瓶白酒，穿越這虛假的喧囂，投入到冷清但明亮的房間裡。幾杯酒落進肚裡，我安靜了下來，酒牽引我進入到了睡夢中。

丹瑪又一次閃現在我的夢裡，他沒有說話，只是用眼睛深情地注視著我，把手搭到我的胸口上。他的嘴裡在說著什麼，可我一句都沒有聽見，只看到薄薄的上下唇在張合。片刻後他消失了。

醒來，天已大亮，陽光早已落在我的窗玻璃上。唯色來叫我，我們相跟著走進了那間錄音室裡。我面對銀灰色的答錄機坐下，氈帽戴在頭頂，開始了我的說唱。

到開飯的時間，唯色依舊用茶杯敲打桌面。這可惡的聲音，總那麼殘酷地把我腦海中的影像敲碎。我恨這種滋擾，恨不能讓我的說唱

潺潺流淌。

夜晚，我又讓辛辣的酒水，燒焦我的頭腦，焚燒我的五臟六腑。酒，讓我更加地想念草原和吉姆措，我為來到城市裡感到難過。銅鏡靜靜地躺在我的手心裡，眼淚啪嗒一聲，在她上面碎裂。我從銅鏡裡看到那匹狼在色尖草原上奔跑，牠的四蹄著地發出的聲響在我耳際迴蕩；神湖不斷地給我呈現各種色澤；雪山腳下氂牛啃著青草，旁邊吉姆措切切地遙望遠方……

銅鏡又把畫面消隱，只留下光亮的銅面。

我推開窗戶，面向草原方向時，涼風撲騰著翅膀迎面而來。我聞到了狼的氣息，草的芳香，我的心被揪得很緊。突然，腦海裡出現要回草原的念頭。

星期天的早晨，天濛濛亮，我就背著牛皮口袋溜出了研究所。我順著馬路前行，這條路在盡頭又分出兩條路來，橫在我的面前，我不知道要選擇哪條路。路上只有稀疏的幾個人，車子也不多。我選擇了伸向太陽落下去方向的路，那裡正是我的家鄉所在的方位。順著這條路往前走去，它又開又出三條路來。這讓我很為難，不知道我要走哪條路。我問過路人該怎麼走。他們驚奇地瞪大眼睛，擺手走開。我只能自己選擇一條路前行。街上的人多了起來，太陽也從東邊的山脊躍出，可迷宮一般的城市，讓我迷失了方向。我不停地走動，背上的牛皮口袋壓得只冒汗水，到頭來還是被困在城市的樊籠裡，東西南北都分辨不清了。

我用濃重的藏北口音問路，人們嘰哩呱啦地給我說一通，可我什麼都聽不懂，人越發地迷茫了。

太陽正當頭，已是中午時刻，街上的行人多如牛毛，我被人們身上釋放的惡臭氣息熏死，雙眼灼疼，頭要炸裂。

我坐在人行道中間，背靠牛皮口袋休息。曾經，我走過無際的草

原，那裡，有時一兩天見不到一頂帳篷，一個牧人，心情卻是喜悅的，雙腿也不覺得酸痛。可是，穿行在城市狹窄如鼠穴般的街道上，兩旁的高樓陰沉地壓迫著，頭頂只有一小塊天懸浮，這讓我的心疲勞，身子垮塌下去。我發現自己一直走在同一條路上。我絕望地垂下了頭，後悔自己不應該到城市裡來，不應該離開吉姆措。

汽車的嘈雜聲和不斷穿梭的人群，加重了我眼睛和頭部的疼痛。我用雙手捂住臉，仰躺了一會。有很多行人駐足觀看我，他們還竊竊私語。有人還在我的面前彎下腰，放下幾角錢，匆忙離去。我想他們把我當成乞丐了。

藏北牧民的話從我身旁溜了過去，我的心裡燃起了希望。我不顧疼痛，趕緊放下手，站起來去追說藏北話的人。

說藏北話的是兩個年輕人。他們聽了我的遭遇後，答應送我到車站去。年輕人幫我抬著牛皮口袋，走過了一個街區，在路口上了一輛中巴車。車子行使一段後，我們就下車了。我的心情好了許多，色尖草原甚至出現在了我的腦海裡。

走過道路兩旁的商店和飯館，年輕人把我帶到一家客運公司門口，裡面停滿了各種公共汽車。他們讓我把錢交給他們，說要替我去買票。我剛從懷兜裡拿出錢，其中的一個一把搶了過去。一個年輕人進去買票了，另外一個在大門口陪我等著。沒有一會，陪我的那個年輕人，要到隔壁商店去買煙，他還囑咐我不要亂走動。我等了很久，不見這兩人回來，心裡隱約感到自己被騙了。我背著牛皮口袋進去找人，再也尋不到那兩個年輕人了。我變得身無分文，回去的念頭頃刻間從頭腦裡斷裂，心裡填滿了怨恨和緊張。我坐在車站的院子裡悔恨地落淚，想著該怎樣才能走回研究所。可是我連研究所的名字都不知道，路更是認不到。我坐在一個角落裡，餓著肚子，眼睜睜地讓白天離去。夜晚，我找了個避風的地方，和衣躺下睡覺。

　　第二天的傍晚時分，研究所裡的人找到了我。他們見到我時一臉的興奮，沒有責怪的意思。這讓我心裡越發地慚愧和悔恨，我跟著他們回到了研究所。

　　達娃所長不顧天黑，從自家端來了飯和茶，還安慰我不要有顧慮，好好說唱格薩爾王，兩年之後一定讓我回草原一趟。他的這番話讓我感動，為了感激我決定繼續呆在這裡說唱格薩爾王。

　　隨後的說唱過程中，唯色再也不敲打桌子了。每次到點，他都會稍延遲一些時間，要是我依舊沉浸在故事裡，他會輕輕推醒我，一臉笑容地等待我走回到現實生活中來。

　　周而復始中，我的鬱悶在減弱，接受了這種六小時的說唱。我也經常在想，自己過去馬不停蹄地在草原上奔波，可換來的只有溫飽。現在每天呆在房子裡說唱，月月可以得到一筆可觀的錢，現在的日子過得是無憂無慮啊！有時，夜晚躺在床上，十一年的流浪說唱經歷活泛在頭腦裡，憶起吉姆措，心又要疼痛起來，回去的念頭會閃現在頭腦裡。這時我會規勸自己，在堅持兩年，攢上一筆可觀的錢，到時就把吉姆措接到拉薩來。這樣想著，我的心情沒有那麼難過了，帶著念想進入到睡夢中。夢境裡丹瑪時不時地會閃現，還給我一些有益的預示。

　　這期間，銅鏡成了我和草原連接的一根紐帶。她會給我展現那匹狼、草原、雪山、湖泊、牛羊。通過銅鏡我能走入到遼遠的草原上。我把銅鏡掛在脖子上，貼在心口，這樣草原就駐留在了我的心頭。

　　一年之後，每到吃飯時間，我肚子裡會發出咕嚕的聲響，那時停下來，關上答錄機下班。我和唯色也成為了很好的朋友，下班之後他會帶我到飯館去吃飯，我也試著吃些蔬菜。

　　有次中午，我在研究所旁邊的甜茶館裡喝茶，在這裡遇到了來自念草原的一位牧民。我跟他問起吉姆措時，他說吉姆措半年前已經出

嫁了。我一聽這話全身被霜凍般蔫了，當著他的面傷心地哭泣，發誓說我再也不要回到草原上去。

我像是大病了一場，有四、五天沒有去說唱。那段時間裡唯色和研究所的領導常過來開導我，每次當著他們的面，我要哭的像個淚人，這樣我的心情要好受一些。

我沒法忘記吉姆措，悲傷在我心頭停留了很久很久。等到想起吉姆措，我不再落淚的時候，我把長髮給剪掉了，脫掉穿了二十多年的藏裝，把我的肉體用輕便的西裝裹住。銅鏡也被我從脖子上取下來，掛在了白色的牆面上。我不願再看銅鏡了，她呈現的畫面，只會加重我的痛苦。

當我在那間小錄音間裡能自如地錄播、說唱《姜薩丹王》時，拉宗部落的索朗他們來看望我。我這才知道自己離開草原已有五年了。當我們相互握手，他們粗礪的手掌躺在我的掌心裡時，我又立刻念起了茫茫的草原，聞到了青草的芳香，聽到了狼的嚎叫聲。我心裡淡忘的草原又開始復蘇起來。我從牧民們的口中得知，現在公路已經修到了拉宗部落，許多牧民家買了汽車，放牧要騎摩托車。說這些話時，我一直盯著索朗和多吉他們的臉，雖然布滿了皺紋，但精神很足，他們還說這年冬天要帶著拉宗部落的男人們去鹽湖馱鹽。我知道馱鹽得花兩個多月的時間，一路趕著龐大的犛牛群，卸鹽馱鹽特別的辛苦。我給他們一千塊錢，讓他們買鞋子和眼鏡。索朗說，不用買，我們要開車過去，幾天就能往返。我聽後先是驚訝，隨後為他們感到高興。他們再也無需趕著馱隊趕路，無需一路唱馱鹽歌，無需住在荒蕪人煙的地方，一切變得簡單了。

色尖草原的牧民們現在有錢了，每家都有廣播、電視。多吉說。

那草原大變樣了！我由衷地說。

亞爾傑，你去拉薩對了，草原上現在只有一些上了歲數的人才肯

聽格薩爾王的故事，年輕人不喜歡聽了。他們每天圍著電視轉，要不到縣城的舞廳、酒吧去玩。多吉補充道。

我聽後心裡舒坦了很多。我不願想，牧民們不再聽格薩爾王故事時，說唱藝人還該存在嗎？

牧民們發現我的眼睛沒有以往明亮了，就替我擔心起來。我對他們說，也許在城裡呆久了，看不到草原、雪山、湖泊，眼睛自然就明亮不起來。牧民們聽完不以為然，只是搖搖頭。

牧民們變了，在我家裡他們談論的話題始終圍繞著錢，說誰家蓋新房花了多少錢，誰家買車拿了多少萬塊錢，誰家娶媳婦排場了幾萬塊錢。我聽著，覺得他們談論的不是拉宗部落，而是我不認識的一個部落。我一直希望他們讓我說唱格薩爾王，讓我重溫在草原上說唱的那種氛圍，可他們誰都不跟我提，這讓我既傷心又失落。

夜晚，我聞著他們身上固有的牧人氣息，腦子裡禁不住要活躍草原上說唱的那些個歲月，活躍赤褐色的那匹狼。半夜時刻，我躺在床上，城市變得極其安靜。此時，狼的嚎叫聲穿破千山萬水的阻隔，清晰地迴盪在我耳旁。這叫聲讓我不安，讓我的眼淚倏然而淌。我滿心都是歉疚，不得安寧。我坐起來，抱著腦袋一直坐到了天亮。

索朗他們在拉薩各大寺廟拜完佛就要回去，他們邀我一同回草原上去，看看那裡發生的變化。我以工作為由婉言謝絕了，說下次一定找個機會去看看。

送他們上車時，索朗突然對我說，那匹狼，你記得嗎？

我說，我記得。

他現在很瘦弱了，每天晚上要在色尖草原上發出淒厲的吼叫，現在牠可能找不到食物了。索朗說完，晃著頭鑽進駕駛室。

這句話像一記重拳，擊在我的胸口，疼痛難忍。

他是色尖草原的守護神。我說。

索朗從汽車的窗戶裡對我說，我們知道，但現在他瘦弱成那樣，保護不了草原。你也不小了，該找個女人照顧自己。

哦——我應了一聲。

要不我從拉宗部落給你找一個女人？

不用！我回答的很堅決。吉姆措的身影在我腦子裡晃了過去。

索朗的眼裡飄過一絲不悅，即刻又淡去。他給司機說，開車。

一路走好！我說。

東風貨車平靜地駛出了研究院的大門，一拐從我的眼裡消失。

晚上我把銅鏡從牆上摘下來，揩去上面積攢的灰塵，月光的照耀下盯著銅鏡看。我要得到色尖草原的畫面，要看我曾經走過的雪山、湖泊。過了許久，銅鏡才給我展示了一些畫面，但被霧靄籠罩住，看得有些朦朧。我責怪自己，這麼多年沒有迎請銅鏡，這麼多年讓她懸掛在牆上。

牧民們走後的這段時間，我又強烈地想念吉姆措，想念那匹狼了。

每天清晨，我在門口煨桑，在桑煙的繚繞中跪拜在格薩爾王的畫像前，祈求格薩爾王能保佑草原上的狼，保佑吉姆措一生幸福。

就在這一年，在拉巴所長的撮合下，我娶了他家的保姆——珠姆，算是解決了我的婚姻大事。結婚後所裡給珠姆安排了一個臨時工作，我們分到了更大一間房子。

我沉浸在愛情的幸福中，除了每天的錄音工作外，其他時間就圍繞著珠姆轉悠。結婚使我的心徹底沉靜了下來，有了被扎下根的感覺。

我每天都往返在一條直線上，從錄音室到家，再從家到錄音室，在這條直線上我踩碎了無數個日子。

《契日珊瑚宗》錄製完，我的女兒也出生了。女兒從珠姆的子宮

裡探出腦袋時，我聽到了兩重聲音，一個是女兒喜悅的泣聲，另一個是狼的淒厲慘叫聲。這兩重聲音交疊在一起，充斥我的耳膜，我的兩隻耳朵暫時失聰了。我捂住耳朵，蹲在醫院的過道裡，隨後膝蓋跪地，一頭栽了下去。醒來，我躺在一張床上，旁邊的另一張床上躺著珠姆，醫生和護士立在我的身旁，個個神情緊張。我耳朵裡的灼疼感在減弱下去，可以聽到他們的呼吸聲了。我心裡明白，那可怕的聲音預示著那匹陪伴我的狼，已經走到了生命的盡頭。我為失去牠落淚，為草原失去牠落淚，淚水濺濕了我頭下的枕套。醫生和珠姆見我淚落不止，以為我是為女兒的出生喜極而泣，就安慰我說，你的女兒平安呢！我把眼睛轉向了窗口，呆呆地望著草原的方向，望著在我生命中產生奇蹟的地方。拉宗部落、色尖草原、狼、牧民在我頭腦裡紛紛出現。

狼的最後那聲慘叫，在以後的日子裡不斷地迴響在我的頭腦裡，讓我心緒不寧，整夜失眠。我坐在醫院的病房裡，女兒一啼哭，我全身就顫慄。狼的影子閃現在我的眼前。

七天後珠姆出院了，我領著她們回到了家。那夜等她們都入睡了，我從牆上取下銅鏡，拿到月光下端詳。月光滴撒在銅鏡的表層，她在我的掌心裡輕微蠕動，隨後銅鏡中間出現一道清晰的白線，這道白線把銅鏡切割成了兩截。我望著銅鏡先是驚訝，之後充滿了不祥的預感，恐懼、焦慮就這樣進駐到我的身體裡，讓我開始惶恐不安了。

我坐在錄音間裡，精力難以集中，時刻擔心會有什麼事情發生。有時一上午錄不到一個字，我的這種狀態讓唯色著急。他坐在對面的凳子上，撓著捲曲的頭髮，用細軟的聲音說，你再錄一部的話，就平了頓珠藝人的記錄，你的房子、職稱都會得到解決的。我衝他苦笑，我的不安和煩惱不能向他訴說。我向研究所請了一天的假，獨自背著一袋松柏到四周的山頂去煨桑，祈求格薩爾王繼續給我通神的靈性，

祈求狼儘早投胎。我謙卑地跪拜在山頂，松柏的香氣隨著繚繞的煙霧徐徐升騰。我聽到了狼的一聲嗥叫，驚喜中抬頭望去，丹瑪和狼順著煙霧走向太空深處。我急忙合上雙掌，垂下頭久久跪拜。心裡淤積的恐懼和焦慮，那一刻被滌蕩乾淨了。

晚上，我睡得很香，沒有一個夢境出現。

我的說唱活力又恢復了，格薩爾王的征戰生涯在我的頭腦裡又清晰呈現，我把一切錄入到磁帶上。

有次，研究所領導把我從錄音間叫了過去，達瓦所長把一個紅本和一串鑰匙交到我的手裡，喜滋滋地說，亞爾傑，你現在是國家級專家了，這個紅本是證書，這是新房的鑰匙。我接過這些東西，它們在我的手裡沉甸甸的。達瓦所長接著又說，你已經說唱了二十九部格薩爾，這是個新的記錄。你還年輕，今後還可以說唱更多的格薩爾了。我聽後心裡很高興，全身都麻酥酥的。

從這以後，在研究所裡我的地位已經超過了頓珠老藝人，研究所時常讓我跟內地和國外來的研究人員碰面，要講我是怎麼被神授的，怎麼被研究機構發現的，怎麼進行錄音的。講完了還要給他們說唱一段格薩爾王。那些外國人扯著我，要跟他們合影。每次參加這種會議，我就要把沉在木箱底的牧民服裝撿起來，套在自己的身上。這些服裝穿在身上，讓我感到特別地彆扭。我的好運氣還不止這些，我被當選為政協委員了。

我在錄音間裡說唱格薩爾王外，有時還要參加各種會議，這些都浪費掉了我的許多時間。

當我的說唱部數達到三十二時，研究所專門為我開了個表彰大會。我為自己能夠宣傳格薩爾王的業績感到高興。表彰會結束後，研究所安排我們到外面的飯館去吃飯，那頓飯太豐盛了，生猛海鮮，各種蔬菜，高檔白酒擺了一桌。我平生第一次吃了海鮮。深夜我全身燥

熱，奇癢無比。我吵醒珠姆，讓她開燈。燈光下我發現全身長滿了紅疙瘩，眼睛也灼燒般的疼。珠姆用鹽水擦拭我的身子，然後紅疙瘩上塗抹軟膏。我們折騰到了凌晨，癢癢才減輕了一些。

天亮後，我的眼睛上好像飄蕩一縷煙霧，面前的東西看得有些模糊。我想這一切都會好起來的，洗完臉就去錄音間說唱去了。

過了幾天，眼病越來越重，快看不見東西了。研究所讓唯色陪我到醫院去檢查。醫生用刺眼的燈光，探照我的眼睛，那種光透過瞳孔照射進去，燒毀了很多神經纖維，也刺到了我頭腦裡的某根神經，這些醫生全然不知。醫生的檢查結論是嚴重的結膜炎。我不相信這結果，這眼睛灼疼，肯定跟吃海鮮有關，但我說出來醫生肯定不會相信的。醫生給我開了處方，讓我每天往眼睛裡滴眼藥水，還特別囑咐說這是進口藥。

我在家休息了六天，珠姆每天盯著要給我滴眼藥水，直到滴完兩瓶眼藥水，我的眼睛開始能看清東西了，眼球旁的血絲沒有消去。這六天裡，我的脾氣越來越大，擔心自己眼睛瞎掉後，不能靜坐在答錄機前，繼續說唱格薩爾王；擔心會像頓珠藝人那樣整天讓藥物流淌在體內。我要無端地要給珠姆發火，她卻一再忍讓著，向先前一樣服侍我。

我在供給格薩爾王的供水裡，撒些藏紅花，日落前用這聖水洗眼睛，幾天之後血絲退去了，眼睛裡曾有的清澈光亮卻再也不見了，只有暗淡和渾濁。

唯色很高興能成為我的搭檔，我們倆合作得很順利，現在格薩爾王已經錄到三十六部了。

在這種順順利利中，我隱約感到危機已經離我不遠了。格薩爾王的大將丹瑪，已經有一年多沒有出現在我的夢中，雖然我每天都在向他祈禱，他就是不肯給我露臉。我心裡開始有些恐懼。偶爾，我在說

唱中間，有些畫面會瞬間消失，腦子一片空白。我只能停頓下來，看
著沒有一點生氣的白牆，痛苦地一遍遍喚醒頭腦裡的影像。現在我有
些痛恨看不到草原的小錄音室，我厭煩對著冰冷的答錄機說唱，我難
忍錄音室裡渾濁的空氣。

到拉薩的第十三個年頭，我的錄音室從那間窄狹的房屋搬到了我
的家裡。每天早起先給格薩爾王添供水，點酥油燈，煨桑，再磕頭祈
禱。太陽的朝霞剛落到窗玻璃上，我就開始錄《梅嶺金宗》。我也知
道要是我能把《梅嶺金宗》全部錄製完，我比頓珠老藝人多十多部宗
的故事，成為研究所第一個最能說唱的人了，所裡也對我充滿期待。

《梅嶺金宗》我錄了半年多，期間總是斷斷續續，進展緩慢。

就在這年的某個秋天早晨，我對著答錄機開始說唱，磁帶轉動發
出的「呲呲」聲，把我的注意力全部吸引過去，這使我極度地憤慨。
一旦憤慨，我腦海裡閃現的那些影像模糊起來，最終消失掉。多日積
累的恐懼和絕望，讓我抓起答錄機砸到地上去。答錄機碎裂了，盒蓋
掉落，零件撒了一地。我還氣不過，用腳踩碎，嘴裡叫罵，直到累喘
吁吁。我揪住頭髮，坐在地上掉淚。神靈啊，你們為什麼不再眷顧我
呢，我一直都在努力傳揚格薩爾王的業績。可是神靈不再搭理我了，
讓我孤苦無援。

接下來，我連著十多天坐在答錄機前，恭敬地迎請格薩爾王。可
是，頭腦裡再也喚不回那些影像，再也無法通神地說唱格薩爾王，神
靈把我給拋棄了。

我心裡很恐慌，每天早晨爬到屋頂，點上松柏香草，祈禱神靈再
次賦予我通神的能力。我還爬到拉薩四周的每座山頂，掛經幡燒松
柏，祈求神靈別拋下我。夜晚坐在格薩爾王的畫像前，不停地觀想，
一整夜一整夜地祈禱。

所有的努力都失敗了，我感到身心憔悴。

研究所知道我的情況後，讓我回趟色尖草原去，到那裡去尋找靈感，同時放鬆休息。珠姆和女兒都不願這個季節去草原上，她們要呆在溫暖的拉薩。

我帶著行囊，坐上了單位派給我的小車。去草原的路如今全鋪成了柏油，道路寬闊而平整，汽車跑在上面一點都不顛。

中午我們就到達了那曲鎮，這裡的變化讓我驚歎，到處都是高樓大廈，筆直的水泥路四通八達，人的喧嘩與音樂聲蕩滿城市上空，各種膚色的人，在這裡都能找到。我們在一家藏餐館簡單地就餐，又往色尖草原飛奔。經過四個小時的飛駛，下午太陽落山前到達了縣城。

記憶中的那個縣城已經不復存在，這裡也變得非常地熱鬧了。汽車、摩托車在公路上喧囂，舞廳、酒吧、餐館、商店、髮廊緊密相連。看到這種場景，我的心頭有了隱憂的擔心，擔心我到色尖草原後，發現它也變了樣，那我在那裡能得到神的啟示嗎？能讓我接著傳揚格薩爾王的事蹟嗎？我忐忑不安起來。

我和司機住進了縣城最好的旅館裡。剛躺下硬硬的草墊磕得我背部痛，被子裡覺得有股怪味，這才發覺自己已經變得很嬌貴了。沒有一會，司機打出了很響的呼嚕，睡得沉沉。我討厭呼嚕聲，它聽起來是那樣的讓人不悅。突然，旅館床頭的電話尖叫了起來，我匆忙伸手接住。一個嬌滴滴的女人聲音從聽筒裡瀉出來：大哥，你要按摩嗎？我扣下了電話，睡意全無。在司機的陣陣呼嚕聲中，我走出房門，轉悠在縣城的大道上，卻找不到一處安靜的地方。我想到曾經開物交會的地方去看看，在那裡找尋一絲慰藉。走到縣城後面，夜幕下那片草原已經消失了，凸立其上的卻是黑洞洞的房屋。我繼續往前走去，把房屋遠遠地甩在身後，前面是開闊的草地。我盤腿坐在草地上，不斷呼喚丹瑪的名字。天空上星光閃爍，卻沒有丹瑪的白色坐騎飛駛下來。我感到了草原夜風的涼意，慢慢站起來，開始往縣城走去。

躺在草墊上，我的耳朵裡飄蕩酒鬼的吵鬧聲和女人的尖叫，眼裡無緣由地淌出了淚水。警車的警笛聲由遠而近，伴著逃竄者的腳步聲。警笛聲呼嘯著遠去，外面一下安靜下來。我沒有睡意，靠在床頭，等待天亮。我已經預感到這是一個無果的行動。

第二天，我讓司機先回去了。我背著行囊，手裡提著編織袋，向色尖草原進發。我想一路的徒步也許能喚醒頭腦中的某些神性，踽踽前行的我是個沒有魂靈的軀殼，在遼闊的草原上顯得很無助。我感受不到初升太陽的暖意，金黃色也驅散不了我心中的陰霾。沒走一會兒，我已是汗涔涔累吁吁，只能坐在路邊大口喘氣。

我休息的這條柏油路上，汽車和摩托車呼嘯著飛駛。一個頭戴禮帽穿西裝的小伙子把摩車托車停在了我的身邊，問，你上哪裡？我回答說，我去色尖草原。他說，你上來吧，我要經過那裡。我欣然接受了，爬到了摩托車的後坐上。摩托車的聲音響徹在草原上，這種尖銳的聲音令人可怕。它把一個個牧民點甩在了後面，像格薩爾王的箭一樣射向色尖草原。

三

我認識你，你叫亞爾傑，是神授的說唱藝人。我坐在草坡上望著瑪尼堆旁的你。

你踮起腳後跟，往瑪尼石上掛五顏六色的經幡，再從一個編織袋裡拿出松柏堆砌，往上面撒了糌粑、澆了白酒，點燃火迎請神靈的降臨。

柔煙嫋嫋飄升，一股松柏的香味融進空氣裡，吹到了我的鼻孔裡，更加堅定了我神靈會降臨的信念。

你把風馬紙拋撒向空際，紙片雪花一樣紛紛在空中打著卷，輕盈地從半空中徐徐飄落到枯黃的草地上。

你戴上了一頂插滿羽毛的氈帽，虔誠地磕頭、祈禱。

亞爾傑，我也跟你一樣，在等待神靈的降臨。今天是我十三歲的最後一天，我在等待神授，祈望神靈開啟我的慧眼，讓我像你一樣能說唱格薩爾王，能像你一樣離開這片草原，到繁華的都市里去。

你和我都在等待著，等待神靈的降臨。我看手腕上的電子錶，數位已經跳到了十二點上。太陽坐在了我們的頭頂，看呀，它周圍繞著淺淡的日暈，這可是個吉祥的預兆啊！可能是因你的到來才有的吧。我想不一會兒，從那日暈裡頭會有神兵天將降臨，他們會刨開我的肚子，然後裝上格薩爾王的經書。想到這，我很激動，內心充滿希望，目光不敢移到別處去。

太陽的光很強烈，刺得我眼睛生疼，淚水出來，我要低下頭去。

你還在不停地磕頭，直至疲勞地倒在地上。沒有一會兒，你又起來雙膝跪地，雙手合掌，面向察啦山祈禱。

日暈消散了，我躺在草地上，把答錄機的耳機塞進耳朵裡，閉上了眼睛。「九眼石」演唱的歌轟鳴在我的耳朵裡，全身被這樂聲震顫。

整盤歌帶被我聽完了，還是沒有神靈降臨。我再睜開眼睛看天，天空藍得透徹，白雲全飄移到了天邊。我開始害怕了，我怕神靈不會選擇我，那樣我八年多的等待就白費了。我想到這個結局，心裡慌亂得很。我一定要讓神靈降臨。

我站起來學起了你，開始面向察啦山磕頭。炎炎的烈日，讓我汗流不停，大口喘氣，索性我停止了磕頭。坐在草坡上看你的舉動。

部落裡的人都在說，亞爾傑生活在城市裡，日子過得舒坦。今天你來這裡是為了感謝神靈嗎？或者是來見證我被神授的那一刻？看你

這般地虔誠，我都有些感動。你在場，藏在天邊飄動的白雲裡的神兵天將，遲早會降臨的。這樣一想，我的心稍稍得到了慰藉。

亞爾傑，你又在繞著瑪尼石磕長頭，不斷用袖口擦拭額頭上的汗水。從你遲緩的動作來看，肯定已經很累了。一百一十圈，一百一十一圈，一百一十二圈⋯⋯

多谷可不喜歡我整天呆在色尖草原上。他經常罵我，你怎麼不能像你幾個哥哥，幫著家裡掙點錢，讓日子過得舒坦一些。我的幾個哥哥也訓我，說，你是個瘋子，整天呆在色尖草原上，傻乎乎地盯著天上看，那裡可不會掉下糌粑和肉來。我心裡很不服氣，給他們頂嘴說，天上會掉下來神兵天將的，我會成為說唱藝人。到時什麼活都不用幹，張口就會來錢。他們聽後笑得前仰後合，把我當成了一個傻子。還有部落裡的人一見我，就開玩笑說，你看，神兵天將來給你神授了。他們的胳膊伸得很直，黢黑的指頭指向天際。我每次都要抬頭望，心裡樂呵呵的。在牧民們的一陣哄笑中，我看著一覽無餘的碧藍，又一次陷入到失望裡。我知道他們再一次耍弄了我。現在牧民們都不相信我會被神授。

你看，太陽要落下去了，天邊的雲朵都變成了彩霞，這樣神靈就不會眷顧的。

你動作遲緩地站起來，拍拍膝蓋上的碎草，把帽子摘下來，裝進編織袋裡，低垂著頭準備離開。

我著急得很，你一去，我就沒有盼頭了。

亞爾傑——我邊喊邊向你跑去。

你抬頭望著我，先是驚訝，隨之臉上綻出了笑容。我看到了你起伏的胸口。

你在等待神靈的降臨？我跑到你跟前，氣喘吁吁地問。

你是誰？你的面孔紅潤，眼睛裡充滿淚水，全身微微戰慄。

我也在等待神靈。我要像你一樣成為說唱藝人。你看，這些瑪尼石我堆了八年，我爸說這裡是你被刨肚的地方。我說得很快。

你眼睛裡的淚水淌下來，目光黯淡了下去，胳膊垂得很長，手裡的編織袋無聲地掉落在草地上。

你是多谷的兒子？我們一同坐著等好嗎？你問我。

我為你能憶起我的爸爸高興，更讓我興奮的是你要和我一同等待神靈的降臨。

我們在色尖草原上相依著，等待神兵天將。你的嘴裡不住地誦經祈禱，這嗡嗡的聲音能讓我平靜下來。

夕陽要從山頂落下去，空曠的草原寂靜無比，風吹打經幡，甩出嘩啦啦的聲音。你停止了誦經。

我們還等嗎？你問。

一定要等到啊！我堅定地說。

草原上的人，現在不願意聽格薩爾王的故事了，他們喜歡看電視。你說。

那是他們的事。我渴望被神授。我回答。

我和你相伴而坐，誰都不說話，各自諦聽自己的心跳聲。

金色的草原被黑暗吞沒掉，兩邊的山開始模糊，最後與遼闊的草原連成了一體。遠處的公路上不時有亮著車燈的汽車駛過去，它們劃破夜的寂靜。

神靈，再不會來了。我們回去吧。你說。

我從你顫抖的聲音，知道你在流淚。我無助地把手伸給了你。你用那隻碩大的手，握住了我的小手。你的手是這般的細膩、柔滑呀！

我們牽著手向拉宗部落走去。

一群摩托車亮著車燈，放著狂躁的音樂從拉宗部落方向飛駛過來，他們是來尋找我的。

　　你低下頭，輕輕地對我說，神靈需要安靜，這樣的嘈雜，他們將永遠不會再來。

　　這句話讓我徹底絕望了，我流下了淚，但沒有哭出聲。

　　你鬆開手，在編織袋裡找尋著什麼，然後往我的頭上戴上了一頂帽子。我用手摸，帽子邊沿全插著羽毛。我又高興了起來，這是你剛才戴的那頂格薩爾說唱帽。

　　你再次握住我的手，迎著狂躁的摩托車走去。它們刺眼的燈光讓我們睜不開眼睛，讓你我看不清前方的道路。

　　瑪尼石卻離你和我越來越遠，它的輪廓也在你我的身後模糊，融進了茫茫的黑暗裡。

　　我說，他們會打我的。

　　為什麼？你的聲音裡充滿驚訝。

　　騎摩托車的是我哥哥。他們說我是瘋子，說唱格薩爾王誰還會去聽。我為這事生氣了，就偷走了他們的答錄機。

　　摩托車很近了，這種嘈雜瘋狂地喧騰在色尖草原上。

　　摩托車慣性帶來的疾風，擊打在你和我的胸口，心臟開始冷卻、冰凍。

　　摩托車停在了我們的身邊，發動機被關掉，周圍一下安靜無比。我停在這裡，心裡想怎樣才能不被哥哥打。

　　一聲尖利的狼嚎聲，響徹在色尖草原上空，讓我紛亂的的心平靜了下來。

　　所有人的目光轉向瑪尼石堆方向，那裡黑乎乎的什麼都看不到。

　　你瑟瑟地在發抖，嘴裡含糊不清地說著什麼。

　　突然，你牽住我的手，奮力向瑪尼石堆奔跑。

　　身後哥哥他們在憤怒地喊，這兩個瘋子，狼的聲音有什麼好聽的。

那個人肯定沒有見過狼。

走吧，別管他們了。

哥哥他們發動了摩托車，在馬達的尖銳轟鳴聲中，他們離神靈越來越遠了，融進了漆黑的夜幕中。

我們跑到瑪尼石前時，石堆上有個模糊的影子，上面有一對綠油油的眼睛。

瑪尼石上的黑影發出的又一聲嚎叫，刺透夜幕，迴響在茫茫的草原上空。這聲叫喊，讓我身上的所有血管震顫，全身無力地栽倒在草地上。我的身子動彈不了，我的舌頭已經僵硬。

我看到你雙膝跪伏在草地上，手摸胸口，低聲地啜泣。

嚕嗒啦啦姆嗒啦　　，
嚕啊啦啦姆啊啦
……

格薩爾王的說唱飄蕩在色尖草原上空，而我一點都不能動彈了。

瑪尼石上的黑影輕捷地落在草地上，你和黑影走向了草原的最深處。你們從我的視線裡消失掉。

亞爾傑，我只能躺在這裡，等待著，等待著……

（刊於《民族文學》2011年第1期）

江洋才讓

作者簡介

江洋才讓，藏族，一九七〇年出生於青海省玉樹藏族自治州玉樹市巴塘鄉，曾就讀於魯迅文學院少數民族作家班。一九九〇年代起發表了大量詩歌、小說、散文作品，曾獲第四屆、第五屆、第六屆青海省文學藝術政府獎、首屆青海湖文學獎、青海青年文學獎。二〇〇六年發表的短篇小說〈風事墟村〉被《中華文學選刊》選載；二〇〇八年於《鐘山》發表《懷揣石頭》（《然後在狼印奔走》）；二〇一〇年，於《鐘山》發表長篇小說《康巴方式》，後被《長篇小說選刊》選載，入圍第八屆茅盾文學獎，獲首屆唐蕃古道文學獎；二〇一一年，短篇小說〈熾熱的馬鞍〉獲《作品》及魯迅文學院第十二屆作品獎；二〇一二年，散文〈康巴筆記〉入選《二〇一二中國散文精選》；二〇一三年，於《鐘山》發表長篇小說《灰飛》。著有《馬背上的經幡》、《然後在狼印奔走》、《康巴方式（壹）》等三部長篇小說。

風過墟村

　　你說風，風就來了。裹攜著從帕秦加義捎帶來的沙土，吹得我們滿眼都是。上頭來命令說要種樹。於是就種了，可是還是不管用，那些樹根本就擋不住這些傢伙。風，你說他像不像一夥呼嘯而來，又呼嘯而去的匪徒。很多年前，這裡傳說真是匪徒嘯聚的地帶，後來，匪患熄了，可是風患又起了。種樹，種樹，人們對付風的辦法看來只有這點了。我們種啊種，樹活了一茬，又死了一茬。風仍然活動得像往常一樣。

　　風，它的來臨不是一種福音。

　　風，這個詞彙像是邪惡巫師傾吐言語時露出牙縫的氣息。

　　說完，他狠命地把一個菸蒂熄滅在透明的玻璃製菸灰缸裡，然後，側耳傾聽墟村傳來的一聲又一聲催命般的狗吠和風行動的聲音。

　　風行動的聲音是無法具體描摹的。如果硬逼我描摹的話，那他起初來臨時會在一片大地上形成一個預示的氣場，像一個道行高深的氣功師凝神發功的前兆。然後，他就會像一個赤腳的舞者，丟失了鞋子般地滿世界去尋找，以舞蹈的方式：灰塵四起，紙片紛飛。灰塵飛揚中包含著各種元素。紛飛的紙片上說不定書寫的是一段經文。

　　什麼經文？

　　這我哪裡知道！

　　他又點燃了一根菸，在煙霧的瀰漫中繼續敘述起來。

　　以我的風度氣質，你不難看出我是一個科研工作者吧？對，沒錯，我真是從農林大學畢業的。分配到農科所以後，所裡就派我來到這裡幫助村民們治理風沙。誰叫咱年輕！治理風沙說白了就是種樹，

種樹還需要人指導嗎？不用，挖個坑栽下去就行了。可是，所長的意思非要我蹲點，這不已經好幾年了。植樹時節下鄉，村民們有事我還得下鄉。下鄉，下鄉，我都習慣了。當汽車走在通往墟村的土路上時，一顛簸我都知道是哪個輪子踩到了哪塊石頭上。

石頭！石頭！瘋狂的石頭遍布在墟村的土地裡。

他眉頭緊皺——這可是難題！無法解決的難題。因此在墟村你想隨便挖個坑那真不是件簡單的事。你得攢足了氣力，冒著使鋼釬時虎口被震裂的危險。要知道，在墟村挖坑是個細緻活，你要懂得如何從石頭的邊緣取走土，讓它鬆動，再讓它挪個窩。然後，你還要畢恭畢敬地把它放在石堆裡，就差說聲謝謝了！

石頭真的阻礙了樹根的自由發展。樹根不自由，於是樹就長不好，成活率就不高。

於是，我經常被所長叫去剋一頓。

墟村啊墟村，讓我疲憊的想枕著一塊被風吹涼的石頭永遠地睡過去。

墟村啊墟村，你想知道它的實質嗎？想知道啊，那你就得給我敬根菸……餵上火，他吐出一個煙圈，像繩套，又吐出一個菸圈，還是像繩套。房間裡充斥的只有菸草味。我倆屬於那種被菸草浸泡的男人，好像在洗煙霧澡。他說著，頭頂上的煙霧漫向天花板，籠罩住六十瓦的燈泡，籠罩住天花板上糊著的一張舊報紙，籠罩住天花板上我游移的目光。

我倆都躺在床上，外面的風聲已把狗吠聲給淹沒了。

他又在煙霧的瀰漫中繼續敘述起來。

我得給你講件事情。他的語氣開始平靜。

在講這個故事之前，我得先向你講講墟村的風。墟村的風猛，它也同樣是由氣壓梯度力的推動下吹起來的。一到風季，它首先要派幾

柱旋風打頭陣，旋風搖搖擺擺地旋轉著，從村中走過，過了一會兒，飛沙走石，整個村莊都包在風的大氅裡，默不作聲。像刻著圖案的石頭。久而久之，房子深陷在沙土裡。人們總是抖去塵土，抖去塵土，拍衣服和褲腿成了當地人擺脫不了的習慣動作。

他們說：風！表情怪異的像是在詛咒。

他又吐出一口煙，煙霧還未散去，他的故事就出來了。

土匪橫行的年代，墟村尚不是如此的模樣。它像一座土築的堡壘，被眾多的樹木包圍著。這些自然生長的樹，好像根本就不怕地底似女妖般沉睡的石頭。它們的長勢太好了，好像吸走了石頭的養分，我一直在研究這個謎一樣的問題，可是一直就不能明白和破解它，那時候村裡經常傳出一聲又一聲忽短忽長的口哨，老一輩人都知道那是土匪們要行動的信號。老一輩人還知道這片林子的魂就是那些土匪們，只要林子存在，土匪就會存在。時間就這樣飛逝，一年又一年，直到村裡出現一個叫塔畢洛哲的人，他改變了局面。

那一天，塔畢洛哲背著弓箭，在林子裡遊蕩著，宛如一個無處可去的孤魂野鬼。又如被饑餓譴使的猞猁，眼中流露著誰都能看出的意緒，悄無聲息的漫步在有風的空間。他追蹤著獵物的蹄痕，老練得就像故事裡傳頌的被神靈護佑的獵手，脖子上懸掛的護身符，是一顆狼牙，它在林子的馨香裡，在他的脖頸上做著細小的晃動。塔畢洛哲當然感覺到了。他也深切地感到林子正傳遞的馨香裡有一股母獸的體臭在些微地泛起。他知道如果執意去吸聞此種氣味身體會犯睏的，腦袋會迷糊的，從而導致的睡眠，其結果就是讓你再也醒不過來，把一副骨頭架子永久地交給林子了。他沿著目測到的動物的蹄痕前進，時而撿起被踏碎的花瓣，黃色的，像米漿。紅色的，像血肉的汁液。染在他的手中，讓他心中陡然一冷。要知道一個心中含有生鐵的冷默獵人能夠做到這點已是非常不容易了。

他的身影從一面岩石上掠過。

繼而又掠過一個杜鵑花叢。

岩石下的一條青花白斑蛇正試圖從一個縫隙中鑽出來享受一下時日給牠的快慰。但那個杜鵑花叢卻成了阻擋牠視野的障礙……

「塔畢洛哲，你必須沿著牠的蹄痕走下去。」他在心裡默默念叨，並騰出一隻手抹開垂在額前的亂髮。

「塔畢洛哲，你必須擦亮你自己的眼睛，此處足跡混亂，千萬不要走錯！」他在一處動物們時常會來飲水的水窪邊繼續說道。

他看見另一塊岩石上刻著符咒。宗教無處不在！他感歎道。

動物的蹄痕越來越新鮮了。

是一隻獐子。

當然是一隻獐子。

的確是一隻獐子。

他張弓搭箭警惕地張望著四周，像是突然從某個夢中驚醒的惡靈纏身的人。

說到這，作為一個農科所的技術人員，我真想描摹一下當時周遭的情形。據我臆測，在離他兩哩地以外的山谷中，那時正有一匹豹子盤踞在一塊岩石上，牠瞭望著東方，牠張嘴打了個哈欠，一股腥臭氣噴湧而出，但這種氣息不會傳的很遠，範圍也就是豹頭四週三公分左右的空間。而在他的頭頂，一隻受傷的鷹在飛翔，牠的傷口中正不斷往下滴血，傷口是由於用力振翅再次裂開的。血一滴一滴地從天空滴落在樹葉上，滴落在草叢間，滴落在鼠頭上，帶著一種新鮮的溫度，帶著鷹內心的那種氣息，成為我要四處散布的軼聞抑或傳說。

但當時塔畢洛哲真的看見那隻鷹了。當然他不知道牠正把自己的鮮血從天空滴下。

他抬了一下頭。

　　然後聽到前面的灌木中傳來活物運動的聲音，憑著獵人的直覺他對著那個方向把箭射了進去。

　　——「嗖！」箭隱沒在了灌木中。

　　——「撲通！」獵物好像中箭倒地了。

　　走過去一看，天哪！塔畢洛哲渾身的汗毛鋼針一樣的豎了起來，他倒吸了一口冷氣，身子發軟，倒退一步，渾身直起雞皮疙瘩。繼而，他感到自己的心跳有如村莊前夜敲響的那陣驅鬼的鼓聲，毛孔怒張成無數受驚的眼睛。

　　闖禍了！

　　壞事了！

　　阿爸呀，阿媽呀，我怎麼竟射殺了一個土匪，這下全村的人又面臨一次大的劫難了。

　　他彷彿看見土匪們放火燒了整個村子，那些房子在烈火中呻吟著，火光照亮著土匪們一張張猙獰的面孔。他們赤裸著肌腱隆起的臂膀，有些提刀在手，有些把匕首含在口中，像村廟壁畫上口銜滴血羊骨的惡虎。婦女們在土匪的身子下哭喊著，接著傳來袍子被撕裂的聲音，土匪們放肆的笑聲從火上傳出，又從倒塌的房子廢墟的餘煙中傳出，又傳進山谷中的一隻豹耳裡……可怕！塔畢洛哲想完，就低頭看見，輕風吹奏著插在土匪太陽穴上的箭竿。箭尾上的雁翎在晃動，彷若土匪的靈魂正在離開，一不小心把自己的軀殼給碰了一下。他拔出箭，土匪的太陽穴上立時就出現了一個黑洞，繼而有更多的血從中冒出，轉眼就漫溼到了地上，淹去了螞蟻的巢穴。

　　馬！

　　那邊的樹幹上拴著一匹馬。紅色的，像是林子裡燥動的地火。牠佩著十七顆銅泡釘閃亮的黑革馬籠頭。馬鞍是松木做的，前橋上的木紋清晰，猶如一個苦難者的掌紋！

　　這個苦難的土匪顯然是把馬拴在這裡，自己躲在灌木裡解手去了。

　　這就是命！

　　塔畢洛哲說著，就將帶血的箭歸在箭袋裡。這枝殺氣很重的箭，陡然間就增添了箭袋的重量！

　　他從馬鞍後橋上取下一個用牛毛編織成的結實的馬褡褳。他把馬褡褳扔到地上。他聽到馬褡褳落地時從內傳出的金屬碰撞的聲音，猶如一個鐵匠正躲在裡面打鐵。地面上漫起一股土塵但很快消失於無形了，彷若遁入了時間的縫隙，歲月的縫隙。解開褡褳的扣帶，白花花的光亮湧到面前，晃人眼眸。伸手一探，便抓來一大把銀元在手。手一鬆，銀元就回到褡褳裡，發出叮叮噹噹的碰撞聲。他想數一數，一塊，兩塊，三塊……五十塊，哦，太多了，足有幾千塊銀元。看來這是土匪們用來購置軍火或者是用來做其他用途的。他回頭看那具死屍，夜色已籠罩在了上面，使他看上去像一截被雷電打折的斷木。

　　闖禍了！村裡最年長的老人就著火塘的光亮說。

　　壞事了！村裡第二年長的老人也就著火塘的光亮這樣說。

　　村裡的好些男人那一夜就集中在了那間屋子裡，彷彿要守住火塘裡的火，彷彿要從火中看到整個村子的命運。大家靜默無聲。寬闊和窄瘦的背部排列的輪廓像一列列即將出走的山脈。火塘裡的火光在他們的眼裡跳躍如螞蚱。還是安靜，異常的安靜，在這種不祥的安靜中，有一些人開始感到內心不安了。不安的人起身走出屋子。一個走了，兩個走了，三個走了……最後屋內只剩下村裡最年長的老人和第二年長的老人以及塔畢洛哲了！

　　啟明星剛剛掛上穹空！

　　也就是在一隻大黑狗的夢境裡剛出現其他的狗離開壚村的情形時，塔畢洛哲好像猛然間就被一個無形之手把蒙塵已久的智慧之門打

開了。

他一拍大腿起身說，我得帶著這些大洋去省城請兵了。

二老目送他的身影消失在了濃重的霧氣裡。後來的情形，我想你是猜都可以猜到的。政府果然派兵來了，他們打著藍色的旗幟，在樹林間以優勢兵力作戰一個月，就把土匪們徹底地消滅了。然後在一個篝火晚會上，微醺的帶隊官宣布部隊從明天就要伐木了，因為政府急需大量的木料。況且這片林子不除，土匪還會重新嘯聚而來。伐木，說幹就幹。三個月，木頭就被伐完了。木頭是順著河水漂送到下游的，在由那裡守候的一些官兵用鐵鉤撈起，像撈起一具具的死屍，最後再裝車運走的。墟村從此變得光禿禿的了。人們明顯感到了氣候的變化。空氣開始乾燥了。風開始颳起了。而且越颳越大。有一天，風剛颳完，塔畢洛哲身上蒙著塵土正往山下走，他回想起自己以前在森林裡遊蕩的情形，再看看現在的情況，不由胸悶難耐。他吐了一口血，走了十七步，又吐出第二口血和最後一顆牙，然後就倒地死去了。

故事當然沒完！

就如同我手裡的這根菸未抽完一樣！

塔畢洛哲遺下了兩個孩子：大的名叫金烏珠，小的名叫吉格勒。數年之後，這兩個孩子都長大成人了。名聲更是傳遍了好幾座村莊。當然，他們沒有繼續祖輩打獵的營生，說實話光禿禿的山上，除了麻雀再無其他獵物好打了。這二人自母親也去世之後，就跟了各自的師傅——大的學了做鞋。他做的牛舔鼻式藏靴結實耐穿中看，做鞋者絡繹不絕，因此，通向他家的小徑，總被踩得結實乾淨……而小的學會了《格薩爾》說唱，村裡或村外每逢節慶日時，總要請他去。因而他騎在馬背上，翻過山梁，涉過大河或者小河的身影成了人們認得最清的形象。

這二人轉眼就到了娶親的年齡。

整個村子沒有任何姑娘可以配得上他們！

壚村在風中嘆息！

有一日，一場漫天的黃塵包裹了村子。壚村的能見度為零之時，一個姑娘頭上包裹著沙巾，被風送進了村子。黃沙落盡，天光畢現。那個姑娘不知怎麼已走進了他倆的屋子。饑餓使她端起放在桌上的一碗吐巴湯喝了起來。從此，她真的住進了這個家裡，成了兄弟二人的媳婦。人們起初看到的是她美麗無比的臉龐。後來，人們又知道了她是個啞巴。她說不出自己從何處而來，要往何處而去。她說不清自己為什麼要嫁給兄弟倆。她，成了村子裡的一個謎。她，同時成了壚村村史上佳話裡的人物。

這兄弟倆真的幸福了！

金烏珠在他感到最幸福的日子做了七雙鞋：送給了寺院裡的阿卡。

吉格勒在他感到最幸福的日子裡說唱了一部名為《取大鵬羽毛宗》的格薩爾史詩，受眾是村裡的老人們。

在這之後，一個月朗星稀之夜。村裡的一支琴曲寂滅在操琴者的手掌之時，人們突然發現，這兩兄弟和他們共同的媳婦坐在自家的院中，一張羊毛織就的氈子墊在他們的臀下：一股黑夜的氣息悄然地在他們的周圍流淌。

三個人背影。

院牆裡時間疾走。

院牆外，一聲聲狗吠漸次熄滅，如某家灶塘裡的縷縷煙火。

難得的月光撲打在金烏珠的臉上。他的表情時而肅穆，時而又表現出前所未有的歡愉，時而又表現出無法躲避的擔憂！難得的月光把他的臉龐輪廓勾勒得線條分明，眼睛中有月光的銀點在閃耀。

他說：我們應該有個孩子了。他說這話時，像是用盡了攢了一天的氣力。

吉格勒這時突然發現哥哥被月亮的銀光鍍成了一尊塑像。良久，塑像開始動了。吉格勒聽到了那句細緻輕柔的言語在空間響了一下。然後，他把頭別了過去，看了看啞女，一股溫情在心中傳遞。他又別過頭看了看哥哥，同樣他的哥哥也看到弟弟身披月光染就的衣裳，猶如剛從月亮的染缸裡撈出一樣。他覺得弟弟的衣裳開始往下濕漉漉地流淌著染缸裡銀色的汁水。啞女也好像感覺到這兄弟二人要說什麼，她的面頰泛紅，但是在那樣一個屬於月亮的時刻，沒有人能看得出來。她看了看吉格勒，又看了看金烏珠，然後把頭抬起看著月亮——

吉格勒這時也採取了同樣的姿勢。

他說：哥，你說得沒錯！

月亮走進了一朵雲裡。

啞女把頭低下了。

月亮走出了一朵雲。

啞女又把頭抬了起來。

當晚，啞女再次感到了撕扯靈魂般的快感。月亮之水漫過壚村；月亮之水同時也漫過了所有的人心。

第二晚，第三晚，以後的很多夜晚啞女都感到了人世的美妙，陰陽的互補……細節我在這不想多說。只是你也知道不管是高貴的還是卑賤的醜陋的漂亮的男女在幹那事時都差不多。當然，那個時期，白晝是風最橫行的時候，幾柱小旋風一來，不消一刻鐘，大風漫捲沙塵，萬物被遮蔽。人們足不出戶，都處在深深的擔憂中。而夜晚是最寧靜的時刻：月亮占有的夜晚，美妙的讓人恍若處在某處夢中仙境。

大風颳了很多很多天。

月亮的汁水在村中流了很多很多天。

一口井被黃塵填充了。

月亮汁水的味道也抵不過瀰漫在壚村裡的黃塵的味道。

啞女懷孕了！

村裡的人都知道這個事情了！

就在娃娃出生的那幾天，風停了。壚村迎來了三天難得的好天氣。豔陽高照。金卡鳥在空中結隊飛過，行動的陰影投置在大地上。掠過，迅捷地掠過，從房頂，也從人們的頭上，也從一些牲畜的頭上，也從村頭一株叫不出名諱的樹上……

村裡開始出現一些傳言。散布傳聞的是一個叫達瓦群培的成天無所事事的人。他說，他親眼目睹了當時的情形：金烏珠和吉格勒兄弟在等候著孩子誕生時的那聲啼哭。金烏珠不斷地揉搓著自己的雙手，顯得很緊張。而吉格勒的鼻尖沁出細密的汗珠。他倆都蹲在牆下。一個雙眼流露出期待；一個雙眼中流露出焦急。當他倆聽到孩子那聲清亮的啼哭，都猛地站起身來，不約而同地走向門邊……

孩子出生了。滿屋都飄蕩著一股胎血的香氣！

這兄弟倆走進屋子，完全沉浸在巨大的幸福中央，沒有人能夠察覺他倆眼中閃爍的淚花，也沒有人能知道他倆內心的各種想法：金烏珠端起碗喝了一口茶水，他聽到孩子又哭了一下；吉格勒接過他遞過來的碗也喝了一口茶水，他聽到孩子的哭聲在屋內隨著一股香氣在傳徹——他的心狂跳了一陣，然後平靜了下來，然後他平靜地看著發生在屋內的一切。

接生婆不知從哪裡找來一個木盆子，她把孩子放在裡面，然後，用一個銅勺往他身上潑溫水。她口中念念有詞，還用她那雙粗糙的手撫摸著孩子發紅的身子，像撫摸一塊紅銅。末了，還用手把溫水潑在他的小雞雞上。這時，接生婆的臉上漾起一種笑意。接生婆還說了一句話，整個屋子的人都被幸福包圍著，因此沒有人在聽她言語。接生

婆用乾淨的綿布，擦乾孩子的身子，用左手從酥油盒中剜出一塊酥油貼在孩子的腦門上。她的胳膊不小心碰著了三分鐘前置在立櫃上的銅勺——銅勺落地，聲音很悶，像是在敲一個塵封已久的門扉，孩子又哭了起來。

那一夜據說出現了無數瑞兆。

有人聽到自家的牛皮口袋中傳出一聲又一聲法號的嗚嗚；有人聽到自家櫃子中的金剛杵發出一聲聲青銅的嘯鳴；還有人看到紫氣在金烏珠、吉格勒兄弟倆的院中瀰漫。繼而漫上村道，繼而上升入天空……

當然，這些瑞兆並不能掩蓋這孩子在六年之後成為瘋子的事實。墟村沒有一個人明白他怎麼一夜之間就瘋了。人們還記得在前一天，天氣還不是太冷的時候，這孩子跟在他二爸吉格勒的身後，從山上走了下來。他不小心摔了一跤。吉格勒把他扶了起來，拍去他身上的灰塵。然後，父子倆同時看到幾柱旋風從村道上走過。接著一場大風不請自來。這父子倆就躲在一個人工挖就的洞穴裡，互相依偎著，互相感到呼吸的熱氣噴吐在對方的臉上。他倆還感到洞穴裡不住地有土在往下落。掉在他們的頭上，掉進他們的脖子。於是，身上就感到癢癢的難受。兒子把身子往土壁上蹭，父親就聽到兒子的背部有更大的土塵在往下掉的聲音。之後，還是風聲不絕於耳。那時他們之間的對話顯然是易於描述的。兒子說，這討厭的風。父親也說，這討厭的風。只是他的語氣更重些，更堅決些。兒子說，二爸我到底像你還是像大爸？父親說，你說像誰就像誰。兒子說，我像母親。父親說，我看也是。孩子便咧嘴笑了一陣。父親看到孩子的牙齒在慘白地閃爍。同時他感到了全村人洞穴鼠類般的命運。父親的心不由一沉……

接著，在另一個白晝人們看到的事實是：這孩子手握一把藏刀追逐著幾柱旋風。他揮刀就砍。旋風搖搖擺擺地似在躲避著刀鋒……然

後，一場大風把其後的場景徹底地掩蓋！

他瘋了。村裡的藏醫確診道。

他瘋了。他的父母親和其他村民也這麼想。

從此，這事就成了盛開在墟村的獨特風景。

唉，故事講完了。

他坐起身子把菸蒂彈射出去。於是，空中劃過了一道煙霧。煙霧散去後，他已把被子蓋在身上。然後，探手拉熄電燈。一切都好像淹沒在了黑暗中。接著，我聽到他把一口痰吐到了屋子的牆壁上。「啪」，那聲音異常的清晰，猶如蒼蠅拍擊打在了牆上。接著我的眼皮開始沉重起來，好像是吊著兩座雪山。於是我深陷進一場夢境之中⋯⋯

第二天，我真的看見了那個揮刀追逐旋風的瘋子。只是他已白髮蒼蒼，步履蹣跚！而風依然年輕，依然以舊有的速度前進，依然搖搖擺擺。只是他的刀鋒已不像以前那樣可以威脅到它了。

我仍然無法把這與墟村的實質聯繫起來。

他知道後瞪了我一眼！

然後，躲在牆角又點燃了一根香菸。

他說：這裡居住的是一群與風對抗的人。

（刊於《西藏文學》2006年第1期）

柴春芽

作者簡介

　　柴春芽，漢族，一九七五年出生於甘肅隴西一個偏遠的小山村，一九九九年畢業於西北師大政法系，曾在蘭州和西安的平面媒體任深度報導的文字記者，後在廣州任副刊編輯和圖片編輯。二〇〇二年進入《南方日報》報業集團，先後任《南方都市報》攝影記者和《南方週末》駐京攝影師；二〇〇五年赴四川省甘孜藏族自治州德格縣一個高山牧場義務執教，執教期間完成大型紀實攝影《戈麥高地上的康巴人》。多次遊歷安多、衛和康巴三大藏區，並去尼泊爾和印度流亡藏人社區旅行考察。著有小說《西藏流浪記》、《西藏紅羊皮書》和《祖母阿依瑪第七伏藏書》（均由臺灣聯合文學出版社出版）；《西藏流浪記》更名為《寂靜瑪尼歌》後在中國大陸出版。二〇一〇年受邀成為大陸首批赴臺灣常駐作家之一。首次編劇並導演獨立電影《我故鄉的四種死亡方式》（獲得第三十二屆溫哥華國際電影節龍虎獎評審團特別提名獎、第九屆中國獨立影像年度展首作獎、第二屆漢密爾頓-ELLMAN睿士幕後英雄盛典「最具突破精神貢獻獎」；入圍第四十八屆臺北金馬影展、第四十一屆年鹿特丹國際電影節、第五十一屆維也納國際電影節、第五十七屆倫敦國際電影節），出版電影小說《我故鄉的四種死亡方式》（廣西師大出版社）。

一隻玻璃瓶裡的小母牛

　　「旺鐸吉，快拔出刀子，像個男人一樣戰鬥去。」上漢語課的時候，旺鐸吉總是看見族長蹲在教室門口，跟他一遍遍地重複著這句話，所以，他根本沒有心思像別的同學那樣，用羨慕的眼神盯著剛從漢人的城市裡分配來的援藏女老師那比牛奶還要白嫩的臉蛋——那臉蛋散發著一種陌生的香味，也沒有心思欣賞她那蛇一樣靈活的舌頭翻捲出來的一連串甜軟的漢語。他把手蜷在羊皮袍子的大襟裡，握著一只玻璃瓶，緊張地盤算著蹺課的事情。他得去牧場把一頭昨天放牧時弄丟的小母牛找回來。那是一頭脖子上長有一塊雞心紅斑的白色小母牛。在牠降生之前的那個夜晚，掛滿星星的天空中突然飄下一片片雪花。旺鐸吉記得，祖母阿依瑪去為牛欄裡臨產的老母牛披了一塊氆氌以後，就回到房子裡，穿上平素去看藏戲時才穿的那件飾有水獺皮的袍子，平靜地躺在床上。族長不安地問她：

　　「阿依瑪，你是不是病啦？」

　　「不，」祖母阿依瑪微笑著說。「我該死啦。」

　　第二天黎明，旺鐸吉騎馬去印南寺請來格桑喇嘛為死去的祖母阿依瑪念誦度亡經。當他和格桑喇嘛剛剛走到牛欄邊的時候，那頭白色的小母牛誕生了。族長抱著濕漉漉的小母牛，把牠放到一塊乾淨的氆氌上。格桑喇嘛摸了摸小母牛脖子上的雞心紅斑，對族長說：

　　「不必念誦度亡經了。」

　　「為什麼？」族長詫異地問道。

　　「因為祖母阿依瑪已經轉生了。」

　　直到那時，旺鐸吉才想起祖母阿依瑪的脖子上有一塊紅色的雞心

胎記。正是由於這頭小母牛和祖母阿依瑪之間的特殊關係，全家人都對牠極為善待。可是，在昨天放牧時，旺鐸吉居然讓小母牛走丟了。那是黃昏時刻，快要落山的太陽照耀著念冬神山的雪峰，神山下的山谷裡，旺鐸吉趕著牛群走過了瘋瘋病人扎多老爹的石頭小屋。自從扎多老爹的兒子──人稱「獨狼」邊巴茨仁──從部隊上復員回來以後，扎多老爹就搬進這間石頭小屋，再也沒有在人前出現過。這石頭小屋年久失修，幾乎要跟著它的主人一起爛掉。人們都說，扎多老爹是因為殺了很多人才遭到爛掉四肢的報應。他把自己的年輕時代全都交給了強盜的生活。不管是走親戚的藏人還是做生意的漢人，也不管是從歐洲來到西藏的傳教士還是去麥加朝聖的穆斯林，只要被他撞見，他總會說：「啊哈，我又能喝到滾燙的人血啦。」旺鐸吉從未見過扎多老爹，他只聽人說，扎多老爹年輕時去過一趟滿是垃圾、野狗、乞丐和僧侶的拉薩，參加過宗喀巴大師親自創立的新年大祈願法會。在那次法會上，扎多老爹見到了統治著整個西藏的神王──達賴喇嘛，還看到無數的世襲貴族。回到戈麥高地以後，扎多老爹學著那些世襲貴族的樣子，把披散的長髮用紅絲帶攏成雙髻，髮髻中間綴著一個裝滿護身符的金嘎烏。他覺得這還不夠顯貴，又在左耳垂上戴了一個鑲有紅珊瑚的金耳環，每一顆牙齒上還包著閃閃發光的金箔。直到他住進這石頭小屋，他一直保持著這副裝束。與以往不同是，如今的扎多老爹一聽到有人從石頭小屋前經過，總會用歌手才有的好嗓音唱一句瑪尼歌：唵，嘛，呢，叭，嗊，吽，算是向過路者的問候和祝福。他再也不說「啊哈，我又能喝到滾燙的人血啦」。可是，他那悅耳的瑪尼歌比這句殺人時才說的話還要讓人恐懼。正因如此，旺鐸吉每次聽見扎多老爹的瑪尼歌，總會嚇得心驚肉跳。他會嗷嗷叫喊著，催促著牛群，希望儘快走過石頭小屋。過了石頭小屋，他就不害怕了，而且，也就不會再有灌木林遮蔽那條回家的路了。積雪反射著天

光。那條回家的路是一條光明的路。不管多晚，只要他繼續低著頭，繼續唱著去年從達蘭薩拉歸來的仁青巴燈叔叔教給他的一首歌，他就可以一直跟著氂牛的屁股爬上山崗，回到家裡。阿媽煮了一鍋羊肋巴總在等他。可是，昨天黃昏，旺鐸吉剛剛走過扎多老爹的石頭小屋，就聽見今年冬天的第一聲狼嗥。旺鐸吉知道，每年冬天，當第一場雪蓋住了旱獺的地洞，狼群就會出現在戈麥高地。那是因為齧齒類動物一進入冬眠，狼群的食物鏈就戛然中斷，為了生存，頭狼會帶領狼群離開森林，跋山涉水，到牧人居住的草原冬營地，伺機獵殺走散的綿羊或者氂牛。當然，在草原上撿拾牛糞時不慎走單的小孩，有時也會跌進狼的嘴裡。據說，小孩的肉要比綿羊和氂牛的肉鮮嫩許多。

「那時候，我真的不該回頭。」旺鐸吉手握著玻璃瓶追悔莫及。當時，也許是出於本能的恐懼或者是遺傳自族長的那種男子漢的血性，他回頭了。他那刀子一樣銳利的目光從山麓下的灌木林一直搜索到埡口那兒飄著彩色經幡的瑪尼堆。念冬神山的雪峰下，沒有狼的蹤影，倒是在埡口與雪峰之間那片因海拔超過五千米而寸草不生的荒坡上，一個閃閃發光的東西吸引了他的注意。那東西借助太陽的光芒──或者它本身就會發光──幾乎要奪走他的眸子。「那也許就是長紅毛的外國登山者經常說起的寶石，」當時，從旺鐸吉的腦海裡一閃而過的第一個想法就是如此。「沒錯，那一定是塊寶石。」可事實上，當他再次經過扎多老爹的石頭小屋，追著念冬神山的雪峰上最後一抹橘紅色的陽光，汗流浹背地攀上山麓和埡口，最終抵達那片荒坡時，發現那閃閃發光的東西根本就不是什麼寶石，而是登山者遺落的一隻玻璃瓶。玻璃瓶呈圓柱體，裡面盛滿了透明的空氣，藍色的塑膠瓶蓋上印著一行旺鐸吉拼不出讀音的拉丁字母。此刻，這玻璃瓶正躺在他的羊皮袍子裡，被一雙汗涔涔的手握著，而他的小母牛卻走丟了。如果那頭孤單的小母牛不能被及時找到，牠就會成為頭狼向其手

下的冷血戰士炫耀戰功的犧牲品。頭狼的勝利就是草原的災難。族長活著的時候，曾多次告誡牧民，不要讓狼群的第一次襲擊得逞，否則，狼群會變本加厲，向冬營地發動一輪比一輪兇猛的進攻。「牠們簡直是魔鬼的軍隊。」族長每次說話都會用一句箴言作為訓誡的結束語，「牠們連菩薩都敢吃。」

　　旺鐸吉一直豎著耳朵，聆聽著教室門前的那棵柳樹上發出的每一個聲響。一隻喜鵲在樹梢上喳喳喳地叫了很久。族長的靈魂裹在偶爾颳過的風裡。旺鐸吉又一次聽見他說：「旺鐸吉，快拔出刀子，像個男人一樣戰鬥去。」可是，旺鐸吉期待聽見的其實是有人敲響樹杈上的那一疙瘩破銅爛鐵。那一疙瘩破銅爛鐵是鄉政府的司機西繞多吉從一輛北京吉普車上卸下來作為禮物送給學校的。他還把汽車輪胎送給了擺渡的老人扎西才讓，讓他用輪胎增加羊皮筏子的安全性能。那在江面上漂了十幾年的羊皮筏子快要被魚兒啄成個篩子了。旺鐸吉每次乘坐羊皮筏子過江去印南寺拜佛時，總會掏出族長留給他的羊骨念珠，一邊數著念珠口誦六字真言，一邊心驚膽顫地祈求嘉瓦仁波切保佑他不要在走到江心時，忽然從羊皮筏子上的某個窟窿裡掉下去。旺鐸吉記得，西繞多吉把那輛北京吉普車拆成堆積如山的零件時，曾有許多人迷惑不解，因為那輛北京吉普車他才開了不到五年。在那五年的時間裡，西繞多吉逢人便說，那輛北京吉普車就是他的老婆，如果不是他家的床被一個奄奄一息的病女人占著，他一定會每天晚上抱著北京吉普車入睡。可是，突然之間，西繞多吉不顧鄉長和其他人的勸阻，就拆起了自己心愛的北京吉普車。絳邊嘉措校長像個知情人似地向大家宣布，肯定是妻子的病故讓西繞多吉受到了打擊，因而腦子出了點問題，估計請印南寺的喇嘛到他家念念經，他的腦子也許就會清醒。結果，當喜歡用比喻的方式說明道理的西繞多吉，說出了他這一生中最響亮的那句妙語時，大家才如夢方醒。他說：「就像我毫不留

情地報廢掉自己的老婆，然後再換一個年輕漂亮的新娘一樣，如果那輛北京吉普車再不報廢的話，縣政府就永遠不會發給我一輛嶄新的三菱吉普車。」

終於，一股菸草燃燒時發出的刺鼻的味道，被風送進了教室。旺鐸吉知道，那是叼著香菸的絳邊嘉措校長出現在柳樹下的標誌。只有他才能用一把腰刀，敲響那掛在柳樹上的一疙瘩破銅爛鐵，宣告上午第二堂課的結束。每次，他一敲響那一疙瘩破銅爛鐵，總會覺得自己是一位重權在握的族長。控制時間對他而言，就是一種權威的象徵。所以，他恨不得讓四季的變遷和草木的榮枯也一起聽從這一疙瘩破銅爛鐵的響聲。

同學們湧出教室，站在積雪還沒有消融的操場上跳起了鍋莊。這所位於色曲河邊的毛卜拉鄉級小學就像一個鴿子籠一樣，突然放飛了孩子們的歌聲。湛藍天空下的寧靜被歡快的歌聲打碎了。旺鐸吉想要趁著同學們跳鍋莊時的混亂，從女生廁所旁邊的矮牆豁口那兒溜出校園。他得儘快找到小母牛。昨天晚上，他向阿爸撒謊說氂牛一頭都不少，全部圈進了牛欄。要是今天上午阿爸酒醒了去查點氂牛，發現那頭還未下犢的小母牛不見了，那他準得挨揍。自從族長去世以後，阿爸的酒量就越來越大，脾氣也變得越來越壞，動不動就跟人幹架動刀子。許多人都說，那是因為他沒有當上族長的緣故。旺鐸吉一看見阿爸那噴火的眼睛，就禁不住一陣顫慄，當然，有時候，他看見阿爸為了某種不想說出的心事而躲在牆角裡默默哭泣，他也會心生憐憫。好多次，旺鐸吉都想告訴阿爸，並不是祖父不想讓他繼承族長的職位，而是因為政府明文規定，戈麥高地上代代沿襲的族長傳承制度，已經隨著祖父的去世而宣告終結，如今，在這片肥沃的土地上，行使權利的人是那個喜歡跟許多女人睡覺的鄉長。

可是，女老師那又瘦又長的影子卻在教室門口擋住了旺鐸吉。直

到此時，旺鐸吉才注意到女老師的臉上飄著一種陌生的花香味。冬天的最後一隻蜜蜂跳著力不從心的「8」字舞，總是與她若即若離，弄得她煩惱不已。旺鐸吉聳聳鼻子，像兔鼠一樣使勁地嗅著，最後，他得出結論：女老師臉上的花香味不屬於草原，因為他熟悉草原上的每一種植物——狼毒、木蘭杜鵑、茭蒿、銀蓮花、點地梅⋯⋯旺鐸吉肯定，女老師臉上飄著的花香味來自草原以外。他剛想問問女老師，她臉上的花香味究竟是哪種花的香味，女老師卻板起面孔，並且不失時機地揮手打落了追隨她的那隻蜜蜂，隨之一腳將蜜蜂踩死。旺鐸吉為那隻蜜蜂感到傷心。按照族長的說法，在無數次的生命輪迴中，那隻蜜蜂也許就是他的某個親人。他俯下身去，用右手的拇指和食指輕輕夾起被踩扁的蜜蜂屍體，放進左手端著的玻璃瓶裡。蜜蜂的膜翅沾了一層髒土，牠那沉重的後腿上裹著兩團紅色的花粉。族長活著的時候，總是意味深長地說：「嘉瓦仁波切說了，一切有情眾生都是平等的，所以我們藏族人從不殺生。」旺鐸吉想要告訴女老師，殺生是有罪的，可是，還沒等他張口，女老師就對旺鐸吉在課堂上拼錯的幾個中文拼音進行糾正。

「旺鐸吉，跟我讀——」女老師說。「ZU，GUO，祖國，我那美麗的祖國。」

旺鐸吉心裡急得冒火。他滿腦子盡想著狼群和那頭丟失的小母牛，所以，情急之下，他說出了一句讓女老師吃驚不小的藏話：

「你這愚蠢的小母牛，當心讓狼吞了你。」

二十歲的女老師睜大了她那天真的、黑漆漆的眼睛，簡直不敢相信自己受到了一個藏族小孩的侮辱。

「旺鐸吉，你剛才說了什麼？」她怒氣沖沖地喝問道。

旺鐸吉意識到自己闖了大禍。他沒想到女老師居然聽得懂藏話。「覺仁波，」旺鐸吉在心中祈禱說。「千萬不要讓絳邊嘉措校長知道

此事，要不然，他會用皮鞭把我的屁股打成稀泥。」其實，旺鐸吉從未想過要侮辱老師，可是，他越是急著想把事情解釋清楚，就越是結結巴巴，像做了虧心事似的，連一句漢語都記不起來了。他想用藏話解釋，卻又想起絳邊嘉措校長不久前的規定：校園裡不准說藏話。旺鐸吉的額頭上急出了一層汗珠。在純淨得藏不住一粒塵埃的陽光裡，那層汗珠冒著白色的熱氣，像死神透明的膜翅，盤旋在他的頭頂。他搜索枯腸，終於記起了女老師剛才教給他的那句漢語。為了討好女老師，以便她消除怒氣，旺鐸吉認認真真地、一字一句地說：

「ZU，GUO，祖國，我那美麗的祖國。」

「你那美麗的祖國叫什麼？」女老師不依不饒似地追問道。

旺鐸吉不知道美麗的祖國叫什麼，因為他根本就不知道祖國是什麼東西。他只知道自己放牧的草原叫戈麥，他也知道族長活著的時候，每天朝拜的那張巨幅照片裡的喇嘛叫達賴。他還知道自己騎乘的黑色駿馬名叫亞嘎，因為牠是在夏天出生的。亞嘎的意思就是夏天。可是，祖國到底是個什麼東西呢？它有形狀嗎？它是什麼顏色？它會發出什麼樣的氣味呢？它長得像綿羊還是像氂牛呢？但它肯定不像頭狼，因為女老師在說「祖國」這個詞語時一點兒都沒有顯得緊張。旺鐸吉絞盡腦汁地想啊想，而此時，絳邊嘉措校長的鼻孔裡冒出的菸草味正離他越來越近。他的心開始狂跳不止。突然，他想起了仁青巴燈叔叔教給他的那首歌。那首歌的歌詞好像說到了祖國的一些什麼。

「雖然我流浪在別人的土地上，但我仍然有自己的祖國。我的祖國叫西藏，那是獅子盤踞著雪山的地方……」旺鐸吉吃力地把藏語歌詞翻譯成漢語，為了不至於遺漏一些詞句，他顫抖著聲音，用歌唱的方式說了出來。

「你……你……」女老師驚聲尖叫起來。「你小小年紀，居然是個藏獨分子！」

　　旺鐸吉不明白女老師在說什麼，但從她那張因驚恐而芳香盡失的臉上，能看出某種不祥的徵兆。「看來，我又說錯話了，」旺鐸吉心想。「我一定要學好漢語，但是現在，最重要的事情就是先找到小母牛。」乘著女老師掉頭向正從柳樹下走過的絳邊嘉措校長叫喊的機會，旺鐸吉撒腿狂奔。操場上跳鍋莊的同學全都停止了舞蹈和歌唱。他們望著旺鐸吉，不知道發生了什麼事情。有幾個年齡大點的學生猜測，也許是旺鐸吉用他手中的玻璃瓶傷害了女老師。一年前，他做過同樣的事情，不過，那次，他手裡握著的是一把刀子。學校裡唯一的穆斯林少年——和往常一樣，他站在柳樹下，沒有加入到鍋莊舞的行列——記得，當時，一名也是從漢人的城市裡分配來的援藏女老師，從旺鐸吉的護身符裡搜出了一張達賴喇嘛的一寸照片。她一邊威脅說要把他送到縣城裡的公安局，一邊命令他必須踐踏那張照片，以示對達賴喇嘛的侮辱。旺鐸吉央求老師不要讓他成為一個罪人，因為那張照片是族長活著的時候給他的。可老師堅持認為，踐踏達賴喇嘛的照片可以檢驗旺鐸吉是個維護祖國統一的愛國者還是個分裂祖國的叛徒。旺鐸吉不知道祖國是什麼東西，也不知道達賴喇嘛是人還是神，但他知道，族長給他的禮物他一定要保存完好。用旺鐸吉的話說，當時他聽見族長一字一頓地告訴他：「旺鐸吉，快拔出刀子，像個男人一樣戰鬥去。」正是受到這句話的鼓舞，旺鐸吉拔出了掛在藏袍子上的腰刀。就在那時，絳邊嘉措校長剛好敲響了柳樹上的那一疙瘩破銅爛鐵。金屬那遲鈍的響聲蓋住了女老師的一聲尖叫。同學們看到女老師無聲無息地躺在了藏不住一點塵埃的陽光裡。

　　援藏女老師的尖叫，讓其他幾名站在操場邊上曬太陽的藏族老師，迅速做出了反應。他們張開扇形的隊伍，像圍捕狼群的獵人，向旺鐸吉靠攏過來。旺鐸吉拚命狂奔。女生廁所旁邊的矮牆豁口在遠離教室的操場另一邊，所以他必須跑過那棵柳樹，穿過操場。同學們散

亂地站在操場中央，形成一個個致命性的障礙。這使他奔跑的速度難以加快。他記得，去年冬天，他把那名女老師刺傷以後，幾乎像一頭羚羊那樣，在一分鐘之內就輕鬆地穿越空無一人的操場，並跳出了校園圍牆。但現在不行，他先是撞倒了杵在柳樹下發呆的那名穆斯林少年，然後又一連撞倒了兩名女生，自己也被撞倒在地，眼冒金星。幸好，抱在懷裡的玻璃瓶完好無損。他要把那隻玻璃瓶裡的蜜蜂埋在一塊向陽的山坡上。按照族長的說法，在陽光的照耀下，死去動物的靈魂會很快進入輪迴轉世的旅途。他從地上爬起來，暈暈乎乎地竟像一隻被獵狗嚇傻的兔子，一頭扎進絳邊嘉措校長的懷裡。絳邊嘉措校長那鐵鉗一樣的手捏住了旺鐸吉的脖子。他感到很疼。他感到從心臟供給大腦的血液停止了流動。

這一次，連絳邊嘉措校長都不敢偏袒旺鐸吉了，因為自不久前的拉薩騷亂事件被平息之後，員警到處在抓人。誰也不敢在這個時候惹禍上身。

「狼來了，」旺鐸吉一遍遍地用藏話說。「我只想去找我家的小母牛。」

沒有人聽他在說什麼。旺鐸吉被關在絳邊嘉措校長的辦公室裡。透過窗玻璃，他看見別的老師和同學全都圍攏在女老師身邊，看她身上是否在流血。旺鐸吉好像聽見女老師說：「流血我倒不怕，但讓我傷心的是，我的學生居然是個藏獨分子。」旺鐸吉不明白藏獨分子是什麼人。他希望絳邊嘉措校長到辦公室來為他作個解釋，但他沒有過來。絳邊嘉措校長邁著大步，急匆匆地走出了校門。當那虎背熊腰的身影消失了很久以後，空氣裡還留著從他鼻孔裡冒出的菸草味。「也許他騎馬去戈麥高地找我阿爸去了，」旺鐸吉心想。跟去年一樣，絳邊嘉措校長會騎著一匹借來的馬，走進長滿柳樹的山谷，然後在距離痲瘋病人扎多老爹的石頭小屋不遠的地方，拐上山崗。花不了一個小

時，絳邊嘉措校長就會到達戈麥高地，找到旺鐸吉的阿爸。那遠近聞名的酒鬼一聽到自己的兒子闖了禍，準會氣得暴跳如雷。在臨上馬之前，他也準會順手摸摸腰刀，以確保那把跟隨了他四十年的腰刀沒有被自己的妻子乘其酒醉時偷偷摘下來交給了員警。「至少挨一頓阿爸的皮鞭，」旺鐸吉自我安慰說，「然後我就可以跑去找小母牛了。」但很快，當太陽剛剛走到天空的正中，空氣裡重又瀰漫起那股嗆鼻的菸草味。西繞多吉開著那輛比他的新娘還要珍貴的三菱吉普車，出現在操場上。從車上先後下來三個人。第一個是校長絳邊嘉措，第二個是戴墨鏡的鄉長（人稱「獨狼」邊巴茨仁，有人說，他當兵的時候，曾參加過好幾次平息藏人叛亂的戰爭），第三個是司機西繞多吉。旺鐸吉看到，他們的嘴裡全都叼著香菸，青色的煙霧從他們的鼻孔裡呼呼地冒出來，這讓旺鐸吉感覺到他們的嘴和鼻子恰好構成了一個正在煮飯的灶台。三個人拖著粗短的影子向著校長辦公室走來。他們表情各異──絳邊嘉措校長面容僵硬，「人」字形的眉結擰得很緊；「獨狼」邊巴茨仁的嘴角掛著難得一見的微笑，而西繞多吉肯定還是一副從娘胎裡帶來的懶散與怠惰，如果他摘掉那頂產生了大面積陰影的灰色氈帽的話。

「為什麼阿爸沒有來？」旺鐸吉有些擔心地想。「難道是阿爸又喝醉了？或者，吃掉了小母牛的頭狼正率領著狼群向冬營地發動了進攻？」

那些零零散散地居住在戈麥高地上的牧民，根本沒有能力抵抗狼群的襲擊。他們的槍枝在幾年前就被員警收繳了，自去年冬天以來──乘著調查旺鐸吉刺傷女老師的刑事案件──員警又來過兩次，沒收了一些男人的刀子。而且，狼群並不是一支，很可能是無數支。上百頭白色、灰色和黑色的狼會從各個方向撲來。一旦牧羊犬從各家的門洞裡衝出去，就會被公狼活活咬死。那些母狼則會徑直撲入羊圈，

搶先叼走羊羔和牛犢。族長活著的時候，就曾領導戈麥高地上的牧民和狼群進行過一場殊死的戰爭。時至今日，旺鐸吉經常會從與狼作戰的噩夢裡驚醒。他永遠都無法忘記那恐怖的場景——那三角形的、半張著的狼嘴距離他只有兩米，而他毫無退路，因為身後就是懸崖。他聽見族長說：「旺鐸吉，快拔出刀子，像個男人一樣戰鬥去。」可是，他的手抖得很厲害，總是抓不住刀柄。他想衝過狼群，跑到族長據守的羊圈門口那兒去，可他的腿卻軟得沒有一絲力氣。他無望地哭泣著，大聲地呼喊著：「阿爺……阿爺……」族長撲了過來，緊緊地抱住了公狼的脖子。

校長辦公室的門打開了。三個大人製造的凝重氣氛，讓旺鐸吉緊張得喘不過氣來。他用舌頭舔了舔乾燥的嘴唇，鼓足了勇氣說：

「狼來了，我要去找我家的小母牛。」

沒人理睬他，似乎他的話就像一次無足輕重的呼吸。他只好緊緊地抱著玻璃瓶，就像抱著喇嘛賜予的護身符。

「我覺得這孩子不像藏獨分子，」絳邊嘉措校長無力地替自己的學生辯護說。「他才只有十一歲。」

「怎麼不像？他叔叔剛剛在拉薩被捕的，」「獨狼」邊巴茨仁冷冷地說。

「你是說那個從達蘭薩拉回來的仁青巴燈？」校長驚訝地問道。

「還能是誰？」「獨狼」邊巴茨仁不再說什麼。他摘下墨鏡，用嘴在兩個鏡片上哈了一層霧氣，然後撩起衣角把鏡片上並不存在的塵土擦去。他擦得很仔細，幾乎像城裡的漢族屠夫在磨刀子。接著，他又鄭重其事地戴上墨鏡，遮住了那雙米黃色的眼睛。在此過程中，他那短短的唇髭隨著緊閉的紫色嘴唇一動不動。絳邊嘉措校長也不吭聲了。他像是受不了辦公室裡的悶熱似的，把猞猁皮做成的藏袍子脫了下來，只露出帶條紋的白襯衣。但事實上，由於今年的第一場雪來

得太早，辦公室裡還沒有來得及生爐子。西繞多吉依舊戴著那頂灰色的氈帽，不過，失去了陽光的氈帽已經產生不了大面積的陰影了，所以，旺鐸吉看到他那從娘胎裡帶來的懶洋洋的表情，依舊像塊破抹布似的，一成不變地掛在長了三個痣的馬臉上。辦公室裡寂靜得就像裝著一座天葬臺。旺鐸吉覺得自己是一具被丟棄在天葬臺上的屍體，而那三個大人則像吃飽了人肉的禿鷲，悶聲不響地蹲在岩石上消食。這種感覺實在太糟了，它讓旺鐸吉的大腦黏糊糊的，什麼都想不起來。

「那至少得通知一聲他的阿爸，」絳邊嘉措校長像突然想起這句話似的，對「獨狼」邊巴茨仁說。

由於墨鏡遮住了「獨狼」邊巴茨仁的眼睛，旺鐸吉無法確定他的目光是在凝望著誰還是誰也不凝望，只是游移不定地瞟來瞟去，但他說出的那句話卻顯得斬釘截鐵：

「算啦。直接送公安局。」

絳邊嘉措像完成了最後一件任務似的，什麼也不說了。他把夾在右手食指與中指之間的菸頭丟進牆角的垃圾堆裡，以一個出門人臨上路時那種決絕的姿態，毫不遲疑地穿上了自己的藏袍子。西繞多吉則像一條聽到主人指令的獵狗，慢悠悠地從他靠著的門框裡走過來，用右手鉗住旺鐸吉的脖子。那支快要燃盡的香菸耷拉在他的嘴角。旺鐸吉注意看了看「獨狼」邊巴茨仁，發現他猛抽了一口香菸，然後將菸頭從西繞多吉剛才挪開的門框裡彈了出去。奇怪的是，在這間由三個大人吞雲吐霧的辦公室裡，旺鐸吉竟然絲毫沒有嗅到菸草的味道。他以為自己的鼻子失靈了。

老師和同學站在教室的房簷下，像參加葬禮的人群，全都哭喪著臉，目送著旺鐸吉和押著他的那三個大人向停在操場中央的三菱吉普車走去。只有那名穆斯林學生依舊杵在柳樹下，臉上流露出幸災樂禍的樣子。旺鐸吉又一次覺得自己是一具被送往天葬臺的屍體。只是在

這樣的場合，唯一缺少的是幾個念誦度亡經的僧侶。他忍著脖子被鉗得更緊的疼痛，稍微轉轉頭，希望看到那名援藏女老師。他很想用漢語對她說聲「對不起」。但援藏女老師不在為他送行的行列。她也許就躲在教室的某扇窗玻璃後面。旺鐸吉又聳聳鼻子，像兔鼠那樣，希望嗅到她臉上飄出的那股陌生的花香味。但他什麼也沒有嗅到，似乎整個空氣就是一臉盆無色無味的水。「看來我的鼻子真的失靈了，」旺鐸吉悵然若失地想。不過，這個不成熟的想法很快就被他否定了，因為他一被塞進平生第一次有幸乘坐的三菱吉普車，隨著一種新鮮感的刺激，「嘩」的一下，他就覺得自己的鼻孔像被捅開的馬蜂窩一樣，立即湧現出各種各樣的氣味來——三個大人身上的菸草味、經過化學加工的皮革味、芳香劑釋放出的花香味……

他使勁地嗅著，忘記了向絳邊嘉措校長詢問他們要把他送到哪裡去，彷彿這是他有生以來第一次獲得嗅覺的功能。絳邊嘉措校長緊挨著他坐在窗邊，臉朝向窗玻璃。旺鐸吉相信，那茶色的窗玻璃不會讓絳邊嘉措校長看到外面的風景。要看風景得像「獨狼」邊巴茨仁那樣坐在副駕駛座位上去，那裡視野開闊，能看到不斷向後移動的樹木、碉房、河邊吃草的馬匹和那如劍戟一般刺破藍天的雪峰。只有念冬神山是不動的，因為它太大了。在念冬神山下面那片名叫戈麥的高地上，坐落著白馬部落的冬營地。沒有族長的冬營地正遭受著狼群的襲擊。一頭白色公狼率領著牠手下的五十多名冷血戰士，向冬營地發動一輪又一輪兇猛的進攻。那些狼全都發了瘋。被狼咬死的羊羔和牛犢屍橫遍野。沒有武器的人們全都躲在碉房裡，眼睜睜地看著一隻又一隻保護牛欄和羊圈的牧羊犬被狼撕成了碎片。當吉普車駛過穆斯林在去年建起的那座清真寺時，旺鐸吉看見族長騎著一匹白馬，從戈麥高地上衝決而下，向著三菱吉普車奔馳而來。他隱約聽見族長在風中的聲音：「旺鐸吉，快拔出刀子，像個男人一樣戰鬥去。」於是，旺鐸

吉喊叫了一聲：「停車！快停車！」可是，西繞多吉置若罔聞，徑直開車向著迎面而來的一人一馬撞了過去。「喀嚓」一聲，三菱吉普車撞斷了一棵路邊的白楊樹。

西繞多吉緩緩地轉過身來，用懶洋洋地語氣對旺鐸吉說：

「你叫鬼啊！」

旺鐸吉剛想張嘴解釋，一個拳頭卻打在了他的臉上。他覺得嘴裡很鹹，像吃了一口鹽巴。等了一會兒，他才發覺有一顆牙被打飛了。為了防止從嘴裡和鼻子裡流出的血弄髒了車座，旺鐸吉一邊大口大口地吞嚥著血和唾液，一邊撩起袖子，捂住了鼻子和嘴唇。西繞多吉和「獨狼」邊巴茨仁罵罵咧咧地下車去檢查吉普車受損的情況。絳邊嘉措校長抽出一遝衛生紙遞給旺鐸吉，好讓他擦擦血和眼淚，同時也想委婉地表達一下他的關切之情。但是，旺鐸吉推開了那隻抓著衛生紙的手。為了騰出左手用來推開絳邊嘉措校長伸過來的手臂，旺鐸吉把玻璃瓶放在了懷裡。他那破舊的羊皮袍子敞開著，玻璃瓶一覽無餘。直到這時，絳邊嘉措校長才像第一次發現那個玻璃瓶似的，好奇地問道：

「那裡面裝的是什麼？」

「一隻死蜜蜂，」旺鐸吉捂著嘴和鼻子，甕聲甕氣地說。

「可我怎麼看著像一頭小母牛？」

「不可能，」旺鐸吉有些生氣地說，因為他覺得絳邊嘉措校長在這件事情上表現得太過無知。

「我敢保證，那肯定是一頭白色的小母牛，」絳邊嘉措校長一意孤行地說。

檢查完吉普車的西繞多吉和「獨狼」邊巴茨仁鑽進車裡，聽見絳邊嘉措校長如此說，都驚奇地回過頭來，幾乎是異口同聲地問道：

「小母牛？」

「在他的玻璃瓶裡，一隻正在長大的小母牛，」絳邊嘉措校長睜大了眼睛，用一個小孩發現了寶石時才有的那種誇張的口氣說。

西繞多吉摘掉了灰色氈帽，而「獨狼」邊巴茨仁也摘下了那副墨鏡。他們的目光像四把刀子，齊刷刷地紮進旺鐸吉的懷裡。

「覺仁波，這可算得上是世界的第九大奇蹟，」「獨狼」邊巴茨仁一邊嘖嘖讚嘆，一邊撥開旺鐸吉企圖護住玻璃瓶的手，將玻璃瓶奪了過去。

「向著嘉瓦仁波切發誓，那是一隻死蜜蜂，」旺鐸吉哭喊著說。

三個人跳下吉普車，在午後的陽光裡，仔細地觀看著玻璃瓶裡的小母牛。起初，那小母牛只是一個粉紅色的小胚胎，隨著陽光的照射，小胚胎蠕動起來，並逐漸長出白色的皮毛，一顆雞心紅斑也在牠脖子上變得越來越清晰。當旺鐸吉說「那不是小母牛，而是一隻死蜜蜂」時，三個大人看到小母牛開始顫巍巍地伸展四肢，試圖依靠瓶壁站立起來。旺鐸吉跟三個大人一樣，盯著玻璃瓶看了一會兒，又補充說：

「也許牠經過一段時間的休息，正在復活過來。但我要說，那是一隻蜜蜂。」

「滾開，你這個撒謊成性的傢伙，」「獨狼」邊巴茨仁目不轉睛地盯著玻璃瓶裡的小母牛，對旺鐸吉吼了一聲。接著，他又對跟他擠在一起的另外兩個觀察者說：

「如果玻璃瓶裡待著的不是一頭小母牛，我寧願拿著自己的這雙眼睛去餵禿鷲。」

旺鐸吉還想固執己見，向三個糊裡糊塗的大人說明，玻璃瓶裡躺著的不是什麼小母牛，而是一隻正在復活的蜜蜂。蜜蜂的膜翅上還沾著一層髒土，那層髒土讓人看著很不舒服，好在是牠的後腿上裹著一團紅色花粉，那至少能給人一點視覺上的安慰。紅色花粉大概是蜜蜂

飛到海拔兩千米以下的某條大峽谷裡，乘著今年的最後一朵杜鵑花還沒有衰敗時採到的。

可是，沒人聽他解釋。三個大人完全被那突然出現的奇蹟給迷住了。

「快點滾開吧，」連綌邊嘉措校長也開始不耐煩地呵斥著旺鐸吉，「你這撒謊成性的傢伙，別指望我們會相信你那套只會哄狼開心的假話。」

旺鐸吉覺得自己受到了侮辱，眼淚開始在眼眶裡打轉。突然，他看見族長騎著白馬從戈麥高地上俯衝而下，像一道閃電，轉瞬之間就來到他的面前。他不明白發生在眼前的一切，但他清楚地聽見族長一字一頓地說：

「旺鐸吉，快拔出刀子，像個男人一樣戰鬥去。」

（刊於《聯合文學》2009年第1期）

（收入《西藏紅羊皮書》，臺北：聯合文學出版社，2009年）

神奴

　　有什麼比信仰一個家神更為快樂！

　　　　　　──約瑟夫・卡夫卡《箴言》第75

　　尼瑪茨仁走出村莊，迎著刺骨的寒風，踩著鐵路的枕木，一搖一
晃地向著印度的方向盲目前進。幾個在鐵路旁牧羊的姑娘看到他赤
身裸體，都以為他發了瘋。當時，你就像一條走在路上的魚。與獸醫
站站長的的兒子訂了婚然後又悔婚的桑吉卓瑪在半年後的新婚之夜，
對著心急火燎的新郎這樣描述那天上午她所看到的情形。而另一位姑
娘，毛卜拉村製革匠人的女兒，人稱鐵姑娘的老處女仁青旺姆則對我
們說，風刀子在尼瑪茨仁的身上剃著，這讓他看起來活像一頭被穆斯
林槍手剮了皮的藏羚羊。

　　綜合這兩位姑娘的描述，讓人無法不再相信尼瑪茨仁已經發瘋的
事實。但是，若要讓牧羊的姑娘和我們這些與尼瑪茨仁朝夕相處的
朋友最終明白，尼瑪茨仁赤身裸體的出走不是出於精神失常，而是由
於一個家神的意志使然，那還需要再等好幾年，因為那時候，印南寺
的第十四世轉世喇嘛──格桑仁波切──還沒有作出有關尼瑪茨仁家
的家神已經變成了魔鬼的論斷。不過，在幾位牧羊姑娘當中，倒是有
一位名叫三郎措的姑娘，似乎具有一種未卜先知的本領。「尼瑪茨仁
的力氣大得驚人，」她說。「在他一把抓住我的胳膊，將我丟進芨芨
草裡的時候，我就已經意識到這個瘋子的身體裡藏著一個魔鬼。借助
那魔鬼的力量，他可以將一列火車掀翻。」三郎措所說的火車，指的
就是從北京開往拉薩的T27次特快列車。在尼瑪茨仁走上鐵軌不久，

火車從一座山崗後面開了過來。森吉卓瑪是那幾位牧羊姑娘中唯一上過初級中學的一位。她有足夠的理智判斷某種行為是否符合道德的標準。況且，她在我們毛卜拉村以勇敢著稱，因為她曾攆著一頭青毛母狼奔跑了五、六哩路程，最後竟迫使那頭青毛母狼鬆口，丟下了被牠叼走的一隻羔羊。當另外幾位牧羊姑娘用手捂住眼睛不敢再向鐵路上張望的時候，森吉卓瑪果敢地說：「不要為那個瘋子的行為感到羞恥，看到他那副可憐的樣子，我們的心裡應該盛滿悲哀。」在森吉卓瑪的勸說下，另外幾位牧羊姑娘跟她一起跑上鐵軌，準備將尼瑪茨仁帶回村莊。在鐵軌上，尼瑪茨仁每隔兩根枕木就跨出一大步。幾位姑娘跟著尼瑪茨仁的腳步，累得氣喘吁吁。最先挨近尼瑪茨仁的三郎措被他扔進了草叢裡。「我一看見他那雙瞪得像牛鈴一樣的眼睛，心裡就直打鼓。」鐵姑娘仁青旺姆後來一談起那天發生的事，仍然會顯得心有餘悸。其實，我們把她那天的恐懼歸因於惡劣的天氣。按照後來格桑喇嘛的解釋，壞天氣是惡魔在作祟。那天，寒風夾著食鹽似的雪粒，扯得越來越緊。青藏高原上龐大的冬天即將來臨。羊群在緊張地咩咩叫喚。匍匐在山崗上的青毛母狼驚訝地觀望著火車——那巨大的鋼鐵怪物——在牠野性的視域中搖撼著大地。走在鐵軌上的幾位姑娘感覺到腳下的大地像是受到恐嚇似的，顫抖得越來越厲害。看著尼瑪茨仁凍得發紫的身體，森吉卓瑪脫下了自己的羊皮袍子。她是我們毛卜拉的姑娘當中唯一像城裡人那樣穿著線衣線褲的人。森吉卓瑪剛剛將羊皮袍子披在尼瑪茨仁的身上，就發現自己做了一件極其愚蠢的事情，因為尼瑪茨仁一把抓起羊皮袍子，像隻野獸一樣狂呼亂叫著，頃刻之間，就將那件羊皮袍子撕得粉碎。那是一件嶄新的羊皮袍子，阿干鎮上的裁縫縫製它的時候，用去了五塊熟羊皮，還花了森吉卓瑪好不容易攢起來的五十塊錢。森吉卓瑪看到自己心愛的羊皮袍子變成了碎片，就一屁股坐在鐵軌上，傷心地哭了起來。由於天氣太冷，她環

抱雙肩，瑟瑟發抖，整個身體縮成了一團。

　　火車越駛越近。對於我們這些正在上課的孩子來說，那天上午在毛卜拉草原上響起的火車汽笛聲，充當了中午放學時的鈴聲。語文老師還沒有讀完課文的最後一段，我們就已迫不及待地衝出教室，趕到村莊外面去看火車。那是自青藏鐵路開通以來，我們看到的第七輛火車。去拉薩尋找異域風情的遊客，正在火車上談笑風生。一個離了婚的北京女人——曾經的時尚雜誌編輯，如今辭了職——倚著車窗，望著茫茫的高寒草甸，以及草甸上的村莊、馬匹、羊群、青毛母狼和一群穿著羊皮袍子繫著紅領巾的藏族小學生，心裡盤算著如何才能在拉薩尋找一段豔遇。她的身體如此飢渴，以致她持續不斷地做著和一個藏族男人在床上尋歡作樂的白日夢。

　　火車像一頭巨大的魔獸呼嘯而來。幾個年齡較小的牧羊姑娘心裡一陣陣發緊。她們藉口尿急，跳下鐵軌，撩起羊皮袍子的裙裾，蹲在了草地上裝作解手的樣子。森吉卓瑪對年齡最小的曲珍——她只有十四歲——命令說：

　　「快把你的月經帶給我。」

　　「昨天你才讓我戴上的，」曲珍噘著嘴極不情願地說。

　　「快點！」森吉卓瑪催促說。「今天下午我給你再送一條。」

　　「可我身上的血還沒淌乾淨呢，」曲珍說。

　　「扯一把駱駝蓬，把你身上那不爭氣的窟窿眼先堵上，」森吉卓瑪像頭母獅一樣喊道。

　　曲珍只好解下月經帶。當她看到月經帶上殷紅的血，臉唰的一下就紅了。森吉卓瑪跳下鐵軌，一把奪過曲珍手中的月經帶，然後又返身跑上鐵軌，將月經帶掛在了尼瑪茨仁的脖子上。只聽尼瑪茨仁慘叫一聲，像被烙鐵燙了一下似的，突然跳躍起來。他抓住森吉卓瑪的手，像抓著一隻鴿子的翅膀一樣，跳到了平坦的草地上。森吉卓瑪定

定地看著尼瑪茨仁，不知道是她從祖母阿依瑪那裡學來的驅邪巫術讓他蘇醒了過來，還是尼瑪茨仁自己意識到了危險的臨近。火車以撕心裂肺的吼叫，排山倒海般從姑娘們的眼前奔馳而過。倚著車窗的北京女人突然亢奮地又跳又叫。快看啦，快看啦，藏族女人要強姦那個男人啦！哇噻，好原始好野蠻好刺激喔！遊客們紛紛撲向車窗。他們隱隱看到大地在遠去，沉天鋪地的風雪中，一群女人圍著一個赤身裸體的男人，其中一個女人脫去了厚重的羊皮袍子，只穿著薄薄的線褲和線衣，而那男人身條健美，彷如一名衝過終點的運動員。哇，真是令人難以置信。車廂裡的遊客議論紛紛。藏族人連做愛都像斯巴達戰士。

我們這群孩子並沒有急著回到家裡，去吃祖母阿依瑪做的牛肉包子。我們先是站在離鐵路不遠的地方，凝望著火車像漢人埋葬死人時用的巨大棺材，從遠方而來，又到遠方而去。透過車窗玻璃，我們看到鬼魂的面孔一般一閃即逝的人臉。我看到一個人光著身子。不久前被確認為印南寺第十四世格桑喇嘛轉世的小靈童煞有其事地說。我們對他的謊言嗤之以鼻，因為火車駛過時由於速度太快，車廂裡的人只在我們的視網膜上留下了模糊不清的影子。可我真的看到一個人光著身子。小靈童說著話，用手指了指鐵路另一邊的牧場。我們的目光隨著小靈童的手指，從火車消逝的地方收回來，看到了赤身裸體的尼瑪茨仁。他向我們所處的方向走來，嘴裡好像唱著一首聽不懂內容的歌。他肯定瘋了。我們當中年齡最小的亞嘎說。

怎麼可能呢？尼瑪茨仁是我們最崇拜的人。他在縣城中學上高三，能說一口流利的漢語，還能講點怪腔怪調的英語。長著紅毛的外國人到毛卜拉來旅遊時，尼瑪茨仁就嘰哩哇啦地跟他們說一堆離奇古怪的事情，像什麼「小靈童是一頭青毛母狼在一個風雪之夜送到祖母阿依瑪門前的」啦，或者像什麼「雖然祖母阿依瑪什麼都看不見，可

她能用心靈感知一切」啦，還有什麼「他在夢裡一再聽見神聖的達賴喇嘛在向他召喚」啦，等等，不一而足。當那個漢族導遊問我們這一切是否屬實時，我們異口同聲地說，那都是真的。有一些更加神奇的事情，尼瑪茨仁還沒有來得及講呢，比如，獸醫站站長每天都會抽出好幾個小時，用他的聽診器在毛卜拉草原上尋找大地的心跳，再比如，我們毛卜拉村的一頭母豬有一年生出了一隻小象，由於我們全村人盯著那醜陋的動物看了好幾個小時，最後竟把那可憐的小傢伙給看死了……漢族導遊和長紅毛的外國人第一次發現自己對世界的了解幾乎還停留在中世紀。他們唏噓感嘆著，甚至面帶愧色地離開了毛卜拉。臨走之前，漢族導遊還為我們與那些長紅毛的外國人拍了一張合影。他答應不久後會把照片寄給我們，但我們在漫長的一生中，從來沒有收到過來自遠方的信件。

終於有一天，尼瑪茨仁把我們召集起來，問我們誰想跟他一起到印度去。我們不能再為那張狗屁照片浪費時間了。他說。因為去印度朝拜達賴喇嘛才是我們最重要的事情。達賴喇嘛能給我們文具盒嗎？當亞嘎提出這個問題時，我們覺得這是每個人的問題。我們渴望得到城裡孩子用的那種文具盒，文具盒裡得裝滿彩色筆。既然獸醫站站長能用聽診器聽見大地的心跳，我們就能用畫筆畫出太陽的心臟。但我們幾個年齡稍微大點的孩子為了表明自己不是個庸俗的人，於是就嘲笑亞嘎的問題太過無知。他居然想要一個文具盒？！，我們可不要什麼文具盒，我們要達賴喇嘛的頭髮。祖母阿依瑪說了，要是裝護身符的嘎烏里能有一根達賴喇嘛的頭髮，魔鬼就會躲得遠遠的，再黑的夜裡走路都不怕。還有神藥。亞嘎提醒我們說。對，還有神藥。祖母阿依瑪說，如果能吃一粒達賴喇嘛的神藥，她就能重見光明。幾年前，聽說班禪喇嘛到了印南寺，祖母阿依瑪堅信她能在班禪喇嘛的面前睜開眼睛。我對著班禪喇嘛的畫像磕了一輩子等身長頭，祖母阿依

瑪對我們說。他不會再讓我在黑夜裡摸索了。我們用馬馱著祖母阿依瑪趕往印南寺。在通往印南寺的大路上,跪滿了祈求班禪喇嘛摩頂的農牧民。他們雖然衣衫襤褸,但他們的手裡卻捧著金銀珠寶和潔白的哈達。我們扶著祖母阿依瑪跪在一尺厚的塵土裡,等待班禪喇嘛的到來。中午時分,天氣熱得要命。突然,人群騷動起來。我們看見華蓋之下的班禪喇嘛被他的隨從簇擁著,走出了印南寺。班禪喇嘛,祖母阿依瑪想要看見您。我們聲嘶力竭地喊叫著,但他對我們含淚的呼喊不聞不問,只是一味匆匆地摩頂。人們撲在他走過的路面上,抓起他踩踏過的塵土,撒在自己的頭頂。在慌亂之中,我們都不知道班禪喇嘛有沒有為祖母阿依瑪摩頂。我們只看見他那肥胖的身軀鑽進了豪華的越野車。一種上當受騙的感覺緊緊地攫住了我們的心。在返回毛卜拉的路上,大家都在偷偷掉淚。

「也許班禪喇嘛被漢人養壞了,」祖母阿依瑪說。「孩子們,別傷心,我們還有達賴喇嘛呢。」

「駱駝的脖子再長也吃不了隔山的草,」我們說。「就算達賴喇嘛的心地再善良,他也管不了我們的死活。」

「孩子們,話可不能這麼說,」祖母阿依瑪教導我們說。「達賴喇嘛是大慈大悲觀世音菩薩的化身,他管得了一切有情眾生的苦衷。」

所以,當尼瑪茨仁問我們想不想跟他去印度時,我們幾個大點的孩子都感到非常興奮。

「祖母阿依瑪在她漫長的一生中,要是能夠看一眼太陽,那該多好啊,」我們的頭領,也就是號稱「游擊隊長」的扎巴多吉感嘆說。

「但是,為了不讓村裡人發現我們去印度的祕密,你們必須選出三個人,而且,這三個人必須是孤兒,」尼瑪茨仁說。

在我們這群孩子裡面,只有亞嘎、號稱「游擊隊長」的扎巴多吉

和小靈童是祖母阿依瑪收撿的孤兒，我們這些私生子雖然沒有阿爸，但阿媽還是有的。我們的阿媽在縣城裡打工，每逢過年的時候，她們就到毛卜拉來看我們，還給我們帶許多水果糖來。

「除了小靈童，亞嘎和扎巴多吉跟著我就行，」尼瑪茨仁說。

「也許，祖母阿依瑪見不到我們的話，她會傷心的，」號稱「游擊隊長」的扎巴多吉和亞嘎說。

是啊，祖母阿依瑪怎麼會不傷心呢？上一次，扎巴多吉在山裡挖蟲草，很晚都沒有回來。祖母阿依瑪領著我們漫山遍野地找他。直到後半夜，我們才發現扎巴多吉躺在一塊石頭上正在呼呼大睡。

「可你們想想，你們去印度是為了祖母阿依瑪呀，」尼瑪茨仁鼓動我們說。

「那你去印度就為了朝拜達賴喇嘛？」我們問道。

尼瑪茨仁的表情變得非常肅穆。他望著遠處的雪山，滿懷深情地說出了他心裡的話：

「那是我多年的夢想。」

當天下午，前往印度的童子軍出發了。他們的牛皮背囊裡裝著糌粑、酥油、青稞酒和風乾的生牛肉。我們一直送到鐵路大轉彎的地方，才與他們依依惜別。就在我們剛剛走進村莊時，亞嘎從後面攆上了我們。

「你為什麼回來了？」我們問道。

「因為我怕天黑的時候有鬼，」亞嘎說。「只有睡在祖母阿依瑪的懷裡，我才不會害怕。」

我們罵了他幾句縮頭烏龜，決定不再搭理這個怯懦的自私鬼。晚上，我們吃完祖母阿依瑪做的牛肉包子，就圍著她，聽她講故事——誕生於俄木隆仁的米饒辛保，頭上長著一對驢耳朵。他是苯教的祖師爺，常常騎著長鼓遨遊太空……故事講到一半的時候，祖母阿依瑪突

然說：

「孩子們，我感到燒心燒得很厲害。」

「祖母阿依瑪，您是不是生病了？」我們焦急地問道。

「我沒有生病，」祖母阿依瑪一邊挨個摸著我們的臉，一邊說。「我感到燒心是因為你們當中少了兩個人。」

我們只好把真相告訴了她。在我們看來，祖母阿依瑪從來就不是一個盲人。她的眼睛長在心裡。她不但能夠看見我們是不是就在她的眼前，還經常看見米饒辛保騎著長鼓飛行。當祖母阿依瑪聽說尼瑪茨仁和扎巴多吉去了印度，她竟然高興地叫了起來：

「好孩子啊，我的好孩子，要是我有一雙眼睛，就是一步一個等身長頭，我也要到印度去。」

祖母阿依瑪的好心情感染了我們。從那天起，我們就翹首期盼著扎巴多吉和尼瑪茨仁早日歸來。等到九月，天開始變冷的時候，我們終於等來了尼瑪茨仁。一輛公安局的警車載著他，把他扔在了獸醫站的門前。那天，我們放學後一直躲在獸醫站內——也就是早已廢棄的公社大院裡——觀賞公馬與母驢的交配。我們勾肩搭背，倚牆而立，由於緊張而屏住呼吸。人稱「齙牙三麥」的獸醫站站長——由於整個獸醫站就他一個工作人員，所以他既是獸醫，又承擔著為農牧民的母馬、母牛、母驢、母羊和母豬配種的工作。「繁忙的工作壓垮了我的身體，」齙牙三麥經常向那些來自鄉政府的領導幹部抱怨說。「所以你看我弓腰駝背的樣子，總以為我是個七十歲的老人。」其實他只有五十多歲。齙牙三麥長得跟毛卜拉的同齡人沒有什麼區別，從某些方面來看，他要比那些長年累月在牧場上和青稞地裡辛勤勞作的同齡人顯得更有精神。用寡婦茨仁措姆的話說，別看他天天裝老，他可比獸醫站裡的那匹種馬還要結實，要不然，怎麼會動不動就有莫名其妙的外鄉女人抱著孩子來找他呢？我們知道，齙牙三麥之所以如此訴苦，

是因為他想要鄉政府為他提高工資。他的兒子扎西才讓今年從部隊上復員回來，準備繼任獸醫站站長的職位。扎西才讓是個性格溫和的小伙子。他跟著父親一邊學習獸醫知識，一邊用驢皮為我們製作了一個又一個足球。

我們看見公馬揚起前蹄，跨在母驢的後背上。牠那又粗又硬的生殖器敲打著母驢的脊背。豁牙三麥教導扎西才讓抓起公馬的生殖器，塞進了母驢的陰戶裡。扎西才讓以一個炮兵的架勢，把公馬的生殖器像一枚炮彈一樣塞進了母驢的陰戶。我們在電影裡看到解放軍戰士向敵人開炮時，用的也是扎西才讓的那種姿勢。「衝啊──」我們學著解放軍戰士的樣子，衝出了獸醫站。就在那時，我們看見尼瑪茨仁被一名員警推下了警車。他是那樣骯髒和虛弱，幾乎像一頭剛剛誕生在草地上的羊羔，想要掙扎著站起來，卻又因為體力不支而一次次摔倒在地。我們怯怯地看著那名員警，誰也不敢上去扶他一把。等到警車絕塵遠去以後，我們才圍攏過去。

「扎巴多吉呢？」我們問道。

「在穿越邊境的時候，他被解放軍開槍打死了，」尼瑪茨仁用舌頭舔了舔他那皸裂的嘴唇，喘了一口氣說。

為了不讓祖母阿依瑪擔心，我們撒謊說，扎巴多吉到了印度，見到了神聖的達賴喇嘛，再過一段時間，他會帶著達賴喇嘛的神藥回到毛卜拉。但是，尼瑪茨仁比我們每個人都清醒。他對祖母阿依瑪說，扎巴多吉再也回不來了。祖母阿依瑪在默默地流淚，因為她又開始感到一陣陣地燒心。夜裡，尼瑪茨仁躺在祖母阿依瑪身邊，一直都在發燒。他那滾燙的額頭上，一粒粒汗珠就像從鋁壺裡溢出的開水。祖母阿依瑪伸手摸了摸他的腦袋，喃喃地說道：

「可憐的孩子，魔鬼就躲在你身子裡。」

尼瑪茨仁陷入了沉重的夢鄉。他不知道我們為了等他醒來，足足

等了三天三夜。在此期間,豁牙三麥帶著聽診器來為尼瑪茨仁做過一次義診。他手扶著白色的金屬聽筒,摸遍了尼瑪茨仁的全身。最後,他摘下聽診器的膠皮耳栓,抬起頭來,臉上帶著疑惑不解的表情說:

「為什麼他身體裡總有一陣陣的馬鈴聲?」

「你有沒有聽見魔鬼的聲音?」祖母阿依瑪問道。

「沒有,」我們的獸醫出於職業的本能,用冷冰冰的語氣說。

「只有馬鈴聲。我看你們別再為他操心了,他活不過第三天。要是一匹馬,說不定還能多活一兩年。」

豁牙三麥走後,祖母阿依瑪跪在房子外面的空地上,向著她能想起的每一位神靈祈禱。神啊,請把你對這孩子的懲罰全都降臨到我頭上吧。一連三天三夜,我們聽見祖母阿依瑪一直在不停地重複著這句禱詞。到了第四天早上,金色的朝陽穿過窗戶,照在尼瑪茨仁的臉上。他突然睜開眼睛,說了聲「哪來的馬鈴聲,吵得人連個安穩覺都睡不好」,然後翻身坐了起來,瞅了瞅我們這些目瞪口呆的孩子。

「祖母阿依瑪在為誰祈禱呢?」他問道。

「為你啊,」我們說。「豁牙三麥說你活不過第三天。」

「他只會給那些死騾子爛馬看病,你們也信他的話?」尼瑪茨仁不屑地說。

尼瑪茨仁從睡夢中醒來,恢復了往日的勃勃生機。他一天到晚地唱著歌,幹著活,快樂得像頭春天的公牛。好多年無人修補的羊圈經過他的手,變得像一座花園。我們居住的房間也被他修葺一新——牆壁刷了石灰粉,還畫了彩色的魚、缽、月亮、太陽、法螺、時輪、蓮花和吉祥結,門楣上放了一個刻有六字真言的白骨牛頭,房頂上豎起了經幡。生活總是如此美好。我們把「風馬」撒向天空,慶祝尼瑪茨仁的歸來。那時候,我們誰都不會想到尼瑪茨仁會發瘋。即使是在他第一次裸身出走那個早晨,我們記得他跟往常一樣,天沒亮就起了

床，幫助祖母阿依瑪為我們做完了早餐。等我們上學的時候，他又跟我們一起出了門。我們看著他把羊群趕上了山崗。我們還聽見他在山崗上唱了很長時間的歌。那首名叫〈森吉卓瑪〉的歌我們人人都會唱。美麗善良的森吉卓瑪，森吉卓瑪啦，你像一隻遠方飛來的小鳥，把我的懷抱當成了家，啊，美麗善良的森吉卓瑪，森吉卓瑪啦，你像一隻永不疲倦的小鳥，把我帶到了遙遠的香巴拉。第一節課結束以後，我們站在操場上，聽到尼瑪茨仁唱著這首歌從山崗上走了下來。他的歌聲多麼優美！可是，那幾位牧羊姑娘卻說他瘋了。這怎麼可能呢？尼瑪茨仁——我們呼喊著他的名字。他的眼裡除了空茫再就一無所有。亞嘎脫下羊皮袍子剛要披在尼瑪茨仁的身上，森吉卓瑪卻說：

「我的羊皮袍子就是被他撕碎的。」

「他不會撕碎我的羊皮袍子，因為這件袍子是祖母阿依瑪縫的。」亞嘎說。

不幸的是，尼瑪茨仁照樣撕碎了亞嘎的羊皮袍子。他力大無比，一雙手比剪刀還要鋒利。亞嘎蹲在地上，為失去的羊皮袍子而痛哭失聲。我們和牧羊姑娘一起躲得遠遠的，生怕被尼瑪茨仁撕成碎片。

雪越下越大。森吉卓瑪和亞嘎只好回家，要不然，他倆會被凍死的。尼瑪茨仁卻像鋼鐵做成的一樣，赤著腳光著身子在雪地上跑得大汗淋漓。我們和牧羊的姑娘們一起，坐在鐵軌上，觀望著尼瑪茨仁瘋狂的裸奔，個個都束手無策。煤炭般沉重的陰雲籠罩了大地，讓草原變得越來越黑。時間的河流在我們冰涼的體內無聲無息地流逝。突然，風雪中傳來一串清亮的馬鈴聲。從馬鈴聲那歡快的節奏可以判斷，準是豁牙三麥騎著那匹渾身油亮的黑色種馬去別的村莊配種回來了。那是一匹好走馬。牠走起路來，四個蹄子像是貼著草皮在飛。每年八月的賽馬會上，牠都能得走馬比賽的第一名。遠遠的，豁牙三麥就看到了赤身裸體的尼瑪茨仁。他催馬加鞭，來到我們面前，臉上帶

著一貫冷漠的表情。

「那孩子又怎麼啦？」豁牙三麥問道。

「瘋啦，」我們說。「不過這是我們猜的。說不定你用聽診器一聽，就能聽出點什麼來。」

「他的身子裡雜音太多，」豁牙三麥說。「我只能聽見一陣又一陣的馬鈴聲。」

「這次跟上次不一樣，」我們說。「你還是用聽診器聽聽吧，說不定能聽見火車的汽笛聲呢。」

豁牙三麥覺得我們言之有理。他跳下馬背，衝著尼瑪茨仁走去。我們仍舊坐在鐵軌上靜靜地觀望著。大雪正在埋葬這個讓我們迷惑不解的世界。尼瑪茨仁一看到豁牙三麥，立馬變得狂躁無比。他像一頭受到威脅的狗熊，對著豁牙三麥又是狂吼亂叫，又是張牙舞爪。那種窮凶極惡的樣子，讓豁牙三麥望而生畏。他明智地退回到鐵路邊。

「他的身體裡住著一個魔鬼。」豁牙三麥說。

天快黑的時候，亞嘎扶著祖母阿依瑪來到了鐵路邊。尼瑪茨仁一看見祖母阿依瑪，立刻變成了一個聽話的孩子。他乖乖地站在雪地裡，讓祖母阿依瑪將一件羊皮袍子裹住他的身體。尼瑪茨仁溫順得就像一條被人搔癢的狗，慢慢地躺在雪地上。他那迷惘的眼睛望著穀倉般裝滿雪花的天空。我們和豁牙三麥乘機跑了過去。尼瑪茨仁在祖母阿依瑪的愛撫下，進入了沉沉的夢鄉。豁牙三麥從懷裡取出他的寶貝，一遍遍地用那金屬玩意兒摩擦著尼瑪茨仁的身體。過了很久，他搖了搖頭說：

「沒有什麼火車的汽笛聲，只有一陣陣的馬鈴聲。」

我們只好用黑色種馬馱著尼瑪茨仁回家。祖母阿依瑪又一次跪在屋外，身披雪花，向著她所知道的每一位神靈祈禱。神啊，請把你對這孩子的懲罰全都降臨到我頭上吧。到了夜半時分，雪停了。尼瑪茨

仁唱著歌兒從夢裡醒來。他不明白祖母阿依瑪為什麼要在如此寒冷的夜晚跪在屋外祈禱。顯然，他對白天發生的事情毫無記憶。為了不再刺激他的神經，我們撒謊說，祖母阿依瑪在為扎巴多吉祈禱幸福。尼瑪茨仁悵然若失地呆坐在床上，半晌不再言語。

那個漫長的夜晚過去以後，尼瑪茨仁又像從前一樣，整天唱著那首名叫〈森吉卓瑪〉的歌，辛勤地勞作著。在空閒的時候，他就教我們學習英語。記住，學會了英語你就可以走遍世界。每次在他教英語的時候，都要強調這麼一句。他的熱情感染了我們每一個人。雖然我們生活在一個在世界地圖上根本就找不到的地方，但我們每天都在憧憬著走遍五大洲和四大洋。當然，我們最想去的地方，還是印度。尼瑪茨仁告訴我們說，在喜馬拉雅山南麓，有個名叫達蘭薩拉的地方，居住著神聖的達賴喇嘛。他能讓我們的祖母阿依瑪看到這世界的光。尼瑪茨仁的熱情還深深地吸引著另一個人。那個人就是牧羊女森吉卓瑪。她喜歡和我們一起跟著尼瑪茨仁學習英語。春天來臨的時候，森吉卓瑪就對祖母阿依瑪說：

「請您勸勸我那像驢子一樣固執的阿爸和阿媽，讓我趕快和尼瑪茨仁結婚吧，我已經懷孕了。」

森吉卓瑪要嫁給尼瑪茨仁的消息轟動了整個毛卜拉。獸醫站站長的的兒子——就是那個去年從部隊上復元回來的扎西才讓——聽到這個消息，備受打擊。從那天開始，他就不再跟著豁牙三麥學習一個獸醫所應具備的知識，也不再為我們製作足球，而是整天坐在鐵軌上，一邊唱著那首名叫〈森吉卓瑪〉的歌，一邊悶頭悶腦地喝酒。毛卜拉村的酒鬼已經夠多的了，再多一個也不會讓我們感到驚奇。在扎西才讓一個人坐在鐵軌上喝酒的那些日子，我們誰也沒去打擾他的獨處。只有他父親豁牙三麥有一次看到他那傷心的樣子，有些於心不忍，就走過去對他說：

「母狗不翹尾巴的話公狗不上。我看森吉卓瑪不是什麼好女人，所以你也用不著這樣自暴自棄。」

扎西才讓喝了一口酒，眼睛裡閃著淚花。豁牙三麥嘆了一口氣又說：

「作條好公狗吧，兒子，母狗見了你自然會翹尾巴的。」

燕麥抽穗的時候，毛卜拉人為尼瑪茨仁和森吉卓瑪這一對情投意合的戀人舉行了盛大的篝火晚會。豁牙三麥解下黑色種馬的鞍韁，讓牠去跟那些草原上吃夜草的母馬自由交配。這樣美好的夜晚不僅僅屬於人類，而且還屬於牲畜。他醉醺醺地站在馬鞍上，向我們發表演說：

「你們，你們這些吃糌粑的人啊，聽著，這樣美好的夜晚還屬於科學。是的，科學，長紅毛的外國人和吃大米的漢人帶到青藏高原的科學已經戰勝了宗教。就在今天下午，我在一簇馬蘭花的下面，第一次用聽診器聽到了大地的心跳。而在以前，印南寺的格桑喇嘛總是誇耀說，他能聽見居住在地下的那些神靈天天吵架的聲音。」

我們把豁牙三麥的演說當作是他酒後的醉話，因為我們毛卜拉的每一個酒鬼都是天真的夢想家。人稱鐵姑娘的老處女仁青旺姆和每一個男人頻頻碰杯，彷彿這婚禮是專為她而舉行的。只有三郎措默默地坐在火的影子裡，顯得憂心忡忡。

「昨天我去鐵軌那邊牧羊時，扎西才讓對我說，他會殺了尼瑪茨仁的，」三郎措說。「下午回到村裡以後，我總是嗅到空氣裡有一種不祥的氣味。」

我們覺得三郎措的這番話有些晦氣，便不再搭理她。祖母阿依瑪在篝火旁為大家唱了一支古老的謠曲。我們誰都聽不懂她在唱什麼。這支謠曲講的是天神創造大地和人類的故事。祖母阿依瑪說，它適合在這個繁衍子孫的日子裡唱出來。

尼瑪茨仁和森吉卓瑪陶醉於這個非比尋常的夜晚。他們牽著彼此的手，恨不得融化於跳蕩的火焰。他們兩人的愛情照亮了我們每個人的幸福。那真是一個充滿幸福之光的夜晚。多年以後，雖然我們歷經苦難，但一想起那徹夜燃燒的篝火，我們總會覺得人生並非一片寒冷與黑暗。那天晚上，我們本應該想起來還有一個人正在鐵軌上獨自喝酒，可我們太興奮了。我們和大人們一起，喝著青稞酒，跳著鍋莊舞，狂歡了整整一個通宵。天快亮的時候，我們和大人們一起躺倒在篝火旁的帳篷裡，醉得不省人事。中午時分，火車在山崗那邊拐彎時發出的汽笛聲將我們吵醒。遍照萬物的陽光讓我們身周的花花草草以及村莊外面的莊稼顯得欣欣向榮。

小靈童說：「我們該去看火車了。」

於是，我們相互攙扶著，搖搖晃晃地站起身來。在向鐵路走去時，我們感到腳步發虛，腦袋裡哐啷哐啷的，好像有十八只吊桶在上下打水。看來，昨天晚上我們醉得實在不輕。等我們走到鐵路邊時，火車已經駛遠。空氣裡殘留著嗚咽般的汽笛聲。我們望著空盪盪的鐵軌以及鐵軌兩邊的牧場，沒有看見那個借酒消愁的退伍軍人。他像一縷空氣，隨著微弱的汽笛聲，消失在鐵路的盡頭裡。既沒有看到火車，也沒有看到扎西才讓，這使我們感到極為掃興。空氣裡瀰漫著泥土、青草、馬糞、牛糞和屍體腐爛的味道。我們隱約地意識到，在草地上踢足球的好日子不復存在了。

我們悶悶不樂地回到村裡，看到人們全都醒了過來。豁牙三麥為馬匹備上鞍轡，像是要出門遠行的樣子。一群小伙子則不斷地踩著摩托車的離合器。祖母阿依瑪跪在篝火的灰燼旁，正在向天祈禱。而我們美麗的新娘桑吉卓瑪則抱著人稱鐵姑娘的老處女仁青旺姆失聲痛哭。我們和三郎措一樣，嗅到了一股不祥的氣味。

尼瑪茨仁不見了。在他和桑吉卓瑪當作新房的帳篷裡，我們找到

了他那緄了金邊鑲了水獺皮的藏袍子。顯然，他又一次赤身裸體地出走了。也許，在他走上鐵軌不久，扎西才讓就將一把刀子插在了他的背上。但是，大人們通過推理，覺得事情還不至於壞到如此境地。他們或者騎馬，或者騎上摩托車，向著各個方向出發，去尋找尼瑪茨仁和扎西才讓。女人們回到各自的家裡去照料牲畜。我們守著祖母阿依瑪，和她一起祈禱。

「昨天晚上，我一直感到燒心燒得很厲害，」祖母阿依瑪說。「為了婚禮，我只能裝出一副快樂的樣子。」

傍晚的時候，騎馬的人和騎摩托車的人回來了。他們跑遍了方圓一百里，沒有看見一個人影。尼瑪茨仁和扎西才讓的消失於是就成了一個謎。我們懷著這個謎開始了一天天的等待。我們等來了莊稼的豐收，等來了森吉卓瑪和尼瑪茨仁的兒子在一個黎明的誕生，但沒有等來打開兩個男人消失之謎的鑰匙。祖母阿依瑪說，世界上從沒有打不開鎖的鑰匙，我們要做的就是繼續等待。

我們又等了一年，突然有一天，一個蓬頭垢面的男人披著一塊破破爛爛的亞麻布闖進了村莊。我們剪去他的鬚髮，洗去他滿臉的塵土和油垢，發現這個一直在傻笑的男人正是尼瑪茨仁。

「嘿，你這一年都去了哪裡？」我們好奇地問道。

「我哪兒都沒去呀，」尼瑪茨仁如夢方醒似地說。「昨天晚上篝火快要熄滅的時候，我喝醉了，就想好好睡一覺，可總有人在我身邊騎馬，馬鈴聲一直響個不停。」

「你看到那騎馬的人了？」祖母阿依瑪問道。

尼瑪茨仁先是抱了抱淚流滿面的森吉卓瑪，然後又詫異地看了一眼兒子那陌生的面頰，才對祖母阿依瑪漫不經心地說：

「沒有。」

說著話，尼瑪茨仁鑽進森吉卓瑪的房子，找到了那件緄了金邊鑲

了水獺皮的藏袍子。他把自己打扮一新，然後開始埋頭幹活，彷彿真的是剛從一場宿醉中醒來。為了不再刺激尼瑪茨仁的神經，祖母阿依瑪要我們別再提及這一年發生的事情，甚至連小靈童被迎請到印南寺通過隆重的坐床儀式正式當上了格桑喇嘛的事情都沒有說。

守寡一年的森吉卓瑪突然精神煥發。她像隻小鳥一樣，整天都在歌唱。我們的生活開始變得跟從前一樣，舒緩，寧靜，而且無憂無慮，彷彿什麼事情都不曾發生。豁牙三麥一如既往地利用閒暇，躲在馬蘭花下用聽診器聆聽大地的心跳。我們也一如既往地在中午時分去鐵路邊看火車。火車裡那些一閃即逝的面孔，從來沒有在我們心裡留下過什麼痕跡。在我們毛卜拉，時間的流動停止了。一天早晨，當祖母阿依瑪又一次說她燒心燒得很厲害的時候，我們才暮然發覺，一年的時間已經過去了。草原開始返青。像是預感到某種不幸似的，我們跑到了尼瑪茨仁的家裡。森吉卓瑪剛剛睡醒。

「我夢見一個騎著白馬的人帶走了尼瑪茨仁，」森吉卓瑪對我們說。「但我想這不會是真的……」

她的話突然打住了，因為她看見床上放著尼瑪茨仁那疊得整整齊齊的藏袍子。

又一次，我們開始了漫長的等待。

「等到明年，他就會回來，」我們每次遇見森吉卓瑪的時候，就這樣安慰她說。「對於尼瑪茨仁，這一年短暫得就像做了一個夢。」

可是，一年的時間很快就過去了，尼瑪茨仁居然沒有回來。

「看來，他這一覺睡過頭了，」為了讓森吉卓瑪不再憂愁，我們用開玩笑的方式寬慰她。「那就讓他再睡一個晚上吧。」

尼瑪茨仁的一個夜晚對於我們來說就是一年。當我們在獸醫站的廁所裡，發現豁牙三麥把他辦公室裡的最後一張日曆牌撕下來擦了屁股時，我們發現又是一年過去了，可尼瑪茨仁仍然杳無蹤影。

　　後來，我們一個個離開毛卜拉，成了縣城中學的寄宿生。假期回家的時候，祖母阿依瑪總是說她燒心燒得很厲害。我們給她服用了加味逍遙丸、香砂和胃丸和越鞠保和丸，但卻毫無效果。森吉卓瑪一年比一年蒼老。每次見到她，我們總會想起那首名叫〈森吉卓瑪〉的歌，但我們覺得那首歌與她毫無關聯。倒是人稱鐵姑娘的老處女仁青旺姆讓我們頗為懷念，因為她無法忍受等待之苦，索性出家當了尼姑。最終，在事實面前，我們不得不承認，尼瑪茨仁在幾年前就已經精神失常了。但是，回到毛卜拉看望祖母阿依瑪的格桑喇嘛卻說，尼瑪茨仁的出走，純粹是他家家神的意志使然。「我終於想起來了，」祖母阿依瑪說。「許多年前，吃大米的漢人殺死尼瑪茨仁全家三十八口人的時候，還燒掉了他家家神的畫像。」據說，那是一尊騎著白馬的家神。「在無人供奉的歲月裡，那尊家神逐漸變成了魔鬼，」格桑喇嘛說。「他把尼瑪茨仁當成了自己的奴隸。」

　　我們不知道尼瑪茨仁當了家神的奴隸以後，是否還活著。他的命運著實讓人揪心。

　　嫁了人的三郎措卻說：「別擔心，空氣這麼純淨，嗅到那股不祥的氣味真是一件困難的事情。」

　　在我們這幫孩子當中，只有亞嘎一個人考上了大學。我們其他人都回到了毛卜拉，娶妻生子，並把自己的根牢牢地扎進了這片神奇的土地。大學畢業後，亞嘎成了一名自由攝影師。為了拍攝一組名為《精神病院》的作品，他走遍了全國的精神病院。有一天，在位於拉薩市以東十五公里處的一所精神病院裡，亞嘎遇見了一名奇怪的精神病人。那個精神病人說她年輕的時候，曾是北京一家時尚雜誌的編輯，青藏鐵路開通以後，她移居拉薩，做起了酒吧生意，並很快就發了財。作為拉薩城裡最富有的女人，她愛遍了每一個英俊的藏族男子，但她最愛的，是一個從毛卜拉草原到拉薩來朝聖的牧人。那牧人

的名字叫作尼瑪茨仁。她和尼瑪茨仁同居了好幾年。打鬼節的那天早晨，尼瑪茨仁臨出門的時候說：「昨天夜裡，我總是聽見接連不斷的馬鈴聲。」

「從那以後，尼瑪茨仁就再也沒有回來，」那奇怪的精神病人對亞嘎說。「但我每天都能夢見他。他赤身裸體，牽著一匹白馬到處流浪。騎馬的人面容模糊，讓人看不出他到底是苦還是樂……」

對於一個精神病人的話，亞嘎當然只會一笑置之，但當亞嘎把這件事告訴我們的時候，我們終於放棄了對尼瑪茨仁的擔心，因為我們相信他還活著，只是活在一個我們常人看不見的世界裡而已。在那個世界裡，他有著自己的生活方式。再說了，有什麼比信仰一個家神更加快樂！

「只要他還活著，我就可以放心地死去了。」

這是祖母阿依瑪聽到有關尼瑪茨仁的下落以後，留給我們的最後一句話。直到此時，我們才突然意識到，祖母阿依瑪已經是個一百零一歲的老人了。

（收入《西藏紅羊皮書》，臺北：聯合文學出版社，2009 年）

文學研究叢書·華文文學叢刊 0811001

當代西藏漢語文學精選 1983-2013

主　　編	鍾怡雯、陳大為
責任編輯	吳家嘉
特約校稿	林秋芬

發 行 人	陳滿銘
總 經 理	梁錦興
總 編 輯	陳滿銘
副總編輯	張晏瑞
編 輯 所	萬卷樓圖書股份有限公司
排　　版	浩瀚電腦排版股份有限公司
印　　刷	百通科技股份有限公司
封面設計	斐類設計工作室

發　　行　萬卷樓圖書股份有限公司

　　　臺北市羅斯福路二段 41 號 6 樓之 3

　　　電話 (02)23216565

　　　傳真 (02)23218698

　　　電郵 SERVICE@WANJUAN.COM.TW

大陸經銷　廈門外圖臺灣書店有限公司

　　　電郵 JKB188@188.COM

ISBN 978-957-739-865-9

2014 年 9 月初版二刷

2014 年 5 月初版

定價：新臺幣 480 元

如何購買本書：

1. 劃撥購書，請透過以下郵政劃撥帳號：

　　帳號：15624015

　　戶名：萬卷樓圖書股份有限公司

2. 轉帳購書，請透過以下帳戶

　　合作金庫銀行　古亭分行

　　戶名：萬卷樓圖書股份有限公司

　　帳號：0877717092596

3. 網路購書，請透過萬卷樓網站

　　網址 WWW.WANJUAN.COM.TW

大量購書，請直接聯繫我們，將有專人為
您服務。客服：(02)23216565 分機 10

如有缺頁、破損或裝訂錯誤，請寄回更換

版權所有·翻印必究

Copyright©2014 by WanJuanLou Books CO., Ltd.

All Right Reserved　　　　　**Printed in Taiwan**

國家圖書館出版品預行編目資料

當代西藏漢語文學精選. 1983-2013 /鍾怡雯、陳
大為主編. -- 初版. -- 臺北市 ： 萬卷樓，
2014.05

　面 ；　　公分. -- (文學研究叢書)

ISBN 978-957-739-865-9(平裝)

839.66　　　　　　　　　　103005421